Christiane Wünsche

Schwestern
in
einem
anderen
Leben

Roman

KRÜGER

2. Auflage März 2024
Erschienen bei FISCHER Krüger

© 2024 S. Fischer Verlag, GmbH,
Hedderichstr. 114, 60596 Frankfurt am Main
Die Nutzung unserer Werke für Text- und Data-Mining
im Sinne von § 44b UrhG behalten wir uns explizit vor.

Redaktion: Dr. Uta Dahnke
Illustration: © pikisuperstar/www.freepik.com
Satz: Dörlemann Satz, Lemförde
Druck und Bindung: GGP Media GmbH, Pößneck
Printed in Germany
ISBN 978-3-8105-3093-6

*Meinen Schwestern
Ulrike und Magdalene.
Ich liebe Euch und
möchte Euch nicht missen!*

»Jedes Geschöpf ist mit einem anderen verbunden,
und jedes Wesen wird durch ein anderes gehalten.«

Hildegard von Bingen,
(Welt und Mensch)

Prolog

Die Dorfstraße, gesäumt von Backsteinhäusern, lag verschlafen im grauen Herbstlicht; der Wind ließ gelbes Laub um einen Gullydeckel wirbeln, und einen Moment lang konnte man den Eindruck gewinnen, dass hier seit fünfzig Jahren die Zeit stehen geblieben war. Wer jedoch genauer hinsah, bemerkte die Asphaltierung, die das alte Kopfsteinpflaster ersetzt hatte, und den großen weißen Kasten an der Straßenecke, der davon kündete, dass hier schnelles Internet verfügbar war. Und wer sich auskannte im Ort, kam nicht umhin zu bemerken, dass der Kaugummiautomat an der Fassade von Nr. 17 fehlte und das große Schild an der Hauswand von Nr. 19, neben dem Rolltor, den Schriftzug »Schreinerei Meermeyer« trug statt »Schreinerei Ortmann«.

Die grauhaarige Frau in Jeans und Wollmantel, die auf der gegenüberliegenden Straßenseite auf dem handtuchbreiten Bürgersteig stand, kannte sich hier aus, zumindest früher einmal. Sie steckte die kalten Hände tief in die Manteltaschen und ließ ihren Blick über das eineinhalbgeschossige Haus direkt neben der Schreinerei schweifen, über die hübschen Sprossenfenster und die grünen Holzläden im Erdgeschoss, die beiden Dachgauben. Sie registrierte, dass an den Fenstern weder Gardinen hingen, noch drückten – anders als früher – die Blätter von Topfpflanzen gegen die Scheiben. Stattdessen hatte man im oberen Stockwerk Rollos angebracht, die halb heruntergelassen waren. Die hatte es damals nicht gegeben.

Damals. Sie schluckte. Hier zu stehen fühlte sich nicht an, wie nach Hause zu kommen, aber auch nicht fremd. Es war ein ganz und gar verworrenes Gefühl, das sie bislang nicht gekannt hatte. Am liebsten hätte sie sofort den Rückzug angetreten.

Teil I

Vom Wachsen und vom Verschwinden

»Die Empfindung des Einsamseins ist schmerzlich,
wenn sie uns im Gewühl der Welt, unerträglich jedoch,
wenn sie uns im Schoße unserer Familie überfällt.«

Marie von Ebner-Eschenbach,
(Aphorismen, 1880)

Rosi, heute

Es gab diese Tage, an denen die Stille um sie herum und die Stille in ihrem Inneren übermächtig zu werden schienen. Tage, an denen nichts geschah und an denen Rosi Gefahr lief, sich aufzulösen. Diese Tage waren meistens Sonntage. So wie heute.
Es war Ende August und früher Nachmittag. Die Spätsommersonne warf ihr honigfarbenes Licht durch das Wohnzimmerfenster auf den zerschlissenen Orientteppich und Katze Mia, die sich darauf aalte. Mia liebte die Wärme, im Gegensatz zu Rosi, die Kühle und Schatten bevorzugte. In den sanften Strahlen war der Herbst bereits zu erahnen. Vor zwei Wochen noch war es gnadenlos heiß draußen gewesen, das grelle Licht unerbittlich. Rosi war froh, dass der neueste Jahrhundertsommer dem Ende zuging.
Vom Balkon nebenan wehten jetzt das Klappern von Kaffeegeschirr und die aufgeregten Stimmen von Kläre und Klaus herüber. Die beiden deckten den Tisch und freuten sich, dass ihre Tochter mit Mann und Kindern zu Besuch kommen würde. Klaus lobte den Pflaumenkuchen seiner Frau, der aussehe wie gemalt.
Pflaumenkuchen war von jeher Rosis Lieblingskuchen. Ihr lief das Wasser im Munde zusammen, und sie schloss das Fenster. Die Vorfreude des Ehepaars und der Gedanke an den leckeren Kuchen machten sie traurig.

Rosi hatte keine Kinder, die zu Besuch kommen könnten. Und nur für sich allein zu backen, glaubte sie, lohnte sich nicht. Ihr Blick glitt unweigerlich zu der Wand, an der dicht an dicht und teils überlappend ihre Erinnerungsfotos hingen. Eine ganze Wand voller Bilder, vom Boden bis zur Decke, festgepinnt mit Stecknadeln. Obwohl sie keine Familie hatte, war sie reich beschenkt worden, sagte sie sich trotzig.

Wie viele Menschen im Laufe der Zeit ihren Weg gekreuzt hatten, dachte sie staunend. Aber eigentlich kein Wunder bei dem Zickzackkurs, den ihr Leben genommen hatte. Das eigentliche Wunder war, dass aus jeder Phase ihres Lebens Menschen übrig geblieben waren, mit denen sie bis heute Kontakt pflegte. Die ältesten Freundschaften gingen bis 1976 zurück, da war sie noch ein Teenager gewesen.

Sie strich über einige verblichene Schwarz-Weiß-Fotos, die ganz links hingen und sie zusammen mit Manu, Tom, Willi und den anderen in der Düsseldorfer Kommune zeigten. Sie schmunzelte über ihre wilde dunkle Mähne und die auffällig gemusterte Bluse, die sie über dem Bauch verknotet hatte, über Willis traurigen schwarzen Schnurrbart, Toms Schlapphut und Manus Haarflut, die ihr bis zur Hüfte reichte. Am längsten verweilte Rosis Blick auf Manus hübschem, sanftem Gesicht. Wäre Manu nicht gewesen, würde sie heute vermutlich nicht mehr leben. Sie war ihr immer noch zutiefst dankbar und telefonierte des Öfteren mit der alten Freundin.

Rosi guckte sich die nächsten Fotos an und sah Flocke und sich in schwarzen, hautengen Klamotten und mit dicken Silberringen an den Fingern. Seine Haare waren pink gefärbt und standen in Stacheln vom Kopf ab. Sie schmunzelte, doch Flockes Anblick versetzte ihr auch einen Stich. Anfang der Achtziger hatte sie tatsächlich geglaubt, mit ihm eine Familie gründen zu können, die sie sonst nicht besaß. Damals hatte sie sich auf einmal wieder nach einer heilen Welt gesehnt, die mit Flocke aber natürlich nicht zu erreichen gewesen war.

Rosi wandte den Blick von der Fotowand ab, weil sie sich beim Lügen ertappt hatte. Dabei war das an sich nichts Besonderes. Seit 1976 log sie sich durchs Leben. Lange Zeit war das zwingend nötig gewesen, um überhaupt weiter existieren zu können. Heute, mit einem Abstand von bald fünfzig Jahren, durfte sie ehrlicher zu sich selbst sein.

Sie besaß eine Familie. Weit weg und unerreichbar, doch es gab sie. Auch wenn vor kurzem wieder ein Familienmitglied für immer gegangen war. Vielleicht sollte sie endlich ...

Sie verbot sich, den Gedanken weiterzuverfolgen.

Stattdessen hockte sie sich mit knackenden Knien neben Mia und streichelte deren getigertes Fell. Die Katze schnurrte, räkelte sich unter den sanften Fingern, blinzelte Rosi träge mit ihren bernsteinfarbenen Augen an.

Völlig unvorbereitet spürte Rosi eine solche Sehnsucht in sich aufsteigen, dass ihr das Atmen schwerfiel. Warum nur war sie ausgerechnet heute so sentimental? Mias Augen hatten doch schon immer dieselbe Farbe wie Ulfs Augen gehabt. Das war einer der Gründe, warum sie das Kätzchen damals im Tierheim aus dem Gewusel der tapsigen Kitten ausgewählt hatte. War sie so gefühlsduselig, weil sie Ulfs Namen kürzlich wieder Schwarz auf Weiß gelesen hatte?

Plötzlich klingelte es, und sie fuhr zusammen. Rosi lebte seit einigen Jahren im zweiten Stock eines Sechsparteienhauses in Neuss. An dem schrillen Ton erkannte sie sofort, dass nicht etwa unten an der Haustür geschellt wurde, sondern oben an ihrer Wohnungstür. Sie ging auf nackten Füßen hin und öffnete sie einen Spaltbreit. Rosi bat nur selten jemanden herein, was nicht zuletzt an der Fotowand lag. Ihre Vergangenheit ging niemanden etwas an.

Im Hausflur stand Kläre von nebenan. Sie streckte ihr einen Teller mit einem Stück herrlich duftendem Pflaumenkuchen entgegen. Rosi trat vor die Tür und lehnte sie hinter sich an.

»Hallo Rosi, den magst du doch so gern, oder? Ich dachte ...«, stotterte die Nachbarin.

»Ach, das ist ja lieb!« Das Prachtstück war üppig mit saftigen Pflaumen belegt und mit einem ordentlichen Klecks Sahne garniert. Rosi nahm den Teller entgegen. »Das sieht ja köstlich aus! Dankeschön!«

Kläre strahlte vor Stolz; dann jedoch legte sich ihr sonnengebräuntes Gesicht unter dem blondierten Haar in tiefe Falten. »Ich wollte dich noch fragen, ob du ...« Kläre hielt inne, stand wie festgepflanzt im Flur.

Rosi wusste direkt, was sie wollte.

»Ich soll eure Blumen gießen, wenn ihr im Urlaub seid?«, fragte sie rasch.

»Ja, genau.« Kläre lächelte verlegen. »Es wäre schon ab nächster Woche, und diesmal sind wir einen Monat lang unterwegs. Zwei Wochen Kreuzfahrt und zwei im Hotel auf Gran Canaria. Dürften wir dich trotzdem noch mal bemühen?« Sie knetete ihre Hände.

Rosi winkte ab. »Kein Problem. Mach ich. Bin ja zu Hause. Lieben Dank für den Kuchen. Den Teller stelle ich heute Abend auf die Fußmatte, okay?«

»Gern. Ich muss auch wieder. Feli, Jan und die Enkelchen kommen gleich.«

Die Vorfreude in Kläres Stimme weckte erneut das alte Bedauern in Rosi. Doch Neid war keine schöne Regung. »Dann euch einen netten Nachmittag«, sagte sie so herzlich wie möglich und nickte zum Abschied.

»Dir auch.« Damit drehte Kläre sich um, und Rosi verschwand in ihrer Wohnung. Sie würde sich einen Kaffee zubereiten und ihn zusammen mit dem Pflaumenkuchen auf dem Balkon genießen.

Wenig später saß sie draußen im Schatten ihres Sonnenschirms. Sie liebte die Kombination aus frischem Hefeteig, fruchtigen Pflaumen und süßer Sahne. Der Kuchen schmeckte nach Spätsommer und roch nach Freiheit.

Rebecca, 1976

Bald würde der Sommer zu Ende sein. Schon wurde es abends früher dunkel, und es war kühler als in den sonnenverwöhnten Wochen zuvor. Nur noch zwei Tage bis zum Ende der Sommerferien! Dann war es mit der süßen Freiheit vorbei, und das frühe Aufstehen und Pauken ging wieder los. Doch diese zwei Tage würde Rebecca noch voll auskosten, obwohl ihre Mutter gesagt hatte, dass sie den Lernstoff vom letzten Schuljahr durchgehen und Bücher und Hefte einpacken sollte. Pah! Welch eine Zeitverschwendung! Das konnte sie auch Sonntagabend fix erledigen.

Rebecca klemmte sich das zusammengerollte Handtuch unter den Arm, angelte vorsichtig ihre Strickjacke von der Garderobe und hielt die Luft an, weil einige leere Kleiderbügel klackend aneinanderstießen. Sie blickte zur Küche hinüber, wo ihre Mutter Pflaumenkuchen buk. Eine süße Wolke zog aus dem Backofen unter der Tür hindurch und erfüllte den schmalen Flur mit seinem Duft. Rebecca lief das Wasser im Munde zusammen. Den Kuchen würde es morgen Nachmittag geben; sie freute sich schon sehr darauf. Jetzt aber musste sie aufpassen, leise zu sein. Sie hatte keine Lust auf Mamas Fragen und auch nicht darauf, sie schon wieder anlügen zu müssen.

Erst als sie aus der Küche Abwaschgeräusche vernahm, atmete sie auf, schlich auf leisen Sohlen nach draußen in die Dämmerung und zog die Haustür hinter sich sanft ins Schloss.

Nachdem sie die Handtuchrolle auf dem Gepäckträger ihres Hollandrades, das an der Hauswand lehnte, verstaut hatte, schwang sie sich auf den Sattel und hielt sich links, damit sie nicht an der Schreinerei ihres Vaters vorbeimusste. Sie fuhr über das unebene Kopfsteinpflaster bis zu der schmalen Gasse zwischen zwei Fachwerkhäusern, die eine Abkürzung zum Wald darstellte. Gerade wollte sie in deren Schatten abbiegen, als sie aus dem Augenwinkel einen roten Haarschopf wahrnahm. Mist, an der Bushaltestelle bei »Haushaltswaren Esser« stand ihre ältere Schwester Ruth und quatschte mit ihrer Busenfreundin Birgit. Bestimmt waren die zwei gerade mit dem Bus aus Brüggen von der Eisdiele zurückgekommen. Jetzt blieb nur zu hoffen, dass Ruth sie nicht gesehen hatte!

Kaum war Rebecca raus aus dem Dorf, wurde die Luft kühler, und von den Feldern wehte ein erdiger Herbstgeruch herüber. Leises Bedauern mischte sich in ihre Vorfreude. Bald wären die Treffen mit der Clique hier draußen vorbei. Sie holperte über einen unebenen Feldweg, der zwischen einem Rübenacker und einer Pferdekoppel entlangführte, und umklammerte die Griffe des Lenkers fester, um ihre Geschwindigkeit beibehalten zu können. Ihr Rad klapperte bei jeder Senke und jedem Grasbüschel, das ihr unter die Reifen geriet; Erdklümpchen flogen. Auf dem geebneten Waldweg, auf den sie schließlich abbog, fuhr es sich gleich viel ruhiger. Unter dem Dach aus Kiefernzweigen und Buchenlaub rollte sie leicht abwärts in Richtung See, dessen Wasser sie nun schon silbern zwischen den Stämmen aufblitzen sah. An einem von Farn gesäumtem Trampelpfad sprang sie vom Sattel, um das Fahrrad die letzten Meter bis zum Ufer zu schieben. Nun musste sie sich nur noch vorsehen, dass sie sich die nackten Beine nicht an den Dornen der Brombeerranken aufriss, die in den kaum erkennbaren Weg ragten.

Bald hörte sie Stimmen, Gelächter und Musik. Zarte Gitarrenakkorde drangen an ihr Ohr. Also war er schon da, und ihr Herz schlug höher. Das Dickicht endete abrupt und gab einen atemberaubenden Blick auf den in der Abendsonne glänzenden See frei.

Rebecca nahm die Schönheit nur beiläufig wahr, denn sie konzentrierte sich ganz auf ihre Freunde am Ufer, die im Gegenlicht der untergehenden Sonne schemenhaft zu erkennen waren. Sie entdeckte Ulfs lange, schmale Silhouette. Er saß auf einem großen Gesteinsbrocken, etwas abseits von den anderen, die offenbar emsig Feuerholz zusammensuchten. Er hockte leicht nach vorn gebeugt da, so dass ihm das Haar wie ein Vorhang vors Gesicht fiel, und hielt die Gitarre zärtlich in seinen Händen. Rebecca spürte Eifersucht in sich aufsteigen. Die Musik war Ulfs große Liebe, da konnte sie machen, was sie wollte.

Rasch verdrängte sie die unschöne Regung, indem sie sich auf die Melodie besann, die er nun spielte. Es war einer seiner eigenen Songs, erfüllt von Sehnsucht, so wie Ulf selbst. Ihr Herz zog sich zusammen, und sie ließ ihr Rad fallen, schlüpfte aus den Sandalen und rannte barfuß zu ihm. Moorige Erde quetschte sich kitzelnd zwischen ihre Zehen. Der laue Abendwind fuhr ihr durchs Haar, dann war sie bei ihm.

»Ulf!«

Er hörte sofort auf zu spielen, richtete sich zu seiner vollen Größe von über einem Meter neunzig auf und lehnte die Gitarre behutsam an den Stein, bevor er sie in die Arme schloss.

Sie küssten sich lange, und Rebecca schmiegte sich immer noch an ihn, als Gaby und Moni kamen, um sie zu begrüßen.

»Hi Becky, da bist du ja endlich. Gehen wir zwei noch eine Runde schwimmen, bevor uns die Mücken auffressen?« Gabys hellblonder Pferdeschwanz wippte. Sie trug nur ein Batikshirt über ihrem Bikini.

»Was ist denn mit dir?«, fragte Rebecca ihre andere Freundin, während Ulf sich an Frank wandte, der soeben zu ihm getreten war und ihm eine Zigarette anbot.

Moni schüttelte den Kopf, ergriff mit einer Hand eine ihrer dunklen Haarsträhnen und kaute darauf herum. »Geht nicht«, sagte sie mit gesenkter Stimme und schrägem Blick auf die beiden Jungs. »Ich hab meine ... Regel.«

»Ach so.« Rebecca nickte verständnisvoll. Mit einer Binde zwischen den Beinen zu schwimmen ging ja nicht, und Tampons durfte Moni ebenso wenig benutzen wie sie selbst. In den Augen ihrer Mütter war das unhygienisch.

Dann fuhr ihr der Schreck heiß in die Glieder. Wie lange war es eigentlich her, dass sie das letzte Mal geblutet hatte? Hatten sie da nicht noch Schule gehabt? Das wären dann schon über sechs Wochen. Oder gar noch länger?

Ihr hastiges Nachrechnen wurde jäh unterbrochen, als plötzlich blechern Musik losplärrte. Jens hatte sein brandneues Kofferradio dabei und gab wie immer damit an. »Girls, Girls, Girls«, sang die Band Sailor aus den Lautsprechern.

Rebecca konnte den hektischen Song, der – wie sie fand – die romantische Abendstimmung zerstörte, überhaupt nicht leiden. Sie mochte die sanfte Musik von Supertramp, Cat Stevens oder Simon & Garfunkel wesentlich lieber. Und natürlich Ulfs Gitarrenspiel. Außerdem würden die lauten, übersteuerten Klänge womöglich bis ins Dorf hinüberwehen, und sie bekämen alle Ärger.

»Na, komm, Gaby«, rief sie entnervt gegen den Lärm an, schlüpfte aus Rock und T-Shirt und warf beides über den großen Stein, während die Freundin ihr T-Shirt einfach Moni über die Schulter legte. Hand in Hand sprinteten sie ins dunkle Wasser, Fontänen spritzten. Rebecca ignorierte die Kälte, als sie ganz eintauchte, und begann sofort mit kräftigen Schwimmzügen. Neben sich hörte sie Gaby prusten.

Vom Dämmerlicht umhüllt, schwammen sie weit hinaus auf den dunklen See. Mit jedem zurückgelegten Meter schien die Wassertemperatur zu sinken. Einige Mücken tanzten über ihnen, eine Ente quakte in der Ferne. Hoch über ihnen blinkten die ersten Sterne am weiten Nachthimmel. Rebecca fröstelte und überlegte, wie weit es hier bis zum Grund sein mochte und was unter ihnen alles herumschwamm. Hechte, Welse, Aale, Rotaugen ... Sie erschauderte und konzentrierte sich lieber auf Gaby, die vor ihr schwamm und sich nun zu ihr umdrehte.

»Hast du deinen Eltern eigentlich inzwischen gesagt, dass du mit Ulf zusammen bist?«

»Psst! Nicht so laut! Das Wasser trägt unsere Stimmen!«, raunte Rebecca. »Nein, noch nicht«, gestand sie dann der Freundin und begann, auf der Stelle zu paddeln. Ihre Füße fühlten sich wie Eisklumpen an. Lange würde sie es nicht mehr im Wasser aushalten. Außerdem schien die Dunkelheit gleichsam nach ihnen zu greifen. Das Ufer war kaum mehr zu erkennen.

»Meinst du nicht, dass es langsam mal Zeit wird?« Gabys Stimme klang mahnend. »Sie kriegen es doch sowieso raus. Deine Schwester ...«

»Ja, ich weiß!«, unterbrach Rebecca sie. »Aber Mama und Papa finden, dass ich in meinem Alter noch keinen Freund haben soll. Und sie wollen auch nicht, dass ich mich mit euch allen treffe.«

»Phh!« Gaby paddelte ein Stück von ihr weg. »Du bist sechzehn und kein kleines Kind mehr. Und Ulf ist sooo toll!«

Rebecca unterdrückte ein Seufzen. Gaby war also immer noch verknallt in ihren Freund! Und wahrscheinlich wurmte es sie weiterhin, dass der sich nicht für sie, sondern für Rebecca entschieden hatte. Als ob das eine Frage der Entscheidung gewesen wäre! Wer konnte schon steuern, in wen er sich verliebte?

Bei wessen Anblick man ein Kribbeln im Bauch spürte und wer einen kaltließ?

Rebecca strampelte mit den Beinen, bevor diese ganz gefühllos wurden. Sie hatte inzwischen am ganzen Körper eine Gänsehaut und fror.

»Ja, das ist er«, antwortete sie,»und wir sind superglücklich. Ich muss bloß den richtigen Moment abpassen, um es meinen Eltern zu sagen. Die werden sich schon wieder einkriegen. Jetzt am Wochenende bringe ich es ihnen bei. Mama und Papa müssen endlich kapieren, dass ich nicht so verklemmt bin wie Ruth. Aber lass uns jetzt zurückschwimmen. Mir ist arschkalt. Guck mal, das Feuer brennt schon!«

Sie deutete zum Uferstreifen, wo gelborange Flammen in den Abendhimmel züngelten und einen Lichtkreis bildeten, an dessen Rand ihre Freunde wie Scherenschnitte zu erkennen waren. Fast alle saßen schon. Nur zwei dunkle Gestalten schleppten noch Holz an.

Wenig später kuschelte sie sich, in eine Decke gehüllt, in Ulfs Arme und trank ganz langsam ihr Bier aus der Flasche. Neben Gaby und Moni saßen die etwas ältere Conny, ihr Freund Rolf sowie Jens, Stefan und Benny, der seit Ewigkeiten in Moni verknallt war, in der Runde. Rebeccas Haare trockneten in der Hitze des Feuers. Anschließend würden sie nach Rauch miefen, aber das war ihr völlig egal. Überall dort, wo Ulf sie berührte, kribbelte ihr Körper vor Wohlbehagen.

Nach einer halben Stunde gaben die Batterien in Jens' Radio den Geist auf, und Rolf und Conny baten Ulf, ein paar Songs auf der Gitarre zu spielen. Er nickte, löste sich sanft von Rebecca, holte das Instrument und schlug einige Akkorde an. Bald lauschten alle den Beatles und Ulfs melodiöser Stimme, die wie immer ein sehnsüchtiges Ziehen in Rebeccas Magen auslöste.

Die Stimmung wurde dank des sich leerenden Bierkastens

ausgelassener. Irgendwann ging Ulf dazu über, eigene Stücke zu spielen und dazu zu singen, und Rebecca wünschte sich nichts mehr, als mit ihm allein zu sein. In seinem engen Zimmer, dessen Wände mit Postern von Queen und Jimi Hendrix gepflastert waren und in dem das Bett den meisten Raum einnahm. Dort würden seine Hände sie und nicht den Hals der Gitarre liebkosen.

Aber daraus würde heute nichts werden. Um zweiundzwanzig Uhr musste sie zu Hause sein. Das war in einer knappen Dreiviertelstunde. Sein Blick begegnete ihrem, und sie spürte, dass er es genauso bedauerte, dass sie den Abend nicht zu zweit verbringen konnten.

Ihr Gesicht glühte im Schein des Feuers, im Rücken fühlte sie die feuchte Kühle. Sie atmete tief durch, zog die Decke fester um sich. Ulf setzte zu einer neuen Melodie an, und während Benny eine Chipstüte kreisen ließ, Moni mit einem Stock im Feuer herumstocherte, bis die Glut in den Himmel stob, und Rolf eine Bierflasche mit Hilfe seines Feuerzeugs mit einem lauten Plop öffnete, überkam Rebecca ein mulmiges Gefühl.

Sie hatte keine Ahnung, woher ihre Eingebung kam, doch plötzlich wusste sie mit absoluter Klarheit, dass dies für lange Zeit der letzte unbeschwerte Abend sein würde, den sie erlebte. Und das hatte nichts damit zu tun, dass am Montag die Schule wieder begann.

Miriam, 1976

»Ist Rebecca immer noch nicht zu Hause?« Ruth steckte den Kopf in das Zimmer, in dem Miriam am Schreibtisch saß und mit Wasserfarben ein Shetlandpony auf einer Koppel malte – oder es zumindest versuchte. Bisher ähnelte das Tier eher einem grobschlächtigen Hund mit langen, knotigen Beinen. Miriam tunkte genervt den Pinsel ins Wasserglas und drehte sich widerwillig zu ihrer ältesten Schwester um.

»Nee, noch nicht. Wie spät ist es denn?«

In den Ferien war es ihren Eltern gleich, wann Miriam schlafen ging. Mit dieser Freiheit würde es in zwei Tagen vorbei sein. Bis dahin würde sie es noch auskosten, lange aufzubleiben. Und wenn Rebecca weg war, konnte sie in ihrem gemeinsamen Kinderzimmer tun und lassen, was sie wollte. Sie war eigentlich froh, dass die ältere Schwester noch nicht zu Hause angekommen war. Miriam wischte sich die Hände an einem alten Lappen ab und ging zum Schallplattenspieler, um die zweite Seite von »Hanni und Nanni schmieden neue Pläne« zu hören.

»Zwanzig nach zehn!« Ruths Stimme war vorwurfsvoll, so als könne Miriam etwas dafür.

»Ist doch egal. Solange Mama und Papa nichts mitkriegen ...«

Ihre Eltern waren zu einem Orgelkonzert in die neue evangelische Kirche im Ort gegangen und würden erst spät zurückkehren. Ein Glück für Rebecca!

»Ich suche meine neue Jeans, die helle mit dem Schlag. Bestimmt hat Becky die.«

Miriam ließ ihren Blick durch das unaufgeräumte Zimmer schweifen. Auf Rebeccas Bett türmten sich ungewaschene Kleidungsstücke.

»Vorhin hatte sie jedenfalls einen kurzen Rock an. Aber vielleicht liegt deine Hose zwischen den Sachen da.« Sie wies auf den Stapel.

Ruth zog die Augenbrauen zusammen und machte ein paar Schritte ins Zimmer. Ruths Schönheit versetzte Miriam einen Stich. Mit ihren neunzehn Jahren sah sie schon wie eine erwachsene Frau aus. Sie war schlank und groß wie ein Mannequin und hatte wie Rebecca diese tollen welligen roten Haare, die beide Schwestern eindeutig von Papa geerbt hatten. Miriams Haare waren glatt und braun. Sie reichten ihr nicht mal bis auf die Schultern. Außerdem war Miriam für ihre fast elf Jahre ziemlich klein und eindeutig zu pummelig.

Ruth dagegen sah einfach klasse aus. Allerdings stand ihr diese verkniffene, kreuzbrave Art nicht, fand Miriam. Es machte sie so ... Miriam überlegte ... altbacken. Becky war viel lustiger und frecher. Wenn sie selbst eines Tages älter wäre, wollte sie wie Becky sein, nicht wie Ruth.

»Ich wühle garantiert nicht in Rebeccas dreckigen Klamotten rum«, schnaubte Ruth jetzt und verzog den Mund. »Nee, sie soll mir meine Jeans schon selbst zurückgeben.« Dann nahm sie sich – für Miriam total überraschend – einen Stuhl und ließ sich darauf fallen. »Ich glaube übrigens, dass Rebecca auch diesmal nicht zu ihrer Schulfreundin Marion gefahren ist, wie sie immer behauptet, sondern an den Waldsee! Da trifft sich in letzter Zeit diese Mofagang. Ich hab gesehen, wie Rebecca mit ihrem Rad in die Gasse fuhr, durch die es direkt zum See geht ...«

Miriam zuckte mit den Schultern. Eigentlich hatte sie vorgehabt, die Nadel des Tonarms vorsichtig auf die sich drehende Langspielplatte zu setzen, doch weil Ruth keinerlei Anstalten machte zu verschwinden, stellte sie ergeben den Plattenspieler aus und kehrte zu ihrem Bild zurück. Wenn sie die Nüstern etwas größer malte, würde das Tier einem Pony ähnlicher sehen, überlegte sie und kratzte mit dem Pinsel die letzten schwarzen Farbreste aus dem Töpfchen. Sie musste dringend neue Farben für den Kunstunterricht kaufen. Und für Mathe brauchte sie noch einen neuen Zirkel, fiel ihr siedend heiß ein. Warum hatte sie nicht früher daran gedacht?

»Ist doch egal!«, sagte sie leichthin zu Ruth. »Das sind eben Beckys Freunde. Die Marion sieht sie ab Montag eh wieder jeden Tag.«

»Mama und Papa halten von diesen neuen Freunden gar

nichts. Wenn die wüssten, dass Rebecca mit denen rumhängt, würden sie dem sofort einen Riegel vorschieben.«

»Wahrscheinlich verschweigt sie es ihnen deshalb«, erwiderte Miriam ungewollt scharf. »Und du verpetzt sie hoffentlich auch nicht! Sei nicht so gemein!«

Ruth warf ihr einen aufgebrachten Blick zu. Ihr Gesicht lief knallrot an, was sich mit der Farbe ihrer Haare biss. Miriam bemerkte es mit Genugtuung. Dann schien auf einmal alle Luft aus ihrer großen Schwester zu weichen. Ihre Schultern sackten nach vorn. »Nee, würde ich nie machen. Obwohl es mich schon ärgert, was Rebecca sich alles rausnimmt. Das hätte ich mir mal in dem Alter erlauben sollen!«

Daher wehte also der Wind. Ruth war neidisch auf Rebecca oder vielmehr auf ihren Mut. Und das konnte Miriam sogar ein bisschen verstehen.

»Na ja, bald brauchst du dich darüber nicht mehr zu ärgern. Wenn du ab Oktober in Köln Medizin studierst und ins Studentenwohnheim ziehst, hast du selbst alle Freiheit der Welt!«

Ruth senkte den Blick und knibbelte mit dem Zeigefinger an der Nagelhaut ihres Daumens herum. »Ich weiß nicht«, murmelte sie, mehr zu sich selbst. Dann sprang sie abrupt auf und stellte sich direkt hinter Miriam, um ihr über die Schulter zu schauen. »Sieht super aus, dein Pferd«, sagte sie lobend. »Ich würde die Augen vielleicht noch etwas runder machen ... und die Mähne über der Stirn länger.«

»Stimmt!« Miriam nickte. »Gute Idee.«

In dem Moment hörten sie beide unten einen Schlüssel im Schloss. Ruth verließ das Zimmer und rannte die Holztreppe hinunter.

»Rebecca? Wo ist meine neue Jeans? Gib zu, du hast sie mir aus dem Schrank geklaut!«

Hilde, 1976

Am Samstagnachmittag sollte es den Pflaumenkuchen geben, den Hilde gestern Abend noch vor dem Konzert gebacken hatte. Sie würde den Tisch hinten im Hof im Schatten der mit Kletterrosen bewachsenen Mauer zur Schreinerwerkstatt mit dem guten Service decken, das sie und ihr Mann zur Hochzeit bekommen hatten. Es war ein sonniger Spätsommertag. In den Rosen summten Bienen, und ein prächtiges Tagpfauenauge taumelte durch die warme Luft, als Hilde das Tablett mit Geschirr, Zuckerdose, Milchkännchen und Besteck nach draußen trug. Ein wohltuender Windzug fuhr ihr durch die Bluse und bauschte ihren knielangen Rock, den sie nach dem neuesten Schnittmuster in der *Burda* selbst genäht hatte. Sie atmete tief durch und freute sich, dass die Familie gleich vollzählig an der Kaffeetafel sitzen würde. Leider war das in letzter Zeit nicht mehr selbstverständlich. Rainer arbeitete aufgrund der stark gestiegenen Zahl an Aufträgen immer länger und oft sogar an den Wochenenden, und ihre ältesten Töchter wurden langsam flügge. Wobei Rebecca am häufigsten außer Haus war, so wie gestern, als sie sich ohne ein Wort davongestohlen hatte.

Ihre mittlere Tochter machte ihr überhaupt die meisten Sorgen, überlegte Hilde, während sie Teller und Tassen auf dem Tisch arrangierte. Das Mädchen brachte zwar einigermaßen gute Noten mit nach Hause, verhielt sich aber frech und aufmüpfig, ganz anders als die fleißige und brave Ruth. Hilde hoffte, dass Rebeccas Bockigkeit bloß der Pubertät geschuldet war und sich bald wieder legte.

Hilde verabscheute es, wenn Unfriede im Hause Ortmann herrschte. Sie hasste es, streng zu sein und Rebeccas renitentes Verhalten bestrafen zu müssen. Leider ging es manchmal nicht anders, sonst würde die Sechzehnjährige ihr bald nur noch auf der Nase herumtanzen.

Hilde würde aufatmen, wenn die Ferien übermorgen vorbei waren, der Schulalltag wieder begann und Rebeccas Eskapaden damit ein Ende fanden. Sie seufzte erleichtert und eilte in die Küche zurück, um den Kuchen zu holen. Er sah wunderbar aus – dick, duftig und voll mit saftigen Pflaumen. Hilde schnitt ihn auf dem Blech in großzügige Stücke, ehe sie sich daran machte, zwei Becher Sahne zu schlagen.

Wie ging es ihnen allen gut! Dankbar richtete sie die Augen gen Himmel, während sie die Handkurbel des Schneeschlägers, so schnell es ging, drehte. Gott, danke, dass du mich so reich beschenkt hast, betete sie im Stillen. Danke für meinen Mann, meine Töchter und für all mein Glück.

Hilde, die 1935 hier in Niederbroich geboren worden war, hatte ihre entbehrungsreiche Kindheit und Jugend während des Krieges und in der Nachkriegszeit nie vergessen. Immer noch schreckte sie ab und an aus einem Albtraum auf, in dem sich der Bombeneinschlag in das Wohnhaus ihrer Eltern, in dessen Erdgeschoss sich der Gemischtwarenladen der Familie befand, täuschend echt wiederholte. Ihr Vater und ihre Schwester Anne waren dabei ums Leben gekommen, und mit einem Mal war die Familie bettelarm.

Hilde, ihr Bruder und ihre Mutter waren bei Verwandten auf einem schlichten Bauernhof untergekommen, wo sie harte Arbeit auf den Feldern zu verrichten hatten. Nur ihre Frömmigkeit half ihnen damals, die Hoffnung auf bessere Zeiten nicht aufzugeben.

Inzwischen war die Sahne fest geworden. Hilde füllte sie in eine Glasschale. Dann leckte sie genießerisch die Sahnereste von den Quirlen des Schneeschlägers.

Wieder drifteten ihre Gedanken in die Vergangenheit ab.

Gott hatte 1945 ihre Gebete erhört. Er schickte ihrer Mutter einen neuen Mann, einen Kriegsveteranen, dem man ein Bein abgenommen hatte. Ihr Stiefvater war ein lieber, sanfter Mensch, der die Familie bald in seinem Haus auf großem Grund am Ortsrand aufnahm. Heute stand es längst nicht mehr; nach Mutters und seinem Tod war es abgerissen worden, um Platz für ein Neubaugebiet zu schaffen.

Damals war Hilde ihrem Stiefvater unendlich dankbar, aus der Einöde wegziehen zu können. Endlich durfte sie auch wieder die Schule besuchen, die während der letzten Kriegsjahre geschlossen worden war.

Sie war eine fleißige, ehrgeizige Schülerin. Nie wieder wollte sie mittellos dastehen, nie wieder wegen ihrer Armut verspottet werden. Nach ihrem Abschluss machte sie eine kaufmännische Lehre.

Und dann lernte sie beim Schützenfest Rainer Ortmann kennen, einen jungen rothaarigen Hünen, der die Schreinerei im Dorf übernommen hatte. Sie verliebten sich Hals über Kopf ineinander. Dass er evangelisch war, irritierte sie erst, doch dann merkte sie, dass er genauso tief gläubig war wie sie selbst, bloß dass er nicht zur heiligen Maria und der Vielzahl von Schutzheiligen betete, sondern allein zu Gott und Jesus, und statt seines Namenstages seinen Geburtstag feierte.

Es war Rainers Herzenswunsch, dass sie konvertierte. Sie ließ sich darauf ein. Sowohl im katholischen als auch im evangelischen Glauben richtete man sein Leben nach Gott, dem Herrn, aus. Man betete zu ihm und handelte in Nächstenliebe. Außerdem war ihre Mutter tot, ihrem inzwischen verheiraten Bruder war es egal, und niemand würde ihr einen Vorwurf machen.

Hilde war fast erleichtert, ihre Religiosität – ihrem Empfinden nach – nun noch reiner leben zu können. Und als Frau des angesehenen Tischlers im Dorf ging es ihr ausnehmend gut. Sie erledigte die Buchhaltung für den Betrieb, der regelrecht aufblühte. Die Ortmanns waren in der evangelischen Kirchengemeinde gern gesehene Mitglieder, zumal Rainer unentgeltlich den Abendmahlstisch, die Kanzel und das Gestell des Taufbeckens für die neue Kirche schreinerte. Die Familie führte ein glückliches und wohlhabendes Leben, und Hilde hatte allen Grund, ihrem Gott dankbar zu sein.

Jetzt wusch sie sich die Hände über dem Spülbecken, trocknete sie an ihrer Schürze ab, trat in den Flur und rief an der Treppe nach ihren Töchtern. Anschließend eilte sie in die Werkstatt, um ihrem Mann Bescheid zu sagen, der die Pläne für ein neues Regalsystem in der evangelischen Bücherei erstellte.

Bald saßen fast alle am Tisch; nur Rebecca ließ auf sich warten. Hilde schenkte Rainer und sich Kaffee und den Mädchen schon einmal Kakao ein. Immer noch war ihre mittlere Tochter nicht erschienen. Dafür umkreisten mehrere Wespen die Kuchenplatte.

»Ich hab Hunger«, quengelte Miriam.

»Und ich hab keine Zeit«, brummte Rainer.

In dem Moment öffnete sich die Tür zum Hof, und Rebecca schlenderte zum Tisch, in einer hautengen buntgemusterten Bluse und einem Minirock, der so kurz war, dass er gerade mal ihre Scham bedeckte. Hilde starrte sie mit offenem Mund an. Als ihre Tochter sich auf ihren Gartenstuhl setzen wollte, explodierte sie. »Das Fähnchen ziehst du sofort wieder aus! Was fällt dir ein, hier halbnackt zu erscheinen?«

Auch Rainer hatte beim Anblick seiner Tochter die Stirn gerunzelt. »Was um alles in der Welt …?« Ihm fehlten offenbar die Worte.

Rebecca blieb stehen, umfasste mit der Hand die Rückenlehne des Stuhls. »Das ist jetzt modern, davon versteht ihr nichts«, verteidigte sie sich, »und außerdem …«

Weiter kam sie nicht, denn Hilde war hochgeschnellt und deutete mit ausgestrecktem Arm und Zeigefinger zum Haus. »Du gehst sofort wieder auf dein Zimmer und ziehst dich um! Aber dalli!«

»Nö, mach ich nicht.«

»Dann gibt's eben keinen Kuchen für dich.«

»Mama, Pflaumenkuchen ist Beckys Lieblingskuchen«, mischte Miriam sich ein. »Das ist gemein!«

»Gemein ist, wie ... wie ... ein Flittchen rumzulaufen«, presste Hilde hervor und sah aus dem Augenwinkel, wie ihr Mann zustimmend nickte.

Rebecca funkelte ihre Eltern an. »Ihr könnt mich mal!«, spie sie aus, drehte sich um und rannte ins Haus. Hilde hörte noch, wie sie die Holztreppe hochpolterte und die Tür des Kinderzimmers hinter sich zuknallte.

Hilde setzte sich zögernd wieder hin. War sie etwa zu streng gewesen? Rainer legte seine Hand auf ihr Bein, was sie ein wenig beruhigte. Dennoch entstand ein langes, ungemütliches Schweigen, bis Hilde sich dazu aufraffen konnte, sich betont freundlich zu erkundigen, wem sie wohl ein Stück Pflaumenkuchen reichen dürfe.

Sie fragte sich, womit sie den ganzen Ärger verdient hatte. Eigentlich waren Rainer und sie so stolz auf ihr Dreimädelhaus. Was war denn in letzter Zeit bloß in Rebecca gefahren?

Schweigend aß Hilde ihr Kuchenstück, ohne den herrlichen Geschmack genießen zu können.

Sie erinnerte sich an ihre tiefe Dankbarkeit, als sie ihr erstes Baby in den Armen halten durfte. Rainer und sie nannten die Kleine Ruth. Ihnen gefielen die alten biblischen Namen. Drei Jahre später erblickte Rebecca das Licht der Welt und wiederum fünf Jahre darauf die kleine Miriam, das einzige Kind, das äußerlich auf sie und nicht auf Rainer zu kommen schien.

Danach wurde Hilde nicht mehr schwanger. Sie hätte sich auch einen Jungen in ihrer Kinderschar gewünscht, aber es sollte eben nicht sein. Jede ihrer Schwangerschaften war beschwerlich gewesen, und in den Jahren dazwischen hatte sie oft geglaubt, kein Kind mehr austragen zu können.

Zwei Jahre nach Miriams Geburt entdeckte der Frauenarzt bei einer Routineuntersuchung drei faustgroße Myome in ihrer Gebärmutter, die zum Teil schon mit dem Gewebe verwachsen waren. Sie musste sich einer Totaloperation unterziehen und litt seither darunter, in ihren Augen keine vollständige Frau mehr zu sein.

Nach außen hin mimte sie dagegen die glückliche Mutter dreier wohlgeratener Töchter, von denen die erste zum Wintersemester für ihr Medizinstudium nach Köln ziehen würde. Es machte sie ungemein stolz, dass ihre Kinder auf einem guten, erfolgreichen Weg waren.

Bis heute. Denn Rebecca schien davon ausscheren zu wollen. Hoffentlich war das nur eine Phase.

Rosi, heute

Der Pflaumenkuchen rettete Rosis Sonntag. Sie genoss jeden Bissen voller Hingabe. Wenn man Pflaumenkuchen aß, konnte man sich unmöglich einsam fühlen oder gar auflösen. Dann war man mit allen Sinnen mitten im Leben.
Wie rührend, dass ihre Nachbarin sich gemerkt hatte, dass es ihr Lieblingskuchen war. Ihr ein Stück davon zu bringen war zwar Teil von Kläres Bestechungsversuch gewesen, damit sie während der vierwöchigen Abwesenheit des Ehepaars die Blumen goss, doch fühlte Rosi sich wohltuend wahrgenommen. Als alleinstehende Frau mittleren Alters wurde man von der Gesellschaft gern übersehen. Früher einmal, in jungen Jahren, wäre es Rosi nur allzu gelegen gekommen, unsichtbar zu sein. Heute hatte es etwas Deprimierendes.
Sie verputzte das letzte Stückchen mit ein wenig Sahne, lehnte sich zurück und seufzte wohlig.
Spontan beschloss sie, bei Manu und Tom anzurufen. Leider ging in deren Wohnung niemand ans Telefon. Mit dem Hörer in der Hand stellte Rosi sich vor ihre Bilderwand und überlegte, wen sie stattdessen kontaktieren sollte, denn auf einmal hatte sie Lust auf ein Gespräch mit einer lieben Freundin. Ihre Augen glitten über die Fotos, blieben mal an diesem, mal an jenem hängen und landeten schließlich bei einer Aufnahme von 1972, die sie mit ihrer Familie zeigte. Es war das einzige Foto, das sie

aus der Zeit besaß, und es tat immer noch weh, es anzuschauen. Wieder einmal fragte Rosi sich, warum sie es nicht einfach wegwarf. Irgendetwas in ihr hielt sie beharrlich davon zurück. War es Nostalgie, Wehmut, Sehnsucht oder gar ein schlechtes Gewissen?

Rosi schluckte und konzentrierte sich auf einige bunte Fotos im rechten Bereich der Wand. Sie waren 1992 geknipst worden und zeigten Teile eines westfälischen Kottens, mitten in einem Meer aus Sommerblumen, davor eine Schar fröhlicher Menschen. Im Hintergrund sah man eine Wiese, auf der Schafe weideten. Über allem wölbte sich ein scheinbar ewig blauer Himmel.

Spontan wählte sie Ullas Nummer, die sie auch nach der langen Zeit noch immer auswendig kannte. Nach mehrmaligem Klingeln ertönte die tiefe und leicht kratzige Stimme ihrer alten Freundin aus den Lengericher Zeiten.

»Wie schön, dass du anrufst!«, rief Ulla aus, und es klang zwar freudig, aber auch hektisch. »Vorhin noch habe ich an dich gedacht. Wir haben nämlich dein altes Zimmer renoviert. War bitter nötig! Jetzt können unsere Enkel dort übernachten. Max ist schon sechs, Ida fünf. Ach, du musst sie unbedingt mal kennenlernen. Beide hell im Kopf und so liebenswert! Okay, auch ziemlich wild manchmal, aber das gehört ja dazu, oder?«

Ohne eine Reaktion von Rosi abzuwarten, redete sie ohne Punkt und Komma weiter, schwärmte in den höchsten Tönen von ihren Enkeln, ihrer ältesten Tochter Lotta, die ihren Doktor in Philosophie gemacht hatte, und der jüngeren, die Thea hieß und bei »Ärzte ohne Grenzen« tätig war. Von Jakob, ihrem Sohn mit geistiger Behinderung, erzählte sie, dass er weiterhin gern als Töpfer in einer gemeinnützigen Werkstatt arbeitete. Dann listete sie sämtliche Krankheiten ihres Mannes Bernd auf und schilderte Rosi schließlich lang und breit ihr eigenes

Rückenleiden. »Du glaubst nicht, wie schwer es mir manchmal fällt, mich zu bücken!«, klagte sie. »Vieles erledigen inzwischen unsere Bufdis. Du weißt ja sicher, dass wir den Betrieb vergrößert, die Felder der umliegenden Landwirte gepachtet haben und jetzt noch mehr heimische Gemüsesorten ökologisch anbauen ...«

Rosi hörte bald kaum noch hin. Seit wann kreiste Ulla nur um sich selbst und ihre Familien- und Bio-Bubble, fragte sie sich. Während sie sich den Telefonhörer weiterhin pflichtbewusst ans Ohr hielt, schaltete sie den Fernseher an. Gleich kam die Tagesschau, die wollte sie nicht verpassen. Alte Marotte.

Sie betätigte die Mute-Taste und betrachtete die Überschriften, die hinter der Nachrichtensprecherin aufpoppten. Auf einmal hielt sie den Atem an. »Alter Fall gibt neue Rätsel auf ...« las sie und sah dann einen ihr wohlbekannten Friedhof.

»Ulla ...« Rüde unterbrach sie den Redefluss ihrer westfälischen Freundin. »Es hat gerade geklingelt«, flunkerte sie. »Wir müssen ein andermal plaudern. Tschüss, meine Liebe.«

Sie legte auf und stellte den Ton laut. Mit geweiteten Augen saß sie da, starrte auf den Bildschirm und hörte fassungslos zu, was die Reporterin zu sagen hatte.

Rebecca, 1976

Schule war so öde! Hatte Rebecca sich anfänglich gefreut, die Klassenkameraden wiederzusehen, die sie in den Ferien nicht hatte treffen können, weil sie weiter weg in verstreuten kleinen Ortschaften wohnten und jeden Morgen mit dem Schulbus zum Gymnasium gebracht wurden, überkam sie schon nach zwei Tagen tödliche Langeweile. Dabei konnte sie doch eigentlich froh sein, ihren spießigen Eltern entkommen zu können.

Das Wochenende war wirklich schrecklich gewesen. Nach

Mamas Ausraster wegen der Klamotten, die Gaby ihr geliehen hatte und die Rebecca eigentlich nur anprobiert hatte, weil sie sie vielleicht nächste Woche bei der Fete in einem privaten Partykeller zu tragen gedachte, war der Tag verdorben. Oben in ihrem Zimmer riss sie sich wütend Rock und Bluse vom Leib und schlüpfte in die abgeschnittene Jeans und das T-Shirt mit dem Abba-Schriftzug. Dann legte sie eine Platte von den Ramones auf, drehte den Lautstärkeregler hoch und warf sich aufs Bett. Am liebsten wäre sie mit dem Rad zu Ulf gedüst, aber der verlegte bei einem Onkel im Nachbardorf neue Leitungen und würde erst spät abends zurück sein.

Sie war stinksauer auf ihre Eltern, die einfach nicht kapierten, dass man heutzutage anziehen konnte, was man wollte. Flower-Power, Schlaghosen und Minikleider waren angesagt, nicht Faltenröcke und Spitzenblüschen!

Sie steigerte sich gerade in ihren selbstgerechten Zorn hinein, als plötzlich Miriam ins Zimmer platzte, die Tür hinter sich schloss und ihr einen Teller hinhielt. Ein riesiges Stück Pflaumenkuchen prangte darauf, bedeckt mit einem mächtigen Berg Sahne.

»Hier, hab ich aus der Küche stibitzt«, rief Miriam gegen die Musik an. »Guten Appetit!«

Rebecca setzte sich auf und machte den Plattenspieler leiser.

»Dufte! Danke! Du bist die allerbeste Schwester der Welt!«

Am Sonntag war die Stimmung im Hause Ortmann immer noch angespannt, und Rebecca atmete auf, als sich ihre Eltern allein zum Gottesdienst aufmachten.

Beim Abendessen taten dann alle so, als sei nichts geschehen, und ihre Mutter erkundigte sich bei Miriam und ihr in harmlosem Tonfall, ob die Schultornister für den nächsten Morgen schon gepackt waren. Rebecca fand das so heuchlerisch, dass sie am liebsten entgegnet hätte, sie könne sich den Ranzen sonst wohin stecken. Aber natürlich tat sie das nicht, sondern antwortete brav.

Rebecca war also am Montag liebend gern zur Schule gefahren, doch inzwischen fand sie den Unterricht nur noch öde. Immer öfter starrte sie gedankenverloren aus einem der Fenster des Klassenzimmers hinaus in den tiefblauen Spätsommerhimmel und dachte an Ulf. Was er wohl gerade tat? Bestimmt musste er nicht blöde herumsitzen wie sie.

Ulf machte eine Lehre zum Fernmeldehandwerker in Mönchengladbach. Jeden Tag in der Früh fuhr er mit seinem Motorrad zum Betrieb und kam erst gegen 18 Uhr zurück, außer am Mittwoch, wenn er Berufsschule hatte. Dann war er eher zu Hause.

Ulf hatte keine Freude an der Lehre. Sein Traum war es, Musik zu studieren, aber das ging ja nicht mit einem Realschulabschluss. Als Rebecca ihm einmal vorgestöhnt hatte, wie nervig sie es auf dem Gymnasium fand, hatte er sie verständnislos angesehen und behauptet, dass er sie für einen Glückspilz halte.

»Was hätte ich dafür gegeben, Abi zu machen, so wie du! Aber für meine Eltern kam es gar nicht in Frage, dass ich aufs Gymmi gehe. Für die war immer klar, dass ich nach der mittleren Reife so schnell wie möglich auf eigenen Beinen stehe. Die sind saufroh, wenn ich endlich ausziehe und ihnen nicht mehr auf der Tasche liege.« Dann zuckte er deprimiert die Achseln. »Und meine Musik ist für sie sowieso Spinnerei. Später, wenn ich eine eigene Wohnung habe, hole ich mein Abitur in der Abendschule nach und studiere doch noch. Wenn ich das mit der Knete irgendwie hinkriege.«

Rebeccas Herz hatte sich vor Mitleid zusammengezogen. Warum begriffen seine Eltern nicht, wie begabt ihr Sohn war? Wie konnten sie so blind sein, sein Talent nicht zu erkennen? Gedankenlos versauten sie ihm seine Zukunft.

Nach dieser Unterhaltung hatte Rebecca sich bei Ulf nie wieder abfällig über die Schule geäußert. Das änderte jedoch nichts daran, dass der Schulstoff sie immer weniger interessierte. Nur Kunst und Sport konnten sie noch aus dem Halbschlaf reißen. Jetzt schlug der Gong zur großen Pause, und Rebecca atmete erleichtert auf. Endlich war die Doppelstunde Mathe zu Ende! Sie klappte mit einem Knall ihr Algebrabuch zu, wartete ungeduldig, dass Herr Erkes sie alle endlich entließ, und drängte sich dann mit den anderen durch die Tür in den Flur. Sie versuchte, zu Marion vorzudringen. Die ging nur ein paar Meter vor ihr, war jedoch eingekeilt zwischen laut schwatzenden Jungen und Mädchen. Rebecca wollte sie gerade rufen und fragen, ob sie sich zusammen am Kiosk etwas Süßes holen sollten, als ihr auf einmal ein heftiger stechender Schmerz in den Unterleib schoss. Die Luft blieb ihr weg, ihr wurde schwarz vor Augen, und sie musste sich mit einer Hand an der Wand abstützen, damit sie nicht das Gleichgewicht verlor. Sie ließ die anderen vorbeiziehen und atmete flach, weil ihr Unterleib sonst zu sehr weh tat.

Marion drehte sich zu ihr um, kriegte mit, dass etwas nicht stimmte, und kam zurück. »Becky, was ist los?«, erkundigte sie sich besorgt.

Rebecca blinzelte in Marions von der Brille unnatürlich vergrößerte murmelförmige Augen und war froh, bis auf ein unangenehmes Flimmern wieder sehen zu können. »Nichts«, stieß sie mühsam hervor, während der Schmerz abebbte. »Ich glaube, ich kriege bloß meine Tage.« Endlich, dachte sie. Gott sei Dank.

Marion und sie eilten zu den Toiletten, die außerhalb des Hauptgebäudes in einem extra Trakt lagen, und Rebecca schloss sich in einer der mit Sprüchen bekritzelten Kabinen ein.

Sie erleichterte sich und fühlte sich wieder richtig gut, aber Blut war keines in der Kloschüssel. Das war der Moment, in dem sie ernsthaft begann, sich Sorgen zu machen. Was, wenn sie schwanger war? Sie hatte nachgerechnet. Seit knapp zehn Wochen blieb ihre Periode aus. Das war lange, viel zu lange. Rebecca bekam ihre Monatsblutungen zwar immer unregelmäßig, aber eine Pause dieses Ausmaßes hatte es noch nie gegeben.

Beunruhigt verließ sie den Waschraum, verriet Marion jedoch lieber nichts von dem, was sie umtrieb. Ihre Freundin hatte noch nie einen Freund gehabt. Rebecca wusste, dass sie bisher noch nicht mal einen Jungen geküsst hatte und das auch nicht so bald vorhatte. »Igitt«, war ihr einziger Kommentar gewesen, als Rebecca ihr geschildert hatte, wie toll Ulfs Zungenküsse waren.

Die Sehnsucht nach ihrem Freund durchflutete Rebecca machtvoll. Wie gern würde sie sich jetzt in seine Arme kuscheln und alle Sorgen vergessen!

Da wurde ich klar, dass sie ihm von ihrem Verdacht erzählen musste. Sie würde bloß noch ein, zwei Tage damit warten. Sollten sich ihre Blutungen dann immer noch nicht eingestellt haben, würde sie mit ihm reden. Der Schmerz von vorhin war bestimmt ein Anzeichen dafür, dass es bald soweit war.

Sie verdrängte alle unguten Gedanken und schlug Marion doch noch vor, zum Schulkiosk zu gehen. »Ich hab Lust auf ein Schnitzelbrötchen, du auch?«

Nach der Schule bekam sie zu Hause sofort wieder Stress mit Ruth, die ihr vorwarf, ihre Wimperntusche genommen zu haben. Es stimmte zwar, dass Rebecca sich das Fläschchen am Wochenende ausgeliehen hatte, aber sie war sich sicher, es längst in Ruths Zimmer zurückgelegt zu haben.

»Und wo ist es dann?«, schimpfte Ruth mit vor Empörung sprühenden Augen. Beide standen sie oben im engen Flur vor Ruths Zimmer. Ruth ballte die Fäuste. »Auf meiner Kommode jedenfalls nicht! Ich kapiere echt nicht, wieso du dir immer etwas von meiner Schminke nehmen musst! Kauf dir doch endlich selber welche!«

Dabei wusste ihre Schwester genau, dass ihre Mutter Rebecca das streng verboten hatte. »Du bist zu jung, um dich so herauszuputzen«, lautete ihr Credo. »Es reicht, wenn du damit anfängst, wenn du volljährig bist! So wie deine große Schwester. Und die schminkt sich so dezent, dass man es kaum sieht.«

Bloß wegen Mamas altmodischer Einstellung war Rebecca quasi gezwungen, sich Kajal, Wimperntusche und Lidschatten von Ruth auszuleihen. Sie schminkte sich im Übrigen auch nur dann, wenn ihre Eltern es nicht mitkriegten, also entweder, wenn die außer Haus waren, oder wenn sie selbst ... Plötzlich fiel ihr siedend heiß ein, wo sich Ruths Wimperntusche befand. Sie hatte sie am Sonntag eingesteckt und zu Gaby mitgenommen, um sich dort schnell die Wimpern zu tuschen, bevor sie sich mit Ulf traf.

Wortlos lief sie rüber in ihr Zimmer, um dort in die Tasche ihrer Jeansjacke zu greifen. »Hier«, sagte sie und drückte der verblüfften Schwester das Fläschchen in die Hand. »Tut mir leid.«

Dann verdrückte sie sich rasch nach unten in die Küche, wo ihre Mutter mit dem Mittagessen wartete.

Auch zwei Tage später hatte Rebecca noch nicht ihre Tage. Stattdessen schmerzte ihr Bauch, und sie ließ den Knopf ihrer Jeans unter dem T-Shirt offen, weil der Druck sonst zu unangenehm war. Solche Beschwerden hatte sie noch nie gehabt, und ihre düsteren Ahnungen nahmen immer mehr Gestalt an. Dass ihre kleinen Brüste spannten und sich wie geschwollen anfühlten, verstärkte ihre Befürchtungen noch. Dennoch scheute sie sich, sich ihrem Freund anzuvertrauen. Darüber zu reden würde bedeuten, es real werden zu lassen. Was sollte sie bloß tun? Jeder Toilettenbesuch war eine Chance – und letztendlich eine Enttäuschung.

Und dann hockte sie eines Abends völlig fertig oben im Bad

auf der Schüssel, weil sie immer noch nicht blutete, als ihre kleine Schwester Miriam hereinplatzte.

»Menno, ich muss auch mal!«, quengelte sie. »Was dauert denn das in letzter Zeit immer so lange?«

»Raus!«, schimpfte Rebecca.

Miriam war schon auf dem Rückzug, doch plötzlich hielt sie, die Türklinke in der Hand, inne. »Ist was? Du siehst so bedrückt aus.«

Das war zu viel. Rebecca konnte ihre Tränen nicht länger zurückhalten. »Geh bitte einfach«, schniefte sie. »Wird bestimmt gleich besser!«

Eine Viertelstunde später lag sie bäuchlings auf der Tagesdecke ihres Bettes, die vor hellblauem Hintergrund mit Asterix, Obelix, Hinkelsteinen und jeder Menge niedlicher Idefixe bedruckt war, und heulte sich die Seele aus dem Leib.

Miriam saß auf der Bettkante und streichelte unbeholfen ihren Rücken. »Was ist denn los?«, wollte sie wissen. »Bitte sag mir, was du hast!«

Doch Rebecca sah sich außerstande, irgendetwas zu antworten. Sie kriegte ein Baby, und ihre Eltern … Es graute ihr davor, den Gedanken weiterzuspinnen.

Mama und Papa waren die schlimmsten Spießer, die man sich vorstellen konnte! Dass ihre sechzehnjährige Tochter einen Freund hatte, mit dem sie schlief, war undenkbar für sie. Eine Schwangerschaft vor der Ehe kam in ihren Vorstellungen überhaupt nicht vor! Die Kirchengemeinde war ihr Ein und Alles, und ihre drei Mädchen waren mit Tischgebeten, Kindergottesdienst, Gemeindefesten und Tombolas zugunsten der Partnergemeinde in Tansania aufgewachsen. In ihrer kleinen Welt gab es keine Teenager, die schwanger wurden. Im armen Afrika, ja, da passierte so etwas vielleicht, aber doch nicht in ihrer ländlich gelegenen Kirchengemeinde! Rebecca war zutiefst verzweifelt.

Dann, nach einer Weile, hörte sie Miriam flüstern:»Ist was mit Ulf? Hat er Schluss gemacht?«

Schockiert begriff Rebecca, dass Miriam über ihre Liebe Bescheid wusste. Dabei hatte sie sich doch so sehr bemüht, die Sache der Familie gegenüber erst mal geheim zu halten. Sie drehte sich auf den Rücken.

Miriams rundes Gesicht war voller Mitgefühl.

»Woher weißt du ...?« Rebecca blinzelte ihre Schwester mit vom Weinen verquollenen Augen an.

Die hob lächelnd die Schultern.»Du hast plötzlich dauernd gegrinst wie ein Honigkuchenpferd, glücklich vor dich hin gesummt und nicht nur einmal beim Essen ein ›U‹ mit dem Finger auf die Wachstuchdecke gemalt. Und ich kenne den Ulf doch. Seine kleine Schwester geht in meine Klasse. Er bringt sie manchmal mit dem Moped zur Schule. Der ist echt nett.« Sie holte Luft.»Ich hab dich mal mit ihm gesehen. Ihr habt am Park beim Friedhof zusammen auf einer Bank gesessen und Händchen gehalten.« Sie legte der Schwester begütigend eine Hand auf die Schulter.»Aber ich hab keiner Sterbensseele davon erzählt, echt nicht.«

Rebecca schniefte und nickte.»Hast du gut gemacht. Danke.«

»Und jetzt ist es aus?« Miriam zog betrübt die Stirn kraus.

»Nein.« Rebecca schüttelte den Kopf. Dann wischte sie sich mit der Hand Rotz und Tränen aus dem Gesicht.»Schlimmer!«

»Ich versteh nicht ...«

»Versprich mir, dass du schweigst wie ein Grab!«, flüsterte Rebecca.

»Klar! Ich schwöre!« Miriam kreuzte Mittel- und Zeigefinger und nickte heftig.

Und bevor Rebecca darüber nachdenken konnte, ob es richtig war, dass sie sich der kleinen Schwester anvertraute, rutschten ihr schon die nächsten Worte heraus: »Ich glaube, ich bin schwanger von ihm.«

»Wieso das denn?«

An Miriams Antwort und dem verdatterten Gesicht, das sie dabei machte, erkannte Rebecca die Ahnungslosigkeit der Zehnjährigen. Ein Kind wie sie würde ihr in ihrer Misere natürlich nicht helfen können.

»Na, weil …« Rebecca überlegte krampfhaft, wie sie erklären sollte, dass Ulf und sie miteinander schliefen. Aber das war gar nicht nötig, denn auf einmal hellte sich Miriams Miene auf. »Ihr habt also schon …«, hauchte sie und wurde knallrot. »Wow! Das ist ja … Wahnsinn! Lass bloß Ruth das nicht hören, dann ist sie noch neidischer …«

»Was soll ich nicht mitkriegen?«

Rebeccas und Miriams Köpfe ruckten zur Tür, in der auf einmal Ruth stand. »Ihr lästert über mich, stimmt's? Boah, das ist so gemein …«

Rebecca unterdrückte ein Seufzen. Schon wieder die alte Leier! Seit Ruth ihr eigenes Zimmer hatte, verdächtigte sie ihre jüngeren Schwestern, sich gegen sie zu verbünden. Bis vor einem Jahr hatten sich alle drei Mädchen ein Zimmer geteilt. Das war zwar eng und meist ziemlich chaotisch gewesen, aber nachts, wenn das Licht aus war, hatten sie sich oft noch lange unterhalten. Meist schlief Miriam als Erste ein, und dann redeten Rebecca und Ruth ungestört über das, was sie bewegte.

Trotz ihrer Wesensunterschiede verstanden Rebecca und Ruth sich zu der Zeit ausnehmend gut. Und sie vertrauten einander bedingungslos. Doch dann bekam Ruth ihr eigenes Zimmer. Ihre Eltern waren der Meinung, dass sie dort besser fürs Abitur lernen konnte. Mamas Bügelkammer, die nicht mehr als sieben Quadratmeter maß, wurde dementsprechend umfunktioniert. Ruth kriegte einen neuen Schreibtisch, einen drehbaren Bürostuhl, ein neues Bücherregal und ein topmodernes Schrankbett, das ihr Vater natürlich selbst baute. Tagsüber klappte man es hoch, so dass es zu einem Teil des hell furnierten Kleiderschranks wurde, und abends wurde es heruntergeschwenkt.

Rebecca beneidete Ruth sehr um ihr eigenes kleines Reich, dessen Wände nach ihren Wünschen mit einer bunt gemusterten Tapete in Orange, Grün und Braun tapeziert waren. An die Innenseite der Tür hatte Ruth ein Bravo-Poster mit den Konterfeis der Bee Gees geklebt. Auf dem Fenstersims stand neben einem winzigen Kaktus dieses zurzeit so moderne Ding, an dem fünf glänzende Metallkugeln in einer Reihe hingen. Ruth nannte es hochtrabend ihr Newtonpendel. Sie verbat sich streng, dass Rebecca oder Ruth es auch nur berührten, geschweige denn die Kugeln klackern ließen. Wie fies Ruth doch manchmal war!

Mit Ruths Umzug in ihr Zimmer begann die Entfremdung zwischen den beiden Schwestern. Sie entwickelten sich in rasanter Geschwindigkeit auseinander. Inzwischen konnte Rebecca mit Ruth kaum mehr etwas anfangen.

Und jetzt fühlte die sich schon wieder ausgeschlossen, war mal wieder beleidigt. Total bescheuert!

»Becky und ich lästern überhaupt nicht!«, begehrte Miriam entsprechend auf. »Schon gar nicht über dich.«

»Und warum tut ihr dann so geheimnisvoll?« Ruth machte einen Schritt ins Zimmer, dann hielt sie inne. »Rebecca, hast du etwa geweint?« Auf einmal war ihr Blick voll Mitgefühl, und Rebecca bekam ein schlechtes Gewissen, weil sie nicht die Absicht hatte, sich der älteren Schwester anzuvertrauen.

Ruth las offenbar in ihr wie in einem offenen Buch, denn plötzlich sah sie unheimlich traurig aus. »Was es auch ist, mit mir willst du nicht darüber sprechen«, konstatierte sie enttäuscht.« »War ja klar!« In ihren Augen schwammen Tränen. »Ich verstehe dich echt überhaupt nicht mehr, Rebecca«, sagte sie. »Was ist bloß los mit dir? Warum lehnst du mich ab?«

Bevor sie irgendetwas erwidern konnte, sprang Miriam wieder für sie in die Bresche. »Das hat alles gar nichts mit dir zu tun! Bitte, Ruth, …« Ihr Blick schoss von Rebecca zu Ruth und wieder zurück. »Lass Becky einfach. Sicher erzählt sie es dir irgendwann …«

»Dann will ich es gar nicht mehr hören!«, stieß Ruth hervor, stürmte aus dem Zimmer und knallte die Tür so heftig zu, dass die Fensterscheiben schepperten.

Kaum war sie weg, wisperte Miriam: »Was willst du denn jetzt tun? Zu einem Arzt gehen?«

Rebecca schüttelte heftig den Kopf, setzte sich auf und wischte sich die Tränenspuren aus den Augen. Ruths Abgang hatte sie wütend gemacht, mit neuer Energie durchflutet. »Nein, das geht nicht. Ich bin nicht volljährig. Wie komme ich da an eine Überweisung? Dazu müsste ich Mama einweihen … Ich habe überlegt, mir in der Apotheke einen dieser neuen Schwangerschaftstests zu kaufen mit Reagenzglas und so. Nach zwei Stunden weiß man Bescheid. Aber die sind superteuer, ich habe nicht so viel Geld.«

»Mmm.« Zwischen Miriams Augenbrauen bildete sich eine steile Falte, während sie nachdachte. Sie sah plötzlich viel älter aus, als sie war. »Das Geld ist kein Problem«, behauptete sie schließlich. »Zur Not leihst du es dir aus Papas Kasse in der Werkstatt. Da ist so viel drin, er merkt das gar nicht. Und später legst du es zurück.« Rebecca war erstaunt über Miriams Kaltblütigkeit. Ob sie sich wohl selbst schon aus der Kasse in der Schreinerei bedient hatte? Unglaublich! Doch die kleine Schwester war noch nicht fertig. »Aber du kannst unmöglich bei Frau Lange so einen Test kaufen!«

Frau Lange hieß die Apothekerin in Niederbroich. Sie war eine Freundin von Mama, und ohnehin kannte im Ort fast jeder jeden.

»Da hast du recht«, murmelte Rebecca. »Außerdem ...« Sie legte eine Hand auf ihren Bauch. »... sind die Anzeichen ja auch so eindeutig. Was soll ich bloß tun?« Wieder schossen ihr Tränen in die Augen.

»Zuallererst musst du mit Ulf reden. Bestimmt heiratet er dich. Dann kriegst du dein Baby, und ihr seid eine süße Familie. Mensch, und ich werde Tante!« Miriam klatschte begeistert in die Hände.

Rebecca wurde die Kehle eng. Heiraten? Baby? Familie? Was redete ihre Schwester denn da? Rebecca war doch erst sechzehn! Zwar liebte sie Ulf über alles, aber für Ehe und Familie war sie doch noch viel zu jung! Nach dem Abi wollte sie zusammen mit Moni und Gaby mit einem Interrailticket durch Europa reisen. Anschließend wollte sie studieren, vielleicht Kunst, Germanistik oder Englisch. Rebeccas Zukunftspläne waren eher vage. Freiheit war es, was sie vor allem anstrebte. Freiheit, um die Welt zu entdecken, Lebenserfahrungen zu sammeln. Entscheidungsfreiheit ... Ein Baby würde das verhindern. Gedankenverloren strich sie sich über den geschwollenen Bauch.

»Auf jeden Fall musst du Ulf einweihen!«, wiederholte Miriam. »Das da drin ...« Sie wies auf Rebeccas Hand. »... ist ja nicht nur dein Baby.«

Rebecca nickte nachdenklich. Das stimmte natürlich. Erst jetzt begriff sie, dass sie nicht allein verantwortlich war für die Misere, in der sie steckte. Ulf war genauso daran beteiligt, er würde ihr beistehen. Er musste ihr beistehen. Und gemeinsam würden sie überlegen, was zu tun war.

Der Gedanke erleichterte sie ungemein. Der mächtige Druck, der auf ihr gelastet hatte, ließ nach.

Rosi, heute

Was sollte sie bloß tun? Wie das sprichwörtliche Kaninchen auf die Schlange starrte Rosi auf den inzwischen schwarzen Bildschirm ihres Fernsehers. In ihren Ohren rauschte es. Sie hatte die Arme um den Oberkörper geschlungen und hielt sich an sich selbst fest.

Musste sie überhaupt etwas tun? Sie versuchte, sich zu beruhigen. Die Meldung im Fernsehen besagte doch nicht, dass ihr Leben in Gefahr war. Sie war weiterhin Rosalie Meyer. Niemand zweifelte daran. Es bedeutete bloß ... Sie fing an zu zittern.

Mia sprang mit einem geschmeidigen Satz auf ihren Schoß, sah zu ihr hoch und maunzte. Rosi atmete tief durch. Dann strich sie mit bebenden Händen über das samtige Fell. Sie zwang sich, nicht mehr an die Reporterin auf dem Friedhof zu denken und vor allem nicht an die blasse Frau mit dem braunen Bob, die hinter ihr im Bild zu sehen gewesen war. Die, der die Sorgen tiefe Linien ins Gesicht gezeichnet hatten. Sorgen, die sie, Rosi, verursacht hatte. Und so viel Leid! Niemals würde sie sich das verzeihen können. Schon aus dem Grund gab es keinen Weg zurück.

Sie stand auf und ging mit der Katze auf dem Arm zu dem Schränkchen, das neben der Couch stand. Darin hob sie alles auf, was mit ihrem früheren Leben zu tun hatte, so auch die Todesanzeige, die sie vor ein paar Wochen in der Online-Ausgabe der Niederbroicher Regionalzeitung gefunden und extra für sich ausgedruckt hatte.

Gedankenverloren strich Rosi nun das Blatt in ihrer Hand glatt. Sie horchte in sich hinein, versuchte zu erspüren, ob sie Trauer empfand. Seltsamerweise kam sie zu keinem Ergebnis. Das Band, das sie einst mit ihrer Familie verband, hatte sie vor langer Zeit zerschnitten, und sie war ein anderer Mensch geworden. Beides hatte sie vor allzu viel Traurigkeit und Sehnsucht bewahrt. Nur deshalb war sie am Leben geblieben.

Ohne dass sie es verhindern konnte, erschien wieder die vergrämt aussehende Frau mit dem Bob vor ihrem geistigen Auge. Warum nur hatte sie die Toten nicht ruhen lassen können?

Auf einmal wurde Rosi wütend, so wütend, dass sie am liebsten mit dem Fuß aufgestampft und wahllos mit Gegenständen um sich geworfen hätte.

Miriam, 1976

Becky war heute Mittag nicht von der Schule heimgekommen. Ihre Mutter hatte Fischstäbchen mit Kartoffelbrei und Spinat gemacht, ein typisches Freitagsessen, das ihre Schwester eigentlich liebte.

»Viel länger warten wir nicht«, schimpfte Mama mit dem Pfannenheber in der Hand. Sie stand in ihrer Schürze am Herd und blickte missmutig in die Pfanne. »Die Fischstäbchen sind schon ganz matschig.«

»Ist sie doch selbst schuld, wenn sie zu spät kommt«, maulte Ruth, die bereits auf ihrem angestammten Platz auf der Eckbank der Küche saß, während Miriam den frisch gestampften Kartoffelbrei in eine Schüssel füllte, um sie dann zum Tisch zu tragen.

Rebecca hatte Miriam heute Morgen anvertraut, dass sie nach der Schule mit Ulf reden wollte. Der war nämlich heute wegen eines Lehrgangs schon mittags zu Hause, und Becky hatte sich vorgenommen, ihn vor seiner Haustür abzupassen. Dafür würde sie die sechste Stunde schwänzen. Sie würde es also locker schaffen, bis zum Mittagessen zu Hause zu sein, hatte sie zu Miriam gesagt.

Doch jetzt war es bald 14:30 Uhr und Becky beinahe eine Stunde zu spät. Miriams Unruhe wuchs von Minute zu Minute. Um sich abzulenken, half sie freiwillig beim Auftischen. Ihre Mutter belud gerade einen Teller und stülpte einen Topfdeckel darüber. »Miri, bringst du das bitte rüber zu Papa? Er hat heute in der Schreinerei zu viel zu tun, um mit uns zu Mittag zu essen.«

»Klar!« Allzu gern verließ sie mit dem zugedeckten Teller in Händen die von Essensdünsten vernebelte Küche, um durch den Flur über eine Nebentür in die Werkstatt zu gelangen. Dabei warf sie einen langen Blick zu der Milchglasscheibe in der Haustür. Nichts! Keine Silhouette ihrer Schwester, die im Begriff war, die Haustür aufzuschließen.

Mensch, wo blieb Becky bloß so lange? Hoffentlich gab es keinen Streit zwischen ihr und Ulf. Hoffentlich hielt er zu ihr. Miriam mochte den jungen Mann zwar, kannte ihn aber im Grunde kaum. Es hatte ihr imponiert, wie er sich um seine kleine Schwester gekümmert hatte, indem er sie auf seinem Moped zur Grundschule fuhr. So einer musste doch nett sein.

Miriam öffnete die Tür zur Schreinerei; eine Säge brüllte auf. Sie konnte die großen Maschinen und ihren Vater nur schemenhaft erkennen, weil Sägemehl durch die Luft wirbelte und ihr die Sicht nahm. Sie musste husten.

Papa stellte den Motor der Bandsäge aus, zog Arbeitshandschuhe und Schutzbrille aus und nahm den Teller von ihr entgegen.

»Danke, meine Kleine«, sagte er lächelnd. »Ihr seid aber heute spät dran mit dem Essen.« Er strich sich ein paar Holzspäne aus dem dichten roten Bart.

Miriam nickte nur. Auf keinen Fall wollte sie petzen, dass Becky noch nicht aufgetaucht war. Sie wünschte ihrem Vater einen guten Appetit und verließ die Schreinerei, aber diesmal über die Tür im großen Tor, die direkt auf die Dorfstraße führte. Wieder hoffte sie, Becky zu sehen, doch weder auf der Straße noch auf dem Bürgersteig ging jemand. Dann entdeckte sie Rebeccas Hollandrad, das unabgeschlossen an der Hauswand lehnte. Mit pochendem Herzen drückte sie die Haustür auf und lief in die Küche zurück.

Tatsächlich saß Rebecca am Tisch, weiß wie die Wand und mit geröteten Augen. Ihre Mutter presste die Lippen zusammen; hektische Flecken hatten sich auf ihren Wangen gebildet. Die Stimmung war gereizt.

Miriam nahm rasch Platz, faltete wie die anderen die Hände und murmelte mit ihnen im Chor das Tischgebet: »Lieber Herr Jesu, sei du unser Gast und segne, was du uns bescheret hast.«

Dann füllte ihre Mutter ihnen auf. Ihre Handgriffe waren schnell und aggressiv. Dabei redete sie ungehalten auf Rebecca ein. Deren desolaten Zustand schien sie nicht zu bemerken.

»Das nächste Mal trödelst du nicht so lange mit deinen Schulfreundinnen herum, bis das Mittagessen fast verkocht ist, Fräulein! Außerdem haben wir uns Sorgen gemacht, stimmt's, Ruth?«

Die nickte, sagte aber nichts. Stattdessen fixierte sie Rebecca mit prüfendem Blick. Sie merkte offenbar durchaus, dass bei ihrer Schwester etwas im Argen lag.

Rebecca stocherte unlustig in ihrem Essen herum. Miriam beobachtete es voller Sorge. So kannte sie ihre Schwester, die eigentlich immer einen gesunden Appetit hatte, nicht. Dann fiel ihr ein, was sie einmal bei einer Feier in der Gemeinde aufgeschnappt hatte. Eine Bekannte ihrer Mutter, die ein Kind erwartete, erzählte, dass ihr sogar ihre Lieblingsspeise nicht mehr schmeckte; dass ihr allein der Geruch Übelkeit verursachte.

»Entschuldige, Mama, ich habe einfach keinen Hunger«, murmelte Rebecca, legte das Besteck weg und schob den Teller von sich.

»Nee, Mädchen!« Mama explodierte fast. Miriam sah, wie ihre Fingerknöchel weiß wurden, weil sie ihr Besteck zu fest umklammerte. »Erst müssen wir stundenlang auf dich warten, bis du dich herablässt, endlich nach Hause zu kommen, und dann schmeckt es Madam nicht? Du isst deine Portion auf, und zwar zackig.«

Mama und Becky stritten in den letzten Monaten häufiger wegen Kleinigkeiten. Miriam fand das richtig schlimm. Und heute tat ihre Schwester ihr furchtbar leid. Doch die ließ sich auch jetzt nicht einschüchtern.

»Nein, mache ich nicht. Und du kannst mich mal!« Sie sprang auf, zwängte sich zwischen Tisch und Bank hindurch und verließ türenschlagend die Küche.

»Du hast Hausarrest!«, rief Mama ihr hinterher, aber Becky reagierte nicht. Kurz darauf hörte Miriam, wie sie die Treppe hochstapfte.

Rosi, heute

Plötzlich konnte sie die Bilder in ihrem Kopf nicht mehr zurückhalten. Während sie Mias weiches Fell streichelte, dachte sie an ihre Ankunft am Düsseldorfer Hauptbahnhof zurück, damals, im Spätsommer 1976.

Das grelle, kalte Licht der Neonröhren hatte in ihren Augen geschmerzt, nachdem sie völlig ausgelaugt vom Bahnsteig die Treppen nach unten in das riesige Bahnhofsgebäude gewankt war. Sie kannte sich hier überhaupt nicht aus, und das Gewühl, der Geräuschpegel und der Gestank nach Urin, Schweiß und Verfall machten ihr Angst. Noch nie hatte sie so viele kaputte Leute auf einem Haufen gesehen: Obdachlose, die in den Mülleimern entlang der Aufgänge zu den Gleisen wühlten oder mit leerem Blick Unverständliches brabbelten, Halbkriminelle, die mit hungrigem Blick Drogen verkauften, und andere Gestrandete. Es schauderte sie, all das Elend in sich aufzunehmen. Sie klammerte sich an ihr verschrammtes Lederköfferchen mit den Messingschließen, schleppte sich weiter, während es in ihrem Unterleib rumorte, als würde jemand mit schwerem Gerät darin herumfuhrwerken.

Sie bibberte, so sehr fror sie. Bestimmt hatte sie Fieber. Auf der Höhe eines Fahrkartenautomaten gaben die Beine unter ihr nach. Sie sank stöhnend zu Boden, dann wurde ihr schwarz vor Augen.

»Baby«, flüsterte plötzlich eine heisere Stimme in ihr Ohr, und sie schrak zusammen. »Brauchst du 'nen Schuss?«

Ein hageres Gesicht mit riesiger laufender Nase und blauen Schatten unter gierigen Augen tauchte vor ihr auf.

Verzweifelt schüttelte sie den Kopf und presste den Koffer an sich. Darin war ihr einziges Hab und Gut; sie musste höllisch darauf aufpassen. Höllisch ... fast musste sie lachen, hatte aber keine Kraft dazu. Tränen liefen über ihre glühend heißen Wangen.

In dem Moment hörte sie eine weibliche Stimme, deren Klang sie nie in ihrem Leben vergessen würde.

»Verpiss dich, Bernie. Das hier ist kein Junkie, sondern ein Mädchen, das Hilfe braucht.«

»Benötigen nicht alle Mädchen meine Hilfe?« Der Hagere lachte dreckig.

»Wenn du keinen Tritt in die Eier kriegen willst, verziehst du dich jetzt, du Drecksau. Vertick deine Scheiße woanders!«

Sie bekam nicht mit, ob Bernie etwas antwortete, denn ein Vorhang aus unendlich langen, braunen, blumig duftenden Haaren legte sich um ihr Gesicht. Eine Hand strich ihr über die Schulter, und die Stimme beschwor sie, viel sanfter jetzt: »Komm mit, Kleine. Hier kannst du unmöglich bleiben.«

Später konnte sie sich nicht mehr daran erinnern, wie sie es in die Wohnung in dem heruntergekommenen Stadthaus geschafft hatte. Sie registrierte nur, dass man sie auf ein weiches Lager aus Matratzen, bunten Decken und Kissen gebettet hatte. Der Rest des Raums lag im Dunkeln. Auf einem verschrammten Holzschemel neben ihr brannte eine Kerze in einer alten Weinflasche. Am Rande des Lichtscheins hockte die Frau mit den langen Haaren und hielt ihr einen dampfenden Becher hin.

»Trink das«, sagte sie freundlich. »Das ist Lindenblütentee. Der lässt das Fieber sinken.«

»Danke« wollte sie antworten, aber es drang kein Laut zwischen ihren Lippen hervor.

Die Frau half ihr beim Trinken. »Ich habe dir auch Wadenwickel gemacht«, erklärte sie dann. »Dafür musste ich dir die Hose ausziehen, die voller Blut ...« Sie stockte, setzte neu an. »Ich heiße übrigens Manu. Du bist in unserer Kommune. Hier bist du sicher.«

Manu reichte ihr erneut die Tasse. Der Tee schmeckte aromatischer als der Pfefferminz- oder Hagebuttentee, den es bei ihnen zu Hause gab. Sie trank durstig. Anschließend fielen ihr schon wieder die Augen zu.

»Schlaf dich gesund, meine Kleine«, flüsterte die Frau namens Manu und verließ das Zimmer.

Sie erwachte, weil helles Licht auf ihr Gesicht fiel und sie laute Stimmen durch die geschlossene Tür hörte. Sie sah sich in dem Raum mit der hohen Decke um und bemerkte die abblätternden Tapeten sowie die Feuchtigkeitsflecken an den Wänden. Der Boden bestand aus abgetretenen Dielenbrettern. Durch das Fenster, vor das jemand notdürftig ein Batiktuch gehängt hatte, drang Zugluft.

»Du hättest sie nicht herbringen dürfen«, sagte ein Mann aufgebracht. »Du weißt doch gar nicht, wer sie ist.«

Ein anderer mit deutlich tieferer Stimme fiel ihm harsch ins Wort. »Sie brauchte Hilfe, wäre fast verblutet, Willi. Das ist bloß ein Mädchen, das Schlimmes durchgemacht hat. Natürlich musste Manu ihr helfen.«

»Genau, danke, Tom. Außerdem lasse ich mir von dir nicht vorschreiben, wer zu uns kommen darf und wer nicht.«

»Gleiches Recht für alle, so haben wir es beschlossen«, bekräftigte eine andere, hellere Frauenstimme mit leichtem Lispeln. »Du kannst ja abhauen, wenn es dir hier nicht mehr gefällt, Willi.«

»Du weißt, dass das nicht geht«, brummte der.

»Die Kleine stellt keine Gefahr dar«, beruhigte Manu ihn. »Und jetzt seid mal ein bisschen leiser, sonst weckt ihr die Arme mit eurem Geschrei noch. Ich möchte wirklich gern wissen, was mit ihr passiert ist, so, wie sie gestern geblutet hat.«

»Na, kannst du dir das nicht denken?« Die lispelnde Frau lachte trocken. »Und wenn du mich fragst, war da ein Pfuscher am Werk.«

Rebecca, 1976

Rebecca bekam von ihrer Mutter über das ganze Wochenende Stubenarrest aufgebrummt. Es war ihr egal. Sie wollte sowieso nirgends hin und fühlte sich so elend wie schon lange nicht mehr. Ulfs Worte spukten ihr im Kopf herum. Er hatte zunächst schockiert, dann mitfühlend reagiert, nachdem sie ihm von ihrer Schwangerschaft erzählt hatte. Sie standen neben seinem Moped auf dem Bürgersteig, vor ihnen das Mietshaus, in dem seine Familie lebte, und Ulf legte den Helm auf die Sitzbank, um sie fest in seine Arme zu schließen.

»Ich liebe dich«, flüsterte er ihr ins Ohr. »Wir schaffen das.«

Sie war dermaßen erleichtert, dass die Beine unter ihr nachzugeben drohten und sie sich an ihn klammerte. Ulf hielt zu ihr, er stand ihr bei. Gemeinsam würden sie eine Lösung finden. Sie schmiegte sich an seine Brust, hörte sein Herz durch das Leder der Motorradjacke schlagen.

»Soll ich dich jetzt gleich zu deinen Eltern begleiten und um deine Hand anhalten?«, fragte er.

Rebecca glaubte, sich verhört zu haben. »Was sagst du da?«

»Natürlich heirate ich dich, du bist die Liebe meines Lebens. Und das mit unserem Kind, das wird einfach toll ...«

»Aber ...«

Er hielt sie eine Armlänge entfernt von sich und sah ihr tief in die Augen. »Becky, wir bleiben für immer zusammen, und bald sind wir eine kleine Familie.«

Rebecca starrte ihn verdattert an. Es war natürlich einfach wunderbar, dass er sie so sehr liebte, dass er mit ihr durch Dick und Dünn gehen würde, doch gleichzeitig kam er ihr wie ein Träumer vor, sentimental und weltfremd. Sie war erst sechzehn, ging noch zur Schule, ihre Eltern ahnten nicht mal, dass sie einen Freund hatte, mit dem sie ins Bett ging. Und sie hatte noch so vieles vor im Leben: Sie wollte reisen, Abenteuer erleben und studieren. Er selbst steckte mitten in der Ausbildung und wohnte noch bei seinen Eltern. Eigentlich hatte er doch vor, auf dem zweiten Bildungsweg Musik zu studieren. Und nun warf er seinen Lebenstraum mir nichts, dir nichts über den Haufen? War ihm die Tragweite seiner Entscheidung überhaupt bewusst? Sie glaubte das nicht. Er würde kreuzunglücklich sein, und sie und das Kind wären ihm auf Dauer ein Klotz am Bein. Und wie stellte er sich das überhaupt vor, ihre kleine Familie zu ernähren? Wovon und wo sollten sie leben? Verdammt nochmal, sie wollte noch nicht Mutter werden!

»Stopp«, sagte sie deshalb leise und ergriff Ulfs Hand. »So geht das nicht.«

Verdutzt hielt er inne. »Wieso? Was ist falsch daran?«

Sie nahm allen Mut zusammen und sprach endlich die Wahrheit aus, die seit Tagen in ihr gekeimt und gewachsen war: »Ulf, ich will das Baby nicht.«

Er wurde blass, klemmte sich das lange Haar hinters Ohr und rückte von ihr ab. »Ach, so ist das«, sagte er mehr zu sich selbst als zu ihr. »Du willst vor allem mich nicht, stimmt's? Deshalb wissen auch deine Eltern noch nichts von mir.« Er nickte, schluckte und presste die Lippen zusammen. »Ich verstehe.« Dann schnappte er sich seinen Helm und ging mit seinem typischen wiegenden Gang in Richtung Haus.

Ungläubig sah sie ihm nach. »Du verstehst gar nichts!«, hätte sie ihm am liebsten hinterhergeschrien. »Es geht doch hier gar nicht um dich!« Aber sie konnte nicht. Ihre Kehle war wie zugeschnürt.

Sie fühlte sich schrecklich schlecht, als ihr mit voller Härte klar wurde, was sie da zu Ulf gesagt hatte. Sie wollte das Baby nicht. Es sollte einfach nicht mehr in ihrem Bauch sein!

Wer A sagt, muss auch B sagen, hörte sie ihren Vater in Gedanken sagen. Es war einer seiner Lieblingssprüche, und sie hatte ihn immer für richtig gehalten. Alles, was man tat, hatte Folgen. Wenn man zu wenig für eine Arbeit lernte, kriegte man eine Fünf und Ärger zu Hause. Den musste man dann aushalten. Wenn man sein Taschengeld zu schnell ausgab, hatte man am Monatsende nichts mehr und musste sparen. Und jetzt? Wenn man ungewollt schwanger wurde, war man selbst schuld und musste mit den Konsequenzen leben. Egal, welche Entscheidung man traf. Immer hatte es Folgen. Sie erschauderte.

Wer A sagte, musste auch B sagen. Im Zweifel allein. Aber was war B? Sie legte eine Hand auf ihren harten Bauch und ging mit müden Schritten zu ihrem Fahrrad zurück, das sie an einer Laterne abgestellt hatte. Als sie den Lenker packte, dachte sie an den Abend zurück, an dem sie voller Vorfreude zu Ulf an den See geradelt war, nicht ahnend, dass ihr Glück schon ein paar Tage später Geschichte sein würde. Tränen schossen ihr in die Augen, strömten ihr die Wangen hinunter und versickerten im Kragen ihrer Bluse.

Von Weinkrämpfen geschüttelt, schaffte sie es nicht, aufzusteigen. Sie schob ihr Rad schniefend um die nächste Straßenecke, vollkommen isoliert in ihrem Elend. Sie spürte nur noch sich selbst. Die Außenwelt schien schemenhaft, unwirklich und Lichtjahre entfernt.

An der mit Efeu überwucherten Friedhofsmauer sah sie

durch den Tränenschleier im Halbschatten einer Zierkirsche die Bank, auf der Ulf und sie vor wenigen Wochen noch zusammengesessen und sogar Händchen gehalten hatten, wenn gerade niemand in der Nähe gewesen war.

Der Anblick machte sie noch trauriger. Dennoch schaffte sie es nicht, an der Stelle vorbeizugehen. Stattdessen lehnte sie ihr Fahrrad an die Backsteinmauer, ließ sich auf die Bank fallen und atmete die Luft ein, die mit den Gerüchen von frisch gemähtem Gras, Moos, Erde und Sommerblumen getränkt war.

Sie schluchzte noch ein paar Mal, dann wurde ihr Atem leiser und gleichmäßiger. Nun nahm sie die Motorengeräusche von der hinter dem Friedhof gelegenen Hauptstraße wahr: das Brummen der Autos, das tiefe Röhren des Linienbusses und das dumpfe Poltern eines Traktors. Die Welt setzte sich langsam, Puzzleteil für Puzzleteil, zusammen, bis auch sie sich wieder als Teil derselben fühlte. Allmählich beruhigte sie sich und wischte sich die Tränen mit dem Ärmel ab. So verheult konnte sie ihrer Mutter unmöglich unter die Augen treten. Die würde sie mit Fragen löchern, und das konnte sie nun so gar nicht gebrauchen.

Nachdem sie eine Weile trübsinnig auf die Bürgersteigplatten zu ihren Füßen gestarrt hatte, zwischen denen sich ein Gänseblümchen durchgekämpft hatte und ihr tapfer eine kleine weißrosa Blüte mit gelbem Köpfchen entgegenstreckte, befahl sie sich, alle unguten Gedanken beiseite zu schieben.

Das Leben ging weiter, schien ihr die Blume sagen zu wollen. Natürlich hatte Rebecca eine Entscheidung zu treffen, aber nicht jetzt und hier. Alles wollte gut durchdacht werden, vielleicht später, wenn sie im Bett lag.

Viel wichtiger war gerade, dass sie einigermaßen passabel aussah, wenn sie nach Hause kam. Was gäbe sie dafür, gründlich ihr Gesicht waschen zu können!

Einem spontanen Einfall folgend, stand sie auf und schlüpfte durch eine kleine Pforte in der Friedhofsmauer. Das Nachmittagslicht schien warm auf die Grabsteine, Marmorengel und Friedhofslichter, die von akkurat gestutzten Buchsbaumhecken und niedrigen Sträuchern eingefasst waren.

Rebecca lief über den Pfad bis zum nächsten Wasserhahn, an dem die Besucher normalerweise ihre Gießkannen füllten, drehte ihn auf, bildete mit den Händen eine Mulde und klatschte sich das kalte Wasser ins Gesicht. Es war so gut, und sie tat es gleich noch einmal.

Ihre Lebensgeister kehrten zurück. Sobald sie sich einigermaßen erfrischt fühlte, machte sie sich auf den Weg zu ihrem Fahrrad. Ihre Mutter wartete bestimmt schon mit dem Mittagessen. Freitags gab es immer Fischstäbchen mit Kartoffelbrei und Spinat. Lecker!

Als sie die Pforte bereits vor Augen hatte, blieb ihr Blick plötzlich an drei sehr kleinen Gräbern mit schlichten Holzkreuzen hängen, die sie auf dem Hinweg gar nicht wahrgenommen hatte. Sie hielt inne und las die Inschriften:

Birgit Kampf,
15. 3. 1975–21. 1. 1976
Ruhe in Frieden, kleiner Engel.

Martina Nussbaum,
16. 11. 1975–22. 2. 1976
Wir werden dich nie vergessen.

Markus Norbert Esser,
1. 5. 1975–11. 5. 1976
In unseren Gedanken lebst du weiter.

Trauernde Eltern, dachte sie schockiert, die ihre Babys – aus welchem Grund auch immer – verloren hatten. Die sicher alles dafür gegeben hätten, sie in Liebe und Fürsorge großzuziehen! Welch furchtbare Tragödien sich wohl hinter den spärlichen Worten und Zahlen verbargen?

Rebecca fing an zu zittern, während sie die Inschriften wieder und wieder las. Dabei fuhr ihre Hand zu ihrem Bauch, der sich immer noch hart und wie aufgebläht anfühlte. Wieso bloß empfand sie keinerlei Liebe für das kleine Wesen, das da in ihr heranwuchs? Was war falsch mit ihr?

Unwillkürlich stöhnte sie auf, rannte zu ihrem Rad, sprang auf und fuhr wie gehetzt nach Hause.

Rosi, heute

Es tat ihr nicht gut, zu viel an die Zeit zu denken, als sie bei Manu, Tom und den anderen untergeschlüpft war. Die Erinnerungen rührten zu sehr an den Grund, der sie zu ihnen geführt hatte.

Spontan beschloss sie, sich noch einen Kaffee aufzugießen. Sie setzte Mia auf dem Sofa ab und ging in die Küche. Kaffee konnte sie zu jeder Tages- und Nachtzeit trinken. In der mechanischen Kaffeemühle mahlte sie die gerösteten Bohnen.

Sie platzierte eine neue Filtertüte in ihrem alten, angeschlagenen Porzellanfilter, gab löffelweise das aromatisch duftende Pulver hinein und stellte alles oben auf die Thermoskanne. Dann setzte sie Wasser im Kessel auf. Sie liebte den klassischen, selbst aufgebrühten Filterkaffee und konnte weder Padmaschinen noch den heute so beliebten Kaffeevollautomaten viel abgewinnen. Zu viel Technik, zu viel Schnickschnack.

Leider fiel ihr in dem Augenblick ein, dass sie dieses Faible von Tom hatte. Er hatte ihr damals beigebracht, wie man guten Kaffee zubereitete. Sie war ihm immer noch dankbar dafür, dass er ihr zusammen mit Manu nach ihrer Flucht aus Roermond ein neues Zuhause gegeben hatte, doch wirklich sympathisch war er ihr nie gewesen. Er flößte ihr Respekt ein, ja. Sie bewunderte ihn für seine Intelligenz, seinen Mut und seine immense Allgemeinbildung. Aber seine linken Ansichten vertrat er manchmal dermaßen aggressiv, dass es sie bisweilen befremdete. Dabei war er im Vergleich zu Willi sogar noch harmlos.

Der Wasserkessel pfiff und riss Rosi glücklicherweise aus ihren Gedanken. Wenige Minuten später schlürfte sie den heißen Kaffee im Stehen aus ihrem Becher.

Später am Abend setzte sie sich mit einem kühlen Glas Weißwein auf ihren kleinen Balkon und sah der Sonne beim Untergehen zu. Orangerot versank sie hinter den Dächern der Mehrfamilienhäuser, die an den Hinterhof mit den Garagen grenzten. Einige kleine Wolken färben sich lila und purpurrot, der Himmel darüber war tintenblau.

Das Naturschauspiel bezauberte Rosi, doch innerlich kam sie nicht zur Ruhe. Immer wieder musste sie an den Beitrag in der Tagesschau denken, an das, was nach der Exhumierung herausgefunden worden war. Sollte das ein Fingerzeig sein, dass es Zeit für die Wahrheit war?

Der kühne Gedanke ließ sie erschaudern und einen tiefen Schluck aus dem Weinglas nehmen. Mit aller Macht verbannte sie ihn aus ihrem Bewusstsein. Stattdessen spukten nun wieder die Erinnerungen an ihre ersten Erlebnisse in dem abbruchreifen Haus in Düsseldorf in ihrem Kopf herum.

Rebecca, 1976

Es dauerte einige Tage, bis es ihr besser ging. Tage, an denen sie ihr Schlaflager lediglich verließ, um die Toilette aufzusuchen. Sie blutete immer noch, allerdings viel weniger inzwischen. Wie froh war sie, dass auf dem Badewannenrand stets ein Stapel Binden bereitlag, den Manu dort für sie deponiert hatte.

Die fremde junge Frau mit dem hüftlangen duftigen Haar umsorgte sie überhaupt ausgesprochen liebevoll. Geduldig flößte sie ihr Tee und Suppe ein und wischte ihre feuchte Stirn mit einem kühlen Lappen ab. Und was am allerbesten war: Sie löcherte ihre Patientin nicht mit Fragen, da sie wohl instinktiv spürte, dass sie nicht bereit war zu reden. Einmal allerdings wollte Manu ihren Namen wissen. Rebeccas Puls begann zu rasen. Auf keinen Fall durfte sie Manu verraten, wie sie wirklich hieß. »Rosalie Meyer«, sagte sie nach kurzem Zögern. Es war der Name einer Klassenkameradin von Ruth, die vor zwei Jahren mit ihrer Familie nach Kanada ausgewandert war. »Aber nenn mich einfach Rosi, so wie alle.«

Wie sehr hatte Rebecca damals das Mädchen, das sie aus einer Jugendgruppe in der Kirchengemeinde kannte, beneidet! Es musste super sein, in so ein schönes, weites Land wie Kanada zu ziehen. Dort gab es Bären, riesige Wälder und große Seen. Die Menschen waren viel freier als im beengten Westdeutschland.

Ruth dagegen war einfach nur froh gewesen, dass Rosalie fort war, denn die hatte am selben Tag Geburtstag wie sie. »Alle Mädchen aus unserer Klasse wollten immer nur zu ihrer Feier, und ich saß jedes Mal allein da. Das hat jetzt ein Ende«, sagte sie zufrieden zu Rebecca, die sich wunderte, warum die beiden nicht einfach zusammen ihre Partys geschmissen hatten. Dann begriff sie, dass Ruth wahrscheinlich nicht besonders beliebt bei den Schulkameradinnen war, ganz im Gegensatz zu jener Rosalie, und dass ihre Schwester eifersüchtig auf die andere war. Sie bezweifelte, dass die Mädchen fortan in Scharen zu Ruths Geburtstagsfete rennen würden, und sollte recht behalten. Ruth war eine Außenseiterin; außer mit ihrer Busenfreundin Birgit pflegte sie kaum Kontakt mit Gleichaltrigen.

Jetzt, noch ziemlich benebelt, beglückwünschte sich Rebecca zu ihrer Namenswahl. Rosi, das war einfach perfekt.

Am achten Morgen nach ihrer Ankunft in der Kommune erwachte sie, und es ging ihr besser. Das Fieber war fort, sie hatte keine Schmerzen mehr, und ihr Kopf war klar.

Doch nun überfielen Schuldgefühle sie. Was hatte sie getan? Ihre Familie musste in furchtbarer Sorge sein! Seit über einer Woche hatten sie kein Lebenszeichen von ihr bekommen. Sie setzte sich auf, bemerkte beiläufig, wie die Morgensonne das Lila, Grün und Orange des Tuches vor dem Fenster zum Leuchten brachte, und dachte angestrengt nach. Was sollte sie tun? Zurückkehren? Nein, das ging auf keinen Fall. Gerade wollte sie die Decke zurückschlagen und die nackten Füße auf den Boden stellen, als die Tür geöffnet wurde.

Manu stand im Rahmen. »Guten Morgen, Rosi«, sagte sie freundlich. In der Hand hielt sie mit spitzen Fingern Rebeccas schmutzige und blutbefleckte Jeans. »Hast du was dagegen, wenn ich die wegschmeiße? Ich denke nicht, dass man die noch sauber kriegt.«

»Klar, kannst du machen. Danke!« Sie nickte. Dann fiel ihr siedend heiß etwas ein. »Aber Moment mal! Gib mir die Hose kurz. Da ist noch was in den Taschen.« Ihre Stimme hallte auf einmal kräftig und gesund durch den Raum, war lange nicht mehr das heisere Flüstern der letzten Tage.

»Meinst du dein Bargeld und den Perso? Hab ich alles auf den Küchentisch gelegt.«

Rebecca kam alarmiert auf die Beine. Sie hechtete an Manu vorbei in die Küche und blieb wie vom Donner gerührt stehen, weil dort ein dürrer Typ mit schwarzem Haar und Vollbart mit einer Zigarette in der Hand am Tisch saß und sie mit zusammengezogenen buschigen Brauen von oben bis unten musterte.

Kein Wunder, sie trug nur einen Slip und ein Hemdchen. Sie spürte, wie ihre Wangen heiß wurden. Dann irrte ihr Blick über die Tischplatte. Sie entdeckte direkt neben ihm ihr Geld sowie das kleine graue Heft aus Pappe, das eigentlich Ruth gehörte, und schnappte sich beides. Hoffentlich hatte der seltsame Typ den Ausweis nicht aufgeschlagen, dachte sie noch, murmelte eine Entschuldigung und rannte in ihr Zimmer zurück.

Manu stand immer noch in der Tür. »Du hättest das Zeug ruhig noch liegen lassen können, bis du dich angezogen hast«, sagte sie irritiert. »Bei uns in der Kommune klaut keiner.« Dann lachte sie plötzlich breit. »Aber wie schön, dass du wieder so fit bist. Meine Tees und Suppen haben wohl geholfen!«

Auch Rebecca rang sich ein Lächeln ab. Manu war so lieb zu ihr. Dabei hatte sie das doch gar nicht verdient. Sie schluckte.

»Das stimmt. Mir geht's echt gut heute. Keine Schmerzen mehr! Ich geh dann mal ins Bad und mache mich frisch.«

»Klasse!« Manu strahlte. »Dann kannst du gleich mit mir frühstücken.« Sie bemerkte Rebeccas Zögern. »Willi – das ist der, der da in der Küche sitzt – ist bestimmt gleich wieder oben in seinem Zimmer. Der isst morgens nie was.« Dann fiel ihr noch etwas ein. »Weißt du was, ich lege dir ein paar Klamotten von mir raus. Die kannst du anziehen. Ich glaube, wir haben ungefähr dieselbe Größe.«

»Danke, das ist so lieb von dir.« Rebecca hatte das Gefühl, sich pausenlos bei ihrer Retterin bedanken zu müssen. Sie bekam einen Kloß im Hals vor lauter schlechtem Gewissen.

Manu klemmte sich eine Haarsträhne hinters Ohr, während sie sie auf einmal ganz ernst ansah. »Vielleicht erzählst du mir ja gleich ein bisschen von dir.« Sie biss sich auf die Unterlippe, bevor sie sich einen Ruck gab und weitersprach. »Ich erwarte nicht, dass du dein ganzes Leben vor mir ausbreitest, Rosi. Aber ich muss dir vertrauen können.«

Miriam, 1976

Becky hatte so elend ausgesehen, dass Miriam nach dem Mittagessen sofort nach oben in ihr gemeinsames Zimmer lief. Ihre Schwester saß mit dem Rücken zu ihr am Schreibtisch im hinteren Winkel des Raumes und stierte aus dem Dachfenster. Als Miriam zu ihr trat und eine Hand auf ihre Schulter legte, reagierte sie nicht.

»War es so schlimm mit Ulf?«, erkundigte Miriam sich bang und zuckte zusammen, als Rebecca auf einmal anfing, höhnisch zu lachen.

»Schlimmer!«, spie sie aus. »Aber ich befürchte, das wirst du nicht verstehen.«

Miriam musste schlucken. Diesen zynischen, harten Ton kannte sie nicht von ihrer Schwester. Becky war sonst immer geradeheraus, fröhlich und ehrlich. Selbst in Krisensituationen behielten bei ihr Optimismus und Lebenslust die Oberhand. Beides schien wie weggeblasen.

»Versuch doch einfach, es mir zu erklären«, bat sie leise, woraufhin Rebecca sich mit der Hand vom Schreibtisch abstieß und auf dem Drehstuhl zu ihr herumwirbelte.

»Er will mich heiraten und eine Familie mit mir gründen!« Ihre verheulten Augen sprühten vor Zorn.

Miriam verstand die Welt nicht mehr. »Aber, aber ...«, stotterte sie. »Das ist doch klasse.«

»Na, siehste!« Wieder lachte Rebecca auf. »Hab ich ja gesagt! Ich will aber das Baby nicht. Kapiert das denn hier keiner?«

»Welches Baby?« Beide hatten in ihrem Eifer nicht bemerkt, dass Ruth das Zimmer betreten hatte. Jetzt fuhren sie erschrocken zu ihr herum. »Bist du etwa schwanger? Von wem denn?«

Danach ging es richtig rund.

»Das geht dich einen Scheißdreck an«, keifte Rebecca.

»Wehe, du sagst es Mama!«

»Und wenn doch?« Ruth stemmte selbstgerecht die Hände in die Hüften. »Bestimmt ist es von diesem langen Elend, dem mit den langen Haaren und dem schmachtenden Blick! Dem aus dem Wohnblock!«

Rebecca federte von ihrem Stuhl hoch und fauchte: »Halt's Maul!«

»Ich hab recht, oder? Deshalb hast du dich in den Ferien immer zu der Mofagang an den See geschlichen!« Ruth lachte verächtlich auf. »Und das hast du jetzt davon! Wie blöd kann man eigentlich sein?«

»Sei endlich still!« Rebecca fing an zu weinen. Ihre Unterlippe zitterte, und sie ballte die Fäuste.

Verzweifelt versuchte Miriam, zwischen den älteren Schwestern zu schlichten. »Ruth, siehst du denn nicht, wie schlecht es Becky geht?«

Die hielt tatsächlich inne. Für Miriam sah es so aus, als bereue sie ihre Worte, ihre Miene wurde weicher.

Doch Rebecca war nicht mehr zu bremsen. »Besser blöd als frigide!«, warf sie Ruth an den Kopf. »Ich werde jedenfalls nicht als alte Jungfer enden, die bei Mama am Rockzipfel hängt, so wie du! Du scheißt dir doch schon in die Hose, wenn du nur dran denkst, demnächst zum Studium nach Köln zu ziehen.«

Alle Farbe wich aus Ruths Gesicht. Sie drehte sich wortlos um und rannte die Treppe hinunter. »Mama!«, rief sie. »Komm mal schnell!«

Hilde, 1976

Hilde spülte die Pfanne. Mit einem Topfreiniger schrubbte sie die angebrannten Panadereste ab. Die körperliche Arbeit tat ihr gut. Sie war wie ein Ventil für ihren Groll gegen Rebecca. Ihre Mittlere war in letzter Zeit so anstrengend! Und nicht nur mit ihren Eltern stritt sie, sondern auch häufig mit Ruth. Hilde fühlte sich bestätigt und seufzte entnervt auf, als sie ihre Älteste von oben mal wieder kreischen hörte: »Mama! Komm mal schnell!«

Widerwillig stieg sie hoch in den ersten Stock. Es hatte vorhin doch schon Streit genug gegeben. War das Maß für heute nicht längst voll? Sie beschloss, sich nicht aufzuregen, sondern als Mittlerin zwischen den Mädchen zu fungieren.

Was Ruth ihr eilig auf dem Flur erzählte, ließ ihr jedoch das Blut in den Adern gefrieren und sie alle guten Vorsätze vergessen. Sie stürmte in Rebeccas und Miriams Zimmer und rief: »Sag mir, dass das nicht wahr ist!«

Rebecca stand mitten im Zimmer. Ihre weit aufgerissenen verheulten Augen und die Panik darin zeigten Hilde sofort, dass sich Ruth diesmal nichts zusammenphantasiert hatte. Ihre Tochter, gerade mal sechzehn Jahre alt, hatte sich von irgendeinem Hallodri aus dem Dorf schwängern lassen!

Rebecca warf sich jetzt bäuchlings auf ihr Bett, das Gesicht unter der Flut ihrer roten Haare verborgen.

»Es stimmt also, was Ruth sagt?!« Hilde klammerte sich an die irre Hoffnung, alles könne ein Missverständnis sein.

Rebecca reagierte nur mit einem Kopfnicken.

Nun mischte Miriam sich ein: »Ulf steht aber zu ihr und will sie heiraten ...«

Hilde glaubte, verrückt zu werden. Mit einer unwirschen Handbewegung verbot sie ihrer Jüngsten den Mund. »Miriam, tu mir den Gefallen und geh raus, ja?«

Miriam nickte zögernd, während Ruth wachsbleich im Türrahmen stand. Hilde atmete tief durch, um dann, etwas ruhiger, neu anzusetzen: »Bitte verlasst beide das Zimmer. Ich möchte allein mit Rebecca reden.«

Die beiden gehorchten schweigend. Die Tür schloss sich hinter ihnen, und Hilde sank neben ihrer Tochter aufs Bett.

»Wie konnte das passieren?«, fragte sie leise und strich Rebecca über den schmalen Rücken. Gleichzeitig schalt sie sich ob der dämlichen Frage eine dumme Gans.

»Bist du sehr böse?«, murmelte Rebecca. »Ulf und ich, wir lieben uns doch, und ...«

»Liebe!« Hilde schnaufte. »Du hast dich vermutlich nach Strich und Faden ausnutzen lassen!« Sie fing schon wieder an, sich aufzuregen.

Rebecca drehte sich auf den Rücken und funkelte ihre Mutter wütend an. »Ulf nutzt mich nicht aus! Und Miriam hat recht: Er will mich heiraten. Aber, aber ...« Ihre Augen füllten sich neuerlich mit Tränen. »Aber ich bin doch noch viel zu jung, um Mutter zu werden!«

Hilde nickte düster. »Wie weit bist du denn?«

Rebecca sah sie unsicher an. »Das letzte Mal habe ich vor zehn Wochen meine Tage gehabt. Mein Bauch ist ganz hart, und meine Brüste spannen.«

Hilde dachte daran, wie ihre Tochter vorhin angewidert den Teller mit ihrem Lieblingsessen weggeschoben hatte. Schwangerschaftsübelkeit, ja, die kannte sie selbst zur Genüge! Erst jetzt wurde ihr das Desaster, in dem Rebecca und damit die ganze Familie steckte, in vollem Ausmaß bewusst. Was würden ihre Freunde in der Kirchengemeinde denken?

»O Gott!« Hilde raufte sich das schulterlange braune Haar, das sie heute früh noch sorgsam in Wellen gelegt hatte. Sie schluckte, dachte fieberhaft nach.

»Es kommt nicht in Betracht, dass du dir deine Zukunft verbaust«, sagte sie schließlich rau. »Natürlich bist du viel zu jung, um ein Baby großzuziehen. Und außerdem noch ohne Ausbildung und ohne Beruf. Garantiert wirst du nicht irgendeinen dahergelaufenen Kerl heiraten.«

Rebecca stierte sie an, ihre Tränen waren versiegt. »Aber was soll ich denn ...« Plötzlich schien sie Hoffnung zu schöpfen. »Mama, dann ... dann müsste ich es wegmachen lassen. Hab ich auch schon überlegt.«

Hilde explodierte förmlich. Ohne dass sie es verhindern konnte, klatschte ihre Hand mitten in Rebeccas Gesicht.

Drei Mal war sie zu Beginn ihrer Ehe guter Hoffnung gewesen und hatte das Baby in einem frühen Stadium der Schwangerschaft verloren, weil etwas mit ihrer Gebärmutter nicht in Ordnung war, wie der Arzt sagte. Wie sehr sie sich jedes Mal gewünscht hatte, das kleine Wesen halten und schützen zu können! Irgendwann hatte sie die Hoffnung aufgegeben, je ein Kind austragen zu können. Doch dann wurde sie mit Ruth schwanger. Zwei weitere Töchter folgten. Und die eine von ihnen scheute nun nicht davor zurück, sich ihr Ungeborenes mit metallenen Werkzeugen aus dem Bauch schälen zu lassen?

Rebecca riss schockiert die Augen auf, hielt sich die Wange und fing an zu wimmern.

Das brachte Hilde zur Besinnung. »Es tut mir leid«, stotterte sie. Sie wollte ihrer Tochter tröstend über die rote Stelle streicheln, die ihre Hand hinterlassen hatte, doch das Mädchen zuckte vor ihr zurück. Das brachte jetzt auch Hilde zum Weinen. Und dann lagen sie sich in den Armen, jammerten, schluchzten und konnten gar nicht mehr aufhören, bis Hilde sich gewaltsam zusammenriss und aufsetzte.

Sie fixierte Rebecca ernst. »Du wirst auf keinen Fall abtreiben. Das ist eine Sünde vor Gott und auch gesetzlich streng verboten.« Sie schluckte. »Ich habe eine andere Idee. Die muss ich aber erst mit deinem Vater besprechen. Außerdem musst du dringend einen Frauenarzt aufsuchen. Keinen hier in der Nähe ...«

Die letzten Worte sagte sie mehr zu sich selbst. Ein Plan reifte in ihr heran, ein Plan, der sie alle vor der Schmach bewahren und dennoch das Leben des unschuldigen kleinen Wesens im Bauch ihrer minderjährigen Tochter retten würde.

Rebecca fragte entsetzt: »Du willst es Papa sagen?« Sie lehnte den Rücken an das Kopfteil ihres Bettes. »Er wird ...«

»... genauso fassungslos sein wie ich, ja,« sagte Hilde fest. »Aber er muss es wissen. Diese ... Sache betrifft die ganze Familie.« Sie atmete tief durch. »Du wirst erst mal der Schule fernbleiben und das Haus nicht verlassen. Ich schreibe dir eine Entschuldigung. Mir wird schon was einfallen. Und dann sehen wir weiter.« Hilde stand schwerfällig auf. Sämtliche Muskeln in ihrem Körper schienen sich verkrampft zu haben. Sie streckte sich, um sie zu lockern, und war schon fast an der Tür, als Rebecca sie noch einmal mit dünnem Stimmchen zurückrief.

»Und was ist mit Ulf?«

Hilde wandte sich ruckartig um. »Vergiss den Dreckskerl!« war alles, was sie herausbrachte, bevor sie mit wiedererwachter Energie die Treppe hinunterlief und zur Werkstatt eilte.

Tausend Fragen schossen ihr durch den Kopf. Wie würde Rainer die Nachricht aufnehmen? Würde er schimpfen, weinen oder bloß schweigen? Alles war drin, denn ihr Mann wirkte zwar nach außen robust, war groß und breit, konnte anpacken wie kein Zweiter und mit seiner tiefen Stimme brüllen wie ein Stier, wenn er wütend war, doch er hatte auch eine stille, grüblerische Seite. Es gab Phasen, in denen er kaum ein Wort sprach.

Dann verzog er sich in die Werkstatt, sägte, schliff und lasierte, bis es ihm wieder besser ging.

Hilde glaubte, dass der Zweite Weltkrieg die Schuld an den seelischen Wunden ihres Mannes trug. Was damals geschehen war, hatte ihn – wie so viele – ins Elend geschleudert. Zwar hatte er sich mit beruflichen Erfolgen und sozialem Aufstieg wieder herausgekämpft, doch das tiefsitzende Gefühl des Mangels war er nie ganz losgeworden.

Hilde konnte ihn so gut verstehen. Es ging ihr ganz genauso. Rainer hatte ihr erzählt, dass für ihn als Kind allein körperliche Ertüchtigung, Wettkampf und Kameradschaft gezählt hatten. Mit seinen Freunden in seinem Heimatort Jüchen Fußball auf der Wiese zu spielen, sich zu raufen und davon zu träumen, einmal zur HJ zu gehen, um an den großen Zeltlagern teilzunehmen, hatte sein Leben bedeutet.

Vater und Onkel führten eine angesehene Dachdeckerei. Dass Rainers Vater sich weigerte, der Partei beizutreten, ließ ihn zwar einige Kunden verlieren, doch es blieben noch genügend übrig, um ein gutes Leben zu führen.

Die Familie gehörte der evangelischen Kirchengemeinde in Jüchen an. Jeden Sonntag besuchte man geschlossen den Gottesdienst in der barocken Hofkirche. Mit dem Pfarrer der Gemeinde verband Rainers Vater eine tiefe Freundschaft. Die Ortmanns waren eine ausgesprochen fromme und gottesfürchtige Familie, was auch in der Besonderheit ihrer Gemeinde begründet lag. Ihre Mitglieder hatten über Jahrhunderte in der erzkatholischen Gegend ihren protestantischen Glauben gegen massive Anfeindungen verteidigen müssen. Sie alle galten als besonders aufrechte Christen, stolz und unbeugsam.

Der Krieg forderte auch in Rainers Familie Opfer. Sein Vater wurde zur Wehrmacht eingezogen, der wenig geschäftstüchtige Onkel übernahm den Betrieb und richtete ihn bald zugrunde.

Die Familie verarmte. Dann wurde der Vater in Russland vermisst. Die Familie hörte nie wieder von ihm.

Kurz vor Kriegsende brauchte der Führer neue Soldaten, und Rainers vierzehnjähriger Bruder Franz musste an der Westfront kämpfen. Hilflos sahen die Mutter, Rainer und seine Schwester Grete mit an, wie er in seiner viel zu großen Uniform weinend das Haus verließ. Wenige Wochen später erhielten sie die Nachricht, dass er gefallen war.

Allein ihr tiefer Glaube half der Familie, die schwere Zeit zu überstehen. Rainers Mutter wandte sich an den Pfarrer, der ihr nicht nur seelischen Trost spendete, sondern sie als Gemeindesekretärin einstellte. Die Stelle brachte ihr wenigstens so viel Geld ein, dass die Familie nicht hungern musste.

Hilde sah im Schicksal der Familie Ortmann so manche Parallele zu ihrem eigenen Leben. Vielleicht passten Rainer und sie auch deshalb so gut zusammen.

Gott gab und Gott nahm. Er war ein gerechter und liebender, aber manchmal eben auch ein strafender Gott. Und niemals, niemals würde er es billigen, dass man sein eigenes Kind im Leib tötete. Sie ballte die Fäuste. Sie war sich sicher, dass Rainer ihr beipflichten würde.

Sie dachte an seine merkwürdig menschenscheue Schwester Grete, die nach Kriegsende als Haushaltshilfe auf einen Milchbauernhof im Umland von Jüchen gezogen war. Ein paar Jahre später heiratete sie den doppelt so alten Bauern und blieb auch nach seinem frühen Tod auf dem Hof wohnen. Kühe gab es dort inzwischen schon lange nicht mehr, sondern nur noch Rainers Schwester, die das Leben einer Einsiedlerin führte. In Hildes Plänen für Rebecca spielte diese Schwester eine wichtige Rolle.

Hilde holte tief Luft, betrat die Schreinerei, und ihr Mann stellte die Schleifmaschine ab, um zuzuhören, was sie ihm Wichtiges zu sagen hatte.

Erst konnte er gar nicht glauben, was er hörte. Er schüttelte den Kopf, fuhr sich durch den roten Bart, seine Augen verdunkelten sich. Hilde glaubte, Tränen in seinen Augen zu sehen, als er plötzlich lospolterte.

»Wer ist der Lump?«, brüllte er und warf Zollstock und Bleistift auf die Werkbank, sofort bereit, dem Kerl, der seiner Tochter das angetan hatte, die Zähne einzuschlagen.

»Der Name spielt jetzt keine Rolle«, erwiderte sie resolut. »Und er würde Rebecca sogar heiraten.«

»Das ist ja wohl auch das Mindeste«, schnaubte Rainer, bebend vor Wut.

»Rebecca will das Kind nicht.«

»Wie bitte?« Seine Augen verengten sich zu Schlitzen, und er ballte die Hände zu Fäusten. »Aber ...«

Hilde atmete tief durch und fixierte ihn mit ernstem Blick. »Sie ist einfach viel zu jung und naiv, um Mutter zu sein, findest du nicht auch?«

Er nickte zögernd.

»Du willst doch auch nicht, dass sie ihr Leben wegwirft, ohne Schulabschluss, ohne Ausbildung, oder? An einen Mann, der ihr nichts bieten kann.«

»Nein, natürlich nicht, aber eine Abtreibung kommt nicht in Frage! Niemand in der Familie Ortmann wird ein Leben einfach auslöschen! Das ist ein Verbrechen vor Gott! Denk nur an die Menschen, die durch Gewalt ihr Leben lassen mussten ... in deiner und meiner Familie! Wenn wir eine Lehre aus diesem unheiligen Krieg gezogen haben, dann doch wohl, dass jedes Leben heilig ist!«

Hilde hatte es ja gewusst. Sie dachten beide ganz ähnlich.

»Rebecca wird also zu ihrer Verantwortung stehen. Wer A sagt, muss auch B sagen!« Eine steile Falte erschien auf Rainers Stirn.

»Natürlich wird Rebecca nicht abtreiben!« Hilde wurde jetzt ungeduldig. Sie merkte, dass sie Gefahr lief, die Beherrschung zu verlieren, und atmete tief durch. Begütigend legte sie eine Hand auf Rainers Schulter. »Adoption lautet die Lösung.«

Jetzt erst schien er zu begreifen, dass sie sich längst überlegt hatte, was zu tun war. Also beruhigte er sich, löste die verkrampften Finger und lehnte sich mit verschränkten Armen an den Rahmen der Schleifmaschine.

Schnell breitete sie ihren Plan vor ihm aus, in dessen Zentrum seine Schwester und ihr abgelegenes Haus mitten auf den Feldern bei Jüchen standen.

Am Ende ihrer Ausführungen war er zwar noch immer aufgewühlt und in schrecklicher Sorge um Rebecca, doch er sah ein, dass es keine andere Lösung gab. Das Leben, das in Rebecca wuchs, war ein Geschenk Gottes. Und es würde mit Sicherheit irgendwo ein nettes Ehepaar geben, das sich nichts sehnlicher wünschte als ein Kind und das dieses Geschenk mit Freude und Verantwortungsbewusstsein annehmen würde.

Rosi, heute

Inzwischen saß sie draußen im Schein des Windlichts und sah zu, wie der beinahe runde Mond, der erst nur über die Dächer der Mehrfamilienhäuser gelugt hatte, am nun saphirblauen Himmel emporstieg. Er war von einem silbern schimmernden Hof umgeben, was auf einen Wetterumschwung hinwies. Aber noch war die Luft klar genug, um einige Sterne funkeln zu lassen. Der laue Nachtwind strich über Rosis nackte Arme. Sie hatte erfolgreich alle Sorgen verdrängt und genoss es, allein zu sein. Nicht reden zu müssen, sich selbst genug zu sein, fühlte sich leicht und richtig an. Das war die Freiheit, die sie zum Leben brauchte.

Bald war die Weinflasche, die sie sich von drinnen geholt hatte, zu zwei Dritteln leer, und Rosi gähnte. Sie musste morgen früh raus: Zeitungen austragen und mit dem jungen Labrador von Frau Schmitz von gegenüber, die in dieser Woche im Krankenhaus Nachtschicht hatte, Gassi gehen. Sie erhob sich fröstelnd und blies das Windlicht aus.

Erst im Bett musste sie wieder an Manu denken, wie sie ihr damals im September 1976 beim Frühstück in der chaotischen Küche, in ihrer Teetasse rührend, gegenübersaß und sie skeptisch ansah.

Rosi, 1976

Sie verriet Manu nur das Nötigste über sich, und auch davon war einiges gelogen. So behauptete sie zum Beispiel, neunzehn Jahre alt zu sein, wie jene Rosalie Meyer, deren Namen sie spontan angenommen hatte. Wahrheitsgemäß gab sie jedoch preis, dass sie ungewollt schwanger geworden war und ihre Eltern ihr nicht erlaubt hatten, eine Abtreibung in den nahegelegenen Niederlanden durchführen zu lassen.

»Aber warum musstest du sie überhaupt fragen?« Manu runzelte die Stirn und bestrich eine Scheibe des selbstgebackenen Vollkornbrots mit Quark. Darüber streute sie frische Kresse. »Du bist doch volljährig.«

Rosi wich ihrem Blick aus. »Ja, klar«, antwortete sie schnell, »aber ich wohne doch noch bei ihnen. Was sollte ich denn machen?«

»Na, einfach über die Grenze fahren und es erledigen lassen.« Manu zuckte die Achseln. »Dein Bauch gehört dir, oder?«

»Hab ich dann schließlich auch.« Plötzlich verspürte Rosi einen unglaublichen Appetit. Obschon sie eben ein daumendickes Butterbrot mit Marmelade gegessen hatte, war sie noch hungrig. »Reichst du mir bitte das Brot?«, fragte sie. »Es ist echt lecker.«

Sofort strahlte Manu voller Stolz. »Danke, ich finde auch, dass es mir diesmal besonders gelungen ist. Liegt an den vielen verschiedenen Körnern.« Dann kam sie zum Thema zurück. »Aber warum hast du so furchtbar geblutet? Ist bei der OP etwas schiefgegangen?«

Rosi schloss kurz die Augen, drängte die grässliche Erinnerung gewaltsam zurück. Dann sah sie Manu wieder an. »Ich habe mich selbst entlassen«, log sie. »Wahrscheinlich war das keine gute Idee.«

Manu nickte langsam. »Ganz bestimmt nicht. Aber inzwischen hast du es, glaube ich, überstanden.«

»Ja, das denke ich auch.«

»Und warum bist du nicht nach Hause zurückgekehrt?«

Rosi dachte an ihre Eltern, für die Abtreibung Mord war und die sie zu ihrer Tante Grete aufs Land hatten schicken wollen, damit sie dort ihr Kind bekam und es direkt nach der Geburt zur Adoption freigab. Danach kamen ihr Ulf und Miriam mit ihren allzu romantischen Vorstellungen von Ehe und Familie in den Sinn.

Sie hatte sie alle schwer enttäuscht. Keinem von ihnen konnte sie mehr unter die Augen treten. Aber warum hatte auch keiner ernsthaft danach gefragt, was sie wollte?

Dein Bauch gehört dir, hatte Manu gesagt. Für Rosi hatte es sich eher so angefühlt, als gehöre er allen anderen, nur nicht mehr ihr selbst. Sie legte die Hand auf ihren Bauch, der sich jetzt wieder so anfühlte wie vorher: flach und weich.

»Ich kann nie wieder nach Hause zurück. Aber ich möchte nicht darüber sprechen.«

»Worüber willst du nicht sprechen?« Ein blonder Hüne betrat die Küche. Rosi erinnerte sich vage an ihn. Manu hatte ihn ihr als ihren Freund Tom vorgestellt. Er hatte dabei geholfen, sie ins Zimmer zu tragen.

»Wie schön, dass du wieder unter den Lebenden bist!« Er lächelte, und Rosi dachte, dass Tom der attraktivste Mann war, der ihr je begegnet war. Mindestens 1,95 m groß, breitschultrig und mit schulterlangem Haar, sah er in seinen knallengen Jeans mit dem Schlag, dem schwarzen Hemd und mit den Silberringen an den Fingern ziemlich verwegen aus.

»Sei nicht so neugierig, Schatz«, sagte Manu. »Genau das will sie ja eben nicht verraten.«

»Schon gut.« Er winkte ab und sah sich suchend auf dem vollgestellten Tisch und der Arbeitsplatte um, die ebenfalls kaum mehr ein freies Plätzchen aufwies. Schüsseln, Kerzenständer, zerknüllte Geschirrhandtücher, benutzte Teller, Tassen und Besteck standen eng an eng mit Gewürzdosen, Aschenbechern und Kräutertöpfen. Er seufzte. »Wo hast du schon wieder die Kaffeebohnen und die Mühle hingetan, Liebes?«

»In den neuen Buffetschrank vom Sperrmüll«, erwiderte Manu leichthin und wies auf das große Weichholzmöbel, das schief an einer Wand lehnte und aussah, als könne es jeden Moment umfallen. »Darin bewahre ich jetzt auch meine Teedosen auf.«

Ohne einen weiteren Kommentar öffnete Tom den Schrank und entnahm ihm mehrere Utensilien.

»Was trinkst du denn da?«, fragte er Rosi und beäugte misstrauisch ihren halbvollen Henkelbecher mit der gelbgrünen Flüssigkeit darin.

»Das ist frischer Salbeitee mit etwas Fenchel und einem Hauch Koriander«, erklärte Manu stolz. Rosi war froh, dass sie ihr die Antwort abnahm. Sie selbst hätte nicht sagen können, was das seifig schmeckende Zeug war. »Alles aus eigener Ernte.«

»Mm.« Tom sah Rosi prüfend an. »Du siehst aus, als könntest du einen guten Kaffee vertragen. Frisch und stark aufgebrüht, mit etwas Milch und Zucker. Na, wie wär's?«

Rosi nickte, vor allem aus Neugier. Sie hatte noch nie Kaffee getrunken, weil ihre Mutter behauptete, dass sie viel zu jung dafür sei. »Gern«, antwortete sie, woraufhin er sich, leise vor sich hin summend, ans Werk machte.

Bald zog köstlicher Kaffeeduft durch die Küche. Noch nie hatte sie gesehen, dass jemand so liebevoll Kaffee kochte. Ihre Mutter verwendete immer eine einfache elektrische Maschine und kaufte das Pulver fertig gemahlen beim Bäcker. Es entfaltete nicht annähernd das Aroma wie Toms Kaffee. Sie sog schnuppernd die Luft ein, woraufhin er zufrieden grinste.

»Ein Traum, oder?«

Sie nickte.

Dann kredenzte er ihr einen vollen Becher nebst einem Löffel und stellte Zucker und ein Kännchen mit rahmiger Milch daneben. Er selbst trank seinen Kaffee schwarz und im Stehen. Verwundert guckte Rosi zu Manu. »Du nicht?«, fragte sie. Die zog die Nase kraus. »Nö, ich steh mehr auf Tee. Aber trink nur. Toms Kaffee ist legendär.«

Das Gebräu schmeckte leicht bitter und dennoch mit Milch und Zucker so lecker, dass Rosi hin und weg war. Sie fühlte sich auf einmal sehr erwachsen. Außerdem verpasste ihr das Getränk einen ungeheuren Energieschub. Sie hätte Bäume ausreißen können!

Genießerisch leckte sie sich die Lippen und wollte Tom um einen zweiten Becher bitten. Dazu kam sie aber nicht, denn der schweigsame bärtige Kerl, dem sie vorhin hier begegnet war, war wieder hereingekommen. Sofort hatte sie das Gefühl, dass die Temperatur im Raum um einige Grade sank.

»Hab meine Zigaretten liegen lassen«, sagte er und griff nach der Packung. Rosi erkannte nun auch seine Stimme. Es war die des Mannes, der am Tag ihrer Ankunft vehement dagegen gewesen war, dass sie hier aufgenommenen wurde.

»Darf ich vorstellen? Rosalie oder besser einfach Rosi«, sagte Manu eilig. »Ihr seid euch ja vorhin schon kurz begegnet, stimmt's?«

»Rosi, aha.« Der Mann bedachte sie mit einem merkwürdigen Blick. Ihr wurde heiß und kalt zugleich. Hatte der unheimliche Kerl etwa einen Blick in den Personalausweis geworfen?

Manu schien nichts von Rosis Anspannung zu merken, sondern wandte sich ihr lächelnd zu. »Rosi, und das ist Willi. Er wohnt seit zwei Jahren hier.«

Rosi nickte nervös. »Hallo, Willi«, sagte sie schüchtern. Sie hoffte, dass er schnell wieder gehen würde, doch er tat ihr nicht den Gefallen. Stattdessen nahm er sich einen Becher aus dem Schrank und goss sich von Toms Kaffee ein.

Immerhin gab ihr das die Chance, ihn unauffällig in Augenschein zu nehmen. Er war recht klein und hager. Das dunkle, dicke Haar umrahmte ein schmales Gesicht mit hervortretenden Wangenknochen, in dem ein herabhängender Schnurrbart über nach unten gezogenen Mundwinkeln dominierte. Überhaupt wirkte die ganze Gestalt mit den gebeugten Schultern und den O-Beinen ziemlich mies gelaunt. Gleichzeitig ging eine unterschwellige Aggression von dem Mann aus.

Willi pflanzte sich an den Tisch, nahm einen Schluck aus dem Becher und zündete sich eine Zigarette an. Dabei ließ er sie nicht aus den Augen. »Du scheinst ja wieder fit zu sein … Rosi. Wo kommst du eigentlich her?« Sein Blick war bohrend.

Rosi schluckte und suchte krampfhaft nach einer Antwort.

Manu antwortete an ihrer Stelle. »Das will sie nicht sagen. Sie ist von zu Hause abgehauen und hat nicht vor zurückzugehen.«

»Aha.« Willi aschte in eine Untertasse. »Vermisst dich denn niemand?« Seine Augen verengten sich. Er beugte sich vor und starrte sie an. »Deine Familie, deine Freunde, Arbeitskollegen, Klassenkameraden, Lehrer?«

Rosi fühlte sich bedrängt und rückte mit ihrem Stuhl ein Stück nach hinten.

»Willi, lass sie in Ruhe.« Das kam von Tom. »Wir haben auch dich hier aufgenommen, ohne dich mit Fragen zu löchern. Erinnerst du dich?«

Willi gab ein Schnauben von sich. »Sie ist ein Risiko«, behauptete er stur.

Jetzt mischte sich Manu ein. »Ich finde ja, dass du hier das weitaus größere Risiko darstellst, Willi. Deine Kontakte, deine ... Aktivitäten. Rosi ist einfach eine junge Frau, die sich ein Baby hat wegmachen lassen. Gegen den Willen ihrer Eltern, okay? Das macht sie noch lange nicht verdächtig.«

Er ließ das unkommentiert und fragte sie stattdessen unverblümt: »Und jetzt willst du länger hier im Haus wohnen?« Er zog an seiner Zigarette und blies ihr den Qualm mitten ins Gesicht. »Du siehst mir nicht nach einer Revoluzzerin, sondern nach dem braven Mädchen von nebenan aus.«

»Weiß nicht.« Rosi bekam jetzt richtig Angst vor ihm. Auch war sie sich inzwischen sicher, dass er sich Ruths Ausweis angesehen hatte. Aber warum sagte er dann nichts dazu? »Ich weiß überhaupt noch nicht, wie es weitergehen soll.«

»Rosi darf so lange bleiben, wie sie will«, stellte Manu klar und legte eine Hand auf ihren Arm.

Tom nickte. Er trat hinter Manu und Rosi. »Sehe ich genauso.«

»Das ist lieb von euch.« Rosi war schwindlig vor Erleichterung. »Hauptsache, meine Familie findet mich erst mal nicht.«

Willi lachte auf und lehnte sich auf dem Stuhl zurück. »Mit dem Feuermelder auf dem Kopf wird das schwierig. Dich erkennt man doch schon aus hundert Metern Entfernung.«

Er hatte natürlich recht: Ihr rotes Haar machte sie allzu auffällig. Manu war derselben Meinung und lief nach dem Frühstück sofort los, um ein Haarfärbemittel zu kaufen.

Als Rosi sich nach der Prozedur in dem halbblinden Badezimmerspiegel betrachtete, war sie erst entsetzt, weil sie sich furchtbar hässlich und farblos fand, bis sie kapierte, dass genau darin ihre Chance lag. Mit dem stumpfen braunen Haar erkannte sie garantiert niemand wieder. Es veränderte ihr Aussehen völlig.

Miriam, 1976

Die letzten Tage waren furchtbar schlimm gewesen für die ganze Familie. Mama und Papa hatten entschieden, dass Beckys Baby zur Adoption freigegeben werden sollte. Und Becky hatte sich damit abgefunden. Oder zumindest schien es so. Sie lag nur noch im Bett und redete mit niemandem mehr, auch mit Miriam nicht. Papa telefonierte lange mit Tante Grete, die sich bereiterklärte, Becky bis zur Entbindung bei sich aufzunehmen.

Tante Gretes Hof war laut Mama und Papa das allerbeste Versteck für ein junges Mädchen, dessen Babybauch bald nicht mehr zu übersehen sein würde. Alle schienen zufrieden mit der Idee, auch Ruth übrigens, die es tunlichst vermied, sich mit Becky in einem Raum aufzuhalten. Was kein Problem darstellte, weil die alle Mahlzeiten oben im Kinderzimmer einnahm.

Nur Miriam war gegen den Plan. Sie fand es grundfalsch, dass ihre Eltern überhaupt nicht interessierte, was Ulf wollte. Ihrer Meinung nach hätten Becky und er gemeinsam überlegen sollen, was aus ihrem Kind wurde.

Miriam musste ihren Eltern versprechen, mit niemandem über Becky und ihre Schwangerschaft zu reden. Wenn sie gefragt würde, sollte sie sagen, dass ihre Schwester mit Gelbsucht das Bett hüten musste. »Keiner darf wissen, dass deine Schwester ein Kind erwartet«, betonte ihre Mutter morgens beim Frühstück, bei dem Ruth schweigend dabeisaß und in ihrem Muckefuck rührte. »Das würde ihren Ruf und ihre Zukunft zerstören.«

Miriam hielt dagegen, dass Ulf doch längst Bescheid wisse. »Becky hat ihm alles erzählt, und er war sofort bereit, sie zu heiraten«, wiederholte sie stur in der Hoffnung, dass ihre Mutter endlich ein Einsehen hätte.

»Papperlapapp! Deine Schulmädchenromantik ist hier fehl am

Platz«, war alles, was die dazu sagte. »Dein Vater wird sich noch heute den jungen Mann zur Brust nehmen. Er wird ihm erzählen, dass Rebecca eine Fehlgeburt hatte und zur Rekonvaleszenz zu Grete zieht. Der Junge wird heilfroh sein, so glimpflich davonzukommen, und über die ganze Angelegenheit Stillschweigen bewahren.«

Miriam fand ihre Eltern unmöglich, und sie begriff nicht, dass Becky sich nicht wehrte. Seit sie schwanger war, schien sie völlig verändert. Sie kam Miriam wie eine willenlose Puppe vor und nicht wie der selbstbewusste, freche Teenager, der sie einmal gewesen war. Diese Verwandlung bereitete Miriam große Sorgen, nur hatte sie niemandem, mit dem sie darüber reden konnte. – Allein Ruth wäre dafür in Frage gekommen, aber nach dem schrecklichen Verrat, den die älteste Schwester begangen hatte, behandelte Miriam sie wie Luft.

Auch Ruth hatte sich verändert. Sie war unnatürlich blass, in sich gekehrt und hatte wieder angefangen, an den Nägeln zu kauen – so wie in der Zeit, als sie für ihre Abiturklausuren hatte lernen müssen.

Miriam registrierte es mit Genugtuung. Sie wünschte Ruth von ganzem Herzen, nachts vor lauter schlechtem Gewissen nicht schlafen zu können. Schließlich hatte die doofe Petze die ganze Katastrophe verursacht!

Einer plötzlichen Eingebung folgend, lief Miriam, bevor sie sich zur Schule aufmachte, noch einmal nach oben in ihr Zimmer. Rebecca lag, eingemummelt in ihre Bettdecke, auf der Seite und starrte die Wand an. Ihre gesamte Körperhaltung signalisierte, dass sie in Ruhe gelassen werden wollte.

»Papa will heute Ulf treffen«, sagte Miriam dennoch.

Keine Reaktion.

»Er will ihn dazu bringen, den Mund zu halten.«

»Na und? Ist doch gut so!«

Miriam glaubte sich verhört zu haben.»Mama und Papa sind der Meinung, dass er dich verführt hat, und wollen nicht begreifen, wie lieb er ist und dass er ...«

»Du verstehst gar nichts!« Rebecca wälzte sich unter der dicken Daunendecke zu ihr herum. Es musste schrecklich heiß darunter sein, dachte Miriam. Rebeccas Gesicht war von einem Schweißfilm überzogen, Strähnen ihres dicken roten Haares klebten ihr feucht an Stirn und Nacken.»Ulf ist nicht lieb. Er ist ...« Rebecca schien nach Worten zu suchen.»... naiv!«, spuckte sie schließlich aus.»Ja, und ein Träumer dazu. Er ist mir überhaupt keine Hilfe, der Idiot! Und wenn ich ihm so wichtig wäre, wie du glaubst, hätte er dann nicht längst hier auftauchen müssen? Ich habe Papa einen Brief von mir mitgegeben, in dem steht, dass ich eine Fehlgeburt hatte. Und jetzt lass mich in Ruhe! Du nervst nämlich!«

Zum Zeichen, dass das Gespräch für sie beendet war, drehte sie sich wieder zur anderen Seite.

Verwirrt und verletzt verließ Miriam das Zimmer und schnappte sich unten im Flur ihren Toni.

Rebecca, 1976

Ulf hatte die Geschichte geglaubt und versprochen, den Mund zu halten, erzählte ihr ihre Mutter am Abend. Danach musste Rebecca erst mal heulen. Obschon sie selbst ihm die Lüge aufgetischt und den Brief mit der Bitte versehen hatte, er solle ihr Zeit geben, sich zu erholen, war es ihr nun doch nicht recht, dass er weder Grüße an sie ausgerichtet hatte noch wenigstens kurz zu Besuch kam.

Ihre Beziehung war längst kein Geheimnis mehr. Warum meldete er sich nicht?

Sie erwog, sich nachts, wenn alle schliefen, nach unten in den

Flur zu schleichen und ihn anzurufen. Aber was sollte das bringen? Was sollte sie ihm sagen? Er hatte sich doch längst von ihr abgewandt und war offenbar heilfroh, dass sie den Embryo verloren hatte.

Wenn es doch nur so gewesen wäre! Sie konnte und wollte das, was da in ihr wuchs, nicht Baby nennen, denn so fühlte es sich nicht an. Es kam ihr eher wie ein immer schwerer werdendes Gewicht in ihrer Körpermitte vor, das sie nach unten zog. So wie die Wackersteine im Bauch des bösen Wolfs im Märchen von Rotkäppchen.

Und der Vergleich stimmte ja auch. Sie war wie der Wolf, von Grund auf schlecht. Denn immer noch wünschte sie sich mehr als alles auf der Welt, das Ding in ihrem Bauch loszuwerden, und zwar nicht erst in sieben Monaten, sondern jetzt sofort.

Ihre Mutter, die geduldig auf ihrer Bettkante saß, merkte nichts von ihren innerlichen Kämpfen; sie strich ihr sanft über die feuchte Stirn. »So ist es doch das Beste, nicht wahr?«, sagte sie warmherzig. »Für alle Beteiligten. Du wirfst dein Leben nicht weg und machst ein Ehepaar, das sich ein Kind wünscht, sehr glücklich. Dein Vater und ich werden uns mit der Adoptionsbehörde in Verbindung setzen, sobald klar ist, wann du ausgezählt bist. Übermorgen fahren wir zu einem Gynäkologen nach Mönchengladbach. Danach wissen wir mehr.«

Rebecca konnte nur nicken und wischte sich die Tränen aus den Augenwinkeln. Für Mama musste es so wirken, als stimme sie dem Plan tatsächlich zu.

Tief in ihr tobte jedoch ein Sturm. Übermorgen! Sie hatte nicht einmal mehr zwei Tage!

Es war mitten in der Nacht, als Rebecca aus dem Bett kroch, dabei die schlummernde Miriam scharf beobachtete, im Dunkeln ein paar Klamotten von dem Stapel neben dem Bett nahm und sich im Bad hastig ankleidete. Dann schlich sie auf leisen Sohlen die Treppe hinunter, schlüpfte in ihre Schuhe, fischte vorsichtig den Schlüssel vom Schlüsselbrett und verließ das Haus. Ein beinahe runder Mond hing über Haus Nr. 17 und brachte den Kaugummiautomaten, den Ruth und sie als kleine Mädchen so geliebt hatten, weil zwischen den bunten Kugeln kleine goldene Ringe mit bunten Glassteinen in halb durchsichtigen Döschen darauf warteten, für zehn Pfennig ausgelöst zu werden, zum Glänzen. Rebecca hatte einmal einen mit einem rubinroten Stein gezogen, und sie beide hatten daraufhin Hochzeit gespielt. Ein Zipfel der Ado-Gardine im Wohnzimmer fungierte als Schleier, ein paar Gänseblümchen aus dem Garten waren der Brautstrauß, und Rebecca trug voller Stolz den Ring am Finger. Nur über den Bräutigam waren sich die Schwestern nicht einig. Winnetou oder Old Shatterhand?

Rebecca schüttelte den Kopf über so viel kindischen Unsinn und hastete über die menschenleere Dorfstraße. Mit dem Fahrrad konnte sie leider nicht fahren, weil es im hinteren Teil der Schreinerei eingeschlossen war und sie nicht daran gedacht hatte, es rechtzeitig rauszuholen und irgendwo bereitzustellen.

Rebecca wollte zu Conny, beziehungsweise zu deren Elternhaus am anderen Ende des Ortes. Sie gehörte zu der Clique, die die Dorfbewohner von oben herab »Mofagang« nannten, obwohl die Jungs doch längst Motorräder fuhren.

Conny war drei Jahre älter als Rebecca und ging mit Rolf. Die beiden hatten natürlich längst Sex miteinander, aber Conny war auch davor nicht mehr Jungfrau gewesen. Sie gab sich in Liebesdingen ausgebufft und hatte Rebecca, als das mit Ulf anfing, dringend dazu geraten, einen Pariser parat zu haben, sobald es bei ihr und Ulf »so weit« war. »Jungs sind von Natur aus schwanzgesteuert«, behauptete sie cool. »Im entscheidenden Moment denken die nicht an das, was passieren kann. Und dann haben wir den Salat.«

Wenn eine Rebecca helfen konnte, den »Salat« loszuwerden, dann Conny.

Die Nacht war lau, Rebecca hörte ein Käuzchen schreien. Sie kam jetzt in den neueren Teil des Ortes, in dem Einfamilienhäuser auf größeren Grundstücken standen.

Sie lief weiter, an einer schwarzen Katze vorbei, die auf einem Mäuerchen hockte und bei ihrem Anblick mit dem Schwanz peitschte. Kurz darauf traf Rebecca auf einen großen Igel. Er kreuzte auf seinen winzigen Füßchen die im weißen Mondlicht daliegende Straße, schien bei Rebeccas Anblick zu überlegen, ob er sich einrollen sollte, entschied sich jedoch dann zur Flucht. In Windeseile lief er in einem gepflegten Vorgarten auf eine Buchenhecke zu. Es raschelte noch, dann war er weg.

Einfach verschwinden, dachte Rebecca plötzlich, so wie der Igel.

Der Gedanke war neu. Noch nie hatte sie die Möglichkeit erwogen. Sie liebte doch ihre Freunde und eigentlich auch ihre Eltern und Schwestern, aber plötzlich hatte die Idee etwas zutiefst Tröstliches.

Sehnsucht stieg in ihr auf, sie presste die Hand auf ihren Bauch, bog um die nächste Ecke und erkannte im Schein einer Straßenlaterne den spitzen Giebel von Connys Elternhaus. In der Einfahrt, in der der Opel Rekord der Familie parkte, sammelte sie eine Handvoll kleiner Kieselsteine. Anschließend schlich sie sich durch ein Törchen im Jägerzaun in den Garten und umrundete auf Zehenspitzen das Haus.

Letztes Jahr hatte Conny hier eine Party gegeben, während ihre Eltern verreist waren. Rebecca hatte damals auch ihr Zimmer im ersten Stock betreten. Ein Pärchen lag knutschend im Bett, so dass sie den Raum diskret wieder verließ.

Nun überlegte sie, hinter welchem der Fenster Connys Zimmer lag. Das zweite von rechts musste es sein. Sie nahm ein

Steinchen in die Hand und warf. Der Kieselstein prallte links neben dem Fensterbrett gegen die Hauswand. Mist! Rebecca war schon immer schlecht im Werfen gewesen.

Sie nahm den nächsten Stein und jubelte innerlich auf, weil er mit einem hellen *Ping* exakt die Mitte der Scheibe traf. Der nächste schlug ebenfalls auf dem Glas auf.

Sie wartete einen Moment und setzte gerade zu einem weiteren Wurf an, als drinnen das Licht anging. Ein Vorhang wurde zurückgezogen, das Fenster geöffnet, und der Umriss eines Kopfes erschien.

»Zum Teufel! Was ist hier los?«, polterte eine tiefe Stimme.

Rebecca erschrak zu Tode. Connys Vater! Offenbar hatte sie sich mit dem Fenster vertan! Blitzschnell duckte sie sich hinter den nächsten Busch und verharrte dort mit rasendem Puls. Hoffentlich hatte er sie nicht erkannt! Und hoffentlich kam er nicht raus! Sie machte sich fast in die Hose vor Angst.

»Hallo?«, rief der Mann jetzt ungehalten. »Wer ist denn da?«

Rebecca steckte sich die Faust in den Mund, um ja keinen Mucks von sich zu geben. Dabei lugte sie zwischen den Zweigen zu dem geöffneten Fenster empor, wo reglos eine breite Silhouette zu sehen war.

Inzwischen traute sie sich kaum mehr zu atmen.

In dem Moment hörte sie jemand anderen mit hellerer Stimme sagen: »Komm wieder ins Bett! Da ist niemand. Bestimmt war es nur der Wind.«

Connys Mutter, Gott sei Dank!

Ihr Mann schnaubte. »Na, eher die Flegel von Gegenüber. Ich werde mit den Eltern mal ein ernstes Wörtchen reden müssen«, brummte er. »Haut ab, ihr Lümmel, und geht wieder ins Bett!«, rief er noch in die Nacht, bevor er das Fenster energisch schloss.

Rebecca stieß erleichtert die Luft aus. Im selben Moment wurde ihr klar, dass sie ihre Chance für heute vertan hatte. Sie wartete, bis das Licht im Schlafzimmer erlosch, um dann mit weichen Knien den Rückweg anzutreten. Mit jedem Schritt, den sie sich ihrem Elternhaus näherte, wurde sie mutloser. Wer konnte ihr jetzt noch helfen? Als sie zu Hause ankam, war sie am Ende. Sie sah keinen Ausweg aus der Misere, fühlte sich mutterseelenallein. Leise schloss sie die Haustür auf, schlüpfte in den dunklen Flur und streifte sich die Schuhe von den Füßen.

»Wo kommst du denn jetzt her?«, wisperte plötzlich jemand. Eine Gestalt löste sich aus der Dunkelheit.

Rebecca fuhr dermaßen zusammen, dass sie beinahe gegen die Wand gekracht wäre.

»Mein Gott, Ruth, hast du mich erschreckt«, gab sie flüsternd zurück, während sich der Schock in ihren Gliedern ausbreitete. Ihre ältere Schwester war eine Verräterin. Sie würde sie auch diesmal verpetzen.

»Ich hab mitbekommen, wie du dich aus dem Haus geschlichen hast.« Ruth ragte vor ihr auf wie ein Racheengel.

»Und da bist du nicht direkt zu Mama und Papa gerannt?«, rutschte es Rebecca hasserfüllt heraus.

Ruths Augen schienen in der Dunkelheit aufzulodern. »Nee, siehste doch. Wo warst du denn?«

»Das geht dich gar nichts an!« Rebecca wollte sich an ihr vorbeidrängen, aber ihre Schwester ließ sie nicht durch.

»Ich dachte schon, du haust ab über die Grenze und lässt da dein Baby abtreiben!«

Rebecca schnappte nach Luft. Plötzlich konnte sie nicht mehr. Sie begann zu weinen. »Und wenn ich das wirklich will?«

»Dann bist du eine Mörderin«, sagte Ruth frostig. »So wie die Sabine, die mit mir Abi gemacht hat! Hat sich nach einem Discobesuch schwängern lassen und ist dann ab nach Roermond, hat Birgit mir erzählt. Weil's bei uns immer noch strengstens verboten ist. Da gibt's so eine Abtreibungsklinik am Bahnhof. Die ist mit dem Bus hin und kam am nächsten Tag zurück. Angeblich bereut sie nichts.« Nun troff ihre leise Stimme vor Verachtung. »Wer's glaubt, wird selig.« Rebecca hörte sie schnauben. »Ich finde das echt grauenhaft. Aber die hat ja auch keine Eltern, die hinter ihr stehen, so wie du. Überleg mal, was Mama und Papa alles für uns tun. Und vor allem für dich! Du solltest lieber dankbar dafür sein, statt dich nachts aus dem Haus zu schleichen und wer weiß was hinter ihrem Rücken auszuhecken.«

»Ach ja? Und soll ich auch dankbar sein für eine Schwester, die mir dauernd in den Rücken fällt?«

»Du bist so gemein!« Plötzlich wich Ruth zurück und ging zur Treppe. »Du bist es doch, die mich aus allem ausschließt! Dann musst du eben auch die Suppe allein auslöffeln!« Sie lief ein paar Stufen hoch, bevor sie sich noch einmal zu Rebecca umdrehte und zischte: »Du solltest dir die Idee mit der Abtreibung sowieso aus dem Kopf schlagen. Das geht auch in Holland nur, wenn du volljährig bist oder die schriftliche Erlaubnis der Erziehungsberechtigten hast.« Sie lachte höhnisch auf und verschwand im Dunkeln. Einen Augenblick später hörte Rebecca, wie sich ihre Zimmertür schloss.

Miriam, 1976

Als Miriam am nächsten Tag nach der Schule nach Hause kam und das gemeinsame Zimmer betrat, fand sie ihre Schwester nicht wie erwartet im Bett, sondern am Fenster stehend vor. Unverwandt stierte Becky nach draußen in den grauen Tag, obwohl sie wahrgenommen haben musste, dass Miriam hereingekommen war. Miriam musterte ihr verfilztes Haar, die vom Liegen zerknitterte Kleidung und spürte die aufgeladene

Stimmung im Raum. Rebeccas ganze Gestalt schien förmlich zu vibrieren.

Miriam brachte Rebeccas Zustand sofort mit dem morgigen Besuch beim Gynäkologen in Zusammenhang. Sie wusste, dass ihrer Schwester davor graute. Sich vor einem wildfremden Mann auszuziehen und sich von ihm unten herum anfassen und untersuchen zu lassen, diese Vorstellung jagte auch Miriam Schauder des Entsetzens über die Haut. Wie musste es erst für die arme Becky sein, der das tatsächlich bevorstand?

Entgegen ihrem Vorsatz, ihre Schwester wegen der Kränkung von gestern früh eine Zeitlang links liegen zu lassen, trat sie hinter sie und legte ihr eine Hand auf die Schulter.

Rebecca reagierte nicht, sagte weder etwas, noch rührte sie sich. Ja, es hatte geradezu den Anschein, als bemerke sie Miriam nicht mal, weder ihren Trostversuch noch ihre Anwesenheit überhaupt.

Das war für Miriam weit schlimmer, als von ihrer Schwester beschimpft zu werden. Sie fühlte sich wie Luft. Es war demütigend.

Langsam nahm sie ihre Hand von Rebeccas Schulter und verließ tief erschüttert das Zimmer.

Später fragte sie sich immer wieder, ob alles anders gekommen wäre, wenn sie an jenem Tag zu Rebecca hätte durchdringen können. Wenn sie beide miteinander gesprochen hätten, liebevoll und vertraut, so wie früher. Wäre ihre Schwester dann noch bei ihnen? Wäre das Unheil dann womöglich nie passiert?

Hilde, 1976

Wieder war es am Mittagstisch schlimm zugegangen. Rebecca hatte es erneut vorgezogen, die Mahlzeit in ihrem Zimmer zu sich zu nehmen, und Miriam und Ruth hatten wortkarg am

Küchentisch gegessen und das Möhren-Kartoffel-Gemüse mit Brühwürstchen so lustlos in sich hineingestopft, als sei es nichts weiter als eine lästige Pflicht, die sie möglichst schnell hinter sich bringen wollten.

Morgen würde Hilde mit Rebecca den Frauenarzt in Mönchengladbach aufsuchen. Dann wüssten sie endlich Bescheid, wann sie in etwa ihr Baby zur Welt bringen würde. Der nächste Schritt, der sie alle aus diesem beinahe unerträglichen Schwebezustand herausholte, wäre getan.

Hilde hatte sich fest vorgenommen, bei der Untersuchung dabei zu bleiben und die Hand ihrer Tochter zu halten. Rebecca sollte jede Sekunde spüren, dass ihre Mutter an ihrer Seite war.

Hilde kamen die Tränen, während sie die Essensreste in eine kleine Schale füllte, einen Teller darüberstülpte, beides im Kühlschrank verstaute und den Topf in der Spüle mit heißem Wasser aus dem Warmwasserboiler volllaufen ließ. Als sie ihn mit der Spülbürste sauber schrubbte, wanderten ihre Gedanken zu Rainer und ihrem gestrigen nächtlichen Streit. Hilde hatte es endlich gewagt, ihm ihre heimlichsten Gedanken anzuvertrauen.

»Wie wäre es, wenn wir beide Rebeccas Baby adoptieren?«, fing sie zögerlich an, nachdem sie, ein jeder auf seiner Seite des Ehebetts, unter die dicken Daunendecken geschlüpft waren. »Wir könnten das Kleine aufziehen, ohne dass jemand weiß, dass es unser Enkelkind ist. Das ließe sich doch bestimmt regeln.«

In ihrer Phantasie spürte sie schon den winzigen warmen, süß duftenden Körper in ihren Armen, sah vertrauensvolle Augen auf sich gerichtet und ein Rosenknospenmündchen, das sich hungrig öffnete, sobald es das Fläschchen in Hildes Hand wahrnahm. »Du weißt doch, wie sehr ich mir immer ein viertes Kind gewünscht habe.«

Rainer ließ sie jedoch kaum zu Ende reden. Er richtete sich steil im Bett auf: »Du vergisst, dass der Vater des Kindes im

Dorf wohnt! Stell dir vor, er findet heraus, was wir getan haben, und setzt uns unter Druck? Meldet womöglich seine Rechte an! Außerdem ...« Er stopfte sich sein Kopfkissen in den Rücken, blickte stur ins Nichts und fuhr leiser fort: »... wäre das ausgesprochen grausam unserer Tochter gegenüber, findest du nicht? Jeden Tag würde sie an ihren Fehler erinnert werden. Wenn sich dann auch noch Muttergefühle in ihr regen und ... Nein, nicht auszudenken! Unser armes Kind!« Er schüttelte den Kopf. »Vergiss es! Ich hätte dich wirklich für klüger gehalten!«

Hilde zog den Kopf ein, Tränen brannten in ihren Augen. Es tat ihr weh, wie er mit ihr sprach. Aber gewiss hatte ihr Mann recht. Was hatte sie sich bloß dabei gedacht?

Ihr Herz zog sich vor Mitleid zusammen, als sie an das unschuldige Kind denken musste, das ohne seine leibliche Familie aufwachsen würde. Dann rief sie sich innerlich zur Ordnung. Sie hatten sich dafür entschieden, dass das Kleine zu netten Adoptiveltern kommen sollte, und dabei musste es bleiben. Es war die beste Lösung für alle.

Rebecca, 1976

Es war zwei Uhr morgens, als sie sich auch in dieser Nacht leise, ganz leise, aus dem Bett stahl, kurz zu Miriam hinüberlugte, die tief schlafend mit ihrem alten Teddy im Arm dalag, und dann mit ihren Klamotten unter dem Arm ins Badezimmer schlich.

Im Dunkeln kleidete sie sich an, schnappte sich Zahnbürste und Zahnpasta, tappte auf Socken die steile Holztreppe hinunter. Eine Stufe knarrte. Rebecca verharrte regungslos und hielt die Luft an. Ihr Herz wummerte heftig in ihrer Brust. Erst als sie sich sicher sein konnte, dass niemand aufgewacht war, ging sie weiter.

Im Erdgeschoss angekommen, schlüpfte sie in Turnschuhe

und Jacke, ehe sie die Kellertür öffnete. Unten, am Ende der Stiege, hatte sie ihr Köfferchen zwischen einem Regal mit Einmachgläsern und einem Schuhschrank versteckt. Es war das kleine, braune mit den Messingschließen, das sie zu ihrer letzten Klassenfahrt mitgenommen hatte. Sie konnte es gut tragen, und es müsste auch auf den Gepäckträger passen.

Vorsichtig, damit es nirgends anstieß, trug sie es nach oben. Durch das Milchglasfenster in der Haustür fiel silbernes Mondlicht in den Flur. Die Nacht war hell, ideal für ihr Vorhaben, sobald sie erst einmal das Dorf hinter sich gelassen hatte.

Rebecca steckte eine Hand in die Hosentasche und fühlte die Geldscheine, die sie ihrem Vater aus dem Stahlschrank in der Schreinerei geklaut hatte. Fünfhundert Mark sollten wohl reichen, um die Abtreibung in Roermond zu bezahlen. Anschließend ertastete sie in der Gesäßtasche Ruths Personalausweis. Sie verspürte kein schlechtes Gewissen, weil sie ihn aus der Handtasche ihrer Schwester stibitzt hatte. Auf die Weise würde Ruth wenigstens etwas von dem wiedergutmachen, was sie angerichtet hatte.

Rebecca öffnete behutsam die Haustür und schlängelte sich mit dem Köfferchen in der Hand hinaus. Ihr Fahrrad hatte sie heute am frühen Abend im Gebüsch hinter der nächsten Straßenecke versteckt. Auf dem Grundstück war vor Jahren ein marodes Haus abgerissen worden, nun wucherten dort Holunderbüsche und Ginster. Es dauerte keine fünf Minuten, bis sie bei ihrem Gefährt angekommen war und es aus den Sträuchern gezerrt hatte. Sie klemmte den Koffer aufrecht auf den Gepäckträger, schwang sich auf den Sattel und radelte los.

Der Weg war zunächst derselbe wie zum Waldsee. Rebecca kannte ihn in- und auswendig. Sie fuhr durch die Gasse, über den Feldweg und dann in den schwarzen Wald hinein. Die Fahrradlampe warf nur einen schwachen Lichtkegel auf den unebenen Weg. Es kam ihr vor, als führe sie durch einen dunklen Tunnel. Die Bäume, die den Pfad säumten und bei Tag grün und freundlich aussahen, wirkten jetzt turmhoch, massiv und düster. Sie ähnelten riesigen Monstern, die mit mächtigen Armen nach ihr zu greifen schienen.

Rebecca fröstelte und legte einen Zahn zu. Bald radelte sie am Zugang zum See vorbei. Wie weh das tat, an die schöne Zeit mit Ulf und der Clique erinnert zu werden! Ihr wurde die Kehle eng, die Sehnsucht machte ihr das Herz schwer.

Eine halbe Stunde später passierte sie die grüne Grenze.

Rosi, 1976

Die nächsten Tage waren für Rosi eine ständige Achterbahnfahrt der Gefühle. Ihr neues Leben kam ihr einerseits wie ein riesengroßes Abenteuer vor, andererseits lauerten in den Winkeln ihres Gehirns Schuldgefühle aller Art. Wenn Rosi sich nicht vorsah und ihnen zu viel Raum gab, ging es ihr wahnsinnig schlecht. Dann dachte sie an ihre Eltern und Schwestern, die sich garantiert schreckliche Sorgen machten, an Ulf, den sie plötzlich viel mehr vermisste als vor der Fahrt nach Roermond, und ganz zuletzt an ihr totes Baby.

Sie hatte das kleine Wesen, das sich in ihr gemütlich eingenistet hatte, getötet, ihm gnadenlos die Chance auf die Geburt und das Leben genommen. Auf im besten Fall prallgefüllte neunzig Jahre. In solchen Momenten wollte sie am liebsten tot sein, sich einfach selber ausknipsen, doch die Christin in ihr beschimpfte sie sofort als Sünderin.

Wer A sagt, muss auch B sagen, flüsterte eine andere innere Stimme. Sei kein Feigling und pack dein Leben an!

Unter Aufbietung aller ihrer Kräfte drängte Rosi die Gewissensbisse zurück und konzentrierte sich aufs Hier und Jetzt.

Manu hatte ihr etliche Kleidungsstücke vermacht – bunte Blusen und T-Shirts, Cordhosen mit Schlag und ausgetretene Cowboystiefel –, ihr das braungefärbte Haar auf Kinnhöhe abgeschnitten und behauptet, niemand würde sie so erkennen.

»Echt nicht. Du bist ein ganz anderer Mensch. Geh raus, und guck dich im Viertel um!«, forderte sie sie auf. »Wenn du hier drinnen bleibst, kommst du nur noch mieser drauf. Und nächste Woche suchen wir dir einen Job.«

Rosi nickte, fragte sich jedoch, wie das ohne Papiere funktionieren sollte, und verließ das alte Stadthaus. Von außen wirkte das Gebäude noch heruntergekommener als von innen.

Die drei Stufen zur Haustür bröckelten, Efeu und wilder Wein rankten ungehindert an der rechten Wand hinauf, bis hin zur vierten Etage, verdeckten die Fenster im ersten Stock. Staunend ließ sie ihren Blick an der rissigen grauen Fassade entlang, an die jemand auf Überkopfhöhe mit roter Farbe ein metergroßes Peace-Zeichen gepinselt hatte, bis zum maroden Dach schweifen, in dem etliche Dachziegel fehlten. Der Schornstein schien bloß noch halb vorhanden zu sein.

Die Wohnhäuser rechts und links sahen nur geringfügig besser erhalten aus. Eigentlich wirkte die ganze Straße schwer sanierungsbedürftig, wenn nicht gar abrissreif. Ein paar alte Autos, die auch schon bessere Zeiten erlebt hatten, parkten am Rand. Wer hier wohl lebte?

Wie zur Antwort hörte sie plötzlich Kindergeschrei. Fünf Jungen im Grundschulalter rannten über die Straße, einen Ball vor sich hertreibend. Gleichzeitig klingelte etwas hinter ihr. Rosi sprang zur Seite und ließ einen alten Mann mit Fahrrad vorbei, an dessen Lenker prallgefüllte Beutel baumelten. »Passen se doch auf!«, krächzte er. Auf seinem Gepäckträger klemmte ein zusammengerollter Schlafsack.

Im Haus gegenüber öffnete sich die Haustür, und ein Kinderwagen erschien. Eine rundliche Frau mit Kopftuch und langem Mantel schob ihn auf den Bürgersteig. Sie grüßte Rosi freundlich. Die erwiderte den Gruß zurückhaltend und bog um die nächste Straßenecke. Sie spazierte an weiteren Stadthäusern mit grauen Fassaden vorbei, die nicht ganz so heruntergekommen wie die in ihrer Straße anmuteten. Hier parkten auch deutlich mehr Fahrzeuge. Etliche Passanten gingen eilig über die Bürgersteige. Rosi entdeckte an der nächsten Ecke einen winzigen Lebensmittelladen, las Schriftzüge wie »Friseur« und »Bäckerei« an Schaufensterscheiben. Neugierig lief sie über Zigarettenkippen hinweg an einer Trinkhalle vorbei, vor der ein paar verwahrlost aussehende Männer mit Bierflaschen in der Hand herumlungerten, die sie anzüglich musterten. Einer pfiff ihr sogar anerkennend hinterher. Sie schritt schneller aus, auf die nächste Ampel zu.

Motorenlärm brandete ihr von der zweispurigen, stark befahrenen Straße entgegen, in deren Mitte Straßenbahnschienen verliefen, und schon rumpelte eine elfenbeinfarbene Bahn klingelnd heran. Wind pfiff um die Häuser, wirbelte Zeitungs- und Staniolpapierfetzen auf.

Rosi wurde zum ersten Mal seit ihrer Ankunft in Düsseldorf bewusst, dass sie sich in einer Großstadt befand. Es war kein schönes Gefühl. Früher hatte sie mal geglaubt, dass die Stadt die große weite Welt in sich vereinte und eine spannende, quirlige und bunte Mixtur darstellte; dass man dort freier lebte als auf dem Land.

Heute sah sie nur das triste Grau in Grau der Häuserzeilen, die mit dem Asphalt zu einem farblosen Einerlei verschmolzen. Kein Fitzelchen Grün. Als Landei war sie an den Anblick von Gärten, Bäumen, Blumen, Wiesen und Feldern gewöhnt. Hier waren das einzig Organische die Menschen, die vorbeihasteten und sich keinen Deut für ihre Umgebung interessierten.

Letzteres befremdete Rosi gleichermaßen, wie es sie erleichterte. Die Menschen sahen an ihr vorbei oder vielmehr durch sie hindurch, als sei sie unsichtbar. Niemand hier würde merken, dass ihre Haare gefärbt und ihre Klamotten geliehen waren. Niemand würde erkennen, wer sie wirklich war. In diesem Augenblick fiel es ihr wie Schuppen von den Augen, was den eigentlichen Reiz des Stadtlebens ausmachte: die Chance auf absolute Anonymität.

Die Erkenntnis, ebenso banal wie verwegen, ließ ihren gesamten Körper vor Aufregung geradezu vibrieren. In der Großstadt konnte sie für alle anderen ein Nichts und für sich selbst alles sein.

Sie rang staunend nach Luft, atmete giftigen Spritgestank und trockenen Staub ein, und fühlte sich dennoch wie neugeboren.

Teil II

Vom Suchen und vom Erfinden

»Nichts ist absolut.
Alles verändert sich, alles bewegt sich,
alles dreht sich, alles fliegt
und geht weg.«

Frida Kahlo

Rosi, heute

Der Wecker klingelte um fünf. Sie schälte sich verkatert und mit steifem Rücken aus dem Bett. Nach einer Katzenwäsche und zwei Tassen Kaffee fühlte sie sich so weit wiederhergestellt, dass sie das Haus verlassen und mit den Einwurfzeitungen in den Packtaschen dem orangevioletten Sonnenaufgang entgegenradeln konnte.

Gegen sieben hatte sie alle Exemplare in den Briefkästen ihres Bezirks verteilt und fühlte sich wach und frisch. Ihr Körper war gut durchblutet. Die kühle Morgenluft hatte bestimmt auch die Knitterfalten in ihrem Gesicht weggezaubert.

Längst war die Stadt erwacht. Auf den Straßen fuhren die ersten Pendler. Rosi schob das Fahrrad durch die Hofeinfahrt ihres Hauses und kettete es am Zaun bei den Garagen an. Anschließend ging sie zum Haus gegenüber, um dort mit dem Schlüssel, den ihr die Nachbarin gegeben hatte, aufzuschließen. Charly, der junge Labrador, begrüßte sie schwanzwedelnd und sprang aufgeregt an ihr hoch. Der Druck auf seiner Blase ließ ihn nach dem ersten Freudentaumel ungeduldig fiepen. Rosi nahm seine Leine vom Garderobenhaken, beeilte sich, den Karabinerhaken an seinem Halsband zu schließen, und schon zerrte Charly sie die Treppe hinunter, um ein paar Meter hinter der Haustür sein Bein zu heben. Wenig später spazierten beide unter Bäumen am Nordkanal entlang. Rosi liebte die Morgenstunden. In ihnen war sie sich selbst am nächsten, frisch und unverfälscht, wie Phönix aus der Asche, auferstanden von den Zweifeln und Umtrieben der Nacht. Der Morgen nährte die Hoffnung, dass alles gut werden würde.

Nach dem Spaziergang mit Charly kam sie nach Hause und fütterte die beleidigte Mia. Der Geruch nach Hund machte die Katze stets eifersüchtig – sie fühlte sich zurückgesetzt. Beim Fressen kehrte sie ihrem Frauchen demonstrativ den Rücken zu, ehe sie sich, rund und satt, auf dem Sessel zusammenrollte und Rosi keines Blickes würdigte.

Rosi kannte das schon und amüsierte sich immer wieder aufs neue darüber.

Routiniert bereitete sie sich in Tom-Manier einen weiteren Kaffee zu. Draußen war der Tag nun in vollem Gange, aber sie hätte am liebsten die Rollos runtergelassen und auf den Abend gewartet, so erschöpft war sie auf einmal.

Doch ihre eigene Disziplin war ihr im Weg. Tag war Tag, Nacht war Nacht, und am Tag war man tätig, ganz gleich, wie man sich fühlte. Und so spülte sie das Geschirr, trocknete es ab und räumte es in den Küchenschrank, machte penibel ihr Bett und putzte das Waschbecken im Bad.

Währenddessen plante sie den weiteren Verlauf des Tages. Für die neunzigjährige Frau Jansen, die trotz ihrer Gebrechlichkeit immer noch in ihrer Wohnung im vierten Stock eines Wohnhauses in der Nachbarstraße lebte, würde sie gegen Mittag den Wocheneinkauf erledigen. Frau Jansen war Witwe, und ihre Freundinnen waren verstorben, weshalb sie unter Einsamkeit litt. Da am frühen Morgen der Pflegdienst zu ihr kam, war es sinnvoll, die wenigen Besuche über den Tag zu verteilen.

Bis dreizehn Uhr hatte Rosi Zeit und versuchte es erneut bei Manu und Tom. Wieder ging keiner ans Telefon.

Plötzlich signalisierte ihr Smartphone, das auf der Anrichte im Wohnzimmer lag, eine eingehende Nachricht. Sie warf einen Blick aufs Display und stutzte. Sie kam von Nadine, der jüngeren Tochter ihres Exmanns Sven, die jetzt ... Rosi rechnete fix nach ... sechsunddreißig Jahre alt sein musste.

Damals, als Rosis Ehe noch intakt war, und sogar noch Jahre nach der Scheidung hatte sie besonders zu Nadine ein enges Verhältnis gehabt. Die junge Frau vertraute ihr – und nicht ihrem Vater – ihren Liebeskummer an, und von dem hatte sie eine Menge! Vor knapp vier Jahren zog sie dann mit ihrer großen Liebe zusammen, war endlich glücklich, und Rosi und sie verloren einander aus den Augen.

Rosi nahm es Nadine nicht übel, dass sie sich nicht mehr meldete, schließlich war sie bloß ein Relikt aus einer längst vergangenen Lebensphase. Nichtsdestotrotz fehlte Nadine ihr manchmal. Sie war immer so unverstellt, zeigte jede Gefühlsregung offen und ohne Kalkül. Wenn sie traurig war, heulte sie Rotz und Wasser, war ein Häufchen Elend, wie es im Buche stand. Fühlte sie sich glücklich, lachte sie breit übers ganze Gesicht, konnte sich über jeden noch so schlechten Witz schier ausschütten und sprühte vor Ideen und Lebenslust.

Außerdem hatte sie diese Art, Rosi im Gespräch anzufassen, meist am Unterarm oder an der Schulter. Ihre Berührungen waren nie aufdringlich oder übergriffig, schufen sie doch augenblicklich eine innige Verbindung zwischen ihnen beiden. Nadines Emotionen übertrugen sich dann auf Rosi, so dass sie sich fast anfühlten, als wären es ihre eigenen.

Infolge ihrer persönlichen Geschichte neigte Rosi dazu, ihre Gefühle unter dem Deckel zu halten und möglichst in jeder Lebenslage einen kühlen Kopf zu bewahren, was zum Ergebnis hatte, dass ihre Empfindungen verkümmerten wie Blumen, die nicht gegossen wurden. Nadine schaffte es mit nur einer Berührung, den ausgetrockneten Pflanzen neues Leben einzuhauchen. Plötzlich rauschten Regungen wie Glück, Begeisterung, Hingabe, aber auch Leid, Trauer und Verlorenheit durch Rosis Adern.

Und jetzt schickte Nadine ihr eine Nachricht.

»*Ich hasse Patrick! Er ist so gemein! Ich gehe nicht mehr zu ihm zurück. Darf ich zu dir kommen?*«

Ohne groß zu überlegen, antwortete Rosi mit einem »*Ja klar, wann denn?*«.

Unmittelbar danach erklang erneut der Signalton. »*Am liebsten heute*«, schrieb Nadine. »*Ich sitze im Auto auf einem Rastplatz kurz hinter Osnabrück. Wäre also in circa zwei Stunden bei dir.*«

Rosi zögerte. Ein Fünkchen Ärger regte sich in ihr. Es war so typisch für Nadine, erst den Kontakt mit ihr zu suchen, wenn es Ärger in ihrer Beziehung gab, und dann sollte auf einmal alles blitzschnell gehen! Andererseits konnte Rosi es jetzt selbst kaum erwarten, Nadine wiederzusehen. Was war bloß geschehen? Ob sie sich über die Jahre sehr verändert hatte? Sie seufzte, dann tippte sie: »*Okay. Freue mich.*«

Anschließend war sie im Stress, denn Nadine durfte auf keinen Fall ihre Bildergalerie sehen. Hastig pflückte Rosi die Fotos von der Wand, stapelte sie sorgfältig und stopfte den Packen in das Schränkchen neben der Couch zu den Unterlagen aus ihrem ersten Leben. Danach war die Raufasertapete in dem Bereich heller als im Rest des Raums und fleckig; man sah auf den ersten Blick, dass dort etwas entfernt worden war.

Rosi trat einen Meter zurück, betrachtete die Wand mit zusammengekniffenen Augen, überlegte kurz und hastete dann ins Schlafzimmer.

Schnell schob sie einen Stuhl vor den Kleiderschrank. Ganz oben musste doch noch der Wandbehang liegen, den Manu und sie einst bemalt hatten. Sie stieg auf den Stuhl, ihre Hände tasteten sich vorwärts. Schließlich fühlte sie den von der Farbe steifen Stoff und zog ihn aus dem Wäschestapel. Sie breitete das Tuch auf ihrem Bett aus, bewunderte den farbenfrohen Fischschwarm vor türkisblauem Hintergrund. Manu und sie hatten damals großen Spaß beim Malen mit Hilfe der selbstgefertigten Schablonen gehabt. Das Ergebnis gefiel ihr immer noch ausnehmend gut, und sie fragte sich, warum sie die Kreation nicht schon früher zu Dekorationszwecken verwendet hatte.

Leider wies der Stoff vom jahrelangen Liegen tiefe Falten und Knicke auf, also musste er rasch noch gebügelt werden, bevor Rosi ihn aufhängen konnte.

Sie hatte kaum Zeit, ihr Werk an der Wand zu bewundern, denn nun musste sie zu Frau Jansen hinübereilen, um sich die Einkaufliste und das Geld für die Besorgungen geben zu lassen. Hoffentlich hatte die alte Frau diesmal keine allzu ausgefallenen Wünsche!

Frau Jansen war heute recht gut zurecht. Sie begrüßte Rosi an der Haustür, auf ihren Rollator gestützt. Sonst saß sie meist im Rollstuhl. »Sie sind aber früh heute«, wunderte sie sich.

Rosi entschuldigte sich und erklärte, dass sie Besuch erwartete, woraufhin die alte Frau ihr auftrug, nur Kartoffeln und etwas Suppengemüse zu besorgen.

»Alles andere hat bis morgen Zeit«, sagte sie freundlich. »Aber dann müssen Sie unbedingt eine Tasse Kaffee mit mir trinken.«

Rosi war also frühzeitig zurück in ihrer Wohnung. Sie hatte die Gelegenheit genutzt und im Supermarkt auch für Nadine und sich ein paar Kleinigkeiten eingekauft. Sie stellte gerade zwei Flaschen Wein kalt, als es schon klingelte.

Eine Minute später fiel ihr eine etwas fülligere und langhaarigere Version der alten Nadine in die Arme und drückte sie fest an sich. Nach der überschwänglichen Begrüßung übergab sie

Rosi einen Strauß kleiner Sonnenblumen. »Gerade noch auf dem Feld für dich gepflückt«, sagte sie atemlos. Rosi erkannte an ihren geschwollenen Augenlidern und der roten Nasenspitze, dass sie geweint hatte.

Nun zauberte die junge Frau aus ihrer Handtasche eine Flasche Sekt hervor. »Trinkst du einen mit mir? Hab ich an der Tanke gekauft. Ist schön kalt.«

Wenige Minuten später saßen die Frauen mit gefüllten Sektgläsern, in denen die Kohlensäure munter perlte, in der Sofaecke. Die Sonnenblumen standen in einer Vase auf der Fensterbank.

»Wie schön, dass wir uns endlich wiedersehen!« Nadine legte ihre Hand auf Rosis Unterarm. Und selbst nach all der Zeit, in der sie einander nicht gesehen hatten, vollzog sich der Zauber: Rosi spürte sofort Nadines aufgewühlte Stimmung, ihre Wut, ihren Trotz hinter der zur Schau gestellten guten Laune.

»Ja, finde ich auch.« Sie nickte und genoss Nadines Energie, die in sie hineinfloss, bevor sie tief durchatmete und die Jüngere aufforderte: »Dann schieß mal los!«

Nadine nickte, befeuchtete ihre Lippen mit der Zungenspitze. »Also Patrick ist ja so ein Scheißkerl«, begann sie, um eine Viertelstunde später mit »Der kann mich mal. Ich geh nicht zu ihm zurück!« zu schließen. Dazwischen lagen etliche Tränen und zwei Gläser Sekt.

»Verstehe ich.« Rosi sah ihre einstige Stieftochter aufmerksam an. Allzu unglücklich kam sie ihr nicht vor; sie schien eher in Krawallstimmung zu sein. »Andererseits hat er ja nichts Schlimmes angestellt, außer über Nacht nicht nach Hause zu kommen. Und du sagst ja selbst, dass du schon mal fremdgegangen bist.«

Nadine schniefte. »Ich hab nur fremdgeknutscht«, stellte sie richtig. »Und das ist bloß passiert, weil ich Patrick da sowieso schon scheißegal war. Das habe ich doch gespürt.« Sie klopfte sich mit der Hand gegen die Brust. »Dabei sind wir seit einem Jahr verlobt. In vier Monaten wollten wir eigentlich heiraten.« Sie zog die Schultern hoch, nahm noch einen Schluck Sekt. »Das sage ich jetzt natürlich ab. Papa wird toben! Er hat die Location und die Hochzeitsreise schon bezahlt. Und er vergöttert Patrick. Wenn ich ihm jetzt damit komme, dass ich die Reißleine ziehe, kriegt er die Krise.«

In dem Moment glaubte Rosi zu verstehen, warum Nadine heute ausgerechnet zu ihr gekommen war. Schon früher hatte Rosi für sie die ideale Opposition zu ihrem Vater dargestellt. Es tat Nadine gut und es stärkte sie, wenn Rosi Partei für sie ergriff – gegen Sven.

Unwillkürlich runzelte Rosi die Stirn. Diese Rolle hatte sie längst abgestreift. Sven war Vergangenheit und hatte in ihrem Leben nichts mehr zu suchen, auch nicht als Kontrapunkt. Sie öffnete den Mund, um das der jungen Frau begreiflich zu machen, doch Nadine blickte sie geradezu flehentlich an.

»Rosi?«, fragte sie kläglich mit plötzlich banger Stimme. Sie berührte ihren Oberschenkel, und Rosi spürte ihre Not wie einen Dolchstoß. »Darf ich bei dir wohnen, bis sich die Wogen geglättet haben?«

Tausend Fragen lagen Rosi auf der Zunge, doch Nadine kam ihr zuvor, indem sie erklärte: »Alle werden sauer sein, dass ich die Hochzeit platzen lasse! Papa sowieso. Du kennst ihn ja! Aber auch meine Schwester, die Trauzeugin werden soll, und meine besten Freundinnen, die sich so darauf gefreut haben, Brautjungfern zu werden, werden mich nicht verstehen. Ich muss für eine Weile untertauchen, und das geht nur bei dir!«

Rosi schwirrte der Kopf, sie leerte ihr Sektglas in einem Zug.

»Außerdem ist da noch was …« Nadine hielt inne. Ihre Augen füllten sich mit Tränen. »… der eigentliche Grund, warum Patrick und ich nicht mehr miteinander klarkommen.« Sie schnappte sich ein Kissen vom Sofa, knetete es so fest auf ihrem Schoß, als wollte sie es erwürgen.

In dem Augenblick sprang Mia von der Fensterbank aus geschmeidig auf die Stelle, an der es gelegen hatte, und schmiegte sich zart an Nadines Seite. Rosi traute ihren Augen nicht, denn Mia verhielt sich Fremden gegenüber in der Regel so misstrauisch, als hielte sie sie allesamt für übelste Katzenfänger.

»Ja?«, fragte Rosi, weil Nadine plötzlich schwieg.

»Ich will diese Tortur nicht mehr!«, brach es aus ihr hervor. »Ich kann auf normalem Weg keine Kinder kriegen, weißt du? Das geht nur mit künstlicher Befruchtung.« Sie stockte. »Monatelang Hormonbehandlung, Entnahme der Eizellen, Einpflanzen der befruchteten Eizellen, abwarten. Ich habe ziemlich zugenommen, hast du ja bestimmt gesehen, fühle mich beschissen, hatte letztens sogar eine Gebärmutterentzündung. Und das Ende vom Lied ist immer, dass es mal wieder nicht geklappt hat!« Verzweifelt strangulierte sie das Kissen. »Du hast dich doch sicher schon gewundert, warum ich an einem Montagnachmittag nicht in der Buchhandlung bin, oder?«

Rosi nickte.

»Na, weil ich seit Monaten nicht arbeite wegen der Babyplanung. Ich darf mich nicht stressen, sagt Patrick, und betüddelt mich von vorn bis hinten. Es tue dem Baby nicht gut, wenn ich mich zu sehr anstrenge! ›Welchem Baby?‹, habe ich ihn letztens angeschrien. ›Es gibt kein Baby. Kapier das doch endlich!‹ Also hab ich Patrick erklärt, dass ich kein Kind will. Nie. Aus und vorbei! Und seitdem geht unsere Beziehung den Bach runter!«

Sie brach erneut in Tränen aus, und Mia kroch auf ihren Schoß, wo sie es sich bequem machte.

Nadine kraulte ganz sanft ihr Köpfchen, bis Mia schnurrte, und beruhigte sich zusehends. Dann wischte sie sich mit einer ungeduldigen Handbewegung die Tränen aus dem Gesicht, sah knapp an Rosi vorbei und stammelte: »Bei dem ganzen Ärger musste ich immer an dich denken. Man kann auch glücklich sein, ohne Kinder in die Welt zu setzen, habe ich mir gesagt. Denk an Rosi. Bei Rosi waren Kinder nie ein Thema, und sie ruht so perfekt in sich wie sonst keine Frau, die ich kenne.« Rosi spürte, wie die Farbe aus ihrem Gesicht wich. Sie fühlte sich komplett missverstanden. Doch sie wusste, dass auch andere Menschen sie oft für stark und mit sich selbst im Reinen hielten. Wie kamen sie bloß darauf?

Dann horchte sie in sich hinein. Mit gewissen Dingen hatte sie tatsächlich ihren Frieden gemacht, gestand sie sich ein. Was ihre Kinderlosigkeit anging, so hatte sie sich irgendwann damit abgefunden und mit der Menopause das Kapitel endgültig abgeschlossen.

Dennoch hatte es sich nicht immer richtig angefühlt. Ihre Gedanken glitten Jahrzehnte zurück, ins Jahr 1976, zu Manu und Tom.

Glücklicherweise holte Nadine sie schnell in die Gegenwart zurück. »Und deshalb brauche ich dich jetzt«, sagte sie leise und fixierte Rosi angstvoll. »Wenn ich ein paar Tage hier unterkriechen darf und in aller Ruhe nachdenken kann, mit dir an meiner Seite, dann ... dann ... weiß ich vielleicht endlich, was richtig und was falsch ist und wie es weitergehen soll.« Sie holte Luft und schob nervös hinterher: »Aber sag es direkt, wenn es dir nicht passt, also, wenn ich dir auf die Nerven falle. Ich habe mich schließlich jahrelang nicht bei dir gemeldet. Du musstest glauben, dass ich dich vergessen habe. Ich habe ein ganz schlechtes Gewissen deshalb. Entschuldige bitte, Rosi! Du warst und bist mir immer noch wichtig, die beste Stiefmama, die ich je hatte ...« Sie grinste schief und so charmant, dass sie damit Rosi allen Wind aus den Segeln nahm.

»Klar kannst für ein paar Tage bei mir bleiben«, hörte Rosi

sich selbst antworten, obwohl sich alles in ihr dagegen sträubte. »Allerdings ist diese Wohnung sehr klein. Ich habe keine Gästezimmer. Du müsstest hier auf dem Sofa ...« Sie deutete auf die Couch, die man immerhin ausziehen konnte.

Nadine lachte erleichtert auf. »Kein Thema. Wenn dann noch deine süße Katze mit mir kuschelt, wird bestimmt ganz schnell alles wieder gut!«

Rosi bezweifelte das. Dennoch lächelte sie zuversichtlich zurück. Nadine tat ihr furchtbar leid. Ihr Kinderwunsch, der fatale Wechsel zwischen Hoffnung und Enttäuschung, ihr malträtierter Körper, der Druck, unter dem sie gestanden hatte – das alles musste extrem belastend sein.

Inzwischen war die Sektflasche leer, und Rosi bot Nadine an, für sie beide einen Kaffee aufzugießen. Währenddessen holte die Jüngere ihr Gepäck aus dem Auto. Sie schien gut vorbereitet zu sein, hatte aus Hamburg zwei prallgefüllte Reisetaschen mitgebracht.

Nach dem Kaffee schlug Rosi Nadine vor, einen Spaziergang zu machen. Sie musste noch mit Dackel Konstantin Gassi gehen. Also holten sie ihn gemeinsam ab, und dann flanierten sie mit dem kleinen Hund durch die nächste Grünanlage, wo sich der Dackel an seiner Ausziehleine ganz dem Schnüffeln hingab und entgegenkommende Hunde – egal welcher Rasse und welchen Gewichts – lautstark anbellte.

Wie so mancher Dackel litt auch er unter Größenwahn, so dass nur ein Ruck an der Leine ihn vor Schaden bewahrte. Bar jeder Dankbarkeit kläffte und knurrte er den Konkurrenten wütend hinterher, was Nadine zum Lachen brachte.

Dass sie sich so leicht von ihrem Schmerz ablenken ließ, freute Rosi, so dass sie begann, den Spaziergang zu genießen. Heute war es nicht so warm wie gestern, auf ihren nackten Armen spürte sie den nahenden Herbst.

»Wie geht es dir denn eigentlich so?«, fragte Nadine aus heiterem Himmel. »Hast du einen neuen Freund?«

»Nein.« Rosi schüttelte schmunzelnd den Kopf. In Nadines Leben drehte sich, seit sie ein Teenager war, stets alles um die Liebe, weshalb sie wohl voraussetzte, dass es anderen genauso gehen musste. »Mit dem Thema bin ich durch.«

»Echt jetzt?« Nadine blieb überrascht stehen und musterte sie skeptisch.

»Klar.« Resolut zog Rosi den Dackel von einem Mülleimer weg, in den jemand eine halbvolle Schale Pommes geworfen hatte. »So bleibt mir auch der Liebeskummer erspart«, ergänzte sie leichthin mit einem Augenzwinkern.

Nadine lachte auf. »Da sagst du was!«

Unvermittelt fiel Rosi etwas ein. »Du hast hoffentlich jemandem Bescheid gesagt, dass du von zu Hause weg bist, oder?« Besorgt musterte sie die junge Frau.

Die gab eine Art Grunzen von sich. »Patrick müsste schon blind sein, wenn er den Brief nicht sieht, den ich auf unser Bett gelegt habe«, schnaubte sie. »Als Erstes wird er Papa anrufen und sich bei ihm ausheulen. Glaub mir, das Lübecker Buschtelefon funktioniert vorzüglich!«

»Dann ist ja gut!«

Rosis Stoßseufzer ließ Nadine verdutzt innehalten. »Manchmal bis du echt ein Buch mit sieben Siegeln für mich«, sagte sie kopfschüttelnd. »Darf ich?« Sie zeigte auf Konstantins Ausziehleine.

»Natürlich.« Rosi reichte ihr gedankenverloren den Griff, denn schon war sie im Geiste ganz woanders.

Rosi, 1976

Den nächsten Tagen wohnte ein ganz eigener Rhythmus inne. Schlafen, essen, durch die Stadt streifen. Immer hatte sie dabei Manus Worte im Kopf, sie wolle ihr einen Job verschaffen. Das bereitete Rosi zunehmend Sorgen, weil sie sich nirgendwo ausweisen konnte. Wie sollte das funktionieren?

Glücklicherweise hatte ihre neue Freundin nicht wieder davon angefangen, und noch lebte Rosi von dem Geld, das sie ihrem Vater aus dem Stahlschrank in der Werkstatt geklaut hatte. So kaufte sie sich tagsüber, wenn sie Hunger hatte, in einem Imbiss Pommes Frites oder ein halbes Hähnchen, verzehrte das Essen unterwegs im Stehen oder Gehen.

Kam sie nach Hause, saßen meist etliche Leute in der Küche. Außer Manu, Willi und Tom zum Beispiel die lispelnde Annabel, die ein Zimmer unterm Dach bewohnte und Künstlerin war. Oder Rolle, ein Freund von Tom, Physiker und Atomkraftgegner, der von Demonstration zu Demonstration reiste. Zigarettenqualm und der süßliche Duft von Marihuana waberten durch den Raum.

Je nach Tageszeit wurde Kaffee, Tee oder schwerer Rotwein getrunken, und stets wurde diskutiert über Kapitalismus, Imperialismus und Faschismus. Immer noch sei die Gesellschaft von Nazis durchsetzt, besonders auf den höheren Machtebenen. Von verknöcherten Strukturen war die Rede, vom »Establishment«, von Revolution, von der Heilkraft des Sozialismus und Kommunismus.

Oft war Tom der Wortführer. Rosi hatte inzwischen mitbekommen, dass er Gedichte und Lieder mit politischen Inhalten verfasste und Artikel für eine linke Zeitung schrieb. Obwohl seine Texte von einer besseren, menschlicheren Gesellschaft handelten, wirkte Tom auf Rosi wenig nahbar. Er hatte etwas

Kühles an sich. Allein Manu gegenüber verhielt er sich warmherzig und wirklich zugewandt. Die beiden konnten die Hände selbst dann nicht voneinander lassen, wenn sie alle in großer Runde zusammensaßen.

Manu dagegen war die Herzensgüte in Person. Zwar redete auch sie von sozialer Gerechtigkeit, die sei aber durch Nächstenliebe und Hilfsbereitschaft zu erlangen, nicht durch eine neue Verfassung. Jeder Mensch solle die Chance bekommen, sich selbst zu verwirklichen. Dazu brauche es faire Chancen, Liebe und Verständnis.

Wenn sie so redete, ergriff sie manchmal Rosis Hand oder strich ihr über den Arm. Rosi spürte, dass alles, was Manu sagte, von Herzen kam und das, was Tom äußerte, allein von seinem Verstand gesteuert wurde. Sie wunderte sich, wieso die zwei trotz ihrer Verschiedenheit eine Einheit sein konnten. Denn das waren sie zweifellos.

Sie liebten einander grenzenlos und exklusiv. In der Hinsicht waren sie in den Augen der anderen hoffnungslos altmodisch, bürgerlich. Freie Liebe zu praktizieren wäre für Tom und Manu nie in Frage gekommen. Warum auch? Sie genügten einander völlig.

Manu hatte ihr erzählt, dass sie in einem furchtbaren Kinderheim aufgewachsen und mit sechzehn abgehauen war. In Köln begegnete sie auf der Domplatte Tom, der dort, knapp achtzehnjährig, Flugblätter verteilte. Es war die sprichwörtliche Liebe auf den ersten Blick. Sie beide seien sofort voneinander verzaubert gewesen und hätten sich nie mehr getrennt. Das war jetzt neun Jahre her.

Nun wusste Rosi auch, wie alt die beiden waren. Sie hätte Manu nie im Leben auf fünfundzwanzig geschätzt. Manus Wangen waren weich und rund wie die eines Teenagers, ihre Figur jugendlich zart.

Rosi hatte Manu, ihre Retterin, längst ins Herz geschlossen. In der Kommune war sie ihr Schutzengel und Anker zugleich. Bloß mit ihrer esoterischen Ader konnte Rosi wenig anfangen. Es amüsierte sie eher, dass Manu die Heilkräuter, die sie im Hinterhof in einem von Backsteinen umfassten Beet anpflanzte, vorzugsweise bei Vollmond pflückte.

Schnell begriff Rosi, dass ihre Freundin, die anderen so viel Liebe und Fürsorge angedeihen ließ, selbst immerzu nach Halt und Sicherheit suchte. Auch ihre abergläubischen Ticks verbuchte Rosi darunter.

Dabei war Manu viel stärker, als sie selbst merkte. So stellte sie sich beispielsweise stets verlässlich zwischen Willi und Rosi, die immer noch eine Heidenangst vor dem Mann hatte, der militant seine politische Meinung vertrat, ständig etwas davon faselte, was »Ulrike« und »Andi« gesagt hätten, und sich in Gewaltphantasien verstieg, die Rosi gruselten. Man solle eine Bombe im Bundestag in Bonn platzieren und hochgehen lassen, um die herrschende Schicht zu stürzen, die unterdrückte Klasse mobilisieren und den Kapitalismus ein für alle Mal ausmerzen, wetterte er. Er war dafür, sich ein Beispiel an der DDR zu nehmen, wo das Volk regiere und keine imperialistischen Schweine wie in der BRD.

Rosi schwirrte bei solchen Reden der Kopf. Sie verstand nur die Hälfte und war sich ihrer Situation als Außenseiterin in der Runde nur allzu deutlich bewusst, denn die anderen nickten bei Willis Worten wissend, obschon deutlich wurde, dass sie alle nicht annähernd so radikal wie er eingestellt waren. Manu murmelte meist etwas von gewaltfreiem Widerstand und Demonstrationen, wenn Willi sich mal wieder echauffierte, und Tom wünschte sich mehr Aufklärung durch Literatur und unabhängige Medien.

Eines Abends, als sie alle bei zu viel Wein und Zigaretten beisammensaßen, warf Willi Rosi einen lauernden Blick zu. »Was sagst du denn eigentlich dazu?«, wollte er wissen. »Mir kommt es so vor, als kämst du selbst aus der privilegierten Schicht. Goldener Löffel und so. Von Beruf Tochter. Soziale Gerechtigkeit ist dir doch eigentlich scheißegal, oder?«

Rosi wurde puterrot. Ihr fiel partout nichts ein, was sie entgegnen konnte. Sie dachte an ihren Vater, der mit seiner Schreinerei gut verdiente, an das Taschengeld, das sie einmal in der Woche bekommen hatte, und den gefüllten Kleiderschrank in ihrem Kinderzimmer. Die Erinnerungen an ihr heimeliges Zuhause fluteten ihren Kopf und öffneten alle Schleusen. Es gelang ihr nicht mehr, zu verdrängen, was sie verloren hatte. Von Sehnsucht überwältigt, brach sie in Tränen aus.

»Ich hab also recht, was?« Willi lachte hämisch.

»Das reicht!«, herrschte Manu ihn an und strich Rosi sanft über die Schulter. »Merkst du nicht, was du angerichtet hast? Lass die Kleine in Ruhe!«

Auch Tom schaltete sich jetzt ein. »Komm mal wieder runter, Willi. Die Welt ist nicht nur schwarz und weiß.«

»Das sag mal Andi und den anderen in ihrem Loch!« Willi kniff die Augen zusammen. »Fräuleins wie dem hier ist es scheißegal, dass die dahinvegetieren! Und auch, was mit Ulrike passiert ist.« Er goss sich Rotwein nach, nahm einen tiefen Schluck und starrte zum Fenster hinaus in die dunkle Nacht. »Aber okay. Ich halt die Fresse. Ist vielleicht auch besser so. Man weiß ja nie, wer hier was ausplaudert.«

Wieder hielt er Rosis Blick fest. Die schluckte, schaffte es kaum, sich davon zu lösen. Sie fürchtete sich zwar vor Willi, aber auf diffuse Art fühlte sie sich auch schuldig, weil sie sich bislang nicht für eine bessere Gesellschaft eingesetzt hatte.

Annabel lenkte das Gespräch dann in eine andere Richtung, sprach von irgendeiner Ausstellung in der Stadt, die die anderen sich unbedingt angucken sollten.«»Die Farbgebung, einfach sensationell!«, schwärmte sie. »Die Bilder sind so eindrücklich. Die rütteln jeden auf, der noch an eine heile Welt glaubt.«

Willi ließ sich auf das Thema ein, während Rolle und Tom ein Parallelgespräch über Atomkraft und die Zukunft der Energieversorgung im Land anfingen.

Rosi atmete auf, weil sie nicht mehr im Fokus stand, spürte Manus wärmende Hand, die immer noch auf ihrer Schulter lag, und begann – auch mit Hilfe eines weiteren Glases Wein – sich zu entspannen.

Am nächsten Morgen half sie Manu im Hinterhof, ein neues Beet anzulegen, in dem Frühjahrskartoffeln wachsen sollten. Der Boden war hart, Rosi bekam es kaum hin, ihn mit dem Spaten aufzulockern. Obschon die Temperaturen höchstens fünf Grad betrugen, schwitzte sie bald in ihrem Wollpulli. In einer Pause, in der Manu ihr ein Glas frisches Leitungswasser reichte, fragte Rosi sie, wer denn diese Ulrike und der Andi seien, von denen Willi immer redete. »Haben die auch mal hier gewohnt? Willi scheint die ja sehr zu bewundern.«

Zu Rosis Verblüffung lachte Manu, bis sie Tränen in den Augen hatte, bevor sie es schließlich schaffte zu antworten. »Mädchen, der meint Ulrike Meinhof und Andreas Baader«, stieß sie japsend hervor. »Der hat die zwei – und auch andere von den RAF-Leuten – mal persönlich kennengelernt. Sind seine leuchtenden Vorbilder. Es hat ihn richtig fertiggemacht, als er vom Selbstmord der Meinhof erfuhr. Und dass die anderen weiterhin in Stammheim feststecken, findet er auch zum Kotzen.«

Rosi musste schlucken, die Härchen an ihren Armen stellten sich auf. »Willst du damit sagen, dass Willi ein Terrorist ist?«, fragte sie erschrocken.

Ihr kam das Plakat mit den vielen Köpfen in Schwarzweiß in den Sinn, das in der Postfiliale in Niederbroich hing. Alles gesuchte Mitglieder der RAF. Mit roten Kreuzen waren die durchgestrichen, die von der Polizei verhaftet oder getötet worden waren. Immer wenn sie einen Brief zur Post gebracht oder Briefmarken für ihre Eltern besorgt hatte, war Rosis Blick an den grobkörnigen Fotos hängengeblieben. Die dicken roten Striche über den Gesichtern hatten sie beklommen gemacht. Jemanden einfach so zu markieren wie die sechs Zahlen auf einem Lottoschein, fand sie irgendwie unpassend. Als sei es ein Hauptgewinn, diese Leute auszulöschen. Immerhin waren das doch auch Menschen. Sie verurteilte die Gewalttaten der Terroristen zwar, fand deren Mut jedoch durchaus bewundernswert. Wie konnte man dermaßen überzeugt von einer Sache sein, dass man es riskierte, dafür für lange Jahre ins Gefängnis zu gehen oder zumindest in den Untergrund? War Will etwa so einer?

Manu machte jetzt eine ernste Miene. »Terrorist ist ein großes Wort«, sagte sie langsam. »Das solltest du niemandem gegenüber da draußen erwähnen.« Sie wies vage mit der Hand, in der ihre Zigarette glomm, in Richtung Straße. Dann schüttelte sie den Kopf. »Nee, ein echter Terrorist ist er wohl nicht. Aber er sympathisiert mit denen – wie so viele.« Sie sah Rosi prüfend an, fand wohl, wonach sie suchte, und entspannte sich ein wenig. »Er hat tatsächlich einen Haftbefehl laufen, aber nur wegen ein paar kleineren Protestaktionen. Nichts Weltbewegendes.« Sie zuckte mit den Schultern. »Ich mag den Willi. Er darf hier so lange wohnen, wie er will. So wie du.« Sie strich Rosi über die Wange, drückte ihre Zigarette in einem leeren Blumentopf aus und griff wieder nach dem Spaten. »Mach dir keine Gedanken um ihn. Willi ist in Ordnung. Wirklich!«

Miriam, 1976

Becky lag nicht in ihrem Bett. Miriam sah es sofort, als sie nach dem Klingeln des Weckers ihre Decke zurückschlug, aber zunächst dachte sie sich nichts dabei. Bestimmt blockierte ihre Schwester das Bad. Miriam seufzte, stieg aus den Federn und angelte sich aus dem Kleiderschrank T-Shirt, Rock und Unterwäsche. Sie wartete einige Minuten, bis sie genervt in den Flur ging und Becky mit einem Klopfen an die Badezimmertür daran erinnerte, dass sie es mit Waschen und Zähneputzen eilig hatte. Sie musste schließlich zur Schule, im Gegensatz zu Becky!

Doch die Tür war nur angelehnt und schwang nach innen auf. Erleichtert schlüpfte Miriam hinein.

Bei ihrem eiligen Frühstück, das wie immer aus Cornflakes mit Milch und Zucker bestand, dachte sie nicht mehr daran, dass sie ihre Schwester heute Morgen noch nicht zu Gesicht bekommen hatte. Während sie Löffel für Löffel in sich hineinschaufelte, regte sie sich bloß heimlich über Ruth auf, die wieder einmal Ausflüchte erfand, warum sie nicht nach Köln zum Studentenwohnheim fuhr, um ihr Zimmer auszumessen.

»Die Studentin, die jetzt noch darin wohnt, zieht erst in ein paar Tagen aus«, sagte sie und biss in ihr Butterbrot mit Frischkäse. Sie kaute sorgfältig, schluckte und sprach anschließend erst weiter, ganz die wohlerzogene junge Frau aus gutem Hause, die sie so gern mimte. »Ich will sie nicht beim Packen stören. Es reicht doch, wenn ich nächste Woche hinfahre.«

Ihre Mutter runzelte die Stirn. Sie trank ihren Becher Kaffee im Stehen, schmierte währenddessen auf der Küchenarbeitsplatte zwei Pausenbrote für Miriam. »Dein Vater braucht die Maße möglichst schnell. Er kann sich zurzeit vor Aufträgen kaum retten. Dein neues Bett und einen Schrank zu schreinern, muss er irgendwie dazwischenschieben. Außerdem fahren wir ja demnächst mit Rebecca zu Tante Grete. Das schluckt auch Zeit ...«

»Aber ich muss doch noch überlegen, was ich alles ins Wohnheim mitnehme. Vieles bleibt ja auch hier. Wenn ich am Wochenende nach Hause komme, soll es doch noch gemütlich sein. Also schreibe ich Listen ...«

Bald hörte Miriam nicht mehr zu. Für sie klang es schwer danach, als wollte Ruth überhaupt nicht nach Köln ziehen. Wäre sie selbst an der Stelle ihrer großen Schwester gewesen, hätte sie es kaum erwarten können, ihre Studentenbude zu besichtigen und im Geiste einzurichten. Längst wäre sie zum nächsten Kaufhof oder zu Quelle gefahren, um Geschirr, Besteck und Töpfe zu kaufen und natürlich Vorhangstoff, Kissen und Ähnliches. Doch Ruth machte jedes Mal ein banges Gesicht, wenn von ihrem Studium in der Großstadt die Rede war.

Miriam fragte sich, wovor sie solche Angst hatte. Was war mit Ruth bloß los? Miriam setzte die Schüssel an ihren Mund und trank den letzten Schluck des Milch-Zucker-Gemischs direkt aus dem Gefäß. Das liebte sie, auch wenn ihre Mutter manchmal deshalb meckerte. Aber die war ja glücklicherweise gerade abgelenkt.

»So, ich muss los«, verkündete Miriam, stellte die Schale in die Spüle und ging in den Flur, wo ihr Toni bereitstand. Sie schulterte ihn. »Tschüss!«, rief sie noch.

»Ja, tschüss. Und ich wecke jetzt Rebecca. Wir haben ja gleich den Termin beim Frauenarzt«, hörte sie ihre Mutter noch sagen, bevor die Haustür hinter ihr ins Schloss fiel.

Am Mittag, als sie zurückkam, war zu Hause die Hölle los. Ihre Mutter und ihr Vater schrien einander im Wohnzimmer an. Ruth hockte mit blassem Gesicht auf der Treppe.

»Was ist los?«, verlangte Miriam zu wissen. Ihr Vorsatz, Ruth mit Nichtachtung zu strafen, war vergessen.

»Rebecca ist weg«, antwortete Ruth unglücklich. »Hast du sie heute früh eigentlich noch gesehen?«

»Nee, ich ...« Miriam fiel Beckys leeres Bett wieder ein und dass sie gedacht hatte, sie sei auf dem Klo.

»Sie ist spurlos verschwunden. Papa war sogar schon bei diesem Ulf. Der ist auch nicht da.«

Miriam runzelte die Stirn. Sie hatte heute Morgen gesehen, wie Ulf seine Schwester an der Schule abgesetzt hatte und dann in Arbeitskleidung auf dem Motorrad weitergefahren war.

»Papa will die Polizei verständigen, Mama nicht. Sie sagt, dass Rebecca schon wieder auftaucht. Wo soll sie denn auch hin in ihrem Zustand?« Ruth sah Miriam verunsichert an. »Glaubst du, sie ist mit ihrem Freund weg?«

»Nein.« Miriam schüttelte vehement den Kopf. »Ulf ist ganz normal zur Arbeit gefahren heute Morgen. Hab ich gesehen.«

»Das musst du Mama und Papa sagen. Sie streiten schon die ganze Zeit. Papa sagt, er schlägt ihn zu Brei ...« Plötzlich fing Ruth an zu weinen. »Miriam, bin ich etwa schuld an dem ganzen Schlamassel? Weil ich Mama gepetzt habe, dass ... und weil ...?« Sie klappte den Mund zu, wirkte reuig und verzweifelt, doch Miriam hatte kein bisschen Mitleid mit ihr.

»Ja, bist du«, antwortete sie knapp und betrat das Wohnzimmer.

Ihre Eltern hörten sofort auf, sich anzuschreien, als die Tür aufging. Vermutlich hatten sie gehofft, dass Rebecca zurück war. Miriam sah ihnen ihre Enttäuschung an. Schnell gab sie wieder, was sie am Morgen beobachtet hatte und dass eine Stunde später Ulf allein auf dem Weg zur Arbeit gewesen war. »Becky war nicht bei ihm. Ich glaube nicht, dass er was mit ihrem Verschwinden zu tun hat«, erklärte sie ganz vernünftig.

»Aber wo kann sie dann nur sein?«, fragte ihre Mutter und rang die Hände.

Ihr Vater war nicht überzeugt. »Ich fahre heute Nachmittag noch mal bei dem Kerl vorbei. Ich werde schon aus ihm herausbringen, wo unsere Kleine ist!«

»Ich begreife nicht, warum sie nicht hier ist«, flüsterte ihre Mutter. »Wir wollten doch zum Frauenarzt. Es war doch alles abgemacht.«

Bis zum Abend hatte Rebecca sich nicht wieder eingefunden. Keine ihrer Freundinnen wusste, wo sie war, und Ulf hatte glaubhaft versichert, dass auch er keine Ahnung im Hinblick auf ihren Verbleib hatte. Ja, er schien regelrecht schockiert zu sein, dass sie fort war. Miriams Vater sagte, dass er sich sofort auf sein Motorrad geschwungen habe, um die Gegend nach ihr abzusuchen. In seinen Worten schwang zum ersten Mal so etwas wie Sympathie für den jungen Mann mit.

Miriam wurde unterdessen von heftigen Gewissensbissen geplagt. Warum hatte sie ihrer Mutter nicht schon beim Frühstück erzählt, dass Beckys Bett heute früh leer gewesen war? So war wertvolle Zeit vergangen. Zeit, in der sie ihre Schwester vielleicht hätten wiederfinden können.

Sie war fast erleichtert, dass ihr Vater gegen zwanzig Uhr endlich zum Telefonhörer griff und die Polizei anrief.

»Sie kommen gleich mit zwei Beamten raus«, informierte er Mama und die Mädchen.

»Gut!« Ihre Mutter nickte erleichtert. Dann fixierte sie Miriam und Ruth mit ernstem Blick. »Kein Wort über Rebeccas Schwangerschaft! Das ist eine Privatangelegenheit. Verstanden?«

Zwanzig Minuten später klingelte es an der Haustür. Zur allgemeinen Überraschung war es jedoch nicht die Polizei, sondern ein völlig aufgelöster Ulf. Ruth, Miriam und ihre Eltern hörten sich, ohne ihn hereinzubitten, an, was er zu sagen hatte, während er in Motorradkluft draußen in der Dämmerung stand.

»Ich habe sie nicht gefunden. Auch bei keinem unserer Freunde ist sie«, sagte er und drehte den Helm hilflos in seinen Händen. »Und ich bin schuld, weil ich sie allein gelassen habe. Ich hätte ...«

Miriams Vater fiel ihm ins Wort. Er bemühte sich jetzt um einen freundlichen Ton. »Mein Junge, gleich kommt die Polizei. Ich bitte dich, nichts davon zu sagen, dass unsere Tochter von dir schwanger war und das Kind verloren hat. Wenn das einmal raus wäre, würde sich das ganze Dorf darüber das Maul zerreißen. Erzähl denen meinetwegen, dass ihr Streit wegen irgendeiner Lappalie hattet.«

Ulf nickte langsam. »Okay, wenn das hilft. Hauptsache, Becky ist bald wohlbehalten zurück.«

Die beiden Beamten, die kurz darauf im Wohnzimmer der Ortmanns saßen, nahmen Rebeccas Beschreibung auf und eruierten, wann sie das Haus verlassen haben konnte. Dann befragten sie die Familie und Ulf, der jetzt mit am Couchtisch saß.

»Also, aus all dem schließe ich, dass Ihre Tochter freiwillig gegangen ist«, sagte der ältere Beamte. Er trug einen grauen Vollbart und erinnerte Miriam mit seinen Pausbacken und der freundlichen Miene ein wenig an den Nikolaus.

»Ja, aber dann müsste sie doch längst wieder zurück sein. Es ist stockdunkel draußen.« Miriams Mutter hatte die Arme um den Oberkörper geschlungen.

»Sie ist immerhin schon sechzehn Jahre alt.« Das kam von dem jüngeren, schlaksigen Polizisten, der sich alle Details auf einem kleinen Schreibblock notiert hatte. »Es kommt häufig vor, dass Jugendliche von zu Hause abhauen. Ich bin sicher, dass sie spätestens morgen wieder auftaucht.«

Der andere räusperte sich und stand auf. »Wenn nicht, melden Sie sich bitte noch einmal bei uns. Dann nehmen wir eine Vermisstenanzeige auf. Aber, wie mein Kollege sehr richtig sagt, zum jetzigen Zeitpunkt wäre das verfrüht.«

Miriam war ein wenig erleichtert. Die Beamten hatten Erfahrung in solchen Fällen. Bestimmt war Becky morgen zurück. Ihre Mutter schien mit der Antwort der beiden jedoch keineswegs zufrieden zu sein. »Ich habe da ein ganz komisches Gefühl«, jammerte sie. »Können Sie nicht schon jetzt etwas unternehmen?«

»So, wie ich das sehe, haben Sie selbst schon alles unternommen, was derzeit möglich ist. Und der Freund Ihrer Tochter gibt ja zu, dass sie beide einen Streit hatten.« Der jüngere Beamte guckte zur Sicherheit noch einmal auf seinen Block. »Aus Eifersucht, weil Herr Schulze ein anderes Mädchen ... ähm ... zu lange angeguckt hat. Machen Sie sich also bitte keine zu großen Sorgen. Sie werden sehen: Morgen ist Ihre Tochter wieder da. Sie als Eltern lesen ihr ordentlich die Leviten, und alles ist gut.«

Doch am nächsten Tag war nichts gut. Becky blieb verschwunden.

Inzwischen hatte Miriam festgestellt, dass ihr Fahrrad nicht mehr im Schuppen stand, was sie sofort ihren Eltern mitteilte. Und ihre Mutter bemerkte das Fehlen des braunen Köfferchens. Kalkweiß im Gesicht zitierte sie Ruth und Miriam zu sich in die Küche. »Wisst ihr, wo der Koffer ist? Er steht nicht bei den anderen.« Auf ihr synchrones Kopfschütteln hin schlug Mama sich die Hände vors Gesicht und murmelte: »O Gott, o Gott!« Dann wies sie die Mädchen eilig an nachzuprüfen, ob und – wenn ja – welche Kleidungsstücke von Rebecca verschwunden waren. »Ihr leiht euch ja dauernd gegenseitig Sachen, also guckt bitte auch in euren Schränken und natürlich in der Schmutzwäsche nach.«

Nach einer halben Stunde hatten die Schwestern herausgefunden, dass zwei Jeanshosen – eine davon gehörte Ruth –, zwei T-Shirts und eine Jacke fehlten, außerdem Unterwäsche, Socken und ein buntes Halstuch, das Rebecca besonders liebte. Ruth hatte es ihr zu ihrem Geburtstag im letzten Jahr geschenkt.

Ihre Mutter ging erschüttert hinüber in die Schreinerwerkstatt. Ein paar Minuten später kehrte sie mit Papa zurück, der vom Wohnzimmer aus erneut die Polizei anrief. Ruth und Miriam saßen auf dem Sofa und hörten zu, wie ihr Vater telefonierte. Nach wenigen Sekunden eskalierte das Gespräch. »Was heißt das, bei Ausreißerinnen unternehmen Sie erst mal nichts?«, brüllte er in den Hörer. »Meine Tochter ist min-der-jäh-rig!!! Ich erwarte, dass Sie sofort ...« Verdutzt hielt er den Hörer von sich. Durch den Raum tönte ein helles *Tut, tut, tut.* »Die haben tatsächlich aufgelegt«, stammelte er und fuhr sich mit der Hand übers Gesicht. Sägemehl blieb in seinem Bart hängen. Hilflos blickte er in die Runde.

»Und wenn wir ihnen doch die Wahrheit über Rebeccas Zustand sagen?« Mama war schon wieder den Tränen nahe.

»Und was soll das bringen?« Ihr Vater warf den Hörer auf die Gabel und ließ sich in einen Sessel fallen. »Glaubst du, die faulen Säcke lassen dann sofort alles stehen und liegen und suchen nach unserer Kleinen? Nee, die machen sich weiter einen lauen Lenz und füllen stapelweise Formulare aus. Überleg du lieber mal, wo Rebecca hinwollte. Ganz allein mit ihrem Fahrrad und etwas Gepäck.« Er sah so unendlich verzweifelt aus, dass Miriam ihn am liebsten in den Arm genommen hätte.

»Vielleicht ...« Zögernd hatte Ruth das Wort erhoben. »... vielleicht ist sie irgendwohin gefahren, um das Baby wegmachen zu lassen.«

Endlich war das heraus, was auch Miriam heimlich gedacht hatte. Sie war froh, dass Ruth es ausgesprochen hatte.

Der Kopf ihres Vaters fuhr ruckartig zu ihr herum. »Niemals!« Zorn loderte in seinen Augen auf. »Rebecca ist Christin, niemals würde sie ihr Baby töten … Ruth, ich weiß, dass du in letzter Zeit Probleme mit deiner Schwester hattest und nicht immer gut auf sie zu sprechen warst, aber so etwas … darfst du nicht mal denken!« Er sprang auf, ballte die Hände zu Fäusten. »Außerdem hatten wir die ideale Lösung gefunden. Nein, unsere Rebecca tut so was nicht, hörst du?« Er wandte sich ab und verließ türenschlagend das Wohnzimmer.

Danach trauten sich weder Miriam noch Ruth, ihren Verdacht noch einmal zu äußern.

Hilde, 1976

Nun war ihre Tochter schon vier geschlagene Tage verschwunden. Die Polizei hatte endlich eine Vermisstenanzeige aufgenommen und mit Befragungen von Rebeccas Freunden und Klassenkameraden begonnen. Die wiederum suchten die gesamte Gegend nach ihr ab. Ulf, den Hilde und Rainer inzwischen recht gern mochten, erkundigte sich jeden Tag, ob sie ein Lebenszeichen von Rebecca erhalten hatten. Außerdem fuhr er mit seinem Motorrad jede Straße, jeden Weg und Pfad in und um Niederbroich ab, um nach einer Spur von ihr zu suchen.

Herausgekommen war bislang nichts. Hilde konnte weder durchschlafen noch vernünftig essen. Bei jedem Schritt im Flur, bei jedem Schatten, den sie vor dem Küchenfenster vorbeihuschen sah, und bei jedem Klingeln an der Haustür glaubte und hoffte sie inständig, dass es Rebecca war. Allmählich spielte ihre Phantasie verrückt. Vor ihrem geistigen Auge sah sie ihre Tochter tot am Straßenrand liegen, als Opfer eines Verkehrsunfalls oder gar eines Gewaltverbrechens. Oder sie guckte aus der Vogelperspektive auf einen Operationstisch, auf dem sich ihre

Tochter vor Schmerzen wand, während sich ein Arzt brutal an ihrem Unterleib zu schaffen machte.

Um die Horrorbilder aus ihrem Kopf zu vertreiben, hatte Hilde sich in dem winzigen, mit Aktenordnern vollgestopften Büro, das zwischen der Küche und dem Nebeneingang der Schreinerei lag, an die Schreibmaschine gesetzt und begonnen, Rechnungen zu tippen. Draußen ging ein leichter Nieselregen auf das Kopfsteinpflaster nieder, das Licht drinnen war grau und ließ vergessen, dass eigentlich noch Spätsommer war.

Hilde fröstelte, doch sie wusste, dass die Kälte aus ihrem Inneren und nicht von außen kam. Immer wieder vertippte sie sich, riss das Blatt aus der Maschine, knüllte es zusammen, warf es in den Papierkorb und nahm ein neues zur Hand, um es über die Rolle einzuziehen. Ihre Hände bebten, ihre Finger waren unruhig. Es gelang ihr nicht, sich zu konzentrieren. Da half auch der Becher mit Kamillentee nicht, der neben ihr auf dem Schreibtisch stand und aus dem sie ab und an kleine Schlucke trank.

Als es an der Haustür klingelte, sprang sie sofort auf, lief in den Hausschuhen durch den Flur. Wilde Hoffnung mischte sich mit namenloser Angst. Seit gestern hatte sich nämlich ein neues Katastrophenszenario in ihr Hirn gebrannt: Es klingelte, und zwei Polizeibeamte teilten ihr bedauernd mit, dass Rebecca tot sei.

Der Umriss vor der Milchglasscheibe zeigte jedoch nur eine Gestalt. Hilde atmete tief durch und riss die Tür auf. Draußen stand Ulf in Motorradkluft. In seinen karamellfarbenen Augen standen Tränen, hilflos streckte er ihr etwas entgegen.

»Da … das hab ich im Wald auf dem Boden gefunden«, stieß er hervor. »In der Nähe vom See.«

Hilde starrte auf das zerknüllte Stoffstück in Blau, Gelb und Lila in seinen Händen. Es war Rebeccas Halstuch. Erschüttert nahm sie es entgegen. Es fühlte sich klamm und feucht vom Regen an, roch muffig und war fleckig von der Erde, auf der es offenbar längere Zeit gelegen hatte.

Sie konnte nur ein gequältes Stöhnen herausbringen.

Ulf sah sie eindringlich an. »Das muss die Polizei wissen«, sagte er. »Die müssen die Gegend um den See ... und auch den See selbst ...« Er hielt inne, schluckte. »... absuchen.« Er wankte. Hilde bat ihn herein.

Rosi, 1976

Einige Tage später musste Rosi Manu in Bezug auf Willi Recht geben. Als sie morgens verschlafen nur in T-Shirt und Unterhose aus ihrem Zimmer kam, um sich in der Küche ein Glas Wasser einzuschenken, sah sie, dass er in seiner typischen schwarzen Montur am Tisch vor einer aufgeschlagenen Zeitung saß.

»Morgen«, nuschelte sie, schnappte sich die Sprudelflasche und wollte rasch wieder gehen, als Willi sie mit seiner merkwürdigen heiseren Stimme zurückhielt.

»Du bist heute in den Schlagzeilen«, sagte er leise und tippte auf einen Artikel, »Rebecca Ortmann.«

Rosi zuckte zusammen, die Knie drohten unter ihr nachzugeben. Sie hielt sich am Buffetschrank fest, der daraufhin gefährlich wackelte, so dass sie ihn schleunigst wieder losließ.

»Wie ...?«, stammelte sie, während die Kälte durch den Fliesenboden in ihre nackten Füße drang.

»Das Foto lässt keinen Zweifel offen. So sahst du aus, als Manu dich angeschleppt hat.« Willi lachte freudlos auf und zitierte: »*Immer noch keine Spur von der vermissten Jugendlichen im Kreis Viersen.*«

Rosi begann zu zittern und sank auf einen Stuhl, während Willi weiter vorlas:

»Beamte durchkämmten mit Spürhunden das ausgedehnte Waldstück, in dem man ein Halstuch der vermissten Rebecca Ortmann gefunden hatte. Taucher suchten ohne Erfolg den nahegelegenen See nach ihrer Leiche ab. Der Fall gibt der Kriminalpolizei immer mehr Rätsel auf. Wieso verschwand das junge Mädchen aus gutem Hause anscheinend völlig grundlos? Vermutlich fuhr sie mit ihrem Fahrrad los, quer durch den Wald. Wohin wollte sie? War sie allein oder in Begleitung? Wurde sie womöglich von einem Unbekannten entführt? Aber warum gibt es dann keine Lösegeldforderung? Ihr Heimatdorf steht Kopf. Niemand kann sich erklären, was geschehen ist. Wer weiß, wo Rebecca Ortmann ist? Sachdienliche Hinweise an die örtliche Polizei.«

»Anscheinend völlig grundlos«, murmelte Rosi, schüttelte den Kopf und strich sich das ungekämmte Haar aus dem Gesicht, das nach dem Färben noch widerborstiger geworden war. »Diese Heuchler!« Sie ärgerte sich. Weder ihre Eltern noch ihre Schwestern oder Ulf hatten der Polizei offenbar erzählt, was mit ihr los gewesen war. »Zeig mir doch mal das Foto.«

Willi schob ihr schweigend die Zeitung hin.

Rosi betrachtete das abgedruckte Portrait in körnigem Schwarzweiß und erinnerte sich, dass ihr Vater den Schnappschuss im letzten Jahr im Urlaub in Dänemark vor ihrem in den Dünen gelegenen Ferienhaus geknipst hatte. Sie erkannte sich selbst in dem vor Freude strahlenden Mädchen mit dem runden Gesicht und dem welligen Haar, das offen über die Schultern fiel, überhaupt nicht wieder.

»Das bin ich nicht mehr«, sagte sie, fast erleichtert.

Dass sie sich auf dem Foto fremd vorkam, half ihr dabei, sich von ihrer Vergangenheit zu distanzieren. Das und ihr Ärger über die Heuchelei schützten sie auch davor, zu viel Mitleid für ihre Familie, ihre Freunde und sogar für Ulf zu empfinden. Sie alle hatten die Polizei nach Strich und Faden belogen. Wollten sie sie vielleicht gar nicht wiederfinden?

»In deinem Perso habe ich gelesen, dass du Ruth Ortmann heißt.« Willi fixierte sie unverwandt.

»Das ist meine große Schwester. Ich hab ihren Ausweis mitgehen lassen«, stotterte Rosi und wich verlegen seinem Blick aus. »Wegen der Abtreibung.«

»Weil du minderjährig bist. Kapiere!« Er nickte bedächtig und zwirbelte seinen traurigen schwarzen Schnurrbart zwischen den Fingern. Dann schlug er die Zeitung zu, knüllte sie zusammen und stopfte sie tief in den Mülleimer. »Besser, wenn Tom und Manu die nicht zu Gesicht kriegen. Wir alle könnten wegen Entführung belangt werden, ist dir das eigentlich klar?« Auf seiner Stirn war eine tiefe senkrechte Falte erschienen. Plötzlich aber ging ein Ruck durch ihn. Sein Blick wurde milder. »Weißt du was? Du brauchst dringend neue Papiere! Perso und Geburtsurkunde kann ich dir besorgen. Wenn du 'nen Hunderter und ein aktuelles Passfoto für mich hast.«

Rosi war sofort Feuer und Flamme und unglaublich erleichtert. Mit einem neuen Ausweis würden sich mit einem Streich alle ihre Probleme in Luft auflösen. Wenn sie sich ausweisen könnte, würde sie auch einen Job kriegen. Außerdem wäre ihre neue Identität als Rosalie Meyer dann offiziell. Sie könnte ihr altes Leben als Rebecca Ortmann endgültig hinter sich lassen. Und niemand – weder ihre Familie noch die Polizei – wäre in der Lage, sie in Düsseldorf aufzustöbern.

Geld besaß sie noch genug. Bisher hatte sie nur kleine Summen von Papas 500 Mark für Fastfood, ein paar Lebensmittel, das Haarfärbemittel und einige Flaschen Wein ausgegeben.

»Kein Problem«, beeilte sie sich zu sagen. »Die Kohle habe ich, und am Bahnhof stehen doch diese Passbildautomaten. Da kann ich nachher Bilder für dich machen lassen.« Doch dann kam ihr ein Gedanke. »Ist so ein … gefälschter Ausweis denn sicher? Ich meine, kann jemand feststellen, dass der nicht echt ist, und …«

»Ts, ts, ts!«, unterbrach Willi sie und wackelte tadelnd mit dem Finger. »Was ich dir besorge, ist von allerhöchster Qualität. Kannste dich drauf verlassen! Hat Gudrun mal vor der Verhaftung bewahrt. Außerdem gibt es einen sicheren Trick, wie du deine neue Identität hundertpro offiziell machst. Allerdings brauchst du eine reale Identität, klaust also einen echten Namen und die dazugehörigen Daten. Ausdenken ist gefährlich. Hast du eine Idee?«

Rosi musste nicht lange überlegen und nickte eifrig. »Was ist, wenn die Person ausgewandert ist, deren Identität ich annehmen will?«

»Ideal!« Willi grinste böse. »Hast du auch ein Geburtsdatum?«

»Ja, tatsächlich!«

»Na dann!« Er beugte sich vor und fixierte sie mit blitzenden Augen. »Sobald ich dir den neuen Ausweis gegeben habe, gehst du damit zum Einwohnermeldeamt und meldest dich mit erstem Wohnsitz hier an. Wenn das klappt, ist erst mal alles gut. Und später wäschst du den Ausweis aus Versehen …«, er malte mit den Fingern Anführungsstriche in die Luft, »… in der Waschmaschine mit. Damit gehst du wieder hin und lässt dir einfach einen neuen ausstellen … Das sind solche Schnarchnasen da auf dem Amt. Glaub mal, das funktioniert.«

Er leerte seinen Kaffeebecher und knallte ihn mit ungewohnter Energie auf den Tisch. Den Behörden ein Schnippchen schlagen zu können schien ihn richtiggehend zu beflügeln. »Worauf wartest du, Kleine? Ab zum Bahnhof mit dir! Aber kein Wort zu Manu und Tom.«

Rosi gehorchte. Eine Stunde später kehrte sie mit den Aufnahmen zurück und übergab sie Willi zusammen mit dem Geld, der damit sofort, fröhlich pfeifend, aus dem Haus ging. Rosi hatte ihn noch nie so gut gelaunt erlebt.

Auch Manu, die gerade mit ein paar Kräutern und seltsam aussehenden erdverkrusteten Wurzeln im Arm aus dem Hinterhofgarten in die Küche kam, war bass erstaunt. »Nanu! Was ist denn mit dem los? So kenn ich unseren Willi gar nicht.« Woraufhin Rosi mit den Schultern zuckte und sich, wie vereinbart, unwissend stellte. »Keine Ahnung. Aber so ist er mir deutlich lieber als der alte Trauerkloß.«

Manu lachte, dann strich sie Rosi liebevoll eine Haarsträhne aus der Stirn. »Und dir geht es offensichtlich auch viel besser. Wie schön!« Sie drehte sich um und legte das Grünzeug auf die Küchenarbeitsplatte. »Ich koch uns gleich eine leckere Brennnesselsuppe mit Pastinaken. Hast du Hunger?«

Rosi nickte wahrheitsgemäß, obschon ihr die Vorstellung, die sie sich von der Suppe machte, überhaupt nicht behagte und sie sich viel lieber eine Bratwurst auf die Hand gekauft hätte. Doch ab sofort musste sie ihr Geld besser zusammenhalten. Die Kosten für den neuen Ausweis rissen ein zu großes Loch in ihre Kasse.

Erst in der darauffolgenden Nacht, als Rosi aus einem Albtraum erwachte, an dessen Inhalt sie sich nicht erinnerte, wurde sie von Schuldgefühlen übermannt. Sie dachte an den Zeitungsartikel und all die Ängste, die ihre Familie und Ulf plagen mussten. Nach dem Fund des Halstuchs, das Rosi bei ihrer nächtlichen Radtour zur grünen Grenze verloren hatte, mussten sie glauben, dass ihr im Wald etwas Furchtbares zugestoßen war.

Sie erschauderte und stellte sich ihre weinende Mutter und ihre entsetzten Schwestern vor sowie ihren Vater, der krampfhaft versuchte, die Ruhe zu bewahren und nicht auch noch die Nerven zu verlieren.

Und Ulf? Wie ging es ihm? Befürchtete er ebenfalls, dass sie vielleicht tot war? Aber warum hatte dann nicht er wenigstens der Polizei erzählt, dass sie von ihm schwanger gewesen war? Gerade wenn er glaubte, dass sie eine Fehlgeburt gehabt hatte, musste er sich doch denken können, dass sie durch die Hölle gegangen war.

Rosi begriff es nicht. Ulf hatte ihr immer wieder gesagt, wie sehr er sie liebte. Wieso konnte er dann nicht in ihr Herz sehen?

Sie war – abgesehen von den Familienurlauben – noch nie so lange von Niederbroich fort gewesen. Rosi schluckte. Sie lauschte in sich hinein. Wollte sie womöglich gefunden werden? Oder war es wirklich ihr Wunsch, für immer eine andere zu sein und nie nach Hause zu ihrer Familie zurückkehren zu können?

Scham, Schuldgefühle und Selbstekel kamen in ihr hoch.

Rebecca, 1976

Es war ein wilder Ritt auf dem Fahrrad, bis sie schließlich die grüne Grenze passierte, dann fuhr sie auf der Landstraße, immer dem Sonnenaufgang entgegen. Etwa um acht Uhr kam sie kurz vor dem Ortseingangsschild eines Dorfes an einer der kleinen Wechselstuben vorbei, die für die grenznahe Gegend so typisch waren. Dort tauschte sie erst einmal hundert Mark in Gulden um. Eine Viertelstunde später erreichte sie eine einsam gelegene Bushaltestelle.

Sie hatte Glück. Die Linie fuhr bis Roermond, der nächste Bus würde in zwanzig Minuten kommen. Zeit genug, um ihr Fahrrad hinter einem Stall zu verstecken, der mitten auf einer Weide mit Schafen stand. Kein Mensch war zu sehen, der Morgenwind spielte mit ihrem Haar, die Grashalme am Wegesrand wisperten. Ansonsten war alles still. Sie hob ihr Gefährt ächzend über den Stacheldrahtzaun und stieg dann sehr vorsichtig, um sich bloß nicht die gute Jeans zu zerreißen, hinterher. Die Schafe am Ende der Koppel beobachten sie aus dunklen Augen, und einige blökten leise, während sie das Fahrrad über die unebene Wiese schob. Hinter dem grob gezimmerten Stall standen Gräser und Unkraut hüfthoch, so dass sie ein ideales Versteck für ihr Rad boten.

Als der Bus kam, stand Rebecca längst wieder an der Haltestelle. Erleichtert ließ sie sich auf einen Sitz im halb leeren Innenraum nieder und legte das Köfferchen auf ihren Schoß. Das Fahrzeug schaukelte über die Landstraße an weiten Wiesen, Feldern und einzeln stehenden kleinen Häusern mit übergroßen Fenstern vorbei.

Die morgendliche Welt wirkte friedlich und verschlafen, der Motor des Busses vibrierte gleichmäßig, und Rebecca wurde auf einmal sehr müde. Gerade war sie dabei einzunicken, als der Schmerz in ihrem Unterleib zurückkam, erst dumpf grollend, dann stechend und in schnell wiederkehrenden Schüben. Sie hatte das Gefühl, dass ihr gesamter Bauchraum anschwoll, sich zusammenkrampfte und zögerlich wieder löste.

Bald perlte ihr der Schweiß von der Stirn. Sie stellte den Koffer auf den leeren Nebensitz legte eine Hand auf die schmerzende Stelle. Um nicht laut aufzustöhnen, biss sie sich auf die Unterlippe.

Sie war so mit sich selbst beschäftigt, dass sie nur beiläufig wahrnahm, wie der Bus durch Dörfer rumpelte, anhielt, Leute hinein- und hinausließ. Aus den Dörfern wurden Vororte, im Innenraum drängten sich inzwischen die Leute. Etliche Passagiere mussten stehen.

Rebecca machte den Nebensitz für eine ältere Dame mit geblümtem Kopftuch und vom Wasser aufgequollenen Beinen in hautfarbenen Nylonstrümpfen frei, die bloß ungnädig nickte und sich dann, schwer aufatmend, in die Plastikschale fallen ließ. Um

Rebecca herum brandeten Stimmen auf. Sie verstand natürlich kein Wort, fand es aber tröstlich, den niederländischen Sätzen zu lauschen, weil sie in ihr Erinnerungen an vergangene Familienausflüge und Urlaube auslösten. Mit geschlossenen Augen träumte sie sich an den weiten Strand von Scheveningen, wo sie mit ihrer Familie schon zweimal zum Baden gewesen war. Das half tatsächlich ein wenig, das Bauchweh besser auszuhalten.

Dennoch war sie heilfroh, als sie endlich im Zentrum von Roermond angekommen waren. Ihr Gepäckstück fest umklammernd, drängte sie sich durch die Flügeltür ins Freie. Draußen hätten beinahe die Füße unter ihr nachgegeben, so heftig waren die Schmerzen, wenn sie sich bewegte. Aber sie riss sich zusammen.

Tapfer ging sie die Straße hinunter. Weil sie bald nicht mehr weiterwusste, zeigte sie einer Passantin, die es nicht ganz so eilig wie die anderen zu haben schien, den Zettel, auf dem sie sich die Adresse der Klinik notiert hatte. Die nickte, wies auf eine Straße hinter sich und sagte etwas Unverständliches. Als sie begriff, dass Rebecca Deutsche war, versuchte sie es geduldig mit ein paar deutschen Brocken. »Erst rechts, dann links ... ist nicht weit.«

Rebecca bedankte sich und ging in die beschriebene Richtung. Jeder Schritt tat weh, jede Erschütterung hallte peinigend in ihrem Unterleib nach. Sie hatte das schreckliche Gefühl, kurz vor dem Platzen zu sein.

Endlich erreichte sie das schlichte weiße Gebäude mit den Milchglasfenstern. Sie betrat mit letzter Kraft das Foyer und wankte zur Rezeption.

»Bitte ...«, flüsterte sie. »Ich bin schwanger und brauche eine Abtreibung.«

Die junge Frau hinter dem Tresen sah sie sachlich aus großen grauen Augen hinter spiegelnden Brillengläsern an. In gebrochenem Deutsch erklärte sie Rebecca, dass sie dazu erst einen Termin brauche. Außerdem benötige die Klinik einen ärztlichen Befund, ohne den ein Eingriff gar nicht in Frage käme.

Rebecca bemühte sich, die Informationen zu verarbeiten und zu begreifen, dass alles, was sie auf sich genommen hatte, um hierher zu kommen, vergeblich gewesen war.

Verzweiflung überkam sie. Fluchtartig verließ sie das Gebäude und lief zum Bahnhof zurück. Alles tat ihr weh. Sie ging zu den öffentlichen Toiletten und schloss sich in einer nach Fäkalien stinkenden Kabine ein. Dort sank sie auf den klebrigen Klodeckel, empfand nicht einmal Ekel dabei und heulte sich die Seele aus dem Leib.

Was sollte sie bloß tun? Nach Hause zurückfahren? Ihr fehlte die Kraft dafür. Außerdem würde es ihre Situation nicht verbessern. Warum verschwand dieser Zellklumpen nicht einfach aus ihrem Bauch? Wieso krallte sich dieses Ding so in ihr fest?

Plötzlich verspürte sie den Drang, sich zu besaufen, alle Gedanken und allen Schmerz zu betäuben. Sie verließ die Kabine. Am nächsten Kiosk kaufte sie sich eine Flasche Schnaps. Sie brauchte dafür nicht einmal Ruths Ausweis vorzuzeigen. Vielleicht konnte sie das Ding mit Alkohol aus ihrem Körper vertreiben. Sie lehnte sich an eine Litfaßsäule und setzte die Flasche an die Lippen.

Rosi, 1976

Nein, Rosi konnte und wollte nicht mehr zurück nach Niederbroich in ihr Elternhaus. Es ging einfach nicht. Das, was sie getan hatte, ließ es nicht zu.

Wie blauäugig sie gewesen war, als sie dachte, sie brauche sich bloß das Baby wegmachen zu lassen, und alles sei so wie vor der Schwangerschaft.

Nichts war mehr wie vorher und würde es auch nie mehr sein! Schon als sie am Bahnhof von Roermond die Fahrkarte nach Düsseldorf gekauft hatte, war sie sich dessen bewusst gewesen.

Im Zug hatte sie das erste und einzige Mal Ruths Personalausweis benutzt, denn in ihrem Abteil waren auf einmal zwei Zollbeamte aufgetaucht, die alle Fahrgäste anwiesen, ihre Papiere vorzuzeigen. Mit zitternden Händen nahm sie den Ausweis wieder entgegen, nachdem der jüngere der beiden ihn mit ernstem Gesicht inspiziert hatte. Sie atmete erst auf, als die beiden Uniformierten ins nächste Abteil weitergezogen waren. Dann lehnte sie sich an das dunkelrote Rückenpolster aus Kunstleder und versuchte, sich zu entspannen. Doch bald ging es ihr immer schlechter. Sie fieberte, und ihr Unterleib krampfte sich zusammen.

Inzwischen konnte sie sich nur noch verschwommen daran erinnern, wie sie am Düsseldorfer Hauptbahnhof aus dem Zug gestiegen war und am Ende ihrer Kräfte das weitläufige Bahnhofsgebäude betreten hatte.

Rosi schluckte. Hätte Manu sie nicht gerettet, wer weiß, ob sie überhaupt noch leben würde. Ihr kam wieder der Zeitungsartikel in den Sinn. Die verzweifelte Suche ihrer Familie nach ihr.

Sie presste die Lippen zusammen. Rebecca Ortmann gab es nicht mehr. Je eher ihre Familie und Ulf das kapierten, umso besser. Vielleicht war es nur folgerichtig, wenn sie glaubten, dass sie tot war. Es stimmte in gewisser Hinsicht ja tatsächlich.

Wenn sie nur endlich ihren funkelnagelneuen Ausweis in Händen hielte, der ihr zweifelsfrei bestätigte, dass sie Rosalie Meyer war! Hoffentlich war der bald fertig!

Rosi, heute

Es war seltsam, die Wohnung nun nicht mehr für sich allein zu haben. Rosi fühlte sich schon an diesem ersten Tag eingeengt und beobachtet. Außerdem wollte Nadine fortwährend unterhalten werden. Am Abend schlug sie vor, eine Partie Uno zu spielen, so wie sie es früher getan hatten, als Rosi noch mit ihrem Vater verheiratet war. Rosi erinnerte sich an gemütliche Sonntage zu viert, an denen Nadine, ihre Schwester Jacqueline, Sven und sie Karten gespielt und dazu tütenweise Chips und Flips vertilgt hatten.

Rosi willigte ein, und sie hatten tatsächlich viel Spaß, obschon Nadine des Öfteren einen Blick auf ihr Smartphone warf, um es anschließend kommentarlos wieder auf den Tisch zu legen. Am Ende gewann Nadine dennoch haushoch. Rosi ergötzte sich an ihrer kindlichen Freude. Sie selbst war nie ehrgeizig im Spiel gewesen. Ob sie gewann oder verlor, war ihr herzlich egal.

Gerade wollte sie Nadine fragen, ob sie sich bei dem schönen Wetter noch für eine Weile auf den Balkon setzen sollten, als die Stimmung unvermittelt kippte.

»Patrick hat mir immer noch nicht geschrieben«, stieß Nadine hervor. »Ob es ihm egal ist, dass ich weg bin?« Es klang so kläglich, als sei sie kurz davor, in Tränen auszubrechen.

»Blödsinn«, versuchte Rosi rasch, sie zu beruhigen. »Ihr seid verlobt. Er will ein Kind mit dir. Also liebt er dich auch. Es hat ihn sicher sehr verletzt, dass du einfach weg bist. Das muss er erst mal verdauen.«

Plötzlich war sie in ihrer Phantasie in ihrem Elternhaus, damals, nachdem sie von zu Hause fortgelaufen und nicht wiedergekommen war. Sie sah ihre Mutter vor sich, wie sie weinte, obwohl sie längst keine Tränen mehr hatte, ihren Vater mit dieser Hilflosigkeit im Gesicht, auf die stets blinder Aktionismus folgte. Vor ihrem geistigen Auge erschien Miriam, deren kindlich heile Welt sie mit ihrem Verschwinden brutal zerschlagen hatte, und Ruth, die sich wahrscheinlich ein Leben lang mit Schuldgefühlen plagte.

Im Vergleich zu Patrick musste Rosis Familie unendlich viel mehr verdauen, unendlich viel mehr ertragen. Die Sorge, dass ihr etwas Schlimmes zugestoßen war. Die Nachricht, dass sie ...

Sie vermochte es nicht, den Gedanken zu Ende zu denken. Für ihre Familie fing das Drama jedenfalls damit an, dass sie – anders als Nadine – keinen Brief hinterlassen hatte. Mit ihrem spurlosen Verschwinden hatte sie ihre Familie zerstört.

»Was ist mit dir, Rosi?« Nadine sah sie erschrocken an.

Benommen schüttelte Rosi den Kopf. »Schon gut.« Sie konzentrierte sich, um sich wieder den Problemen der jungen Frau zuzuwenden. »Lass ihm Zeit«, sagte sie zu Nadine. »Gib ihm zwei, drei Tage. Außerdem bist du es, die gegangen ist. Vielleicht solltest auch du es sein, die den Kontakt wieder aufnimmt.«

»Nie im Leben!« Nadine sprang auf. »Sag mal. Hast du was zu trinken da?«

Rosi nickte, erhob sich ebenfalls und schlug ihr vor, doch zusammen auf dem Balkon ein Glas Wein zu trinken.

»Super Idee! Ach, Rosi!« Spontan schloss Nadine sie in die Arme. »Ich bin so froh, hier bei dir zu sein! Du bist einfach die Beste!«

Sie saßen lange draußen im Schein des Windlichts beieinander und redeten über alte Zeiten. Über die Winterferien in Österreich mit Rodelpartien, Skikursen, Spaziergängen im Tiefschnee und Kakao oder Punsch, der ihre verfrorenen Hände wärmte. Sie ließen die Sommerurlaube im Ferienhaus auf Usedom Revue passieren, erinnerten sich an sonnenverwöhnte Badetage am Ostseestrand, an Fahrradtouren durch die Wälder und an Ausflüge nach Heringsdorf zu ihrer Lieblingseisdiele. Sie beschworen eine gemeinsame glückliche Vergangenheit herauf. All die unschönen Erinnerungen, die Streitigkeiten zwischen Rosi und Sven oder zwischen ihm und seinen Töchtern, die meist auf seiner beinahe krankhaften Kontrollsucht basierten, thematisierten sie nicht.

Es war schon spät, als sie beschlossen, ins Bett zu gehen. Vereint machten sie sich daran, die Couch auszuziehen, was in dem engen, vollgestellten Wohnzimmer nicht einfach war. Dauernd stießen sie sich an Möbelstücken, brachten dabei sogar eine kleine Bronzestatue auf einem Regalbrett zu Fall, bis sie es endlich geschafft hatten. Dann gab Rosi Nadine frisches Bettzeug und ließ ihr den Vortritt im Bad.

Als sie endlich im Bett lag, bekam Rosi vom Alkohol einen Drehschwindel und war heilfroh, morgen nicht allzu früh raus zu müssen. Bei Charly brauchte sie nicht vor neun Uhr zu erscheinen. Sie nahm sich vor, den Spaziergang mit ihm zu nutzen, um beim Bäcker für ihren Besuch und sich frische Brötchen zu holen.

Miriam, 1976

Die polizeilichen Untersuchungen verliefen im Sande. Keine Spur von Rebecca! Ihre Eltern und Ruth waren inzwischen davon überzeugt, dass sie einem Verbrechen zum Opfer gefallen war. Miriam fragte sich, warum sie nicht das Naheliegende annahmen: dass Rebecca nicht wiederkam, weil sie sich von der Familie im Stich gelassen fühlte.

Sie begriff auch nicht, wieso ihre Eltern der Polizei weiterhin Rebeccas ungewollte Schwangerschaft verschwiegen. Die Behörden hätten doch nach jedem Strohhalm gegriffen, der ihnen bei der Aufklärung des Falles weitergeholfen hätte. Zumal die Zeitungen und sogar das Radio über den Fall berichteten und kein gutes Haar an den ermittelnden Beamten ließen.

Anfang Oktober wurde Miriam elf Jahre alt, und sie erlebte den freudlosesten Geburtstag, den sie je gehabt hatte. Zwar bekam sie von ihren Eltern das gewünschte Geschenk – eine Staffelei und mehrere Leinwände –, aber ihre Mutter buk weder einen Kuchen für sie, noch wurde ihr von der Familie ein Ständchen gesungen, wie es sonst bei ihnen üblich war. Wobei sie Letzteres nur zu gut nachempfinden konnte, denn auch ihr wäre »Viel Glück und viel Segen auf all deinen Wegen ...« nicht über die Lippen gekommen.

Im Haus herrschte eine Mischung aus Verzweiflung, Resignation und nervöser Spannung. Man sprach nicht darüber, doch alle hofften wider jede Vernunft, dass die Haustür sich öffnen und Rebecca gesund und munter hereinspazieren würde.

Auch Miriam hatte sich so sehr gewünscht, dass ihre Schwester ihren Geburtstag zum Anlass nehmen würde, zurückzukehren, mit oder ohne Baby im Bauch. Sie hatte sich schlau gemacht und wusste nun, dass viele deutsche Frauen, die ihr Baby nicht bekommen wollten, in die Niederlande fuhren, um es dort wegmachen zu lassen – wie auch immer das funktionierte.

Miriam wollte es gar nicht so genau wissen, allein den Gedanken daran fand sie schrecklich. In Biologie nahmen sie derzeit Sexualkunde durch, doch im Schulstoff ging es nur um die Entstehung neuen Lebens und nicht darum, wie man es wieder loswurde.

Von Ruth bekam Miriam zum Geburtstag neue Buntstifte. Früher hatten Rebecca und sie ihr immer gemeinsam eine Kleinigkeit geschenkt, meist zusammen mit einer selbstgebastelten Glückwunschkarte. Obschon Ruth sich in diesem Jahr besondere Mühe gegeben und die Karte in Form eines Pferdekopfes ausgeschnitten hatte, fiel es Miriam schwer, sich dafür bei ihr zu bedanken. Insgeheim gab sie ihrer ältesten Schwester immer noch die Schuld an Beckys Verschwinden. Doch Ruth wirkte so unglücklich, blass und abgemagert, dass Miriam es unterließ, ihr weitere Vorwürfe zu machen. Sie hatte das Gefühl, dass jede noch so kleine Kritik ihre Schwester umpusten würde.

Als sie dann die einsame Unterschrift »Deine Ruth« in winzigen Buchstaben auf der Karte las, musste Miriam weinen. Der schwungvolle, großzügige Namenszug von Rebecca fehlte.

»Ich weiß«, flüsterte Ruth, ebenfalls mit Tränen in den Augen. »Mir kam es auch verkehrt vor, dir die Karte zu geben. Aber du hast doch Geburtstag und ...«

Weiter kam sie nicht, weil Miriam sie in die Arme nahm. Zum ersten Mal seit Rebeccas Verschwinden suchte sie Körperkontakt mit ihrer ältesten Schwester, und der tat unglaublich gut.

Wenige Tage später hätte Ruths Studium in Köln begonnen, aber Ruth ging nicht hin. Ihr Zimmer im Studentenwohnheim hatte sie längst wieder gekündigt, nun wollte sie nicht mal mit dem Zug zur Universität fahren.

»Ich kann Mama und Papa doch jetzt nicht allein lassen«, begründete sie ihre Entscheidung Miriam gegenüber. »Außerdem fühle ich mich krank, irgendetwas ist nicht in Ordnung. Ich kann auf keinen Fall nach Köln gehen!«

Ihre Eltern ließen sie gewähren. In ihrem Kummer um Rebecca verloren sie ihre beiden anderen Töchter zunehmend aus den Augen. Miriams Vater kam kaum noch aus der Schreinerei heraus, ihre Mutter legte sich nach der Hausarbeit und den nötigsten Büroarbeiten meist im abgedunkelten Schlafzimmer aufs Bett. Nur wenn sie mit der Polizei telefonierten oder auf die Wache fuhren, kam Leben in die beiden. Nach den Gesprächen verfielen sie dann in noch größere Verzweiflung, denn Rebecca blieb unauffindbar.

Die ganze Familie befand sich in einer Art Warteschleife, aus der es kein Entrinnen zu geben schien.

Manchmal dachte Miriam, dass sie noch die normalste von ihnen allen war. Sie ging immerhin zur Schule, traf sich am Nachmittag mit ihren Freundinnen – allerdings nie in ihrem Elternhaus, so wie früher, sondern immer bei den anderen –, erledigte gewissenhaft ihre Hausaufgaben und malte ihre Bilder, während der Plattenspieler im Hintergrund eine *Hanni-und-Nanni*-Geschichte nach der anderen abspielte. Dabei ängstigte auch sie sich um Rebecca. Sie glaubte im Unterschied zum Rest der Familie jedoch keine Minute daran, dass sie tot war, und betete jeden Abend vorm Einschlafen zu Gott, Rebecca möge ganz bald zurückkehren.

Als das nicht geschah, versuchte sie sich schließlich auszurechnen, wann das Baby wohl geboren würde, und in ihr reifte die fixe Idee heran, dass sie nur bis dahin warten müsste und dass ihre Schwester dann heimkäme.

Aber auch der Mai 1977 verstrich, ohne dass Rebecca sich meldete.

In den abendlichen Nachrichtensendungen, die Miriam zwar eigentlich nicht ansehen durfte, am Rande aber meist mitbekam, ging es Monat für Monat um Terrorismus, die RAF, um die Anti-Atomkraft-Bewegung und Demonstrationen. Überall klebten die gelben runden Aufkleber mit der Aufschrift »Atomkraft – Nein danke«. Auch Miriam hatte einen auf ihr Federmäppchen gepappt. Über Beckys Verschwinden, das sich im September jährte, wurde nicht berichtet.

Familie Ortmann fiel indes immer mehr auseinander. Miriam bekam mit, wie ihre Eltern beinahe täglich miteinander stritten. Vor Beckys Verschwinden waren sie stets ein Herz und eine Seele gewesen, oft zum Leidwesen der Töchter, die sich einer strengen Front gegenübersahen. Jetzt sehnte sich Miriam nach diesen Zeiten zurück. Ruth wurde immer seltsamer und eigenbrötlerischer, und Miriam suchte am Nachmittag und an den Wochenenden meist bei ihren Freundinnen Zuflucht, wo die Stimmung heiter und die Welt noch in Ordnung war.

Miriam wunderte sich, dass der Glaube ihren Eltern in dieser Zeit kein Trost zu sein schien. Zwar besuchten sie jeden Sonntag pflichtschuldig den Gottesdienst, und ihre Töchter hatten sie zu begleiten, aber für Miriam war das mehr Schein als Sein. Denn kaum kam die Familie mittags wieder heim, verströmten ihre Eltern eine unbeschreibliche Hoffnungslosigkeit.

Auch ein Jahr später, 1978, gab es keine Neuigkeiten über Rebeccas Verbleib, und Ruth hockte immer noch zu Hause, hatte weder ein Studium noch eine Ausbildung begonnen. Sie igelte sich in ihrem Zimmer ein, und Miriam fragte sich, was sie dort den lieben langen Tag tat. Das Verhalten ihrer Schwester kam ihr höchst merkwürdig vor, doch ihre Eltern bemerkten anscheinend nichts.

Ihre Mutter hatte unterdessen einen Radiosender dazu bewegt, über Rebeccas Fall zu berichten. Im Studio sprach sie einen emotionalen Aufruf ins Mikrophon, in dem sie alle, die in jener Septembernacht 1976 etwas bemerkt hatten, bat, sich dringend beim Sender zu melden. Die Sendung wurde mehrfach ausgestrahlt.

Miriams Vater hielt von der ganzen Sache nicht viel. »Was

soll schon dabei herauskommen, außer, dass sich die Leute die Mäuler zerreißen?«, brummte er.

Und er sollte Recht behalten. Es meldeten sich keine echten Zeugen, sondern nur sensationsgierige Spinner, die behaupteten, Becky Arm in Arm mit einem Fremden in Mönchengladbach oder Aachen gesehen zu haben, in einem Omnibus, der in Richtung Italien fuhr und einem Flugzeug auf dem Weg nach Spanien. Durchs Dorf streiften plötzlich kleine Gruppen von Fremden, die gaffend vor der Schreinerei Ortmann stehen blieben und mit den Fingern auf das Haus zeigten.

Miriams Vater war so wütend auf seine Frau wie schon lange nicht mehr. »Da siehst du, was du angerichtet hast«, schimpfte er. »Jetzt werden sie uns nie in Ruhe trauern lassen!«

Woraufhin die ihn entsetzt anstarrte. »Ich trauere nicht, ich warte. Das ist wohl der Unterschied zwischen uns!«

Miriam fand diesen Unterschied zwischen den beiden nicht besonders groß, denn sie wusste, was Mama mit »warten« meinte: Sie würde erst trauern, wenn sie erfuhr, wo sich die Leiche befand. Auch Mama ging – wie Papa und Ruth – davon aus, dass Rebecca tot war.

Nur sie, Miriam, war immer noch fest davon überzeugt, dass ihre Schwester lebte.

Hilde, 1979

Es war ein schlimmes Jahr gewesen. Die Schreinerei bekam immer weniger Aufträge, was vor allem an Rainers unfreundlichem, einsilbigem Benehmen potenziellen Kunden gegenüber lag. Ihre Freunde aus der Gemeinde zogen sich einer nach dem anderen von ihnen zurück, wahrscheinlich, weil sie ihre trostlose und gereizte Stimmung nicht aushielten. Und dann machte auch noch Ruth Probleme. Nicht nur, dass die inzwischen

Zweiundzwanzigjährige sich weiterhin weigerte, eine berufliche Laufbahn einzuschlagen, nein, sie verwahrloste auch immer mehr. Hilde musste sie meist dazu überreden, sich zu duschen und frische Sachen anzuziehen, und sie aß nur noch wie ein Vögelchen.

Ruths Augen schienen immer größer in dem knochigen Gesicht zu werden. Ihr schönes Haar hatte sie sich eines Tages selbst mit der Nagelschere abgeschnitten, so dass die Friseurin im Ort nur noch einen Pixie-Cut daraus machen konnte. Die neue Frisur veränderte Ruth völlig. Fast war Hilde erleichtert, dass sie ihrer jüngeren Schwester Rebecca nun überhaupt nicht mehr ähnelte.

Als Ruth sich schließlich weigerte, überhaupt noch etwas zu essen, konsultierte Hilde mit ihr Ende Oktober 1979 einen Arzt in Brüggen. Nach einer knappen Untersuchung und einigen Fragen an Ruth stellte er ihr eine Überweisung für eine psychiatrische Praxis aus.

»Vermutlich stehen die Instabilität Ihrer Tochter und ihre … ähm … Magersucht mit ihrem familiären Trauma in Zusammenhang«, sagte der Allgemeinmediziner leise zu Hilde, als sie sein Sprechzimmer gerade verlassen wollte. Ruth war schon vorgegangen und wartete mit der stoischen Miene, die sie in letzter Zeit fast nur noch zeigte, vorn an der Rezeption.

Hilde zuckte zusammen. »Was meinen Sie damit?«

»Nun, eine Ihrer anderen Töchter ist doch vor einigen Jahren verschwunden, oder?«, antwortete der Mann irritiert.

Hilde schloss kurz die Augen und nickte dann langsam. »September 1976. Mir war nur nicht bewusst, dass das allgemein bekannt ist.«

Sie verließ die Praxis mit einem mulmigen Gefühl und einem irrationalen Groll Ruth gegenüber. Warum konnte ihre Älteste sich nicht zusammenreißen, so wie Miriam? Warum spielte sie sich dermaßen in den Vordergrund mit ihren Wehwehchen? Auch dass sie jetzt enervierend langsam zum Auto schlurfte, statt vernünftig über den Bürgersteig zu gehen, machte Hilde aggressiv. Es war schließlich Rebecca, der etwas unsagbar Schreckliches zugestoßen war, nicht Ruth.

Hilde biss die Zähne zusammen, bis der Kiefer schmerzte, und öffnete die Beifahrertür ihres Kleinwagens, damit die phlegmatische Ruth einstieg.

Sie waren noch nicht lange wieder zu Hause – Ruth war bereits ohne ein Wort in ihrem miefigen Zimmer verschwunden, und sie selbst wusch Kartoffeln für das Mittagessen –, als das Telefon im Flur klingelte.

Es war halb zwölf am Vormittag. Wer rief zu der Zeit an, wenn die meisten Leute arbeiteten und die Kinder in der Schule waren? Hilde stöhnte auf, trocknete sich die nassen Hände an einem Geschirrtuch ab und legte den Hörer ans Ohr.

»Ortmann am Apparat. Wer ist da bitte?«

»Kriminalpolizei Mönchengladbach«, antwortete eine Männerstimme. »Spreche ich mit Frau Ortmann?«

»Ja, sicher.« So hatte sie sich doch eben gemeldet. Was sollte die Frage? Ihr Herz begann zu rasen, und eine wilde Hoffnung erfasste sie. Lebte Rebecca etwa doch noch? Hatte man sie gefunden?

»Ihr Mann ist nicht zufällig in der Nähe?« Die Stimme des Mannes wurde um einige Nuancen sanfter, so als spräche er zu einem Kind und nicht zu einer Erwachsenen. »Es wäre mir lieber, wenn Sie ihn holen würden ...«

»Ich ... Moment mal ...«, stammelte Hilde. Von plötzlicher Furcht erfüllt, legte sie den Hörer neben den Apparat und eilte hinüber in die Schreinerei. Ihr Mann stand an der Werkbank und begutachtete ein Stück Eichenholz.

»Rainer ...« Sein Kopf fuhr ruckartig zu ihr herum. Ihrem

angespannten Tonfall entnahm er sofort, dass es ernst war. Sie informierte ihn kurz, und schon lief er mit schnellen Schritten ins Wohnhaus, während er sich die schmutzigen Hände an der Arbeitshose abwischte.

Was der Kriminalbeamte ihm am Telefon sagte, konnte Hilde nicht hören, doch mit Schrecken sah sie, wie Rainer erblasste und mit der freien Hand fahrig den obersten Knopf an seinem Hemd öffnete. »Rote Haare?«, fragte er nach. Seine Stimme klang brüchig. »Sind Sie sicher?«

Wieder folgte offenbar ein längerer Monolog des Polizisten, und Rainer sank schwer auf den Hocker, der neben dem Tischchen mit dem Telefon stand. Er fuhr sich mit der Hand übers Gesicht. Hilde sah Tränen in seinen Augenwinkeln glänzen.

»Selbstverständlich kann der Herr Hauptkommissar gleich herkommen«, sagte er schließlich und begegnete Hildes Blick. Seine Augen waren leer und hoffnungslos. »Wir sind in jedem Fall zu Hause.«

Rosi, heute

Die Morgenrunde mit Charly war recht kurz ausgefallen, denn Rosi wollte Nadine nicht zu lange auf das Frühstück warten lassen. Es gefiel dem jungen Hund überhaupt nicht, vor der Bäckerei am Fahrradständer angebunden zu werden und mitansehen zu müssen, wie Rosi im Laden verschwand. Rosi stand drinnen in der Schlange und hörte, wie er draußen ein lautes Geheul anstimmte.

Es machte sie nervös und trieb ihr – auch wegen der irritierten Blicke der anderen Kunden – den Schweiß auf die Stirn, so dass sie mehr als erleichtert war, als sie endlich an die Reihe kam und »zwei Mehrkorn und zwei normale« bestellen konnte.

Mit der Brötchentüte in der Hand hatte sie den Fahrradständer noch kaum erreichte, da flippte Charly völlig aus, sei es vor Begeisterung, dass sie wieder zurück war, sei es, weil das frische Backwerk so lecker roch. Auf dem gesamten Rückweg schnüffelte er an der Tüte. Rosi schloss den unausgelasteten Hund mit schlechtem Gewissen in der Wohnung seiner Besitzerin ein, um anschließend nach Hause zu eilen.

Mit langen Schritten lief sie die Treppe hinauf, sperrte die Wohnungstür auf. Wie vom Donner gerührt blieb sie im Wohnraum stehen und starrte ungläubig auf das Chaos zu ihren Füßen, in dessen Mitte Nadine hockte, noch immer im Schlafanzug.

»E... entschuldige. Als ich das Bett zusammenklappen wollte, ist das kleine Schränkchen da umgefallen«, stammelte sie und deutete auf das Möbelstück, das nun mit weitgeöffneten Türen dastand. »Ist ja so eng hier. Diese ganzen Sachen sind dabei rausgefallen.«

Rosi blickte stumm auf die Fotos, die Zeitungsausschnitte und Ordner. In einem davon hatte Nadine bis eben noch geblättert. In Rosis Kopf summte es, vor ihren Augen tanzten Sterne. Sie ließ die Brötchentüte fallen.

»Wa... was ist das alles?« Nadine beschrieb mit ihrem Arm einen Bogen über dem Haufen. Sie war unnatürlich blass, bis auf ihre Wangen, die hektische rote Flecken aufwiesen. Dann musterte sie Rosi skeptisch. »Und ... wer bist du überhaupt?«

Miriam, 1979

Zwei Fremde saßen im Wohnzimmer, als Miriam an jenem trüben Tag Ende Oktober von der Schule nach Hause kam. Sie stellten sich ihr als Kriminalhauptkommissar Krüger und Pfarrerin Bertram, Notfallseelsorgerin, vor. Miriam sah sofort, dass ihre Mutter geweint hatte. Papas Miene dagegen war wie zu Stein erstarrt, reglos und grau. Das erschütterte Miriam mehr als Mamas Tränen.

»Was ist los?«, fragte sie ihn erschrocken.

»In den Niederlanden wurde eine Tote gefunden. Aller Wahrscheinlichkeit nach ist es Rebecca«, sagte er tonlos.

»Die dortige Kripo arbeitet in solchen Fällen mit uns zusammen«, ergänzte der Polizeibeamte.

Die Seelsorgerin bat Miriam, Platz zu nehmen, woraufhin sie gehorsam in einen Sessel sank. Es war der, den Becky am liebsten benutzt hatte, bevor sie sich in Luft aufgelöst hatte. Von hier aus konnte man gut durch das Fenster auf die Dorfstraße gucken. Becky war immer schon die Neugierigste aus der Familie gewesen. Sie hatte gern beobachtet, wer draußen vorbeikam.

All das ging Miriam durch den Kopf, während sie das eben Gehörte zu verarbeiten versuchte.

Hauptkommissar Krüger räusperte sich und setzte neu an; dabei mied er den Blickkontakt mit ihr. »Also … an einer stillgelegten Bahntrasse in der Nähe von Roermond hat es einen Gasunfall gegeben. Ein Bauwagen ist ausgebrannt, und dabei kam eine Person ums Leben …«

»Und das war Rebecca?« Miriam schluckte, wusste nicht, wohin mit ihren Händen, und schob sie schließlich in die Ärmel ihres Pullovers.

»Es sieht ganz danach aus.« Jetzt war es ihr Vater, der antwortete. »Die junge Frau war rothaarig, und auch die Körpermaße stimmen.« Seine Stimme brach, er bedeckte seine Augen mit der Hand.

Ihre Mutter begann erneut zu weinen.

Miriam kamen ebenfalls die Tränen, doch sie riss sich zusammen. »Ganz sicher sind Sie sich aber nicht?«, hakte sie nach.

»Nein.« Der Hauptkommissar schüttelte den Kopf. »Eine zweifelsfreie Identifizierung ist auch nicht möglich. Die Leiche ist … bis zur Unkenntlichkeit verbrannt. Aber wir wissen von den Bewohnern des nächstgelegenen Hofes, dass eine junge Frau und ein junger Mann seit einiger Zeit in dem Bauwagen genächtigt haben. Die beiden waren offenbar ein Paar. Der Mann war zum Zeitpunkt der Explosion nicht anwesend. Zeugen haben ihn in einem Dorf in der Nähe gesehen. Leider ist er bislang unauffindbar.«

»Die Tote ist nicht Becky!« Miriam hielt es in dem Sessel nicht mehr aus und sprang auf. »Ich spür so was!«

Sie rannte hinaus und die Treppe hoch.

Die Tür zu Ruths Refugium war nur angelehnt. Miriam

hörte, wie sie dort leise Selbstgespräche führte, wie so häufig in den letzten Monaten. Ob sie schon Bescheid wusste und der Kommissar auch ihr von dem Unglück berichtet hatte? Oder waren ihre Eltern bislang nicht auf die Idee gekommen, sie hinzuzurufen?

Miriam wollte gerade in ihrem Zimmer verschwinden, als sie Ruth etwas von einem Personalausweis murmeln hörte. Sie runzelte die Stirn, doch dann wurde sie von Verzweiflung überwältigt. Wenn die Tote nun doch Becky war? Sie warf sich bäuchlings auf ihr Bett und weinte, bis sie vor Erschöpfung einschlief.

In den darauffolgenden Tagen bestätigte sich der Anfangsverdacht der ermittelnden Behörden. Eine exakte Identifikation war zwar weiterhin nicht möglich, zumal es aufgrund ihrer perfekten Zähne keinen Zahnstatus von Rebecca zum Abgleichen gab, doch sowohl die niederländische als auch die deutsche Polizei waren nach Hinzuziehung von Spezialisten zu dem Schluss gekommen, dass es sich bei der Toten um das seit über drei Jahren vermisste Mädchen handelte. Sowohl Haarfarbe als auch Körpergröße, Kopfform und Alter stimmten überein, und in der Vermisstenkartei beider Länder fand sich keine andere weibliche Person, auf die die Beschreibungen zutrafen.

Auch Miriams Eltern waren schnell überzeugt davon, dass es sich um ihre Tochter handelte und dass der unbekannte männliche Begleiter, den man immer noch nicht aufgespürt hatte, ein Freund von ihr sein musste. Vielleicht jemand, den sie nach ihrem Verschwinden von zu Hause im Nachbarland kennengelernt hatte. Die Anwohner berichteten übereinstimmend, dass die junge Frau und der Mann liiert gewesen waren. Man hatte sie gesehen, wie sie Händchen haltend die Straße entlangspaziert waren. Rätselhaft blieb einzig und allein, warum der Mann nach der Explosion, die zweifelsfrei von einer maroden Gasleitung herrührte, das Weite gesucht hatte.

Die niederländische Polizei vermutete, dass es sich bei ihm ebenfalls um einen Ausreißer handelte, vielleicht um einen Drogenabhängigen.

Kriminalhauptkommissar Krüger versicherte der Familie bei seinem nächsten Besuch, dass Rebecca wenigstens nicht gelitten hatte, als sie starb. Diesmal saß auch Ruth dabei. Sie sagte die ganze Zeit über kein Wort, sondern nestelte nur am Saum ihres Wollrocks herum.

»Die ungeheure Druckwelle hat sie sofort getötet«, erläuterte der Beamte ihnen allen mit linkischen Handbewegungen. »Sie wird gar nicht mehr mitbekommen haben, was geschah.« Er schien zu glauben, dass die Tatsache sie trösten würde. »Die niederländischen Kollegen setzen alles daran, ihren männlichen Begleiter zu finden. Allerdings existiert von ihm nur eine recht vage Personenbeschreibung. Schlank, dunkelblond, ca. 1,85 m groß. Nationalität unbekannt. Mit den beiden jungen Leuten hat leider niemand ein Wort gewechselt, man sah sie nur von weitem, wobei das rote Haar Ihrer Tochter den Menschen aufgefallen ist. Der Bauwagen stand seit etlichen Jahren ungenutzt in der Nähe des alten Gleisbetts. Er war nach einer Baumaßnahme stehengeblieben und verrottete seither. Da war es kein Wunder, dass die Gasversorgung nicht mehr richtig funktionierte.«

Nachdem Rebeccas Schicksal damit offiziell geklärt war, wurde ihre Leiche zur Bestattung freigegeben und auf dem Niederbroicher Friedhof beigesetzt.

Zu der Trauerfeier kamen Hunderte von Menschen, neben Mitschülern, Freunden, Nachbarn und Verwandten auch Gaffer sowie ein Fernseh- und ein Radioteam.

Für Miriam war der Tag eine einzige Tortur. Es begann damit, dass der Himmel völlig unpassend im schönsten klaren Herbstblau erstrahlte, so dass die bunten Farben des Laubes an Bäumen und Sträuchern geradezu fröhlich zu leuchten schienen, und gipfelte in der schier endlosen Parade von Kondolierenden, die ihrer Familie und ihr an Rebeccas Grab die Hand schüttelten und ihnen ihr tiefes Beileid aussprachen.

Dabei war das Leben für alle anderen hier im Ort doch munter weitergegangen. Gut drei Jahre nach Rebeccas Verschwinden betrauerte von diesen Leuten keiner ihren Tod wirklich, glaubte Miriam. Alle hatten sich längst damit abgefunden, dass sie fort war und nicht wiederkommen würde. Miriam wettete darauf, dass viele der Anwesenden ihre Schwester nicht einmal gekannt hatten.

Nur Ulf, den Miriam von weitem im Kreise seiner Freunde sah und der offenbar beschlossen hatte, nicht am Grab und der Familie vorbeizugehen, sondern sich im Hintergrund hielt, schien sich ehrlich zu grämen. Sein Gesicht war aschfahl, und seine Augen sahen verquollen aus. Sie wunderte sich, dass er seine Gitarre dabeihatte, die ihm an einem Riemen über der Schulter hing, doch war sie viel zu angespannt, um sich Gedanken darüber zu machen.

Denn Miriam konnte Ruths Gegenwart und die ihrer Eltern kaum ertragen. Mit jeder Faser spürte sie, dass alle drei trotz ihrer Trauer insgeheim erleichtert darüber waren, dass man Rebecca für tot erklärt hatte, dass sie die Jahre der Ungewissheit endlich hinter sich lassen konnten, und die Möglichkeit begrüßten, Abschied zu nehmen.

Auch die wenigen Verwandten, die gekommen waren, schienen aufzuatmen. Nur Tante Grete wirkte verstört und war in Tränen aufgelöst, was aber einfach daran liegen konnte, dass sie schon immer ein wenig labil gewesen war.

Miriam dagegen wollte am liebsten losschreien; es verlangte ihr immens viel Kraft ab, sich zusammenzureißen. Und so stand sie stocksteif am offenen Grab, starrte auf den Sarg hinunter und drängte mit Mühe ihren Zorn zurück. Dort lag nicht Rebecca, das wusste sie einfach, aber was konnte sie schon tun?

Außerdem störten sie die Kameras des Fernsehsenders, die sie auf sich gerichtet fühlte und die dem Moment jedes Private nahmen. Immerfort stellte sie sich vor, wie die bewegten Bilder später zu einem Bericht zusammengeschnitten wurden, damit den Zuschauern vor ihren Fernsehapparaten ein Schauder über den Rücken lief und sie sich glücklich schätzen konnten, selbst von so einer Tragödie verschont worden zu sein.

Das anschließende Beerdigungs-Kaffeetrinken fand im Gemeindesaal der Markuskirche statt. Die Leute strömten in Massen dorthin. Es gab Kaffee, belegte Brötchen und Mandelkuchen. Die Lautstärke im Raum schwoll von Minute zu Minute mehr an. Bald hörte Miriam neben Gesprächen auch Gelächter und fröhliche Stimmen.

Sie sah zu ihren Eltern hinüber, die mit einigen Gemeindemitgliedern redeten. In dem angestrengten Gesicht ihrer Mutter und den müden Augen ihres Vaters las sie Erschöpfung. Plötzlich bekam sie ein schlechtes Gewissen, weil sie ihnen vorhin noch unterstellt hatte, im Grunde froh über den Abschluss der schrecklichen Geschichte zu sein. Sie begriff, dass die Kraft ihrer Eltern aufgebraucht war. Sie konnten schlichtweg nicht mehr, sehnten sich nach Ruhe und vielleicht auch nach Vergebung, denn ihnen musste doch längst klar sein, dass sie ihre schwangere Tochter aus dem Haus getrieben hatten.

Miriam war froh, nicht in ihrer Haut zu stecken. Sie sah sich suchend im Saal nach Ruth um und entdeckte sie schließlich ganz hinten an einem Tisch zwischen Tante Grete und einem

Cousin ihrer Mutter. Sie beteiligte sich an keinem Gespräch, sondern saß nur still auf ihrem Stuhl.

Heute Morgen, als sie alle aufbrechen wollten, war Miriam erschrocken über Ruths Anblick gewesen. Ihr schwarzes Kleid schlotterte um ihre mageren Hüften und den fast nicht mehr vorhandenen Busen; Arme und Beine ähnelten bleichen Stöcken. Auch Ruths einst so schönes Haar wirkte stumpf und viel dünner als früher, ihr Gesicht hatte etwas Spitzes bekommen, die Wangen waren eingefallen. Am schlimmsten aber fand Miriam, dass ihre Schwester sich offenbar nicht bloß gewichtsmäßig halbiert hatte, sondern dass auch von ihrer Persönlichkeit kaum mehr etwas übrig zu sein schien. Sie war nur noch ein Schatten ihrer selbst. Jeder konnte sehen, wie schlecht es ihr ging.

Miriam spürte in sich hinein, aber besonders leid tat Ruth ihr nicht. Für sie trug Ruth immer noch die Hauptschuld an dem, was mit Becky passiert war. Was immer das auch sein mochte!

Sie wandte den Blick von ihr ab und lud sich noch ein Stück Kuchen auf ihren Teller. Ihre Klassenkameradin Petra, deren Eltern die Metzgerei im Dorf gehörte, trat zu ihr.

»Tut mir echt leid, das mit deiner Schwester«, fing sie an. Ihre Augen blitzten vor Neugier. »Wer hätte gedacht, dass sie in Holland gelebt hat. Gar nicht so weit weg von uns. Weißt du, warum sie nicht einfach wieder nach Hause ...«

Miriam hielt die unverhohlene Sensationslust nicht länger aus. Sie stellte ihren Teller mit dem angebissenen Kuchenstück auf einem der Kaffeetische ab und flüchtete nach draußen.

Inzwischen war es nach vierzehn Uhr, ein paar Wolken hatten sich vor die Herbstsonne geschoben, und Wind kam auf. Sie fröstelte in ihrer dünnen Bluse, denn ihre Jacke hing noch drinnen am Garderobenhaken, doch auf keinen Fall wollte sie der blöden Petra noch einmal über den Weg laufen. Kurzentschlossen ging sie zum Friedhof zurück. Obwohl sie nicht daran glaubte, dass es Becky war, die sie heute hier beerdigt hatten, trieb es sie noch einmal zum Grab.

Noch ehe sie es erreicht hatte, hörte sie Gitarrenakkorde und Gesang. Sie spitzte verdutzt die Ohren und bog bei einem steinernen Engel um die Ecke. Der Anblick, der sich ihr bot, ließ sie innehalten. Ulf saß neben Kränzen und Blumengestecken auf einer Art Angelhocker, spielte Gitarre und sang. Er war allein, seine schöne Stimme wehte melancholisch und sehnsuchtsvoll zu ihr herüber.

Sie erwog, unbemerkt den Rückweg anzutreten, denn der Moment erschien ihr sehr innig und privat, doch Ulf hatte ihre Anwesenheit schon bemerkt und hörte auf zu spielen. »Miriam«, sagte er und winkte sie heran. »Komm ruhig näher.«

Zögernd trat sie zu ihm.

Er sah traurig zu ihr hoch. »Ein schrecklicher Tag, oder?«

Sie nickte. »Ganz furchtbar.«

»Ich wollte mich hier von ihr verabschieden.« Ulfs Stimme brach. »Das war vorhin einfach ... alles zu viel. Ich ... Ich habe einen Song für Rebecca geschrieben. Den wollte ich ihr vorsingen.« Er räusperte sich, guckte an ihr vorbei in die Ferne. »Und jetzt sitze ich hier schon seit Stunden und spiele ein Lied nach dem anderen.« Er verzog seinen Mund zur Andeutung eines Lächelns. »Deine Schwester liebte meine Musik, weißt du?«

Sie nickte, und plötzlich löste sich ihre innerliche Starre, und Traurigkeit brach mit aller Macht über sie herein. Sie begann hemmungslos zu weinen.

Ulf stand auf, legte die Gitarre beiseite und umarmte sie sanft. »Ich hätte nie gedacht, dass es so endet«, murmelte er mit belegter Stimme. »Ich habe immer fest daran geglaubt, dass sie irgendwann zurückkehrt. Und nun ist sie tot! Ich kapier das einfach nicht!«

Miriam schmiegte sich an seine breite Brust. Es tat so gut.

Zum ersten Mal seit langem fühlte sie sich geborgen und verstanden. Ihre Tränen versiegten. Sie sah zu ihm hoch. »Magst du mir das Lied, das du für Becky geschrieben hast, auch vorspielen?«

»Klar!«

Miriam lauschte der sanften Melodie und den Worten, mit denen Ulf Rebeccas Persönlichkeit besang. Ihre Lebenslust, ihren Freiheitsdrang, ihren Humor und ihren Mut. Dabei flogen seine Finger dermaßen virtuos über den Gitarrenhals, dass Miriam nur staunen konnte. Nach der zweiten Strophe sang sie den Refrain leise mit: »Du sprühtest vor Leben, warst wunderschön. Was würd ich drum geben, dich wieder lachen zu seh'n ...«

»Wow!«, stieß sie aus, nachdem er zu Ende gespielt hatte. »Das war toll!«

Verlegen fuhr er sich durchs Haar. »Meine Art des Abschiednehmens. Aber irgendwie komme ich mir auch ... verarscht vor. Ich kapier einfach nicht, dass sie einen neuen Freund hatte und mit ihm ...« Er verstummte, räusperte sich. »Wie auch immer. Wie alt bist du eigentlich jetzt?«

»Gerade vierzehn geworden.«

Er nickte. »Dann warst du wohl noch nie verliebt, oder?«

Miriam ärgerte sich, dass Ulf sie offenbar immer noch für ein kleines Mädchen hielt. Andererseits hatte er ja recht. Sie war bisher in niemanden verknallt gewesen, wollte das auch gar nicht.

»Nee. Ich weiß ja, wohin das führt!«, stieß sie unbedacht aus und umschlang ihren frierenden Oberkörper mit den Armen.

»Recht hast du!« Er starrte auf seine Fußspitzen. »Ich bin schuld, dass Rebecca tot ist«, murmelte er dann so leise, dass sie es kaum verstand. »Das Baby zu verlieren muss schrecklich gewesen sein. Aber dass sie durchdreht und gleich von zu Hause abhaut, das habe ich nicht vorhersehen können. Sie wollte das

Kind ja nicht ...« Er sah sie zutiefst verzweifelt an, neue Tränen glänzten in seinen Augenwinkeln.

Erst jetzt bemerkte Miriam die außergewöhnliche Farbe seiner Iris. Karamellbraun. Sie fand seine Augen auf einmal sehr schön und spürte ein Ziehen im Bauch. Sie schluckte, verdrängte das unbekannte Gefühl und wurde stattdessen von einer heftigen Wut auf ihre Eltern erfasst.

Mama und Papa hatten Ulf glauben lassen, dass Becky eine Fehlgeburt erlitten hatte, bevor sie verschwand. Dass sie weiterhin schwanger gewesen war und welche Pläne ihre Eltern für sie und das Kind geschmiedet hatten, konnte der arme Kerl nicht ahnen.

Sie öffnete den Mund, wollte ihm gerade alles beichten, als die Stimme ihrer Mutter in ihrem Rücken erklang. »Kind! Was machst du denn hier ohne Jacke in der Kälte?« Mama grüßte Ulf mit einem Nicken, ehe sie sich Miriam wieder zuwandte. »Wir haben dich schon gesucht. Ruth hat ... einen Schwächeanfall erlitten. Wahrscheinlich, weil sie mal wieder den ganzen Vormittag nichts zu sich genommen hat.« Es hörte sich ärgerlich an, so, als sei Ruths Benehmen eine Zumutung. »Dein Vater hat sie schon nach Hause gebracht. Alle Gäste haben sich dann natürlich verabschiedet.« Sie ergriff Miriams Hand und zog sie mit sich. »Komm, du holst dir hier sonst noch den Tod!«

Die unpassende Bemerkung spukte Miriam noch im Kopf herum, als sie längst in ihrem Zimmer auf ihrem Bett lag und an die Decke starrte. Außerdem musste sie dauernd an Ulf denken und wie sich ihre Blicke beim Abschied begegnet waren.

Rosi, heute

»*Der Fall Rebecca nimmt ein tragisches Ende*«, las Nadine aus dem Ordner vor. »*Kreis Viersen, 14. November 1979. Heute wurde das seit September 1976 vermisste Mädchen auf dem Friedhof in Niederbroich beigesetzt. Die Trauer im Dorf war groß* ...« Sie blickte stirnrunzelnd auf. »Oder hier!« Sie blätterte weiter. »*Kann man sich von einem solchen Trauma je erholen? Frau Ortmann, die Mutter der 1979 verstorbenen Rebecca, stellt sich den Fragen der Redaktion* ...«

Rosi hielt es nicht mehr aus und nahm Nadine den Ordner aus der Hand. Ihr Herz raste. »Ich will, dass das Zeug wieder weggepackt wird«, stieß sie mit Mühe hervor.

»Klar räum ich das wieder auf.« Nadine stemmte sich hoch, strich sich das wirre Haar aus der Stirn. »Aber ... was hast du mit dieser Familie zu tun? Es ist doch kein Zufall, dass du diese Artikel zusammen mit deinen eigenen Bildern aufbewahrt hast.« Sie deutete auf den Papierwust und die Fotos.

Am liebsten hätte Rosi sie angeschrien, dass sie das alles nichts anging. Doch es kam kein Ton aus ihrem Mund. Hilflos sah sie mit an, wie Nadine sich bückte und einen Schnappschuss aus dem Haufen zog, um ihn ihr vor die Nase zu halten. Er zeigte Rosi, Sven, Nadine und Jacqueline im Urlaub auf Usedom.

»Das ist alles deine Vergangenheit, stimmt's?«, hauchte sie. »Von vorne bis hinten, oder?«

Rosi hielt ihrem forschenden Blick nicht stand, bückte sich nun ihrerseits, schob lose Blätter und Papiere zu einem Stapel zusammen. Die Ordner legte sie aufs Sofa.

Nadine schien zu begreifen, dass Rosi nicht bereit war zu reden, und half mit, alles wieder in dem Schränkchen zu verstauen. Anschließend ging sie schweigend ins Bad, um sich zu waschen und anzukleiden, während Rosi mit flatternden Fingern das Frühstück zubereitete. Allein das Ritual des Kaffeekochens half ihr, sich ein wenig zu beruhigen. Dabei machte sie sich bewusst, dass sie Nadine eine Antwort schuldig war.

Sie dachte an den Bericht in der Tagesschau von vorgestern, und ihre Handflächen wurden feucht. Was um Himmels willen sollte sie Nadine bloß erzählen?

Rosi, 1979

Beinahe drei Jahre lebte Rosi inzwischen mit neuer Identität in Düsseldorf. Manu war zu ihrer besten Freundin geworden, die Kommune zu ihrer Familie. Im Laufe der Jahre waren allerdings immer wieder Leute aus- und neue eingezogen. Mal hatte Manu eine junge Aussteigerin bei einer Anti-Atomkraft-Demo kennengelernt und ihr angeboten, in die WG zu ziehen, mal schleppte Tom ein Pärchen an, das aus der Hausbesetzerszene kam. Von den Bewohnern, die bei Rosis Ankunft in dem heruntergekommenen Haus gelebt hatten, waren nur noch Manu, Tom und Willi da.

Mit Letzterem verband sie eine merkwürdige Freundschaft, die von ihrer Seite vor allem von Dankbarkeit genährt wurde. Warum er sie mochte, blieb ihr schleierhaft, doch er behandelte sie, seit er wusste, wer sie eigentlich war, mit deutlich mehr Respekt und interessierte sich immer dafür, was sie zu sagen hatte. Dabei war sie die eindeutig unpolitischste Person im Haus.

Rosi verdankte Willi unendlich viel. Er wusste, wer sie wirklich war, und er hatte geschwiegen. Der Personalausweis, den er ihr besorgt hatte, hatte ihr die Tür zu einem anderen Leben geöffnet.

Ohne die neue Identität hätte sie den Job in einem Lebensmittelladen im Viertel, den Manu ihr Ende 1976 vermittelt hatte, garantiert nicht bekommen. Dank der gefälschten Papiere, ihres freundlichen Lächelns und ihrer anpackenden Art jedoch wurde sie sofort eingestellt. Erst auf Probe, dann dauerhaft. In der ersten Zeit räumte sie Regale ein und schleppte Kisten; mittlerweile war sie bis zur Kassiererin aufgestiegen. Sie mochte die Arbeit nicht besonders, erledigte sie aber gewissenhaft, da sie ihr genug Geld zum Leben einbrachte.

Schon nach ein paar Monaten hatte sie sich daran gewöhnt, berufstätig zu sein, und dennoch vermisste sie die Schule. Hatte sie in ihrem alten Leben den Schulstoff und das Lernen oft als überflüssig empfunden, so sehnte sie sich bald danach, ihren Kopf mit Wissen zu füllen.

Kurz nach ihrem Einzug in die Kommune hatte sie begonnen, regelmäßig Zeitung zu lesen. Zunächst vor allem, um herauszubekommen, ob es in »ihrem« Fall womöglich Neuigkeiten gab. Dafür brauchte sie die Tageszeitung, die die Mitbewohner verschmähten, weil sie deren Ansicht nach vom imperialistischen Herrschaftssystem der BRD gesteuert wurde. Rosi kaufte sich die Zeitung in den ersten Wochen beim Büdchen an der Ecke, später in dem Geschäft, in dem sie arbeitete. Sobald sie sie aufschlug, rumorte ihr Magen, und ihre Finger wurden flattrig. Augenblicklich brachen sich die alten Schuldgefühle und der Selbstekel Bahn.

Um beides zurückzudrängen, konzentrierte sie sich auf die Schlagzeilen. Jedes Mal wurde ihr schwindelig vor Erleichterung, wenn sie nichts über sich fand. Die Ermittlungen hatten anscheinend nichts Neues ergeben. Anschließend las sie auch andere Artikel in dem Blatt.

Was anfänglich als Ablenkung gedacht war, schlug rasch in echtes Interesse um. Es fühlte sich gut und richtig an, über das unterrichtet zu sein, was in Deutschland und der Welt geschah – bis Tom sie darauf hinwies, dass sie sich ziemlich einseitig informierte.

»Jede Redaktion hat ihren eigenen Blickwinkel und ihre Zielgruppe«, erklärte er ihr. »Um dir eine eigene Meinung zu bilden, solltest du nicht nur regierungskonforme Zeitungen lesen. Alles im Leben hat mindestens zwei Seiten, ein Würfel hat sogar sechs.« Er grinste schief, um den belehrenden Tonfall abzuschwächen.

Sie nahm sich seinen Rat zu Herzen und griff nun also auch zu den linken Blättern, die im Haus herumlagen. Ab und an kaufte sie sich sogar den *SPIEGEL*, obwohl das ein Loch in ihre Kasse riss.

Rosi war bass erstaunt, als sie begriff, dass Tom recht hatte. Die Informationen, die man bekam, waren stets eingefärbt von der Sichtweise des Verfassers bzw. des Verlags, in dessen Auftrag die Texte geschrieben worden waren. Sie merkte, wie wenig sie eigentlich wusste und wie begrenzt ihr Horizont aufgrund ihres Alters und ihrer Herkunft war. Es fiel ihr unglaublich schwer, eine eigene Sichtweise zu entwickeln. Das durfte nicht so bleiben, fand sie, und so wurde es zu ihrer Obsession, ihr Hirn tagtäglich mit neuen Informationen und Standpunkten zu füttern.

Es war jeden Nachmittag dasselbe Ritual. Nach der Arbeit bereitete sie sich einen Kaffee zu, wie sie es von Tom gelernt hatte, setzte sich mit einem dampfenden Becher an den Küchentisch und ging die Zeitungen und Magazine durch. Alles, was den Terrorismus im Land betraf, interessierte sie besonders: ob die RAF neue Anschläge verübt oder es Verhaftungen gegeben hatte. Seit der Ermordung von Generalbundesanwalt Buback im April und der von Jürgen Ponto Ende Juli 1977 ließ sie das Thema nicht mehr los. Willi erklärte ihr, dass alle Taten nur dazu dienten, Andreas Baader, Gudrun Ensslin und Jan-Carl Raspe aus Stammheim freizupressen. »Das ursprüngliche Ziel der Zerstörung des imperialistischen Staates musste die zweite Generation der RAF auf Eis legen.«

Als sie darüber die Stirn runzelte, gab er ihr *Das Kommunistische Manifest* von Marx und Engels sowie *Das Konzept Stadtguerilla* von Ulrike Meinhof zu lesen. Er legte ihr dar, wie die RAF entstanden war, sprach über die Studentenbewegung, friedliche Proteste und zivilen Ungehorsam, über Benno Ohnesorgs Ermordung durch einen Polizisten und die darauffolgende Radikalisierung seiner Generation. »Gewalt schien das einzig probate Mittel, um die Ziele zu erreichen. Die RAF wollte die Gesellschaft zu einer besseren und gerechteren machen, und sie war gegen den Vietnamkrieg. Das hat mich damals überzeugt.«

Er zitierte Holger Meins' Satz »Entweder du bist ein Teil des Problems, oder du bist ein Teil der Lösung«, erzählte ihr, sichtlich bewegt, von Meins' Hungerstreik und Tod im Gefängnis in Wittlich im November 1974. »Nach Isolationsfolter und Zwangsernährung haben die ihn elend verrecken lassen.«

Dann strich er sich den Schnauzbart glatt, räusperte sich und äußerte die Befürchtung, dass die RAF ihre großen Ziele aus den Augen verloren habe.

Rosi fand das, was er sagte, total spannend. Sie konnte nun besser nachvollziehen, dass es Menschen gab, die mit den Terroristen sympathisierten, auch wenn sie persönlich die Anschläge und Morde für grausam und abstoßend hielt.

Darüber hinaus hatten Willis Überzeugungen sie zu einer

neuen Erkenntnis geführt: Jeder Mensch brauchte im Leben Ziele und eine Leidenschaft. Wer für etwas brannte, sah einen Sinn im Leben. Rosi fragte sich, was ihrer sein könnte, denn sie hatte ihn bisher nicht gefunden. Sie wusste meistens nur recht genau, was sie nicht wollte.

Und dann wurde am 13.10.1977 die Lufthansamaschine »Landshut« von Terroristen entführt und alle Passagiere sowie die Besatzung des Flugzeugs als Geiseln genommen. Die Bundesregierung unter Helmut Schmidt lehnte die Forderung der Entführer, Baader, Ensslin und Raspe freizulassen, ab.

In der Düsseldorfer Kommune gab zu dieser Zeit immer noch kein Fernsehgerät, weil Tom behauptete, die Bezeichnung »öffentlich-rechtliche Sender« besage schon alles: Der Staat bestimme, was ausgestrahlt wurde. Die Inhalte seien hoch manipulativ.

Insgeheim schüttelte Rosi darüber den Kopf. Sie dachte an Kinderserien wie *Lassie*, *Daktari* oder *Pippi Langstrumpf* und Fernsehshows wie *Am laufenden Band* oder *Dalli Dalli* und fragte sich, was daran manipulativ sein sollte.

Am 18.10.1977 hockten jedenfalls alle aus der Kommune rund um das in die Jahre gekommene Transistorradio und lauschten gebannt den Worten des Reporters, dass das entführte Flugzeug auf dem Flughafen von Mogadischu von einer GSG-9-Einheit gestürmt worden sei. Alle Geiseln seien freigekommen, drei der vier Terroristen getötet worden.

In derselben Nacht nahmen sich Baader, Ensslin und Raspe in ihren Zellen das Leben. Der Anfang September entführte Arbeitgeberpräsident Hanns Martin Schleyer wurde am Tag darauf tot aufgefunden.

Willi glaubte nicht an einen Freitod der RAF-Mitglieder, sondern vermutete, dass die drei im Auftrag der Regierung ermordet worden waren. Nach den Ereignissen wurde er wortkarger, aber auch vorsichtiger. Rosi spürte, dass er Angst hatte, verhaftet zu werden. Sie wusste immer noch nicht, inwieweit er tatsächlich in früheren Jahren in kriminelle Aktionen der RAF verwickelt gewesen war, doch war sie sich sicher, dass er sich aus den aktiven Handlungen längst komplett zurückgezogen hatte.

Inzwischen war es 1979. Manu war zu Rosis mütterlicher Freundin geworden: wenn Rosi mal wieder über ihre starken Regelschmerzen klagte, die sie oft tagelang mit heftigen Krämpfen und starken Blutungen aus der Bahn warfen, war es Manu, die sich um sie kümmerte, ihr einen Kamillentee kochte oder eine Wärmflasche machte. Mit der blonden Ingrid ging sie auf einige Anti-Atomkraft-Demos, und Willi mochte sie längst richtig gern – sie fühlte sich bei ihm sicher.

Trotzdem war ihr das Leben in der Kommune zuweilen zu anstrengend. Nach all den Diskussionen in durchzechten Nächten suchte sie ab und an einfach nur Zerstreuung und Spaß. Mit Karin, ihrer Kollegin aus dem Lebensmittelmarkt, ging sie in die Kneipe oder ins Kino. Sie hatte angefangen zu rauchen, drehte aus Kostengründen ihre Zigaretten selbst und hatte Freude daran, sich neue Klamotten oder auch mal im Plattengeschäft eine Single zu kaufen, wenn es der Geldbeutel zuließ.

Manu verspottete sie manchmal wegen ihrer angeblichen Konsumsucht, und Rosi spürte, wie sich langsam ein Graben zwischen ihr und den anderen in der Kommune auftat. Sie war eben nicht wegen ihrer Überzeugung, sondern aus der puren Not heraus hier gelandet. Und all die Gespräche in der verrauchten WG-Küche bei überquellenden Aschenbechern, viel Alkohol und dem würzigen Duft von Marihuana hatten nicht bewirkt, dass Rosi eine der ihren geworden war.

Dennoch fühlte sich die Kommune immer noch wie Rosis Zuhause an.

Die Situation änderte sich eines Nachmittags im Herbst 1979 dramatisch, nachdem sie beim Zeitunglesen Willis Namen in einer langen Liste gesuchter deutscher Terroristen gefunden hatte. Sie stockte, las den Namen wieder und wieder.

Warum sie weder Manu noch Tom von ihrem Fund erzählte, wusste sie nicht genau. Sie handelte instinktiv und schwieg, bis Willi am Abend nach Hause kam und sie allein mit ihm in der Küche war. Nervös zeigte sie ihm die Liste.

»Ich dachte, Willi Bockmann ist gar nicht dein richtiger Name?«, fragte sie und tippte auf die Zeile.

Als er erblasste, sich schwer auf einen Küchenstuhl fallen ließ und murmelte, dass sie damit absolut recht habe, starrte sie ihn erschrocken an.

»Das kann nur eins bedeuten«, stieß er aus. »Verrat in den eigenen Reihen!«

Ohne ein weiteres Wort stieg er nach oben in sein Zimmer unterm Dach und kehrte kurze Zeit später mit einer Sporttasche zurück, die ziemlich schwer wirkte.

»Willi, wo willst du hin?« Angst machte sich in ihr breit.

»Weg!« Er schluckte, sah sie bedauernd an. »Ich muss untertauchen.«

»Von jetzt auf gleich?«

Er nickte. »Ist besser so. Wie gesagt, Willi Bockmann ist ein Deckname. Eigentlich heiße ich Jorge. Den Nachnamen verrate ich dir nicht; er würde dich in Teufels Küche bringen. Mein Vater war übrigens Spanier.« Rosi sah ihn erstaunt an. »Wenn ich jetzt unter der neuen Identität, unter der ich nie was Kriminelles getan habe, gesucht werde, heißt das, dass wer nicht dichtgehalten hat.«

Sein Blick irrte erst zur Haustür, dann zur Treppe. »Einer aus dem Haus vermutlich. Nirgendwo sonst rede ich über meine ... Ansichten oder ... Kontakte. Kleine Rosi, ich bin hier nicht mehr länger sicher!« Er lächelte schief, stellte die Tasche auf dem Tisch ab und nahm sie fest in die Arme.»Danke, dass du mich gewarnt hast!«

Rosi kuschelte sich mit einem dicken Kloß im Hals an ihn. Durch seinen ausgeleierten Pulli fühlte sie jede seiner Rippen, so mager war er. Tiefe Hoffnungslosigkeit überkam sie. Willi war doch ihr Beschützer und der Einzige hier, der die Wahrheit über sie kannte! Er hatte ihr in der schlimmsten Zeit, die sie je durchgemacht hatte, zu einer neuen Chance verholfen. Er war zu ihrem väterlichen Freund geworden. Wie oft waren sie, die beide die Natur liebten, miteinander im Volksgarten oder am Rheinufer spazieren gegangen, wo sie Steine über das graue Wasser flitschen ließen und über Gott und die Welt philosophierten.

Willi nahm Anteil an ihren tagtäglichen Problemen und den Herausforderungen, die ihr ihr neues Leben stellte. In seiner ernsten Art beriet er sie, wenn es darum ging, sich Einzelheiten zu ihrer erfundenen Identität auszudenken.»Was du anderen erzählst, sollte so nah wie möglich an der Wahrheit sein«, empfahl er ihr.»Ändere Namen und Orte nur mit einer Eselsbrücke, sonst verstrickst du dich in Widersprüche. Mach dich schlau über die drei Jahre, die dir in deiner neuen Biographie fehlen, und denk daran, dass du dich in deinen Erzählungen über frühere Ereignisse stets älter machst, als du eigentlich warst. Verschmilz mit Rosalie Meyer!« Dann knuffte er sie in die Seite und behauptete, dass sie für ihr Alter sehr weit und dass das ein Glück sei. Sie könne stolz auf sich sein.

Es fühlte sich gut und sicher an, von ihm unterstützt zu werden, egal ob sie mit seinen politischen Ansichten konform ging oder nicht.

Nein, Willi durfte nicht gehen! Es war, als würde sie sich selbst gleich noch einmal verlieren.

»Nun kann ich nicht mehr auf dich aufpassen, tapfere Rosi«, raunte er ihr zu, als habe er ihre Gedanken gelesen. »Ab jetzt musst du deinen Weg allein finden. Ich bin sicher, du schaffst das. Du bist viel stärker, als du denkst.« Mit diesen Worten löste er sich vorsichtig von ihr, hievte die Tasche vom Tisch, ging zur Haustür hinaus und kam nicht wieder.

Natürlich fragten die anderen am Abend nach ihm, doch Rosi gab sich ahnungslos. Falls ihn wirklich jemand aus der Kommune verraten hatte, brauchte Willi einen Vorsprung.

Eine Woche später las sie in der Tageszeitung von einem Polizeieinsatz in einem Essener Hinterhof, bei dem ein RAF-Terrorist der ersten Stunde, Jorge Alvarez alias Willi Bockmann, erschossen worden war, als er versucht hatte, seiner Verhaftung zu entgehen.

Es war das erste Mal, dass sie mit dem Tod eines engen Freundes konfrontiert wurde. Schock und Trauer zogen ihr den Boden unter den Füßen weg. Und dann erfuhr sie einige Tage später aus der Zeitung von ihrer eigenen Beerdigung.

Hilde, 1979

Ruth und Miriam hatten sich in ihre Zimmer zurückgezogen und würden vermutlich erst zum Abendessen wieder nach unten kommen, und so saßen Rainer und Hilde allein im Wohnzimmer bei einem Gläschen Aufgesetztem beisammen, nachdem der Hauptkommissar und die Notfallseelsorgerin das Haus verlassen hatten. Die Stille lag bleischwer zwischen ihnen.

Hilde war zu Tode erschöpft. Die Trauer über die brutale Endgültigkeit, mit der sie sich nun abfinden mussten, drückte sie nieder, nahm ihr alle Hoffnung auf ein erträgliches Morgen oder Übermorgen. Ihre Kehle brannte noch vom Schnaps, als sie sich nachschenkte, um irgendwie den Schmerz zu betäuben.

Rainer registrierte es mit Missbilligung, seine Hände waren zu Fäusten geballt, die Augen vom Weinen gerötet, die Lippen zusammengepresst.

Hilde versuchte, das Bild von Rebecca, das seit dem Mittag durch ihre Gedanken geisterte, zu vertreiben, doch es gelang ihr nicht. Es war die Erinnerung an jenen Spätsommertag hinten im Hof vor drei Jahren, als sie Rebecca wegen ihrer knappen Kleidung aufs Zimmer geschickt hatte. Sie sah ihr schönes Kind mit den wundervollen roten Haaren, wie es vor ihnen auf dem Hof gestanden und sie mit vor Zorn sprühenden Augen angefunkelt hatte. Wie grausam Hilde sich damals verhalten hatte! Wie niederträchtig es von ihr gewesen war, ihrer Tochter ihren Lieblingskuchen vorzuenthalten! Bloß weil das Mädchen unpassend gekleidet gewesen war, hatte Hilde ihr diese kindliche Freude versagt. Es tat ihr heute in der Seele weh. Vielleicht hatte Rebecca nie mehr in ihrem Leben Pflaumenkuchen essen können. Ihr geliebtes, trotziges und willensstarkes Kind!

Hilde kippte den Inhalt des Gläschens herunter. Es schüttelte sie. Sie dachte daran, wie Rebecca in den letzten Tagen vor ihrem Verschwinden gewesen war: in sich gekehrt, starr, leblos. Da war keine Spur von ihrer Charakterstärke gewesen, nichts, was auf das hinwies, was kommen sollte.

»Rainer«, sagte Hilde zögernd, ohne ihren Mann anzusehen. »Ich frage mich immer wieder, ob wir damals nicht einen riesigen Fehler gemacht haben.«

»Was meinst du damit?« Seine Stimme hatte einen abweisenden Klang. Hilde hörte ihm an, dass er nicht reden wollte. Nicht hier, nicht jetzt. Nie.

Dennoch sprach sie wider besseres Wissen weiter. »Dass wir nicht genügend mit ihr geredet und uns nicht einmal angehört haben, was sie eigentlich wollte.«

»Das wäre deine Aufgabe als Mutter gewesen.«

Der Satz kam einer Ohrfeige gleich. Hilde glaubte, sich verhört zu haben. Gab er ihr etwa die alleinige Schuld an dem, was geschehen war?

Nun stand er mit dem Glas in der Hand auf, in dem die sämige Flüssigkeit dunkel glänzte, und tigerte durch den halbdunklen Raum. »Eine Tochter vertraut sich üblicherweise der Mutter an. Gerade in solchen ... Belangen.« Jetzt blickte er kalt auf sie herab. Hilde fühlte sich abgestraft. »Auch ist es Aufgabe der Mutter, ihre Töchter aufzuklären. Das alles wäre nicht passiert, hättest du es rechtzeitig getan.«

Er leerte das Pinnchen und setzte es mit einem Knall auf der Anrichte ab. »Ich bin in der Werkstatt, falls du mich suchst.«

Dann ging er aus dem Raum, schlug die Tür hinter sich zu.

Rosi, 1979

Sprachlos starrte Rosi auf die Zeilen, bis sie vor ihren Augen verschwammen. »*Der Fall Rebecca nimmt ein tragisches Ende*« lautete die Überschrift. Dann ging es weiter mit: »*Kreis Viersen, 14. November 1979. Heute wurde das seit September 1976 vermisste Mädchen auf dem Friedhof in Niederbroich beigesetzt ...*« Sie war nur froh, dass sie allein mit ihrem Kaffee in der Küche saß.

Manu und Tom waren zu Freunden nach Köln gefahren, die anderen hielten sich in ihren Zimmern auf. Seit Willis Tod hatte es keinen gemütlichen Abend mehr mit allen gemeinsam gegeben. Die ganze Kommune stand unter Schock. Niemand traute sich, Willis Namen in den Mund zu nehmen. Bloß noch einmal, nachdem sie die Nachricht von seinem Tod erhalten hatten, hatten sie sich in der Küche zusammengefunden, geredet, geweint und schließlich entsetzt geschwiegen. Tom rang ihnen am Ende allen das Versprechen ab, Willi und seinen Aufenthalt in der Kommune nirgendwo zu erwähnen. »Er war hier nicht gemeldet, bloß untergetaucht«, wiederholte er und blickte ernst in die Runde. »Die Polizei im Haus kann hier wohl keiner gebrauchen.«

Willis Tod trieb sie auseinander. Rosi fühlte sich ohne den verbitterten Mann mit den extremen Ansichten auf einmal heimat- und wurzellos. Dabei waren es doch Manu und Tom gewesen, die sie hier im Haus aufgenommen hatten.

Rosi verstand sich selbst nicht. Sie trauerte um Willi wie um einen Vater, und da sie sich sicher war, dass Manu das nicht verstehen würde, behielt sie das Ausmaß ihrer Trauer für sich.

Und jetzt das!

Die Polizei und ihre Familie glaubten tatsächlich, dass sie tot war; man hatte angeblich ihre verkohlte Leiche in Holland gefunden.

Rosi kniff sich fest in den Arm, um sich davon zu überzeugen, dass sie noch lebte. Ihre Familie hatte auf dem Friedhof in Niederbroich, den sie früher so häufig als Abkürzung benutzt hatte, eine fremde junge Frau beerdigt, die jetzt einen Grabstein mit ihrem Namen bekam. Rebecca Ortmann, 1960–1979. Es war nicht zu fassen!

Rosi war auf einmal eiskalt. Sie wärmte die Hände an ihrem Becher, doch es nutzte nichts. Die Kälte war plötzlich überall, in ihren Gliedern, in ihren Eingeweiden und ihrem Kopf. Rosi fühlte sich starr und steif. Es kam ihr vor, als würde ihre Welt zum Stillstand kommen. Nein, nicht ihre Welt. Rebeccas.

Vielleicht war es dieser Gedanke, der ihr wieder einen Funken Leben einhauchte. Ihr Blut begann durch die Adern zur pulsieren, ihr Herz schlug so laut, dass sie es sogar in ihren Ohren hören konnte. Dann setzte auch ihr Verstand wieder ein. Niemand würde sie mehr suchen. Sie war frei, so frei, wie man sein konnte.

Gleichzeitig flüsterte eine hartnäckige Stimme in ihrem Inneren, dass sie ihre Familie nicht weiter trauern lassen durfte. Sie sollte nach Hause zurückkehren und sie erlösen. Hier hielt sie doch sowieso nichts mehr.

Rosi runzelte die Stirn. Stimmte das? Hielt sie nichts mehr in der Kommune oder in Düsseldorf? Sie dachte an ihr Zimmer, das sie im Laufe der Zeit mit viel Liebe eingerichtet hatte, an ihre Arbeit im Supermarkt und ihre Freundin Karin. Dann kam ihr der gefälschte Personalausweis in den Sinn, und sie dachte an Willi, der ihn ihr besorgt hatte. Der Ausweis machte sie drei Jahre älter. Was sie tat und erlebte, entsprach nicht dem Stand der Neunzehnjährigen, die sie als Rebecca inzwischen gewesen wäre, sondern dem einer Zweiundzwanzigjährigen.

Alles, was in den letzten Jahren geschehen war, hatte nur aus dem Grund passieren dürfen, dass sie sich als Rosi drei Jahre älter gemacht hatte. Sie wollte nicht mehr zurück in ihr altes kindisches Leben, in dem ihre Eltern über sie bestimmten, in dem sie keine eigenen Entscheidungen würde treffen können. Sie dachte mit Grausen an ihre Schwester Ruth, die damals, als sie exakt so alt wie Rebecca heute war, noch in ihrem Kinderzimmer hockte und sich von Mama und Papa herumkommandieren ließ. Außerdem durfte sie nicht vergessen, dass all ihre Freunde im Sommer Abitur gemacht hatten und sich zum Studium in alle Winde verstreuen würden. Sie selbst hatte bloß das zehnte Schuljahr hinter sich gebracht. Ihre Arbeit als Kassiererin würden die ehemaligen Mitschülerinnen müde belächeln.

Und Ulf ... Es fiel ihr unglaublich schwer, an Ulf zu denken. Ulf hatte mit Sicherheit längst eine andere.

Dann kam ihr eine Passage in dem Artikel in den Sinn. Zur Sicherheit las sie die Stelle noch einmal. Der Verfasser stellte die These auf, dass Rebecca Ortmann mit sechzehn Jahren von zu Hause getürmt war, weil sie sich in einen jungen Niederländer verliebt hatte. Eine andere Erklärung gäbe es nicht, da die

Familie stets verneint hatte, dass das Mädchen mit ihren Eltern oder in der Schule irgendwie geartete Diskrepanzen gehabt habe. »Warum sollte ein Teenager mir nichts, dir nichts von zu Hause fortgehen, wenn nicht aus Liebe?«, fragte er gegen Ende des Textes rhetorisch.

Rosi rauschte das Blut in den Ohren. Hass auf ihre Familie und auf Ulf stieg in ihr auf. Was für eine feige Bande! Nicht mal, als – angeblich – ihre Leiche gefunden worden war und sich die Presse und die Medien in Mutmaßungen verstiegen, hatten sie den Anstand, von Rebeccas ungewollter Schwangerschaft zu sprechen und dem extremen Druck, der auf ihr gelastet hatte. Stattdessen ließen sie es zu, dass sie zu einem leichtfertigen Ding degradiert wurde, das einfach alles stehen und liegen ließ, weil sie sich bis über beide Ohren verknallt hatte. Wo und wann sollte sie diesen ominösen Holländer überhaupt kennengelernt haben?

Sie dachte an Ulf, und der Zorn auf ihn wurde übermächtig. Wenigstens ihm musste hundertprozentig klar sein, dass es nicht so gewesen sein konnte! Er wusste, wie sehr sie ihn geliebt hatte! Wie konnte er glauben, dass sie sich kurzerhand einem anderen an den Hals geworfen hatte?

Ihre Erinnerungen schweiften ab zu jenem schrecklichen Tag am Bahnhof von Roermond. Sie spürte ihre abgrundtiefe Verzweiflung von damals, ließ Revue passieren, wie sie sich mit Schnaps betäubt hatte, ein zweites Mal zur Toilette gewankt war, und sie dachte an den Kleiderbügel, der im Mülleimer gelegen hatte ...

Nein, DARAN durfte sie nicht denken. Nie mehr, nie wieder! Die Abscheu sich selbst gegenüber verursachte ihr einen galligen Geschmack im Mund, und sie bekam Sodbrennen.

Erneut konzentrierte sie sich auf Ulf. Er hatte Schuld, sagte sie sich. Warum hatte er das Kondom nicht richtig verwendet?

Nur er hatte sie in diese Lage gebracht und besaß nicht mal den Schneid klarzustellen, welches Drama er verursacht hatte! Im Gegenteil, es schien ihm sogar recht zu sein, wenn man sich das Maul über sie zerriss!

Tränen brannten in ihren Augen. Sie nahm eine Schere, schnitt den Artikel aus, steckte ihn zusammengefaltet in die Gesäßtasche ihrer Jeans und warf den Rest der Zeitung in den Müll.

Sie würde nicht nach Hause zurückkehren, sondern Rosalie Meyer bleiben, beschloss sie. Ihre Familie und Ulf hatten sie sowieso längst abgeschrieben. Sie hatten ihr Urteil über sie gefällt, weshalb sie es auch nicht wert waren, dass sie zurückkam. Wenn man jemanden unter die Erde brachte, dann wusste man ganz genau, dass der nicht wiederkam. Nein, dann erwartete man das sogar, dachte sie zynisch. Warum sollte sie also diese Erwartungen enttäuschen?

Sie schluckte den Rest ihrer Skrupel herunter, nahm ihre Winterjacke vom Haken im Flur und beschloss, eine Runde spazieren zu gehen. Warum bloß war Willi nicht mehr da, dachte sie mit einem wehen Ziehen im Herzen, während die Haustür quietschend hinter ihr ins Schloss fiel. Kalte Novemberluft schlug ihr entgegen. Er hätte sie beraten können, ob es vielleicht nicht doch besser war, sich bei ihren Eltern zu melden.

Nein, sagte sie sich nach einer Weile traurig. Willi war zwar gut im Untertauchen gewesen, aber verdammt schlecht im Auftauchen.

Teil III

Von Sinn und Sinnlosigkeit

»*Ein Hauptbestandteil unserer Lebensenergie scheint in der Vergeßlichkeit zu liegen.*«

Bertha von Suttner,
(Die Waffen nieder!)

Rosi, heute

Das Frühstück mit Nadine begann als ungemütlich schweigsame Angelegenheit. Dabei hatte Rosi sich besondere Mühe gegeben und den Tisch üppig gedeckt. Marmeladen- und Honiggläser standen zwischen dem Blümchengeschirr, das sie vor Jahren auf dem Flohmarkt gekauft hatte, und Nadines Blumenstrauß, den Rosi aus dem Wohnzimmer geholt hatte; Käsescheiben waren hübsch mit Paprikastreifen auf einer Platte drapiert. Es gab sogar Frühstückseier für sie beide, ein Luxus, den Rosi sich sonst selten gönnte.

Sie pellte ihr Ei umständlich, traute sich kaum aufzublicken. Nadine, die sich mittelalten Gouda auf ihre Brötchenhälfte legte, wartete offenbar darauf, dass sie sich erklärte. Was aber sollte, was konnte sie sagen? Sie lebte seit bald fünfzig Jahren mit ihrem Geheimnis, das längst ein Teil von ihr war. Ihre erfundene Existenz war ihr lieb geworden wie ein alter Pullover, den man vorsichtig mit der Hand wusch, wenn er nicht mehr frisch war, behutsam auseinanderzog, bevor er trocknete, und den man ab und an mit der Fusselbürste bearbeitete.

So ein gutes Stück warf man nicht einfach weg; es war fürs ganze Leben gemacht.

Rosi fasste einen Entschluss, während sie Salz auf ihr Frühstücksei streute. Mit dem Plastiklöffel in der Hand sah sie zu Nadine auf, räusperte sich und sagte dann so ruhig wie möglich:

»Ich möchte nicht darüber sprechen. Bitte akzeptiere das. Es ist allein meine Sache.«

»Das ist es nicht!« Rosi fuhr bei Nadines heftigem Tonfall zusammen. »Du warst Teil unserer Familie. Für mich bist du es immer noch. Du warst für mich immer mehr wie eine Mutter als meine leibliche. Ich muss einfach wissen, wer du wirklich bist und warum du mir all die Jahre etwas vorgemacht hast!«

Rosi sah erschrocken, wie sich Nadines Augen schon wieder mit Tränen füllten. »Ich habe dir, deiner Schwester und deinem Vater nie etwas vorgemacht«, beteuerte sie eilig. »Ich bin genau die, als die du mich kennengelernt hast!«

Sie horchte in sich hinein und begriff, dass das tatsächlich der Wahrheit entsprach. Als sie sich damals im September 1976 erstmals Rosi Meyer genannt hatte, war ihr die neue Identität noch fremd gewesen, aber sie hatte sie sich immer mehr zu eigen gemacht, um schließlich vollständig mit ihr zu verschmelzen. Und das war vor langer, langer Zeit geschehen.

Sanft legte sie ihre Hand auf Nadines Arm.

Die reagierte erst verkrampft, entspannte sich jedoch zusehends. »Ich glaube dir«, flüsterte sie schließlich. »Ich spür so was.«

»Ich weiß.« Rosi nickte und atmete auf. Sie nahm einen Löffelvoll von ihrem Ei. Das Eiweiß war fest, dass Eigelb im Kern noch sämig. Genau richtig. »Wie geht es dir denn heute?«, erkundigte sie sich dann. »Hast du gut geschlafen?«

»Geht so.« Nadine trank von ihrem Kaffee, den der Milchschaum wie eine duftige Haube bedeckte. Rosi hatte die Milch mit dem Schneebesen aufgeschlagen. »Mmm, lecker!« Dann sah sie aus dem Küchenfenster in den hellen Tag. »Patrick hat mir immer noch nicht geschrieben. Er liebt mich wirklich nicht mehr.«

»Quatsch!« Rosi lächelte Nadine aufmunternd an. »Du weißt genau, dass das nicht stimmt. Ich denke, du spürst so was?«

Nadine zuckte mit den Achseln. »Ich hab mich halt durch die Hormontherapie verändert. Du siehst doch selbst, wie dick ich geworden bin.«

Rosi runzelte die Stirn. »Du spinnst! Du bist höchstens ein kleines bisschen runder um die Hüften als früher. Es macht dich weicher. Ist doch schön!« Sie meinte es genauso, wie sie es gesagt hatte. »Und deinem Verlobten gefällt es garantiert auch. Außerdem liebt er doch dich als Person und nicht nur die äußere Hülle.«

Nadine seufzte. »Ich habe mich auch vom Charakter her verändert«, gestand sie leise und zeichnete mit dem Zeigerfinger die Holzmaserung des Tisches nach. »Hat auch was mit den Hormonen zu tun, die in mich reingepumpt wurden. Ich bin viel näher am Wasser gebaut und explodiere bei jeder Kleinigkeit. Manchmal bin ich mir selbst richtig fremd. Und die ganze Prozedur nur, um ein Kind zu kriegen! Ich bin doch keine Gebärmaschine!« Ihr Gesicht wurde rot, und sie schob kampfeslustig das Kinn vor.

»Da hast du natürlich recht. Aber die Wirkung müsste bald nachlassen, oder?«

»Das hoffe ich!« Sie schien sich ein wenig zu beruhigen. »Aber wenn es nach Patrick ginge ...«

Rosi unterbrach sie resolut: »Es geht vor allem nach dir!« Sie dachte an ihr eigenes sechzehnjähriges Ich im Jahr 1976 zurück, als es niemanden interessiert hatte, was sie wollte. Mit Mühe konzentrierte sie sich wieder auf Nadine. »Lass dir Zeit«, sagte sie dann. »Du kannst so lange hierbleiben, wie du willst. Finde heraus, was du möchtest, dann wird es dir besser gehen. Irgendwann wirst du mit Patrick reden müssen, aber brich nichts übers Knie ...«

Und wieder befand sie sich auf einer Irrfahrt durch die eigene Vergangenheit. Sie dachte daran, wie sie wie getrieben auf dem Fahrrad durch den nächtlichen Wald gerast war, während sich ihr Unterleib in Krämpfen zusammenzog.

Unwillkürlich stöhnte sie auf, woraufhin Nadine sie beunruhigt ansah.

»Was ist mit dir?«, erkundigte sie sich bang. »Du siehst aus, als hättest du ein Gespenst gesehen.«

»Hab ich vielleicht auch.« Rosi atmete tief durch, sammelte sich. »Aber frag bitte nicht weiter ... Mir ist nur wichtig, dass du überlegst, was du eigentlich willst. Dein Bauch gehört dir.« Sie grinste schief. »Das war so ein feministischer Slogan in den Siebzigern. Aber der passt heute natürlich auch noch.« Sie nahm noch ein Brötchen, schnitt es auf und steckte sich ein paar lose Bröckchen aus dem weichen Inneren in den Mund. »Ich muss übrigens gleich zu einer alten Frau in der Nachbarschaft, um die ich mich kümmere, damit sie nicht ins Heim muss. Vielleicht hast du ja Lust, durch die Stadt zu bummeln. Shopping tut bekanntlich manchmal Wunder, oder?«

»Okay.« Nadine zog das Wort in die Länge.

Rosi sah sie fragend an. »Oder hast du eine bessere Idee?«

»Ich würde lieber mit Charly oder diesem Dackel spazieren gehen«, gestand Nadine. »Die sind beide so süß. Das täte mir bestimmt gut und würde mich auf andere Gedanken bringen. Meinst du, das geht auch?«

Rosi überlegte kurz. »Charly war eben schon dran, und später ist sein Frauchen zu Hause. Mit Konstantin muss ich heute zwar nicht raus, aber seine Besitzer sind eigentlich immer froh, wenn er beschäftigt wird. Der nimmt zu Hause nämlich gern die Bude auseinander. Ich schreib denen schnell eine Nachricht.«

Rosi ging ins Schlafzimmer, um ihr Smartphone zu holen. Auf dem Rückweg machte sie vor dem Schränkchen im Wohnzimmer halt, vergewisserte sich mit einem Blick durch die offene Küchentür, dass Nadine sie nicht sehen konnte, schloss kurzerhand beide Türen ab und steckte die Schlüssel in ihre Hosentasche.

Miriam, 1982

Das Jahr war schon zu zwei Dritteln vorbei, und Miriam hatte das Alter erreicht, in dem ihre Schwester Rebecca verschwunden war. Miriam hatte gelernt, mit dem Verlust umzugehen, ganz anders als ihre Eltern oder Ruth.

Mama und Papa redeten kaum noch miteinander; zwischen ihnen herrschte eine eisige Stimmung, die fast nicht auszuhalten war. Miriam zog es daher vor, so oft wie möglich außer Haus zu sein. Ruth hatte sich der Situation auf andere Weise entzogen. Sie lebte seit nunmehr zwei Jahren in einem Wohnheim für psychisch Kranke in Mönchengladbach. Es war selbst für die Ärzte bisher nicht ganz klar, unter welcher psychischen Erkrankung sie litt. Mal sprachen sie von einer neurotischen Störung, ein andermal von endogenen Depressionen, dann wieder zogen sie eine Essstörung in Betracht.

Magersüchtig konnte man Ruth heute allerdings nicht mehr nennen. Infolge der täglichen Medikamenteneinnahme hatte sie extrem zugenommen. Miriam erschrak jedes Mal aufs Neue, wenn sie sie zusammen mit ihrer Mutter besuchte. Was sie jedoch noch weit mehr bestürzte und richtiggehend nervte, war Ruths total verlangsamte Art. Ruth sprach und bewegte sich nur im Schneckentempo. Ihrem maskenhaften Gesicht war kaum eine Regung zu entnehmen. Manchmal hätte Miriam ihre Schwester am liebsten geschüttelt und angeschrien, damit sie endlich aufwachte und wieder zu der jungen Frau wurde, die sie mal gewesen war.

Die Besuche frustrierten Miriam so sehr, dass sie sich, sobald sie wieder zu Hause waren, erst einmal in ihrem Zimmer verkroch, um laut Nena, Extrabreit oder Falco auf dem Kassettendeck zu hören. Hatte sie sich wieder etwas beruhigt, schlich sie runter in den Flur, um, von ihrer Mutter unbemerkt, eine ihrer Freundinnen oder Ulf anzurufen.

Mit ihm war sie inzwischen eng befreundet. Sie wusste, dass sie ihm schier alles, was sie bedrückte, anvertrauen konnte, so auch die ständig schwelende Sorge um Ruth. Allerdings scheute sie weiterhin davor zurück, ihm zu sagen, dass Rebecca bei ihrer Flucht noch schwanger gewesen war und dass ihrer Meinung nach eine andere junge Frau an Rebeccas Stelle in dem Grab lag.

Wie hatten sich die Polizei in Holland und in Deutschland sowie ihre Eltern nur so sicher sein können, dass es sich bei der verkohlten Leiche um die Vermisste handelte? Bloß weil die Tote im Bauwagen rothaarig wie ihre Schwester gewesen war und eine ähnliche Statur gehabt hatte? Miriam fand das lächerlich.

Rothaarige gab es zwar nicht gerade wie Sand am Meer, doch wurden immerhin zwei Prozent der deutschen Bevölkerung mit der Haarfarbe geboren. Das hatten sie letztens im Biologieunterricht beim Thema Genetik durchgenommen. Zwei Prozent von knapp 62 Millionen Bundesbürgern, das waren immerhin 1,24 Millionen Menschen! Wenn man dann die Männer abrechnete, blieben nach ihrer Rechnung über 620 000 Personen übrig. Und die niederländischen Rothaarigen waren noch nicht mal mit eingerechnet! Warum also sollte es ausgerechnet ihre Schwester sein, die man auf dem Friedhof in Niederbroich beigesetzt hatte?

Gab es eventuell eine Möglichkeit, die Tote noch einmal untersuchen zu lassen? Viel war wahrscheinlich nicht mehr von ihrem Körper übrig, ganz sicher aber das Skelett. Miriam gruselte es bei der Vorstellung, doch es nützte ja nichts. Die Wissenschaft war heute viel weiter als vor sechs Jahren. Vielleicht gab es inzwischen genauere Methoden, die Identität einer Leiche festzustellen. Sie beschloss, demnächst mal die Stadtbibliothek in Mönchengladbach aufzusuchen. Sie würde einfach heimlich mit Bus und Bahn hinfahren und auch Ulf nichts darüber verraten.

Der hatte sich ganz offensichtlich mit Rebeccas Tod arrangiert. Und obschon die melancholische Seite seiner Persönlichkeit deutlich mehr zum Tragen kam, seit er sie für tot hielt, schaute er nicht zurück, sondern produktiv und kreativ nach vorn. In der Gegend feierte er seit ein paar Jahren immer größere Erfolge. Mit seiner Stimme und seiner Gitarre brachte er das Publikum dazu, schier auszurasten. Einen Künstlernamen hatte er sich auch zugelegt: *The Red U*, angelehnt an den Jugendbuchklassiker *Das rote U*.

»Das war eins von Beckys Lieblingsbüchern«, sagte Miriam sofort, als er ihr den neuen Namen präsentierte.

»Genau.« Ulf nickte. »Sie hat mir mal erzählt, dass sie das Buch mindestens fünf Mal gelesen hat. Und wer weiß, wie oft noch, ehe sie dann starb.«

Miriam verkniff sich eine Entgegnung. »Sie mochte den Helden der Geschichte sehr«, sagte sie stattdessen.

»Eher ein Antiheld.« Ulf deutete auf sich. »So wie ich. Der Fernmeldehandwerker aus dem Kaff am Arsch der Welt …«

»Da wohnst du doch längst nicht mehr.«

Ulf war vor einem Jahr von zu Hause ausgezogen und hatte mitten im pittoresken Stadtkern von Waldniel für kleines Geld ein verwinkeltes winziges Backsteinhäuschen gemietet. Den Gewölbekeller nutzte er zum Proben und um seine Demo-Tapes aufzunehmen. Miriam besuchte ihn häufig mit ihrem Mofa, lauschte seinem Gesang zum Gitarrenspiel und trank eine Cola oder ein Bier mit ihm.

Auch heute war sie bei ihm und staunte, als er ihr von seinem ersten Plattenvertrag erzählte, den er vor ein paar Tagen abgeschlossen hatte.

»Die LP wird schon nächste Woche aufgenommen«, schwärmte er ihr vor. »Ist das nicht abgefahren?«

»Wow!«, machte Miriam mit runden Augen. »Hast du denn genug Songs zusammen?«

Er nickte, während er sanft über den Hals seiner Konzertgitarre strich, bevor er sie zwischen zwei schwarz gestrichenen Fachwerkbalken an die verputzte Wand lehnte. Dann sah er Miriam aus seinen bernsteinfarbenen Augen merkwürdig an. »Auch mein Lied für Rebecca ist dabei. Findest du das taktlos?«

Miriam nahm einen Schluck aus der Pilsflasche, ließ sich in einen der flaschengrünen Cordsessel sinken, die Ulf vom Sperrmüll geholt hatte, und dachte über seine Frage nach. »Nee, Quatsch. Ich finde es eher gut, dass du Becky nicht vergessen hast.«

Sie verriet ihm nicht, was ihr erster Gedanke gewesen war: dass Rebecca vielleicht endlich nach Hause zurückkehren würde, wenn sie ihren Song im Radio hörte. Wobei ... noch war ja gar nicht klar, ob Ulfs Musik je im Radio gespielt würde. Miriam biss sich auf die Unterlippe. Es war so typisch für sie, dass ihre Phantasie mit ihr davongaloppierte, sobald es um ihre verschwundene Schwester ging.

»Und du? Was sind deine Zukunftspläne? Willst du nach dem Abi immer noch zur Polizei gehen?« Er grinste sie schief an.

Miriam schüttelte heftig den Kopf. »Nein, ich will lieber studieren. Psychologie fände ich super. Aber noch hab ich ja Zeit, und auf jeden Fall ziehe ich dann von zu Hause aus. Es ist so ätzend, wie meine Eltern miteinander umgehen! Außerdem kann ich keinen Schritt allein tun, ohne dass sie Schiss um mich haben. Verstehe ich zwar, aber es nervt auch.«

»Hm.« Ulf ging nicht weiter darauf ein, angelte stattdessen seine neueste Errungenschaft, eine E-Gitarre, von einem Wandhaken und stöpselte das Kabel in die Buchse des Verstärkers. »Komm, ich spiel dir mal meinen neuesten Song vor. Der ist etwas härter als die anderen. Am Text habe ich ziemlich lange gefeilt ...«

Im nächsten Moment röhrten rockige Klänge durch den Raum, begleitet von Ulfs volltönender Stimme. Er sang von dem Mut, den man brauchte, um seinen Weg zu finden, während Miriam ihm hingerissen lauschte. Es war, als singe er von ihrem Leben, und ein warmes Gefühl stieg in ihr auf.

Plötzlich wurde die Haustür aufgerissen, die, weil es keinen Flur gab, direkt in den beengten Wohnraum führte, und eine langbeinige junge Frau in hautengen Jeans mit schicker blonder Kurzhaarfrisur erschien. Sie schleppte zwei randvolle Plastiktüten mit Lebensmitteln.

Ulf hörte sofort auf zu spielen und wurde puterrot. »Hi Nicky, du bist ja früh dran«, begrüßte er sie.

Nickys Blick flog von ihm zu Miriam, bevor sie die Einkäufe aufs Sofa hievte, zu ihm schlenderte und ihn schmatzend auf den Mund küsste. »Hi, Baby«, sagte sie rauchig, und Miriam war sofort klar, dass hier Besitzansprüche angemeldet wurden. »Konnte schon eher freimachen. Wir wollten doch kochen. Aber jetzt sehe ich, dass du Besuch hast ...« Sie musterte Miriam prüfend. Ihre Mundwinkel kräuselten sich.

»Ja, das ist Miriam, Rebeccas kleine Schwester ...« Ulf erhob sich mit der E-Gitarre im Arm und begutachtete den Inhalt der Tüten. »Sie kann doch mit uns essen«, schlug er vor. »Ist genug da, wie ich sehe.« Dabei schaute er weder Nicky noch Miriam an.

Miriam hatte das Gefühl, dass er sich einfach nicht traute, sie hinauszukomplimentieren. »Nee, danke«, erwiderte sie abwiegelnd und kam aus dem Sessel hoch. Die halbleere Bierflasche stellte sie hart auf dem Couchtisch ab. »Ich will euch nicht stören.«

Sie schnappte sich ihren Helm, rief noch »Tschöö!« und trat auf die dunkle Straße.

Ulf hatte also eine neue Freundin, dachte sie mit einem schmerzhaften Ziehen im Herzen, während sie den Helm überstülpte. Dann würde er Becky bald vergessen haben. Wieder etwas, was ihre Schwester weiter verschwinden ließ, beinahe, als habe es sie nie gegeben.

Rosi, 1982

Die Jahre waren fast unbemerkt ins Land gegangen, und Rosi wohnte immer noch in der Kommune. Laut Ausweis war sie nun fünfundzwanzig Jahre alt. Sie arbeitete weiterhin in dem Lebensmittelladen, hatte nach und nach mehr Verantwortung übernommen. Dennoch ödete der Job sie zunehmend an, und mit Manu und Tom fühlte sie sich auch nicht mehr so richtig wohl.

Die beiden hielten zusammen wie Pech und Schwefel und schienen sich überhaupt nicht weiterzuentwickeln. Manu trank und kiffte mehr, als ihr guttat, während Tom als freier Journalist arbeitete, aber kaum Aufträge an Land zog. Sein bissiger Schreibstil kam in den wenigsten Redaktionen gut an, und er kriegte es nicht hin, seine Texte mit der nötigen Neutralität zu verfassen.

Seit circa einem Jahr lebten Manu, Tom und Rosi zu dritt in dem alten Haus. Alle anderen waren ausgezogen, niemand kam nach. Manu beteuerte immer wieder, wie froh sie sei, dass wenigstens Rosi noch da war. Sie wurde sentimental, sobald sie von den alten Zeiten schwärmte, in denen sie manchmal zu zehnt oder zu zwölft in der Küche gesessen und diskutiert hatten.

Rosi fand insgeheim, Manu und Tom seien selbst schuld daran, dass keiner hier mehr einziehen wollte. Durch die bröckeligen Fensterahmen mit der Einfachverglasung zog es wie Hechtsuppe, der Strom aus den Nachtspeicherheizungen war viel zu teuer, die Tapeten hingen in Fetzen vom Putz, in den Bädern fielen die Fliesen von den Wänden. Das gesamte Haus hätte eine Kernsanierung dringend nötig gehabt, aber der Eigentümer war nicht daran interessiert, und Manu und Tom hätten sich die Miete nach der Modernisierung sowieso nicht mehr leisten können. Also ließen sie alles, wie es war, stümperten das Allernotwendigste zurecht, und das Haus verkam zusehends.

Rosi hatte schon öfter überlegt, sich eine eigene Wohnung zu suchen – leisten konnte sie es sich –, doch sie traute sich nicht, Manu zu verlassen, die auf sie immer zerbrechlicher wirkte. Außerdem stand sie doch tief in Manus Schuld. Wie sollte sie ihr da mit gutem Gewissen den Rücken zukehren?

Manchmal hatte sie das dumpfe Gefühl, dass ihr Leben stagnierte, dass sie auf der Stelle trat, statt vorwärtszukommen wie andere in ihrem Alter. An den Wochenenden floh sie regelrecht aus dem Haus, ging mit Freundinnen in Bars, wo sie Cocktails schlürften, und in Kneipen auf der Ratinger Straße am Rand der Düsseldorfer Altstadt. Die wenigsten Touristen wussten, dass sich die längste Theke der Welt bis dorthin erstreckte. Demzufolge waren hier die Einheimischen noch – vom Popper bis zum Punker – unter sich, um Massen von Altbier in sich hineinzuschütten. Während Rosis Freundinnen sich betranken, flirteten, was das Zeug hielt, und sich nach einer durchzechten Nacht den einen oder anderen One-Night-Stand gönnten, blieb sie selbst meist annähernd nüchtern und ging auf Abstand zu den Männern. Ihr stellten sich regelrecht die Nackenhaare auf, sobald ihr jemand zu nahe kam. Also signalisierte sie ihr Desinteresse deutlich und erntete mehr als einmal Unverständnis oder gar Unmut.

»Was bis'n du für eine?«, nuschelten die Freundlicheren unter ihnen oder: »Trägst die Nase ganz schön hoch, Frollein.« Andere, weniger Harmlose beschimpften sie als Schlampe oder frigide Kuh.

Rosi legte sich einen dicken Panzer gegen derartige Unverschämtheiten zu, doch natürlich fragte sie sich auch, was mit ihr nicht stimmte. Warum war sie nicht mal in der Lage, sich auf einen harmlosen Flirt oder eine Knutscherei einzulassen?

Ihren ersten Freund Ulf hatte sie als Teenager liebend gern geküsst und hatte Spaß daran gehabt, mit ihm zu schlafen. Nie hatte ein Junge versucht, ihr Gewalt anzutun. Doch jedes Mal, wenn ein Typ sie ansprach, schob sich die widerliche Geschichte vom Bahnhofsklo in Roermond in ihr Bewusstsein. Dann hatte sie das Gefühl, sich gleich übergeben zu müssen.

Auch am heutigen Abend war es ihr so ergangen. Genervt verabschiedete sich von ihren Freundinnen und trat auf die Straße hinaus in Dunkelheit und Nieselregen. Es war ungewöhnlich kalt für einen Herbstabend, und Rosi schloss die Wildlederjacke mit den Schulterpolstern bis zum Hals. Dann eilte sie zur Straßenbahnhaltestelle. Bald war ihr Haar durchnässt und klebte am Kopf. Egal, zu Hause würde sie es trocken föhnen. Viel ärgerlicher wäre, wenn die Jacke oder ihre neuen Cowboystiefel Schaden nehmen würden.

Schleunigst stellte sie sich im Wartehäuschen unter. Den schlaksigen Typen mit der Stachelfrisur in hautenger Jeans, schwarzer Lederjacke und Doc Martens, der an der Glaswand lehnte und rauchte, beachtete sie nicht weiter. Sie holte ihr Tabakpäckchen hervor, um sich eine Zigarette zu drehen.

»Ey.«

Sie reagierte nicht, sondern konzentrierte sich darauf, das Blättchen mit der Zunge anzufeuchten.

»Ey.« Der Typ trat näher. »Wieso färbst du dir deine Haare?« Stirnrunzelnd blickte sie auf und musterte den jungen Punker und sein orangerotes, zu Berge stehendes Haar.

»Und wieso machst du dich wie Pumuckl zurecht?«, fragte sie frech zurück. Wenn sie eins in der Großstadt gelernt hatte, dann, dass Angriff die beste Verteidigung war.

Die grünen Augen des Mannes funkelten belustigt. »Na, weil ich's kann«, gab er lachend zurück. »Bei mir auf dem Kopf ist jedenfalls alles Natur, und ich erkenn 'ne echte Rothaarige schon aus fuffzig Meter Entfernung.«

Jetzt war sie doch erschrocken. Zwar hatte sie keine Angst vor dem jungen Kerl, dessen Gesicht ziemlich freundlich aussah, aber dass jemand Fremdes auf Anhieb merkte, dass sie eigentlich rothaarig war, schockierte sie. Die braune Färbung war immerhin ihre wichtigste Tarnung, auch jetzt noch, da sie offiziell lange schon als tot galt.

»Bist du in der Schule als Fusse gehänselt worden?«, fragte der Punker nun. »Kenn ich, glaub mal. Da musste drüberstehen.« Er reckte den Mittelfinger in die Luft. »Scheiß was drauf! Ich bin übrigens Flocke.«

Rosi musste über den Spitznamen schmunzeln. »Und ich heiße Rosi«, erwiderte sie, bevor sie sich die fertig gedrehte Zigarette zwischen die Lippen schob.

Ungefragt gab er ihr Feuer, und während er sich zu ihr beugte, fing ihre Nase seinen Geruch auf. Er roch angenehm, etwas in ihr regte sich und schlug einen kleinen Purzelbaum. Sie mochte seinen Duft, der nicht von einem Parfum oder Duschgel herrührte, sondern wie seine Haarfarbe ganz natürlich war, eine Mischung aus herber und samtiger Note, die ihr sofort Vertrauen einflößte. Flocke war so groß, dass sie den Kopf in den

Nacken legen musste, um zu ihm aufzuschauen. Das erinnerte sie an Ulf, und auch dieses Detail fühlte sich stimmig an.

»Nein, ich bin nicht wegen meiner Haare geärgert worden«, nahm sie den Faden wieder auf. »Ich finde sie halt schöner in Braun.«

»Bullshit!« Er fixierte sie mit seinem Blick aus grünen Augen mit braunen Sprenkeln. »Die roten Haare würden dir super stehen und viel besser zu deiner cremeweißen Haut passen. Ich bin Maler und Lackierer, ich kenne mich mit Farben aus. Aber egal, musst du ja selbst wissen. Oh Scheiße, da kommt meine Bahn.«

Ein Rumpeln und Klingeln kündigte die Ankunft der Straßenbahn an.

Rosi sah genauer hin. »Ist leider nicht meine.«

Sie hätte sich tatsächlich gern noch länger mit ihm unterhalten.

»Muss blöderweise echt weg«, murmelte er; es schien ihm genauso zu gehen. »Weißte was?« Die Bahn näherte sich, er sprach schneller und lauter, um gegen den Lärm anzukommen. »Morgen ist doch Sonntag. Hast du Lust auf 'nen Spaziergang? Wir könnten uns um fünfzehn Uhr genau hier treffen und … weiterreden.«

Er streichelte sie mit seinen Augen, ein wohliger Schauer rieselte ihr den Rücken herunter.

»Gern«, hörte sie sich zu ihrer eigenen Verblüffung antworten. »Morgen um drei wieder hier.«

Rosi war ganz schön aufgeregt, als sie am nächsten Tag zur verabredeten Uhrzeit erneut an der Haltestelle stand. Trotz der dicken Jeans, des Pullis und der Winterjacke fröstelte sie im böigen Herbstwind. Nervös trat sie von einem Fuß auf den anderen. Sie blickte den Schienenstrang entlang und fuhr daher heftig zusammen, als sie plötzlich von hinten angesprochen wurde.

»Hi, heimliche Rothaarige.« Gleichzeitig ertönte ein lautes, tiefes Bellen.

Erschrocken wirbelte sie herum. Vor ihr stand der Pumuckl von gestern, begleitet von einer riesigen schwanzwedelnden Dogge, deren Rücken ihr bis zur Hüfte reichte und die ihr vor Freude das Bein vollsabberte.

»Darf ich vorstellen: Ernie!«, sagte er grinsend und kraulte dem Ungetüm die Ohren. »Er ist auch der Grund, warum ich letzte Nacht wegmusste. Mein Großer musste dringend pinkeln, weißte?«

Rosi nickte eingeschüchtert. Sie kannte sich nicht mit Hunden aus, war ohne Haustiere groß geworden. Ernie flößte ihr Angst ein.

»Der tut nix! Ehrenwort!« Flocke hockte sich hin und umarmte seinen Hund. »Er ist auch schon sechs, also nicht mehr der Jüngste für eine Dogge.« Dann richtete er sich wieder auf, fuhr sich mit gespreizten Fingern durch das leuchtende Haar und legte lächelnd den Kopf schief. »Toll, dass du gekommen bist. Ich hatte schon Sorge, du würdest mich versetzen.«

Rosi zwang sich dazu, Ernies riesigen Kopf zu tätscheln. Sein kurzes Fell fühlte sich wie eine Samtdecke an.

»Ich hab doch gesagt, dass ich komme. Gibt es eigentlich auch einen Bert?«, fragte sie dann scherzhaft in Anspielung auf die Sesamstraße.

Plötzlich verschleierten sich Flockes Augen. »Es gab einen. Ja. Einen Boxermischling. Ist leider letztes Jahr vom Auto überfahren worden.« Er räusperte sich. »Bin immer noch traurig deshalb. Aber egal.« Er grinste schon wieder, wenn auch ein wenig gezwungen. »Bock, am Rhein spazieren zu gehen? Ernie und ich würden uns freuen.«

Mit den beiden am Rhein entlangzulaufen, war viel lustiger als mit Willi. Rosi und Flocke führten keine ernsten Gespräche, sondern flachsten einfach nur herum. Zwischendurch warf Flocke Stöckchen, die Ernie in behäbigem Trab zurückholte und seinem Herrchen vor die Füße spuckte. Bald war Rosi entspannt, gut gelaunt und spürte eine ganz neue Energie in sich. Auch fror sie nicht mehr.

Flocke faszinierte sie. Er nahm das Leben locker, alles war ein großes Spiel für ihn. Rosi hatte noch nie einen Menschen wie ihn kennengelernt. Als sie ihn auf seinen Beruf als Maler ansprach, winkte er feixend ab.

»Nö, mach ich nicht mehr. Ich lass mich doch nicht knechten. Ab und an mach ich was schwarz, Buden streichen oder Türrahmen. Das reicht zum Leben.«

Er stellte sich vor sie, ging ein paar Schritte rückwärts und riss die Arme hoch, als wolle er sie und die ganze Welt umarmen. »Keinen Bock auf Zwang! Ich will frei sein!«, schrie er, und der schneidende Wind trug seine Worte mit sich fort. Er lachte übers ganze Gesicht.

Rosi dachte an die hitzigen Diskussionen mit Willi, in denen er immer wieder gefordert hatte, die Gesellschaft müsse sich ändern, wenn nötig mit Druck. Und hier war plötzlich einer, der ganz anders tickte und weniger verkrampft war. Der die pure Lebenslust verkörperte.

Sie betrachtete ihn in seiner Jeans mit den vielen Reißverschlüssen an den Beinen, der Lederjacke, auf deren Rücken ein rotes A gesprüht war, die Sicherheitsnadel in seinem Ohrläppchen, die stacheligen Haare, und fand ihn einfach hinreißend. Auch wie liebevoll er mit seinem Hund umging, gefiel ihr. Plötzlich konnte sie sich nichts Schöneres vorstellen, als mit Flocke durchs Leben zu spazieren.

Der Gedanke schockierte sie. Sie kannte diesen Typen doch kaum.

Als hätte er ihre Gedanken gelesen, nahm er ihre Hand. »Ich

möchte dich besser kennenlernen, hübsche Frau!«, teilte er ihr mit funkelnden Augen mit, »obwohl du deine Haare kackbraun färbst.«

Dann küsste er sie mitten auf den Mund. Für einen kurzen Moment gefror ihr Körper zu Eis, doch dann, wie durch ein Wunder, löste sich die Starre, Wärme durchströmte sie, und sie ließ es zu, dass er sie umarmte und noch einmal küsste, leidenschaftlicher diesmal. Wie schön das war! Sie empfand es wie ein Wunder, dass es ihr so gefiel.

Nach dem Kuss schlenderten sie Hand in Hand über die Pfade der Rheinwiesen und am Wasser entlang, wo uralte, riesige Silberpappeln und knorrige Krüppelweiden standen und sich dem Wind, der vom Fluss kam, entgegenstemmten. Frachtkähne zogen auf dem bleigrauen Strom vorbei. Rosi fand zwischen den Kieseln einige Muscheln, die sie in den Taschen ihrer Winterjacke verstaute. Der Wind zauste ihr Haar und rötete ihre Wangen. Sie fühlte sich so unbeschwert wie schon lange nicht mehr.

Flocke mit seiner jungenhaften, unbekümmerten Art gefiel ihr immer besser. Es stellte sich heraus, dass er erst zweiundzwanzig war, also genauso alt wie sie eigentlich, nur dass sie sich ja als Rosalie Meyer drei Jahre älter machte.

Er zeigte sich bass erstaunt, als sie ihm mit schlechtem Gewissen ihr – angebliches – Alter verriet. »Schon fünfundzwanzig?« Er konnte es nicht glauben. »Du siehst kein Stück älter aus als ich«, meinte er kopfschüttelnd. »Ich wusste gar nicht, dass ich auf ältere Frauen stehe!« Dann zwinkerte er ihr zu.

Sie knuffte ihn in die Seite und lachte, doch tief in ihrem Inneren missfiel es ihr, ihn über ihr wahres Alter im Unklaren lassen zu müssen. Auch dass sie ihm nicht verraten konnte, warum sie ihr Haar färbte, wurmte sie. Flocke war offenbar jemand, der instinktiv mehr über die Menschen erriet, als sie selbst preisgaben. Sie fühlte sich von ihm gesehen, so wie sie wirklich war. Und was tat sie? Sie log ihn an.

Sie beide waren sich einig, dass sie sich bald wiedersehen wollten, und verabredeten sich für den nächsten Abend in einer Punkkneipe etwas außerhalb der Altstadt.

»Da läuft wenigstens coole Mucke«, erzählte er ihr auf dem Rückweg in die Innenstadt. »Sex Pistols, Dead Kennedys, The Clash und so. Manchmal spielen da auch Live Acts. Letztens hab ich da 'ne neue Punkband hier aus Düsseldorf gehört. Die Toten Hosen, so nennen die sich. Na ja, echter Punk klingt anders, dreckiger, aber mal abwarten, wie die sich entwickeln ...«

Rosi verstand nur Bahnhof, doch sie hing förmlich an Flockes Lippen. Punkmusik war ihr völlig fremd. Sie fand es total spannend, ihm zuzuhören.

»Punk ist vor allem eine Haltung. Wir rebellieren gegen alles, was verstaubt, öde und verkrustet ist. Und wir scheißen auf Anpassung. Mach dein Ding, egal, was irgendwer sagt. Das Leben ist zu kurz, um es ernst zu nehmen.« Sie kamen an eine dichtbefahrene Straße; Flocke nahm Ernie an die Leine und führte ihn direkt neben sich. »Dazu gehört auch 'ne Menge Provokation. Wenn die Spießer sich über meine Haare, die Klamotten, mein Nietenhalsband und die Doc Martens aufregen, dann weiß ich, dass ich alles richtig gemacht habe.« Er grinste verwegen. »Ich freue mich auf morgen Abend.« Dann legte er den Kopf schief, betrachtete sie zärtlich. »Ich glaub, ich hab mich in dich verknallt, ältere Dame mit dem kackbraunen Haar!«

Sie musste schon wieder lachen.

»Ich freu mich auch.« Dabei sah sie ihm in die Augen. »Wenn es dir nicht zu peinlich ist, mit einer Spießerin ...«, bei dem Wort malte sie Gänsefüßchen in die Luft, »wie mir gesehen zu werden?«

»Nö.« Er zuckte gleichmütig mit den Achseln. »Aber, glaub

mal, da arbeiten wir noch dran. Komm, Ernie, es geht nach Hause!«

Hilde, 1982

Miriam war nach der Schule und am Wochenende immer öfter auf ihrem blauen Mofa, das sie sich von ihren Ersparnissen und einem Zuschuss von Tante Grete gekauft hatte, zu ihren Freundinnen unterwegs, und Hilde kam jedes Mal fast um vor Angst. Ihre jüngste Tochter war jetzt genauso alt wie Rebecca, als sie verschwand. Den Mofaführerschein zu machen, hatten Rainer und Hilde ihr nur erlaubt, weil sie es sicherer fanden, wenn ein junges Mädchen motorisiert und mit einem Schutzhelm auf dem Kopf herumfuhr, als wenn es im Dunkeln durch die einsame Gegend radelte.

Meist blendete Hilde aus, dass Rebecca 1976 aus freiem Willen von zu Hause verschwunden war. Dass ein Fremder Miriam etwas zuleide tun könnte, war ihre größte Sorge. Sie wollte nicht noch ein Kind verlieren!

Rebecca war tot, und Ruth hatte sich in ihrer eigenen Psyche eingekapselt, so dass es Hilde manchmal so vorkam, als sei auch ihre Älteste nicht mehr unter den Lebenden. In ihrem Wohnheim schien sie sich allerdings ausgesprochen wohl zu fühlen. Sie machte überhaupt keine Anstalten, je wieder ausziehen zu wollen, und ließ sich weder von Hilde noch von Miriam dazu überreden, die Wochenenden zu Hause bei ihrer Familie zu verbringen. Ihre Essstörung hatte sich gottlob gegeben.

Bei ihren Besuchen in dem Wohnheim kam Hilde jedes Mal zu dem Schluss, dass ihre Tochter ihren Frieden gefunden hatte. Anschließend fühlte sie immer eine große Erleichterung in sich aufsteigen, die einerseits daher rührte, dass Ruth in dem Heim wirklich gut untergebracht war, andererseits daher, dass sie selbst das Gelände der psychiatrischen Einrichtung wieder verlassen konnte. Mit jedem Schritt, den sie machte, schien sie leichter zu werden. Hatte sie die Fahrertür aufgeschlossen und sich hinters Steuer gesetzt, atmete sie erst einmal tief durch, und wenn sie gegen Abend zu Hause ankam, fühlte sie sich gerädert wie nach zwei Stunden Ausdauersport.

Hilde joggte seit einiger Zeit mit ihrer Freundin Erika, der Apothekerin. Wenn sie ihre Runden im Wald liefen, hielten sie an den Trimm-dich-Geräten an, die die Strecke säumten, machten Klimmzüge am Reck, balancierten über Baumstämme und sprangen über Hindernisse.

Die körperliche Ertüchtigung an der frischen Luft tat Hilde ausgesprochen gut; es waren kleine Momente der Leichtigkeit in einem bedrückenden Alltag.

Oft grübelte sie darüber nach, wie es hatte kommen können, dass Rebecca sich von ihnen abgewandt hatte. Warum war sie lieber nach Holland geflüchtet, hatte ihr Baby abgetrieben, um dann mit irgendeinem verlotterten Fremden in einem Bauwagen zu hausen, statt gemeinsam mit ihren Eltern den Plan in die Tat umzusetzen, das unschuldige kleine Wesen zur Adoption freizugeben? Hilde begriff es einfach nicht, fühlte sich aber schuldig, weil sie irgendwie offenbar versagt hatte. Wieso hatte sie Rebeccas Signale nicht lesen können?

Manchmal trauerte sie nicht nur um ihre Tochter, sondern auch um ihr Enkelkind, das nicht hatte zur Welt kommen dürfen. In solchen Momenten überfiel sie eine heftige Wut auf Rebecca. Wie egoistisch sie gewesen war!

Mit Rainer konnte sie über all das, was sie umtrieb, nicht reden. Er machte dicht, sobald er witterte, dass sie das Thema ansprechen wollte.

In anderen Momenten kreisten Hildes Gedanken um Ruth und deren psychische Erkrankung. Wo lag die Ursache? Sie verstand es immer noch nicht. Ob wirklich Rebeccas Verschwinden und Tod auslösende Faktoren gewesen waren? Aber warum blieb Miriam dann stabil? Was war falsch mit Ruth? Wieso hatte Hilde bei ihr, als sie noch eine heile Familie gewesen waren, keine Anzeichen für eine psychische Störung bemerkt?

Als Ruth vor dem Umzug in die Großstadt zwecks Studienbeginn zurückscheute, hatte sie es für Schüchternheit gehalten. Als Ruth immer weniger aß, schob Hilde es zunächst darauf, dass ihre älteste Tochter wie so viele junge Frauen Dünnsein mit Schönheit verwechselte. Und dann hatte sie den Eindruck, dass Ruth sich mit ihrer Essstörung in den Vordergrund spielen wollte, während Hilde doch schon Sorgen genug hatte.

Heute machte sie sich schwere Vorwürfe, die Not ihres Kindes nicht wahrgenommen zu haben. Andererseits war sie ja keine Medizinerin, und die Ärzte hatten sich der Sache glücklicherweise angenommen. Es gab moderne Medikamente, Therapien und Unterbringungsmöglichkeiten. Doch den Angehörigen verlangte das alles viel Kraft ab.

Auch deshalb nahm Hilde es Rainer ausgesprochen übel, dass er nie mitkam, um ihre kranke Tochter zu besuchen.

»Ich kann das nicht«, behauptete er jedes Mal, wenn sie ihn darum bat. »Keine zehn Pferde kriegen mich dahin! Ich will Ruth nicht so sehen, und den ... anderen da will ich auch nicht begegnen. Allein der Gedanke regt mich schon auf! Und es wäre dir sicher peinlich, wenn ich ausfallend werde.« Seine großen Hände ballten sich zu Fäusten, und er schob das Kinn vor.

Hilde sah ein, dass es ein Desaster werden würde, wenn er sie, derart missgestimmt, begleiten müsste, und schluckte wieder und wieder ihre Enttäuschung hinunter. Vielleicht änderte er irgendwann seine Meinung, hoffte sie entgegen aller Vernunft.

Genauso, wie sie wohl vergeblich darauf hoffte, dass es in ihrer Ehe irgendwann wieder bessere Zeiten geben würde. Rainer hielt sich mehr in der Schreinerei, bei seinen Schützenfreunden oder im Presbyterium der Kirchengemeinde auf, als dass er zu Hause war. Und wenn, dann schwieg er oder herrschte sie wegen Kleinigkeiten an.

Um sich abzulenken und ihrerseits auch mal aus dem Haus zu kommen, trat Hilde dem Damenkegelverein im Dorf bei, in dem ihre Freundin Erika bereits seit einigen Jahren Mitglied war. Die zehn Frauen hatten auf der Kegelbahn viel Spaß miteinander. Bei etlichen Bierchen und einigen Schnäpsen trafen sie sich jeden ersten Freitag im Monat im Untergeschoss der Dorfkneipe.

Hilde entwickelte bald ein gewisses Geschick für die diversen Kegelspiele. Sie hatte inzwischen auch ihre Lieblingskugel, die grüne mit den blauen Flecken, die besonders griffig in ihrer Hand lag und nicht zu schwer war. Sie hatte viel Freude an dem harmlosen Freizeitspaß, und der Druck, der sonst auf ihrer Brust lag, wich.

»Alle Neune!«, jubelte sie an einem Abend im November, nachdem alle hölzernen Figuren nach einem Glückswurf polternd umgefallen waren. Sie schrieb ihre Punkte an die Tafel und sah dabei zu, wie die Kegel an durchsichtigen Schnüren hochgezogen und wieder aufgestellt wurden.

Unter dem Beifall der Freundinnen setzte sie sich auf ihren Platz an dem langen Holztisch in dem dunkel vertäfelten Raum mit dem schummrigen Licht. Die rustikale Tischplatte stand voll mit Gläsern, Bierdeckeln und überquellenden Aschenbechern. Da es kein Fenster gab und rund die Hälfte der Frauen rauchte, war die Luft verqualmt.

Auch Erika rauchte, obschon sie es als Apothekerin eigentlich hätte besser wissen müssen. Hilde, seit jeher Nichtraucherin, unterdrückte einen Hustenreiz und nahm einen tiefen

Schluck von ihrem Pils. Neben ihr saß Gudrun, die Gattin des Bürgermeisters. Hilde mochte die kräftige, großmäulige Frau mit dem kinnlangen, dauergewellten Haar, die am liebsten schicke Kostüme und Blusen trug, nicht besonders. Doch es war sicherlich von Vorteil, sich gut mit ihr zu stellen. Es hieß, dass sie zu Hause die Hosen anhatte und viele Entscheidungen, die offiziell ihr Mann getroffen hatte, eigentlich ihre waren.

Jetzt beugte sie sich vertraulich zu Hilde herüber. »Hab ich dir schon erzählt, dass mein Gerd vorgestern schon wieder so ein anonymes Schreiben gekriegt hat?«

Hilde runzelte unwillig die Stirn. Seit einiger Zeit gingen Briefe beim Bürgermeister ein, in denen angedeutet wurde, dass Rebecca noch lebte und jemand anders an ihrer Stelle begraben worden sei. »Mein Gott, wer erlaubt sich solche makabren Scherze bloß?«, murmelte sie. Die Freude über den Wurf von eben war dahin.

»Keine Ahnung!« Gudrun ignorierte, dass das Thema Hilde belastete, und fuhr ungehemmt fort: »Der anonyme Verfasser fordert meinen Mann auf, eine Exhumierung zu veranlassen. Damit Wissenschaftler am Schädel eine Gesichtsrekonstruktion durchführen können. Gerd ist ziemlich genervt, aber auch beunruhigt. Er überlegt, die Polizei zu verständigen.«

»Wie kommt jemand bloß auf eine derart abstruse Idee?«, wollte Erika wissen, die zu Gudruns linker Seite saß. »Die Polizei hat doch Rebecca damals eindeutig identifizieren können, oder nicht?«

»Bitte ...« Hilde wäre am liebsten aufgesprungen und zur Tür hinausgerannt.

Erika registrierte ihre Anspannung und legte ihr begütigend eine Hand auf den Unterarm. Sehr bestimmt sagte sie zur Frau des Bürgermeisters: »Gudrun, bitte, lass uns das Thema wechseln. Was geschehen ist, ist geschehen. Und bring deinen Mann zur Raison. Niemandem im Dorf, und vor allem nicht Hilde und ihrer Familie, ist damit geholfen, wenn hier alles grundlos aufgewühlt wird. Die albernen Briefe sind bestimmt bloß von jemandem, der sich aufspielen will.«

»Ja, du hast sicher recht.« Gudrun nickte. »Aber mir wäre schon wohler, wenn der Verfasser ausfindig gemacht werden würde. Stell dir vor, im letzten Umschlag steckte sogar das Kärtchen von einem Rechtsmediziner, der sich auf diese Rekonstruktionen spezialisiert hat.«

»Na, dann habt ihr ja einen Anhaltspunkt. Vielleicht will da jemand einfach mit dem Unglück anderer Leute Geld verdienen.« Erika war mit Kegeln an der Reihe, stand auf und schob ihren Stuhl zurück. Die Holzbeine kratzten quietschend über den Steinboden. »Aber lass Hilde in Frieden mit der Sache, und verdirb ihr nicht den Abend.«

Hilde klopfte das Herz bis zum Hals. Die Geschichte mit den anonymen Briefen wurde immer verrückter. Wenn dieser Unbekannte jetzt sogar Visitenkarten versendete, die er sich ja zuvor irgendwo besorgt haben musste, handelte es sich offenbar nicht um irgendeinen spinnerten Jugendlichen, sondern um einen Erwachsenen, der genau wusste, was er tat. Aber was sollte das Ganze?

Natürlich war es Rebecca gewesen, die in dem Bauwagen verbrannt war. Wer denn sonst? Warum ließ man sie nicht einfach in Frieden ruhen?

Als der Kellner kam, um leere Gläser einzusammeln und neue Bestellungen aufzunehmen, orderte Hilde einen Doppelkorn. Der Alkohol würde ihre Nerven beruhigen und sie auf andere Gedanken bringen.

Rosi, heute

Diesmal ließ Rosi sich Zeit bei Frau Jansen. Sie mochte die alte Frau sehr und saß mit ihr bei einer Tasse Kaffee und Keksen zusammen, nachdem sie für sie eingekauft, den Tisch gedeckt, Frau Jansen in ihrem Rollstuhl an ihren Platz geschoben und sich ihr gegenüber niedergelassen hatte. Sie plauderten über dies und jenes. Es half Rosi, die unguten Gedanken zu verdrängen, die ihr im Kopf herumspukten, seit Nadine sie auf die Fotos und die Zeitungsausschnitte angesprochen hatte.

Frau Jansen war vor ihrer Pensionierung Grundschullehrerin gewesen. Sie erzählte erst von alten Zeiten, um dann einen Bogen zur heutigen Jugend zu schlagen, die ihrer Meinung nach mit der früheren kaum vergleichbar war.

»Alles ist so schnelllebig geworden«, sagte sie bedauernd. »Die armen Kinder tun mir richtig leid, sich in der Flut der Medien und ständig neuen Nachrichten zurechtfinden zu müssen. Und was die Pandemie mit ihnen angerichtet hat, mag ich kaum ermessen. Ich selbst habe auch unter der Isolation gelitten, aber ich bin alt, habe viel erlebt. Unsere Kinder hingegen wurden in einer Entwicklungsphase quasi eingesperrt, die von neuen Erfahrungen, von Kontakten und vom Ausprobieren geprägt sein sollte. Herrje, hoffentlich können sie das Verpasste wieder aufholen.«

Sie kostete vorsichtig von dem koffeinfreien Kaffee, den Rosi in ihrer uralten Kaffeemaschine gekocht hatte. »Mmm, das tut gut. Und nun, liebe Rosi, verraten Sie mir bitte, wo der Schuh drückt. Ich sehe doch, dass Sie etwas umtreibt. Hat es etwa mit Ihrem Besuch zu tun?«

Rosi spürte, wie ihr die Röte ins Gesicht schoss. War sie so leicht zu durchschauen?

Sie räusperte sich unbehaglich und schob das Milchkännchen genau in die Mitte eines blauen Feldes der karierten Wachstuchdecke. Dann überlegte sie. Ihr Blick wanderte zum Fenster, zu der großen Buche, die im Hinterhof des Achtparteienhauses stand und deren Laub sich an manchen Stellen bereits rötlich verfärbte. Sonnenstrahlen warfen flirrende Schatten auf den mächtigen Stamm.

Vielleicht konnte die alte Dame ihr wirklich einen Rat geben, wenn sie – natürlich verklausuliert – darum bat.

»Nur indirekt«, sagte sie vorsichtig. »Es ist eher so, dass es Dinge aus der Vergangenheit gibt, die … nicht geklärt sind. Nadine hat mich unwissentlich darauf gestoßen. Ich lebe schon bald fünfzig Jahre mit dieser … Sache. Um mich selbst zu schützen, habe ich eine Mauer um mich errichtet …«

»Wie alt sind Sie jetzt, meine Liebe?«

»Mitte sechzig«, antwortete Rosi ausweichend. 1976 hatte sie sich drei Jahre älter gemacht, um Rosalie Meyer sein zu können. Das Verrückte war, dass sie sich seither meist wirklich so fühlte. Die Lüge hatte sich selbständig gemacht und ihre eigene Realität erschaffen. In letzter Zeit jedoch schienen sich die Ebenen zu verwischen. Es war verwirrend.

Frau Jansen schüttelte ungläubig den Kopf. »Sie wirken auf mich wie der junge Frühling«, sagte sie mit einem schiefen Lächeln. »Aber wenn das so ist, sollten Sie Ihr Leben aufräumen, bevor es zu spät ist. Man weiß ja nie, was passiert. Oder erwägen Sie etwa, Ihr Geheimnis mit ins Grab zu nehmen?«

»Vielleicht.« Rosi hatte sich nie darüber Gedanken gemacht. Sie lebte nun schon drei Viertel ihres Lebens als Rosalie Meyer. Bisher war ihr das richtig erschienen.

Der Tagesschaubericht spukte ihr wieder durch den Kopf. Rosi rief sich Miriams ernstes Gesicht mit den Falten um die Mundwinkel in Erinnerung. Was war der Grund dafür, dass das Grab geöffnet worden war? Und vor allem: warum erst jetzt? Verfügte die Kripo über neue Kenntnisse, die darauf hindeuteten, dass eine andere Frau an ihrer Stelle auf dem Niederbroicher Friedhof beerdigt worden war? Davon war in der Sendung seltsamerweise keine Rede gewesen. Oder andersherum: Stand sie, Rosi Meyer, womöglich kurz vor der Enttarnung? Hatte irgendjemand sie auf der Straße erkannt und der Polizei einen Hinweis gegeben? Aber sie sah doch in ihrem Alter und mit dem grauen Schopf nun wirklich komplett anders aus als das Mädchen von damals.

Nein, das war unmöglich. Nur Willi hatte gewusst, wer sie wirklich war, und der konnte es nicht mehr verraten.

Nein, sie war sicher. Wenn sie wollte, konnte sie ihr Geheimnis mit ins Grab nehmen, und wenn sie eines natürlichen Todes starb, würde niemand ihre Leiche obduzieren lassen.

»Das würde ich nicht empfehlen«, unterbrach Frau Jansen Rosis Gedanken. »Die wenigsten Geheimnisse betreffen nur eine Person. Meist sind andere involviert, die darunter leiden.« Frau Jansen legte ihre altersfleckige Hand mit den beiden Eheringen – ihrem eigenen und dem ihres vor Jahrzehnten verschiedenen Mannes – sanft auf Rosis Unterarm. »Erlauben Sie, dass ich Ihnen eine kleine Geschichte aus meinem eigenen Leben erzähle, die Ihnen vielleicht bei Ihrer Entscheidung zu helfen vermag.«

Mit brüchiger Stimme begann sie zu erzählen, während Rosi sich auf ihrem Stuhl abwartend zurücklehnte. »Mein Mann

Rudi und ich lernten uns in den fünfziger Jahren des letzten Jahrhunderts kennen. Er war zwölf Jahre älter als ich und musste im Krieg ein Bein lassen. Seine Gefangenschaft in einem Straflager in Sibirien hatte ihn schwer traumatisiert und auch das, was er bei der Schlacht um Stalingrad erlebt und getan hatte. Zeit seines Lebens wurde er von schlimmen Albträumen heimgesucht.« Sie schluckte schwer. »Wie dem auch sei. Wir verliebten uns schnell. Ich sei sein großes Glück, sagte er immer wieder. Also heirateten wir und bekamen einen gemeinsamen Sohn, der leider 1974 bei einem Autounfall starb. Es war furchtbar. Unser Paul durfte nicht älter als einundzwanzig Jahre alt werden. Wir zerbrachen fast daran, doch letztlich hat die Tragödie uns noch enger zusammengeschweißt. Unsere Ehe war glücklich bis zu Rudis Lebensende.« Sie atmete tief durch. In ihrer Brust rasselte es wie schon seit einigen Monaten. Ihre Lunge war infolge einer Coronaerkrankung, die sie im Frühjahr durchlitten hatten, angegriffen.

Nun sah sie Rosi direkt an. »Einen Monat nach der Bestattung bekam ich Post vom Notar. Es stellte sich heraus, dass Rudolph vor dem Krieg schon einmal verheiratet gewesen war. Unmittelbar, nachdem er aus Sibirien zurückgekommen war, reichte er die Scheidung ein, weil er erfuhr, dass sie einen anderen hatte. Da seine Briefe aus dem Lager sie nie erreicht hatten, war sie davon ausgegangen, dass er gefallen war. Ich wusste von nichts und war natürlich schockiert, aber es kam noch schlimmer, denn es gab eine Tochter aus erster Ehe.«

Rosi starrte ihr Gegenüber jetzt wie gebannt an.

Frau Jansen schloss kurz die Augen. »Jene Tochter lehnte jeden Kontakt mit mir ab. Auch mit ihrem Vater habe sie vor langer Zeit abgeschlossen, weil der sich nie für sie interessiert habe. Das Ganze war entsetzlich für mich! Nicht etwa, weil diese Tochter existierte, nein, sondern weil mein Rudi mir ihre

Existenz verschwiegen hatte. Mein Gott, wir hatten unseren Jungen verloren, und er hatte noch ein Kind? Wie sollte es möglich sein, dass mein liebenswürdiger, sanfter Mann diese Tochter kategorisch aus seinem, aus unserem Leben ausgeschlossen hatte? Sie war sein Fleisch und Blut, ich hätte sie mit offenen Armen empfangen, vielleicht hätte es sogar meine Trauer um unseren Sohn ein wenig gelindert. Und sie brauchte doch ihren Vater. Plötzlich erkannte ich meinen lieben Mann nicht wieder. Ich wusste überhaupt nicht, wie ich um ihn trauern sollte, nachdem er mich unsere gesamte Ehe über derart betrogen hatte.«

Sie nestelte mit bebenden Fingern am Kragen ihrer Bluse herum und schaffte es schließlich, den obersten Knopf zu öffnen.

»Und? Ist es Ihnen gelungen, ihm zu verzeihen?«, fragte Rosi bang.

Die alte Lehrerin wiegte ihren Kopf hin und her und nickte schließlich zögernd. »Irgendwann ja. Aber es waren jahrelange Zwiegespräche an seinem Grab nötig, bis ich endlich glaubte, ihn zu verstehen. Wissen Sie, Verdrängung ist manchmal eine Gnade, und mein Rudi musste wohl vieles verdrängen, um nach dem, was er im Krieg und in der Gefangenschaft durchlitten hatte, überhaupt weiterzuleben.«

Rosi nickte gedankenverloren. Das Gefühl kannte sie nur zu gut.

»Trotzdem finde ich, dass er mir davon hätte erzählen sollen. Ich wäre ihm gar nicht böse gewesen. Das alles war lange, bevor wir uns kennenlernten. Aber so ist das mit Geheimnissen. Irgendwann machen sie sich selbständig. Was für eine Last mein lieber Rudi über all die Jahrzehnte mit sich herumgetragen haben muss! Grauenhaft! Aber am meisten bei der Sache tut mir seine Tochter leid. Sie wurde ein Leben lang um ihren Vater gebracht.«

Nach dem Gespräch ging Rosi nachdenklich nach Hause. Frau Jansens Worte spukten in ihrem Kopf herum. Die Last, die sie erwähnt hatte, spürte auch sie auf ihren Schultern. Sie war wie ein schwerer Rucksack, den man nicht abnehmen konnte. Aber wollte sie das überhaupt? Seit langem hatte sie mit ihrer biologischen Familie abgeschlossen, sich Wahlverwandte gesucht und sich so eine neue Familie zusammengebastelt, die tragfähiger war als die alte.

Auch durfte sie nicht vergessen, dass sie ihren Freundeskreis hinsichtlich der Frage, wer sie war, belogen hatte. Wenn sie jetzt den Kontakt zu ihren Schwestern suchte und sich ihnen zu erkennen gab, würde sie damit all jene vor den Kopf stoßen, die sie über Jahre gestützt und gehalten hatten. Denn es wäre sicher unmöglich, die Geschichte unter dem Deckel zu halten. Die Medien würden sich darauf stürzen wie die Geier. Eine breite Öffentlichkeit würde erfahren, dass die totgeglaubte Rebecca Ortmann, die als Sechzehnjährige spurlos verschwunden war, noch lebte. Was für eine Geschichte!

Nein, sie wollte nicht, dass das publik wurde.

Hatte sie sich außerdem eventuell strafbar gemacht? Immerhin war sie durch ihr Versteckspiel mitverantwortlich dafür, dass die Polizei die wahre Identität der im Bauwagen verbrannten Rothaarigen bis heute nicht hatte aufklären können. Die junge Frau hatte doch auch Eltern und vielleicht Geschwister, die sie seit damals vermissten, die es umtrieb, was aus ihr geworden war. Die niemals ihren Frieden hatten machen können.

Rosi konnte den Hass der fremden Leute förmlich spüren. Wollte sie das alles wirklich riskieren? Ihr Puls beschleunigte sich.

Sicher nicht, entschied sie panisch. Sicher nicht!

Rosi, 1982

Mit Flocke war das Leben auf einmal ganz anders: laut, wild und aufregend. Mit ihm an ihrer Seite fühlte sie sich ständig ein wenig atemlos. Bei ihrer zweiten Verabredung in der Szenekneipe waren sie zwischen Bier und Schnaps trinkenden Punks, die beinahe jeden der Songs zum Anlass nahmen, sich beim Tanzen gegenseitig im Sprung anzurempeln – zu pogen, wie Flocke es nannte –, ein Paar geworden. Er kannte hier jede Menge Leute. Alle waren phantasievoll zurechtgemacht. Die Frauen trugen zerrissene Netzstrumpfhosen zu knallengen Miniröcken und weiten Karohemden, die Männer schwarze Jeans, gespickt mit Reißverschlüssen, wie Flocke, Lederjeans oder sogar schottische Kilts. Männer wie Frauen hatten Doc Martens an den Füßen, und alle schienen Schmuck zu lieben, der teils aus Sicherheitsnadeln selbstgemacht war, Silberringe, Ketten, dazu Nietenarmbänder oder -gürtel. Am aufsehenerregendsten fand Rosi die in allen Regenbogenfarben gefärbten Frisuren der Punks: Irokesenschnitte, Sidecuts, Struwwelköpfe und solche, die sie – wie bei Flocke – an ein Stachelschwein erinnerten.

Flocke zog sie an der Hand durch die feiernde Menge.

»Geil, oder?«, schrie er ihr ins Ohr.

Sie nickte eingeschüchtert und kam sich wie ein grauer Fremdkörper inmitten einer Farbexplosion vor.

Seltsamerweise machte sich niemand über ihr biederes Äußeres lustig. Jeder durfte machen und sein, wie er wollte, erklärte Flocke ihr später. Missionieren war nichts, was die Punks interessierte.

Jeder durfte machen und sein, wie er wollte … Für Rosi kam die Aussage einer Offenbarung gleich. Endlich, dachte sie, endlich! Im engen Käfig ihrer Kindheit und Jugend, in der Moral und

Religion die Richtung vorgegeben hatten, war sie sich fremdbestimmt vorgekommen, und auch in der Kommune hatte sie im Grunde nicht frei sagen können, was sie dachte. Dort war sie zwischen Menschen geraten, die allesamt die Welt verbessern wollten und offenbar ganz genau wussten, wie das funktionierte. Und Rosi traute sich nicht, ihnen zu widersprechen, teils aus Dankbarkeit, teils, weil sie vom Wissen dieser Leute beeindruckt war.

Flocke und seine Freunde waren der Gegenentwurf zu Manu, Tom, Willi und all den anderen Bewohnern der Kommune. Sie brüllten »Anarchie«, zeigten der Gesellschaft den Stinkefinger, gestalteten ihr Leben provokativ und laut.

Davon abgesehen, war ihr neuer Freund zärtlich, lustig und immer locker drauf. Mit ihm an seiner Seite taumelte sie glückselig durch die nächsten Wochen und Monate. Auch seine Tierliebe entzückte sie. Sein Hund Ernie war sein treuester Begleiter, den er liebevoll umsorgte und der nie, wirklich nie, Mangel litt. Im Gegenzug hörte der Hund aufs Wort. Rosi liebte ihn bald fast genauso wie Flocke, und es machte ihr überhaupt nichts mehr aus, wenn der riesige Hund mit ihnen beiden in Flockes Bett schlief – einer Lagerstatt, die aus zwei aneinandergeschobenen Matratzen bestand.

Nach ein paar Wochen hielt Rosi sich fast nur noch bei Flocke auf. Immer mehr von ihren Hygieneartikeln und Kleidungsstücken wanderten hinüber in seine kleine Zweizimmerwohnung.

Flocke, der eigentlich Florian Beckmann hieß, war in dem Achtparteienhaus im Stadtteil Flingern trotz seines exotischen Äußeren und der lauten Musik, die er über seine Stereoanlage hörte, äußerst beliebt. Er war freundlich und höflich, hatte bei Begegnungen im Hausflur stets einen lustigen, aber nie respektlosen Spruch auf Lager, kaufte für seine Nachbarin ein, die nach einem Schlaganfall halbseitig gelähmt war, und hatte auch schon mal den kompletten Hausflur frisch gestrichen.

»Für umsonst«, erzählte er Rosi schulterzuckend. »Der Vermieter lebt auf Mallorca und schert sich einen Dreck um das Haus und seine Mieter. Die Wände im Treppenhaus waren total versifft. Also habe ich einen Zettel am schwarzen Brett aufgehängt und gefragt, ob Interesse besteht, dass ich das Ganze neu mach, weil ich doch Maler bin. Alle waren begeistert, haben die Kohle für Farbe, Rollen und Malerplane zusammengelegt, und schon habe ich mich ans Werk gemacht.« Er grinste breit. »Ist geil geworden, oder? Seitdem lieben mich die Leute hier. Selbst wenn Ernie mal jault oder die nebenan was von meiner Mucke mitkriegen, juckt es sie nicht.«

Rosi staunte über Flockes Geschick, mit Menschen umzugehen. Und der Sex mit ihm war absolut göttlich! Viel besser als der mit ihrem ersten Freund. Eigene Bedürfnisse hatte sie sich bei Ulf gar nicht zu äußern getraut, und er war zwar zärtlich gewesen, hatte sich aber auch ein bisschen ungeschickt angestellt. Das war ihr damals nur nicht aufgefallen.

Mit Flocke war alles anders. Noch nie hatte Rosi sich so verstanden und begehrt gefühlt. Er war ein Meister darin, auf ihre geheimsten Wünsche einzugehen, sie geradezu aus ihrem Körper herauszukitzeln, und dennoch selbst nicht zu kurz zu kommen. Mit ihm zu schlafen war entspannt, explosiv und befreiend zugleich. Rosi blühte unter seinen Händen und seiner Zunge auf, fühlte sich ungeahnt fraulich und barst beinahe vor Lust und Leidenschaft. Und sogar die Unterleibsschmerzen, die sie sonst so oft im Zusammenhang mit ihrem Zyklus hatte, flachten ein wenig ab, seit sie mit Flocke auf Wolke Sieben schwebte. Bei ihm konnte sie sich endlich gehen und fallen lassen. Es tat so gut.

Nach zwei Monaten fragte er sie, ob sie bei ihm einziehen wollte. Sie halte sich sowieso ständig bei ihm auf. Es sei daher nur konsequent und ohnehin viel schöner. »Die Wohnung reicht locker für uns drei«, meinte er. »Und wenn ich mal ein bisschen aufräume und ein paar Sachen wegwerfe, sowieso.«

Rosi lachte und nickte. Flocke war ein Chaot vor dem Herrn. Er wusch seine Wäsche erst, wenn er andernfalls nackt aus dem Haus gehen müsste, so dass sich immer ein Berg dreckiger Klamotten auf dem Teppich neben seinem Bett auftürmte. In der Küche stapelten sich das Altglas und leere Hundefutterdosen, die er aber wenigstens auswusch.

Trotz der Unordnung war es in Flockes Wohnung auf künstlerische Art gemütlich. An eine der Längswände im Wohnzimmer hatte er in Rot den Schriftzug von The Clash gesprüht. Die Wand gegenüber war in Knallgelb gestrichen, geziert vom Motiv des Albums »Never Mind the Bollocks« von den Sex Pistols, seiner erklärten Lieblingsband. Seine Möbel stammten allesamt vom Sperrmüll, doch er hatte Tische, Kommoden und Regale in Schwarz und Rot gestrichen, so dass sie zueinander passten.

»Wir können alles abändern, damit es dir auch gefällt«, bot er ihr treuherzig an. »Ich hänge nicht an dem Kram, weißt du? Na, wie sieht's aus?« Erwartungsvoll sah er sie aus seinen grünbraunen Augen an, wobei er insgeheim wohl davon ausging, dass sie Ja sagen würde.

Er konnte natürlich nicht wissen, dass er sie mit seinem Vorschlag in Bedrängnis brachte. Es war unmöglich, dass sie Manu verließ. – Manu, die in letzter Zeit so oft traurig war, weil es die Kommune, die sie so geliebt hatte, nicht mehr gab. Sie lebten in dem kalten, zugigen Haus ja nur noch zu dritt. Man konnte sie höchstens noch eine Wohngemeinschaft nennen. Und wenn jetzt auch sie, Rosi, auszog, wäre selbst das vorbei.

Sie schluckte. Manu hatte ihr das Leben gerettet; sie durfte und konnte sie nicht im Stich lassen.

»Was bedrückt dich?«, fragte Flocke und strich ihr sanft über den Rücken. »Spuck's aus!«

Sie biss sich auf die Lippe. Wie sollte sie ihm erklären, was sie daran hinderte, ihre eigenen Träume wahr werden zu lassen? »Du willst nicht«, stellte er enttäuscht fest. »Ist es dir zu früh?« Sie schüttelte heftig den Kopf, wollte ihm alles erzählen und konnte doch nicht. Es kam einfach kein einziges Wort aus ihrem Mund heraus.

Woraufhin sich sein Gesicht verschloss. »Okay, Thema erledigt«, resümierte er tonlos.

Sie warf sich in seine Arme, bedeckte sein Gesicht mit Küssen. »Es hat nichts mit dir zu tun«, murmelte sie in sein pieksiges Haar.

Zunächst machte er sich steif, doch dann gab er nach und erwiderte ihre Zärtlichkeiten.

Von dem Zeitpunkt an hielt sie sich nur noch äußerst ungern bei Manu und Tom auf. Und sie registrierte plötzlich, wie sehr das Leben des Paares inzwischen aus dem Ruder geraten war. Wie lange ging das schon so, fragte sie sich irritiert. Die beiden tranken und kifften Tag und Nacht. Zwar schien ihre Liebe zueinander ungebrochen, doch hatte sie jede Leichtigkeit verloren. Wie zwei Ertrinkende klammerten sie sich aneinander. Selbst der sonst so stolze Tom wirkte irgendwie bedürftig.

Und dann kam Rosi eines frühen Abends von der Arbeit nach Hause und traf Manu heulend am Küchentisch an. Vor ihr lag ein mit der Maschine geschriebener Brief, der bereits mit dunklen Rotweinrändern verunziert war.

»Was ist los?«, fragte Rosi erschrocken und warf ihre Umhängetasche auf einen Stuhl.

»Wir werden rausgeschmissen«, flüsterte Manu. »Kleines, es

tut mir so leid. Zum ersten Januar müssen wir raus. Das Haus wird abgerissen.«

Rosis erste Regung war Erleichterung, auf dem Fuße gefolgt von einem furchtbar schlechten Gewissen. Wie konnte sie sich darüber freuen, dass Manu und Tom ihr Zuhause verloren?

»Ach, ich weiß gar nicht mehr weiter.« Manu sah sie mit verquollenen Augen an. Mascarareste hingen in ihren Wimpern. Sie rang die Hände. Rosi bemerkte die abgekauten Fingernägel und die rissige Haut an den Fingerknöcheln. »Wir brauchen schnell eine neue Bleibe. Zu dritt wird das echt schwer. Es gibt kaum mehr bezahlbare Wohnungen in Düsseldorf. Und Häuser schon mal gar nicht.«

»Um mich mach dir mal keine Sorgen«, sagte Rosi schnell. Manu schüttelte den Kopf. »Aber du gehörst doch zu uns. Bist die einzig treue Seele hier ...« Sie machte eine raumgreifende Geste mit beiden Armen.

Rosi konnte die halbvolle Weinflasche, die ins Kippen geriet, weil Manu dagegen gestoßen war, gerade noch auffangen und wieder hinstellen. Dann atmete sie tief durch. »Ich kann bestimmt bei meinem Freund wohnen«, sagte sie und kam sich wie eine Verräterin vor.

Manu sah Rosi durch einen Tränenschleier an und versuchte sich an einem Lächeln. »Meinst du? Ist es denn das, was du willst?« Plötzlich bekam sie einen Schluckauf. »Tom und ich wollen dich nicht vertreiben. Wir haben dich sehr lieb.«

»Ich euch doch auch«, beteuerte Rosi. »Aber so ist es sicher viel leichter für euch, eine Wohnung zu kriegen. Und für mich wäre das echt okay.« Wie verlogen sie sich fühlte!

»Du bist so lieb!« Manu hickste und brach erneut in Tränen aus.

Rosi setzte sich neben sie und umarmte sie fest. »Das wird schon wieder«, versicherte sie der Freundin. »Und du wirst sehen. Nur ihr zwei in einer schnuckligen kleinen Wohnung, das hat doch auch was, oder?«

»Meinst du?« Manu schniefte. Ihr Schluckauf schien vorbei zu sein. »Tom und ich wollten so ein Spießerleben eigentlich nie. Ehe, Familie und so.« Sie goss sich ihr Glas voll, um sofort davon zu trinken. »Aber vielleicht hast du ja recht, und alles wird gut. Aber du musst uns ganz oft besuchen kommen, ja?«

Teil IV

Von wilden und von zahmen Zeiten

»Man braucht nur eine Insel
allein im weiten Meer.
Man braucht nur einen Menschen,
den aber braucht man sehr.«

Mascha Kaléko
(»Was man so braucht«,
In meinen Träumen läutet es Sturm)

Rosi, heute

Als sie zu Hause ankam, war Nadine noch nicht von dem Spaziergang mit Dackel Konstantin zurück. Eilig schenkte Rosi sich in der Küche ein Glas Wasser ein, holte ihren Laptop und fuhr ihn hoch. Sie rief die Mediathek auf und suchte die Sendung heraus, in der von der Exhumierung berichtet worden war. Aufmerksam sah sie sich den gesamten Bericht ohne Ton an und klickte auf »Pause«, sobald Miriam in Großaufnahme erschien. Es versetzte ihr einen Stich, sie als Frau mittleren Alters zu sehen. Trotzdem, fand Rosi, hatte Miriam sich nicht groß verändert. Glattes brünettes Haar umrahmte ein sensibles und zugleich selbstbewusst wirkendes Gesicht. Nur die Sorgenfalten passten nicht recht hinein.

»Miri«, flüsterte Rosi und strich mit dem Finger über den Bildschirm. »Ich wollte dir nicht weh tun. Dir am allerwenigsten.« Ihr stiegen Tränen in die Augen, und sie ließ den Clip weiterlaufen. Mehrere Leute standen um das geöffnete Grab herum. Rosi vermutete, dass es Mitarbeiter der Kriminaltechnik waren. Im Hintergrund sah sie weitere Gestalten. Ob eventuell Ruth unter ihnen war? Sie zoomte die Stelle heran und klickte erneut auf »Pause«. Nein, sie fand keine Frau, die ihrer älteren Schwester auch nur annähernd ähnlich sah. Enttäuscht schloss sie den Bericht und fuhr den Computer wieder runter.

Rosi, 1986

Das Leben mit Flocke in ihrer gemeinsamen Wohnung war ein einziges Abenteuer, bei dem sie im Laufe der Jahre eine Menge Federn ließ.

In den ersten Monaten war Rosi allerdings glücklich wie nie zuvor. Nach erfüllendem Sex in seinen Armen einzuschlafen, zu Füßen den schnarchenden Ernie, und am nächsten Morgen von zärtlichen Küssen geweckt zu werden war einfach himmlisch. Nach dem Aufstehen duschten sie gemeinsam und frühstückten in der Küche.

Jeden Morgen, wenn Rosi zur Bushaltestelle ging, um zur Arbeit zu fahren, begleitete Flocke sie mit Ernie. An der Haltestelle wartete er, bis sie eingestiegen war, um anschließend einen ausgedehnten Spaziergang zu machen oder Freunde zu besuchen, die arbeitslos waren wie er. Dann trank er mit ihnen ein oder zwei Flaschen Bier, rauchte, hörte Musik, spielte Karten oder Darts.

Flocke lebte von Sozialhilfe und hatte nicht vor, sich eine Stelle zu suchen. Dass sie beide nun zusammenlebten, änderte für ihn nichts daran. Rosi versuchte, seine Lebensweise zu akzeptieren, was ihr nicht leichtfiel, doch sie sagte sich, dass sie ihn ja genauso kennen- und lieben gelernt hatte. Wer gab ihr das Recht, ihn zu ändern?

Ärgerlich wurde sie nur, als er ihr vorschlug, doch ebenfalls ihren Job sausen zu lassen.

»Scheiß Plackerei! Wir hätten das Paradies auf Erden, wenn du zu Hause bleiben würdest«, sagte er mit träumerischem Blick und küsste sie auf den Mund. »Wir wären frei und könnten tun, worauf wir den lieben langen Tag Lust haben.«

»Du spinnst!« Rosi zeigte ihm einen Vogel. »Das würde uns nicht freier, sondern abhängiger machen. Abhängiger vom

Staat und seinen Leistungen. Ich finde meinen Job zwar nicht gerade superspannend, aber ich möchte ihn nicht missen. Auch, weil ich etwas Sinnvolles tue und nette Kollegen habe.«

»Na, meinetwegen.« Flocke stöhnte auf und verdrehte die Augen. »Wenn dir die Arbeit sooo wichtig ist.« Dann grinste er, und sie wusste mal wieder nicht, ob er sich bloß einen Spaß mit ihr erlaubt hatte.

Sie schüttelte den Kopf über so viel Unfug. »Mein Schatz, ich liebe dich, aber du bist ein Kindskopf«, sagte sie tadelnd und kuschelte sich an ihn.

»Kein Wunder. Ich bin ja auch drei Jahre jünger als du«, antwortete er leichthin, und dagegen konnte sie ja wohl nichts mehr sagen.

Am Wochenende zogen sie um die Häuser, wie Flocke es nannte, gingen in Flockes Lieblingskneipe oder zu Konzerten in den Ratinger Hof. Als der Sommer kam, verlagerten die Punks ihre Treffen auf die Rheinwiesen. Unter einer Brücke wurde fast jedes Wochenende kräftig gefeiert. Das Bier floss in Strömen, auf einfachen Holzkohlegrills brutzelten Würstchen, und aus dem Ghettoblaster scholl laute Punkmusik weithin übers Wasser.

Nach solchen Abenden gingen Flocke, Rosi und Ernie zufrieden nach Hause. Rosi mochte Flockes Freunde.

Nur, dass sie nach den Partys haufenweise Müll unter der Brücke liegen ließen, störte sie. Wobei sie sich hütete, etwas zu sagen. Schließlich wollte sie nicht als Spießerin dastehen.

Die Zeit verging, und Rosi wunderte sich immer mehr über Flockes Umgang mit Geld. Solange er welches hatte, gab er es mit vollen Händen aus, und wenn er nicht mehr flüssig war, hörte er sich um und nahm kleine Gelegenheitsjobs an. Mal renovierte er bei der Mutter eines Freundes die Wohnung, mal lackierte er den Gartenzaun des Kioskbesitzers, bei dem er

Stammgast war. Und wenn ihm gerade keiner seiner Freunde etwas vermitteln konnte, durchforstete er Rosis Zeitungen nach Jobangeboten. Zeigte er sich sonst eher genervt von ihrer »intellektuellen Marotte«, so war er in mageren Zeiten dankbar für die Rubrik mit den Anzeigen.

Jahrelang blieb Rosi bezaubert von Flockes unbekümmerter Art. Sie hatte sich seinem Kleidungsstil angenähert, trug nun dunkle Jeans, schlabbrige T-Shirts und eine alte Motorradlederjacke, die Flocke ihr auf dem Trödelmarkt auf dem Aachener Platz billig besorgt hatte. Weil ihm ihre »kackbraunen« Haare so gar nicht gefielen, färbte sie sie schwarz.

Ein richtiger Punk wollte sie aber nicht sein. Sie fand die Musik zu unmelodisch. Außerdem hatte ihre Mentalität überhaupt nichts mit Punk gemein. Obschon sie auch mal Fünfe gerade sein lassen konnte, war sie im Grunde gern fleißig, pünktlich und ordentlich. Und sie brauchte gewisse Strukturen, um sich wohlzufühlen. Innerlich wie äußerlich. Ein einigermaßen aufgeräumtes Wohnzimmer half ihr dabei, klare Gedanken zu fassen. Und niemals, wirklich niemals hätte sie sich als Rebellin bezeichnet. Sie taugte einfach nicht dazu. Rebellion setzte voraus, dass man bereit war, gegen etwas aufzubegehren. Rosi aber zog sich zurück oder ging weg, wenn ihr etwas nicht passte.

Flocke behauptete allerdings, dass er sie ganz genau so liebte. »Du bist so süß. In allem willst du perfekt sein«, murmelte er ihr leise ins Ohr, wenn sie auf dem Sofa miteinander schmusten oder sich am Rheinufer küssten. »Meine perfekte kleine Rosi!«

Nach über drei Jahren Beziehung war Rosi sich jedoch nicht mehr sicher, ob er sie tatsächlich noch so liebte, wie sie war.

Allzu oft verdrehte er die Augen, wenn sie den Haufen dreckiger Wäsche, der sich im Schlafzimmer angesammelt hatte, nach Farben sortierte, um sie getrennt voneinander in der

Waschküche in die Maschine zu stopfen. Auch, dass sie alle Socken mit den Zehenspitzen nach links und den Hacken nach rechts auf der Leine aufhängte, nervte ihn nun eher, als dass es ihn belustigte.

Das tat ihr weh. Zugleich glaubte sie, ihre Beziehung würde nun wohl in eine neue, wunderbare Phase eintreten. Ihre Tage waren ausgeblieben, und zwar schon länger als acht Wochen. Nach der besonders entspannten Anfangszeit mit Flocke vor drei Jahren waren ihre heftigen Menstruationsbeschwerden zurückgekehrt. Ihr Zyklus war unregelmäßig, und wenn sie blutete, dann unter heftigen Unterleibs- und Rückenschmerzen. Da halfen nur Tabletten, eine Wärmflasche und heißer Kamillentee.

Jetzt aber fühlte sich ihr Bauch prall und hart an, so wie damals, als sie noch ein Teenager war. Sie nahm an, zum zweiten Mal schwanger zu sein, und diesmal wollte sie das Baby bekommen. Sie würde es nicht wie damals mit Schnaps abtöten und mit Hilfe eines Kleiderbügels ...

Rosi verbot sich, den Gedanken weiterzuverfolgen. Es war allzu beschämend, zu furchtbar. Nein, dieses Kind sollte geboren und von seinen liebenden Eltern durchs Leben begleitet werden.

An einem Donnerstagabend im Januar kam sie nach Hause, und Flocke hockte vor dem Fernseher, Ernies Kopf auf dem Schoß. Die alte Dogge war in letzter Zeit ganz grau um die Schnauze und immer hinfälliger geworden.

Rosi machte sich einen Kaffee und setzte sich mit dem Henkelbecher zu Flocke auf die Sofakante. Er gab ihr einen flüchtigen Kuss, um sich dann wieder seiner Lieblingscomicserie zu widmen.

»Na, wie war's bei der Arbeit?«, murmelte er beiläufig. Es

hörte sich nicht so an, als sei er wirklich an einer Antwort interessiert.

»Wie immer«, erwiderte sie. »Aber da gibt's etwas, worüber ich gern mit dir reden würde.«

»Hat das nicht noch ein paar Minuten Zeit? Die Folge ist gleich zu Ende.« Er heftete die Augen auf den Bildschirm, während er Ernies Kopf kraulte.

»Nein, eigentlich nicht.« Rosi Stimme bebte. »Weißt du, ich ...«

Genervt stand er auf und schaltete dem Apparat aus. Dann blieb er abwartend vor ihr stehen. »Mal wieder Stress mit dem Chef?«, fragte er gelangweilt. »Dann kündige doch endlich.«

»Also ... ich habe morgen einen Termin bei einem Frauenarzt hier im Viertel. Und ich wollte dich fragen, ob du vielleicht mitkommst ...« Sie rang die Hände, wusste nicht weiter.

Plötzlich war er bei ihr und nahm sie zärtlich in die Arme. »Alles okay, mein Liebes.« Er küsste sie, hielt sie dann auf Armeslänge von sich. »Endlich gehst du mal zum Arzt. Diese Schmerzen, die du immer hast, sind ja auch echt nicht normal. Wie oft habe ich dir gesagt, dass du das untersuchen lassen musst. Klar komme ich mit, wenn du solche Angst davor hast.«

»Danke!« Vor Erleichterung wurde ihr ganz schwindelig. Hier war er endlich wieder, der fürsorgliche und warmherzige Chaot, den sie über alles liebte. »Aber das ist es nicht. Ich muss aus einem anderen Grund zum Arzt. Ich ... glaube, dass ... dass wir zwei ein Kind erwarten«, sagte sie rasch.

»Was?« Erschrocken trat er einen Schritt zurück. »Ich dachte immer, dass du ein Diaphragma benutzt. Wieso ...?«

»Das weiß ich doch nicht. Ist eben nicht die sicherste Methode. Und manchmal, das weißt du ganz genau, hab ich gar nicht die Zeit, es einzusetzen, weil ...«

»Stopp mal!« Mit einer Handbewegung schnitt er ihr das

Wort ab. »Ich kenne mich mit dem ganzen Kram nicht aus, habe mich immer drauf verlassen, dass wir bloß ungeschützt miteinander schlafen, wenn du deine unfruchtbaren Tage hast. Und jetzt willst du mir sagen, dass du womöglich schwanger bist?«

Er raufte sich das orangene Haar, das er heute noch nicht mit Gel fixiert hatte. Dennoch stand es jetzt zu allen Seiten vom Kopf ab. Wie er da so aufgebracht vor ihr stand, wirkte er auf sie wie ein wutentbrannter Pumuckl.

Ernie schien zu merken, dass mit seinem Herrchen etwas ganz und gar nicht in Ordnung war; er sprang ungelenk von der Couch und stellte sich mit zittrigen Flanken neben ihn.

In ihrem Kopf brannte eine Sicherung durch. »Womöglich?«, schrie sie Flocke an. »Womöglich? Was wäre denn so schlimm daran?«

Sie starrten sich gegenseitig an. Die Stille stand wie eine Mauer zwischen ihnen.

Mit einem Mal ließ er die Arme hängen, alle Spannung wich aus seinem Körper. Seine eine Hand begann automatisch, Ernies Kopf zu streicheln. »Ich will keine Kinder«, bekannte er tonlos. »Wollte ich noch nie. Meine Eltern waren nicht gerade leuchtende Vorbilder. Mein Alter war komplett cholerisch und hat auf mich eingeprügelt, wenn ihm mal wieder eine Laus über die Leber gelaufen war. Und meine Mutter hatte nichts zu sagen. Die hat ihn sich an mir austoben lassen. Wie kann einer wie ich ein guter Vater sein?« Plötzlich glänzten Tränen in seinen Augen. »Außerdem ...« Er zog die Brauen zusammen. »... komme ich mir irgendwie verarscht vor. Ein Kind zu kriegen, das müssen wir doch gemeinsam entscheiden.«

»Meinst du etwa, dass ich das extra gemacht habe?« Fassungslos schüttelte Rosi den Kopf. »Es ist einfach so passiert. Und wir beide sind doch in dem Alter, in dem man den nächsten

Schritt im Leben geht: heiraten, Kinder, das ist doch normal!«, spie sie ihm entgegen.

Er schnalzte mit der Zunge. »In deiner Welt vielleicht«, erwiderte er hart, »in meiner jedenfalls nicht!«

Es war zu schrecklich, wie er das sagte, so kalt, so herzlos. Es brachte sie zum Weinen, und ihr Magen zog sich zusammen. »Willst du damit sagen, dass ich das Kind wegmachen lassen soll, falls ich wirklich schwanger bin?« Es kostete sie große Kraft, die Worte auszusprechen. Es tat ihr unsagbar weh.

Hilflos und mit elendem Gesichtsausdruck stand Flocke vor ihr, öffnete den Mund, doch kein Ton kam heraus.

»Alles klar!« Rosi schnappte sich ihre Jacke vom Haken, den Schlüssel vom Schränkchen und rannte aus der Wohnung. Sie würde mit der Straßenbahn zu ihrer Freundin fahren und fragen, ob Karin sie für eine Nacht bei sich aufnehmen würde.

Sie lief in die Dunkelheit hinaus und durch die schneidend kalte Winterluft zur Haltestelle. Winzige Schneeflocken wehten ihr entgegen. Das Licht der Straßenlaternen ließ sie glitzern wie Pailletten.

Rosi schlang frierend die Arme um sich. Mit jedem Schritt wurde ihre Panik größer. Was sollte sie bloß tun, wenn sich morgen herausstellte, dass sie tatsächlich ein Kind erwartete? Niemals würde sie dieses Baby abtreiben, nicht nach dem traumatischen Erlebnis von vor bald zehn Jahren. Aber es allein großzuziehen, konnte sie sich auch nicht vorstellen. Sie müsste Erziehungsurlaub nehmen und bekäme kein Geld mehr. Wie sollte das gehen? Und Flocke könnte ihr natürlich keinen Unterhalt zahlen, denn er würde sich auch unter diesen Umständen ganz sicher keinen festen Job suchen. Ihre Enttäuschung über ihn wuchs.

Automatisch verglich sie Flocke mit Ulf, der ihr damals beinahe reflexartig einen Heiratsantrag gemacht hatte, sobald er erfahren hatte, dass sie in anderen Umständen war. So musste das laufen, dachte sie jetzt.

Ach, Ulf ... Sie wusste, dass sich ihr erster Freund in Deutschland längst als The Red U zum Radiostar gemausert hatte. Seine Platten wurden rauf und runter gespielt. Obwohl er sich nach ihrem Verschwinden merkwürdig verhalten hatte, freute sie sich für ihn, dass er seinen Traum, Musik zu machen, nun lebte.

Rosis Bahn kam. Sie stieg ein, ließ sich auf eine der schmalen Sitzbänke fallen. Draußen wurde das Schneegestöber dichter. Rosi musste weinen, drehte ihr Gesicht zum Fenster, damit die anderen Fahrgäste nichts von ihrem Elend mitbekamen.

Eine Viertelstunde später stand sie bei ihrer Freundin und langjährigen Arbeitskollegin Karin vor der Tür.

»Natürlich kannst du bei mir übernachten«, sagte Karin warmherzig und guckte Rosi neugierig an. »Komm doch erst mal rein, du Arme.«

Sie ließ sie herein, kochte Rosi einen Tee und ließ sich alles erzählen.

Missbilligend schüttelte sie dann den Kopf. »Sei mir nicht böse, aber ich habe von deinem Freund noch nie besonders viel gehalten. Ich habe mich immer gefragt, was du mit diesem Nichtsnutz willst!«

Rosi wärmte sich die Hände an ihrer Tasse. »Du kennst ihn nicht. Er kann total lieb sein ...«, antwortete sie, auf Verteidigung bedacht.

»Aber wenn du ihn wirklich brauchst, ist er nicht da.«

Worauf Rosi nichts mehr erwiderte, denn Karin hatte ja recht. Und trotzdem liebte sie Flocke immer noch. Sie konnte es nicht ändern, und ihr war weh ums Herz.

Am nächsten Morgen betrat sie pünktlich um zehn die Praxis. Die Sprechstundenhilfe, eine junge Frau in weißer Jeans und weißem Sweatshirt, schickte sie ins Wartezimmer. »Es dauert nicht lange. Dr. Gruber hat gleich Zeit für Sie«, sagte sie freundlich.

Als Rosi zwischen mehreren Frauen Platz nahm, von denen drei dicke Bäuche hatten, überfiel sie die Panik mit voller Wucht. Sie ängstigte sich vor der Untersuchung, konnte sich überhaupt nicht vorstellen, dass gleich ein Mann mit irgendwelchen Gerätschaften in ihr herumfuhrwerken sollte. Allein vor dem Untersuchungsstuhl, von dem sie schon so viel gehört hatte, war ihr bange.

Angestrengt lenkte sie ihren Blick auf den bunten Druck von Monets Mohnfeld, der ihr gegenüber an der weißgestrichenen Raufasertapete hing, und versuchte, sich zu beruhigen.

Zwanzig Minuten später wurde sie zu Dr. Gruber ins Behandlungszimmer gerufen, in dessen Mitte monströs der Untersuchungsstuhl aufragte. Rosi bekam feuchte Hände.

Der junge Arzt mit der Nickelbrille – Rosi schätze ihn auf Anfang dreißig – saß an einem Schreibtisch rechts davon. Die linke Ecke des Raums wurde von einer spanischen Wand eingenommen.

Höflich bat der Arzt sie, zunächst auf dem schmalen Stuhl ihm gegenüber Platz zu nehmen, um sich anschließend in eine Karteikarte zu vertiefen. Schließlich stellte er fest: »Ich lese, Sie sind zum ersten Mal hier?!«

Rosi nickte nervös und hauchte ein »Ja«.

»Zu welchem Gynäkologen sind Sie früher gegangen? Auch hier in Düsseldorf?«

Rosi schluckte. Derlei Fragen hatte sie befürchtet.

»Es ist mein erster Besuch bei einem Frauenarzt«, stammelte sie und walkte die Tasche auf ihrem Schoß.

Der freundliche Dr. Gruber runzelte die Stirn, studierte dann noch einmal die Informationen in seiner Hand. »Sie sind schon achtundzwanzig Jahre alt«, tadelte er sie milde. »Dann wurde es auch mal Zeit. Ich werde Sie also gründlich untersuchen.« Er nickte gewichtig. »Und Sie kommen zu mir, weil ...«

»... ich wahrscheinlich schwanger bin. Ich hätte gern, dass Sie einen Test machen.«

Dr. Gruber sah sie aufmerksam an. Dabei hatte sie das Gefühl, dass er sie erst jetzt richtig wahrnahm. Sie begann, sich unwohl zu fühlen. »Wie lange bleibt Ihre Periode denn schon aus?«

»Circa acht Wochen.«

»Oh!« Der Arzt nahm die Brille ab und putzte die Gläser mit einem Zipfel seines weißen Kittels. Er blinzelte sie aus kurzsichtigen Augen an. »Und warum kommen Sie erst jetzt?«

Rosi sank auf ihrem Stuhl in sich zusammen. »Weil ich meine Tage schon immer unregelmäßig kriege. Es ist normal, dass sie einen ganzen Monat ausbleiben und beim nächsten Mal umso heftiger sind. Dann verliere ich viel Blut und habe starke Schmerzen«, erklärte sie. »Wie gesagt, das ist ganz normal ...«

»Nun, normal ist das sicher nicht«, widersprach Dr. Gruber ernst. Rosi glaubte, einen leicht gereizten Unterton herauszuhören. »Jetzt aber vermuten Sie, schwanger zu sein? Warum denn?«

Sie kam sich inzwischen wie bei einem Verhör vor.

»Mein Bauch fühlt sich hart und geschwollen an, und ich habe Unterleibsschmerzen«, antwortete sie eingeschüchtert.

Der Arzt räusperte sich. »Das sind nicht unbedingt die Symptome einer frühen Schwangerschaft.«

»Nein?« Jetzt war sie wirklich überrascht.

»Wissen Sie was? Ich untersuche Sie erst einmal und mache auch eine Ultraschallaufnahme. Dann wissen wir mehr.« Er stand auf und ging um den Schreibtisch herum, bis er direkt vor ihr stand. Sie stellte fest, dass er nicht größer als sie war, eventuell sogar ein paar Zentimeter kleiner. Trotzdem hatte sie jetzt wieder Angst vor ihm.

»Bitte entkleiden Sie sich dort hinter dem Paravent, aber bitte nur unten herum.« Seine Stimme klang mit einem Mal deutlich sanfter. Offenbar merkte er, wie sehr sie sich vor der Untersuchung fürchtete.

»Es tut überhaupt nicht weh«, versicherte er ihr noch. »Und es dauert auch nicht lange.«

Hilde, 1986

In ihre Ehe mit Rainer war wieder Frieden eingekehrt, aber viel zu sagen hatten sie einander nicht mehr. Und sie gingen meist getrennte Wege. Während Hilde die Freundschaften, die aus ihrem Frauenkegelverein entstanden waren, pflegte und mit der inzwischen geschiedenen Erika Theateraufführungen oder Schlagerkonzerte besuchte, wurde Rainer zum Stammgast in der Dorfkneipe, in der er sich regelmäßig mit den Kameraden aus dem Schützenverein traf. Sein Presbyteramt nahm auch immer mehr Raum ein.

Manchmal schien es Hilde, als spiele sich ihr gemeinsames Leben nur während der Mahlzeiten und der Gottesdienstbesuche ab. Doch sie hütete sich, etwas daran ändern zu wollen. Dass sie nicht mehr stritten, war ihr viel wert. Über ihre verstorbene Tochter und auch über Ruth mit ihren gesundheitlichen Problemen redeten sie nie.

Seit Miriam ausgezogen war, um in Köln Psychologie zu studieren, hatten Rainer und Hilde auch getrennte Schlafzimmer. Hilde war froh darüber, denn ihr Mann schnarchte fürchterlich – vor allem nach zu viel Bierkonsum – und redete, stöhnte und schrie im Schlaf. Hilde vermutete, dass Albträume ihn quälten, doch da er sich ihr nicht anvertraute, blieb es bei der bloßen Annahme.

Hätte Hilde ihre Freundinnen nicht gehabt, sie wäre vor Einsamkeit eingegangen. Obwohl sie sich für ihre Jüngste freute, dass diese es in Köln so gut getroffen hatte, vermisste sie sie sehr. Als Miri noch daheim gewohnt hatte, war immer Leben im Haus. Nun wirkte es wie ausgestorben.

Jeden Sonntagnachmittag pünktlich um 15 Uhr griff Hilde zum Telefon, um Miriam im Studentenwohnheim anzurufen. Dann redeten sie eine Weile, und Hilde war froh, am Leben ihrer Tochter wenigstens ein bisschen teilnehmen zu dürfen. Diese Momente erfüllten sie zunächst mit großer Dankbarkeit, bevor sich die alten Schuldgefühle in den Vordergrund drängten. Miriam brauchte sie nicht, das drang aus jedem ihrer lebhaften Sätze durch die Leitung. Sie brauchte ihre Mutter schon lange nicht mehr, und zwar, weil die sich nicht richtig um sie gekümmert hatte. Nur Rebecca hatte sie im Kopf gehabt. All die Jahre. Selbst als herauskam, dass Rebecca tot war, hatte Hilde so weitergemacht. Warum war es ihr nicht gelungen, mehr Interesse für Miriams Belange aufzubringen? Rainer und sie hatten so viel falsch gemacht, seit Rebecca fort war.

In diesem Jahr würde sich ihr Verschwinden zum zehnten Mal jähren. Kaum zu glauben!

Hilde war bloß froh, dass der anonyme Briefeschreiber, der sonst regelmäßig seine unmöglichen Forderungen an den Bürgermeister geschickt hatte, seit letztem Jahr im Sommer offenbar aufgegeben hatte. Seither war kein solcher Brief mehr im Rathaus eingegangen. Gudrun hatte ihr erzählt, wie erleichtert ihr Mann darüber war. Und Hilde konnte dem nur beipflichten.

Sie fror, als sie sich jetzt in ihrem Zimmer, das einmal Ruths gewesen war, ankleidete. Der Januar 1986 war kalt, die alte Ölheizung kam kaum gegen die Minusgrade draußen an. Schnell schlüpfte sie in lange Strümpfe, eine bordeauxrote Cordhose und den neuen Pullover, den sie vor einigen Wochen auf der Strickmaschine gestrickt hatte. Draußen brach ein düsterer Dienstagmorgen an.

Mit Hausschuhen an den Füßen ging sie in die Küche, um das Frühstück vorzubereiten.

Als die Wanduhr bereits acht Uhr fünfzehn anzeigte und Rainer immer noch nicht runtergekommen war, klopfte sie ungeduldig an seine Schlafzimmertür. Von drinnen erklang leises Stöhnen. Erschrocken riss sie die Tür auf. Ihr Mann lag – noch im Schlafanzug – zusammengekrümmt auf dem Bettvorleger und bewegte sich nur ganz schwach.

Blitzschnell war sie bei ihm, hockte sich neben ihn, hörte seinen flatternden Atem und sein Keuchen. »Rainer?«, rief sie und rüttelte an seinen Schultern. »Was ist denn bloß los?«

Er bemühte sich zu antworten, doch es gelang ihm nicht. Sein Gesicht wirkte merkwürdig schief, ein Augenlid und ein Mundwinkel hingen grotesk herunter.

Von Panik ergriffen, sprang Hilde auf und rief den Notarzt.

Miriam, 1986

Nach dem Anruf ihrer Mutter machte Miriam sich sofort auf den Weg zum Krankenhaus in Mönchengladbach, in dem ihr Vater nach seinem Schlaganfall auf der Intensivstation lag. Sie fuhr mit öffentlichen Verkehrsmitteln, denn ein Auto besaß sie nicht, und das Mofa hatte sie längst verkauft. Gegen 17 Uhr erreichte sie die Klinik und ließ sich von der Dame am Empfang den Weg weisen.

Im grünen Kittel, mit Mundschutz und Einmalhandschuhen

ausgestattet, betrat sie den Raum, in dem medizinische Geräte dominierten, es ständig blinkte und piepte und die sonst stattliche Gestalt ihres Vaters im Krankenbett auf einmal klein und schmal wirkte. Ihre Mutter saß, ebenso maskiert wie sie selbst, auf einem Hocker und hielt vorsichtig seine Finger fest, denn im Handrücken steckte eine Braunüle, per Schlauch an eine Infusionsflasche angeschlossen.

Mamas Blick war verzweifelt. »Er ist immer noch bewusstlos«, sagte sie, während sie Papas Arm streichelte. »Die Ärzte wissen nicht, ob die Lähmung je wieder weggeht.« Tränen quollen aus ihren Augen. Sie ließ sie einfach laufen.

Miriam trat näher, legte ihrer Mutter eine Hand auf die Schulter. »Wir können nur abwarten und das Beste hoffen«, flüsterte sie zurück. Sie fühlte sich überfordert mit der Situation.

»Und beten!« Ihre Mutter nickte heftig. Ihre Stimme wurde lauter. »Ich bete schon seit Stunden zu Gott, dass er mir meinen Rainer wiedergibt, so, wie er war. Unsere Ehe … Ich würde dafür sorgen, dass sie wieder besser wird. Hätten wir noch ein gemeinsames Schlafzimmer und würden in einem Bett schlafen, wie es sich für ein Ehepaar gehört, wäre es gar nicht so weit gekommen. Ich hätte viel früher gemerkt, was mit ihm los ist, und schneller den Notarzt rufen können …«

Miriam schüttelte sanft den Kopf. »Ach was …«, sagte sie leise. Sie sah einen Papierspender an der Wand, zog ein Blatt heraus und reichte es ihrer Mutter, damit diese sich damit das Gesicht trocknen konnte. »Mach dir keine Vorwürfe. Du konntest doch nicht ahnen, dass Papa einen Schlaganfall kriegt. Und du hast sofort reagiert!«

Ihre Mutter schnäuzte sich in das Einmalhandtuch und knüllte es dann zu einem Ball zusammen, den sie in der Hand knetete. Die andere wanderte wieder zu Papas Arm.

Miriam zog sich einen Stuhl heran. Auf einmal fühlte sie sich zutiefst erschöpft und verzweifelt. »Lieber Gott, bitte lass Papa nicht sterben«, betete sie stumm.

Ihre Mutter und sie saßen lange so da, meist schweigend. Miriam schloss die Augen, wäre am liebsten eingeschlafen.

Sie schrak zusammen, als sie eine Stimme hörte.

»Rebecca«, sagte ihr Vater laut und vernehmlich. »Da bist du ja endlich, mein Kind.«

Miriam riss die Augen auf.

Auch ihre Mutter war zusammengefahren. »Rainer«, sagte sie und beugte sich über ihn, woraufhin er undeutliches Zeug brabbelte und sie beide wild anstierte. Seine linke Hand sowie das linke Bein zuckten. Er schien, als sei er bei Bewusstsein.

Seine ersten Worte aber hatten Miriam eine Gänsehaut über den Rücken gejagt. War Rebecca etwa doch tot und im Himmel, und Papa sah ihren Geist, weil er selbst dabei war, diese Welt zu verlassen?

»Bitte lass ihn nicht sterben«, flehte Miriam Gott in Gedanken noch einmal an.

Ihre Mutter indes sprang auf und rannte in den Flur. »Einen Arzt bitte, mein Mann ist aufgewacht!«, rief sie mit sich überschlagender Stimme.

Rosi, 1986

Sie war völlig fertig. Während sie zur Straßenbahnhaltestelle zurücklief, gingen ihr die niederschmetternden Worte des Gynäkologen durch den Kopf. Tatsächlich hatte die Untersuchung nicht sonderlich weh getan. Wohl aber das Ergebnis.

Rosi stieg automatisch in die Linie, die sie zu Flockes und ihrer Wohnung und nicht zurück zu Karin führte. Auf ihrem Sitz in der halbleeren Bahn umklammerte sie ihre Tasche. Tränen brannten in ihren Augen, wollten aber nicht fließen. Es gab Dinge, die zu schlimm waren, um darüber weinen zu können.

Dr. Gruber hatte sie krankgeschrieben und ihr einen Termin für morgen gegeben, weil ... weil ...

Rosi konnte keinen klaren Gedanken fassen. Sie fühlte sich beschmutzt und verzweifelt. Die alte Schuld kam in ihr hoch, eine Schuld, die sie nun nie mehr würde begleichen können. Warum bloß war sie nicht vor Jahren schon zum Gynäkologen gegangen? Warum nicht damals, als ihre Mutter es gefordert hatte?

Sie zitterte. Die Bahn hielt an ihrer Straße, und sie wankte auf unsicheren Beinen hinaus in den Schneematsch. Der Hauseingang mit den bröckelnden Stufen und der zerschrammten Haustür tauchte vor ihr auf. Plötzlich hoffte sie, dass Flocke nicht da war, sondern bei Freunden oder mit Ernie unterwegs.

Es war mühsam, die Treppe bis in den dritten Stock hochzulaufen, denn ihr Unterleib schmerzte. Stöhnend legte sie eine Hand auf ihren Bauch. Na, diese Quälerei wenigsten würde morgen ein Ende haben, aber zu welchem Preis? Mit fahrigen Bewegungen versuchte sie, den Schlüssel ins Schlüsselloch zu stecken.

Plötzlich wurde die Tür von innen aufgerissen. Flocke stand vor ihr. Sie traute sich kaum, ihn anzusehen, hatte nicht die Kraft für einen Streit, aber da schloss er sie auch schon in die Arme.

»Mein Liebes, da bist du ja endlich!« Sie hörte ihm an, dass er den Tränen nahe war. »Komm rein.« Er zog sie hinter sich her ins Wohnzimmer, wo er sie noch einmal an sich drückte. »Es tut mir so leid! Ich habe mich wie ein Arschloch benommen. Natürlich stehe ich zu dir, wenn du ein Baby ... unser Baby ... bekommst. Wir schaffen das schon zusammen. Ich suche mir auch eine Arbeit ...« Sein Gestammel ging in Schluchzen über.

Rosi traute ihren Ohren nicht, ihr Herz weitete sich vor Liebe. Gleichzeitig überkam sie ein Bedauern, das so abgrundtief war, dass ihr schwindelig wurde. Sie würde kein Baby zur Welt bringen, nicht mit Flocke, nicht mit einem anderen. Nie.

»Bitte ...« Sie befreite sich aus seinen Armen. Dann zog sie ihre Winterjacke aus und ließ sie und ihre Tasche einfach an Ort und Stelle fallen.

Flocke war verwirrt, hob beides vom Boden auf und hängte die Sachen im Flur an die Garderobe. Erst jetzt bemerkte Rosi, dass er in ihrer Abwesenheit die gesamte Wohnung aufgeräumt und gründlich geputzt hatte. Auf dem Couchtisch stand ein Einmachglas mit fünf langstieligen roten Rosen.

Da konnte sie auf einmal doch weinen. Wie sehr hätte sie sich gestern über diesen Liebesbeweis gefreut! Doch heute war alles anders. Die Welt hatte für sie jegliches Licht verloren. Ein paar Blumen konnten daran nichts ändern.

Sie sank neben Ernie aufs Sofa. Er legte seine ergraute Schnauze auf ihr Bein. Geistesabwesend kraulte sie seine weichen Ohren.

Flocke schob den Couchtisch beiseite, hockte sich vor ihr auf den Teppich und streckte die Hand nach ihr aus. »Was ist denn mit dir, Liebes?«, fragte er bang.

Hoffnungslos sah sie an ihm vorbei. »Ich bin überhaupt nicht schwanger, sondern ...« Sie schniefte und wischte sich die Tränen aus dem Gesicht. »... ich habe eine Endometriose.«

»Endo was?« Flocke kapierte offenbar gar nichts mehr. Dennoch meinte sie, ihm eine gewisse Erleichterung vom Gesicht ablesen zu können. Sie war so enttäuscht, dass sie einen Moment brauchte, um weitersprechen zu können.

»Das ist eine chronische Erkrankung. Da wächst Gewebe außerhalb der Gebärmutter. Es führt zu Verwachsungen und Verklebungen an den Eierstöcken und sonst wo. Wenn man sie nicht rechtzeitig behandelt ...« Sie stockte, guckte auf den Boden.»... führt sie zu Unfruchtbarkeit.« Sie lachte freudlos auf. »Der Arzt vermutet, dass meine Mutter auch darunter leidet, weil es teils erblich ist. Nur vielleicht nicht so stark.«

»Und sie hat dir nie davon erzählt?«

Rosi schüttelte so heftig den Kopf, dass ihr schwarzgefärbtes Haar nur so flog. »Nein, hat sie nicht. Weißt du ...« Jetzt blickte sie Flocke an. »Mit sechzehn dachte ich schon mal, dass ich schwanger bin. Ich hab das Kind ... abgetrieben. Und jetzt höre ich, dass da vielleicht gar keins war!« Den letzten Satz schrie sie fast heraus.

»Sch, sch.« Flocke nahm ihr Gesicht in seine Hände. »Gräm dich nicht mehr deshalb. Du kannst doch nichts dafür!« Dann küsste er sie zärtlich, erst auf die Nase, anschließend auf den Mund. »Ich liebe dich so sehr, dass ich das alles mit dir durchgezogen hätte. Kind, Familie, Pipapo. Aber so ...« Er hielt sie fest, wiegte sie in seinen Armen.»... ist es vielleicht auch gut. Wir zwei, wir haben doch uns und Ernie. Reicht das denn nicht, um glücklich zu sein?«

Rosi musste an Manu und Tom denken, deren Leben ihr bei aller Liebe zueinander nie wirklich erfüllt vorkam. »Ich weiß nicht«, flüsterte sie. »Für mich war immer klar, dass ich dieses ganze Pipapo, wie du es nennst, will. Erst wollte ich studieren, dann die Welt sehen und später eine Familie gründen.« Sie zog geräuschvoll die Nase hoch und lehnte den Kopf an seinen.

»Vielleicht solltest du nicht so viele Pläne machen«, gab er leise und mit zärtlicher Stimme zurück, »meine kleine perfekte Rosi. Der Mensch denkt, Gott lenkt, sagen die einen. Und ich sage: Der Mensch denkt, das Chaos lenkt. Lass doch einfach alles auf dich zukommen.«

Sie schluckte. Wahrscheinlich hatte Flocke recht, und man musste das Leben nehmen, wie es kam. Vielleicht war es einfach ihr Schicksal, dass sie kinderlos blieb. Oder die Strafe für ihre Dummheit damals. Wieso hatte sie im Spätsommer 1976, als ihre Tage ewig ausgeblieben waren, automatisch geglaubt, schwanger zu sein, und überhaupt keine andere Möglichkeit in Betracht gezogen? Warum hatte sie nicht einfach einen Arzt aufgesucht?

Dann kamen ihr Dr. Grubers Worte von vorhin in den Sinn. »Ich will nicht ausschließen, dass Sie damals schwanger waren«, hatte er nach einigem Nachdenken zu ihr gesagt, nachdem sie ihm in groben Zügen von der Geschichte in ihrer Jugend erzählt hatte, wobei sie die Episode vom Bahnhofsklo weggelassen hatte – und dass sie von zu Hause getürmt war, selbstverständlich auch. »Vielleicht waren Sie es und haben den Embryo wegen der Endometriose verloren. Ich weiß es schlicht nicht. Heute allerdings ...« Er räusperte sich und sah sie durch die Brille mitfühlend an. »... kann ich Ihnen versichern, dass Sie keineswegs schwanger sind und dass Sie es nach dem heutigen Stand der Wissenschaft auch nie wieder sein werden.«

In dieser Nacht lagen Flocke und sie eng an eng in Löffelchenstellung da. Seine Hand ruhte auf ihrem – immer noch brettharten – Bauch und wärmte ihn wohltuend. Und auch wenn ihr weiterhin furchtbar elend zumute war, fühlte sie sich durch Flockes Fürsorge und Liebe getröstet.

Trotzdem wollte der Schlaf nicht kommen, und das hatte wenig mit dem morgigen Eingriff zu tun, den Dr. Gruber bei ihr unter einer leichten Narkose durchführen würde, damit ihre Unterleibsschmerzen erst einmal aufhörten. Hellwach lag Rosi da, während sie an Flockes gleichmäßigem Atmen hörte, dass er längst weggedämmert war. Sie grübelte, ob es nicht an der Zeit war, ihrem Freund endlich die Wahrheit zu erzählen. Ihm zu gestehen, warum sie ihre Haare färbte und nicht studieren konnte. Sie besaß ja nicht einmal ein Zeugnis über ihre mittlere Reife!

Der Gedanke, sich ihm anzuvertrauen, war verführerisch und beängstigend zugleich. Ihr Herz schlug heftig, während sie ihn immer und immer wieder durchkaute. Flocke würde sie verstehen, glaubte sie. Wahrscheinlich fände er ihre Geschichte sogar spannend.

»Hab ich doch gleich gewusst, dass meine Rosi mit den ehemals kackbraunen Haaren ein Geheimnis umgibt«, würde er vermutlich entzückt ausrufen. Alles, was außerhalb der Norm war, reizte ihn. Das wusste sie genau. Und doch ...

Bisher kannte absolut niemand ihre wahre Identität. Niemand, außer ihr selbst. Und das fühlte sich verdammt gut und richtig an.

Würde es sie von einer Last befreien, wenn sie Flocke einweihte, oder käme sie sich danach bloß ausgeliefert vor? Sie konnte es überhaupt nicht absehen.

Inzwischen war seine Hand von ihrem Bauch gerutscht. Sie ergriff sie und hielt sie fest. »Ich liebe dich«, flüsterte sie dem Schlafenden zu, »aber ich lasse es lieber, wie es ist.«

Rosi, heute

Der Clip der Nachrichtensendung beschäftigte Rosi immer noch, selbst, nachdem sie den Laptop wieder weggepackt hatte und nun in der Küche stand, um für Nadine und sich ein schnelles Nudelgericht zuzubereiten. Dann dachte sie wieder daran, wie Nadine gestern inmitten ihrer Fotos und Zeitungsausschnitte dagesessen hatte.

Mit einem Kloß im Hals schnitt sie Tomaten, Paprika und Zwiebeln klein und fragte sich, wo Nadine blieb. Deren Spaziergang mit Konstantin dauerte jetzt schon mehr als zwei Stunden.

Eine Viertelstunde später – Rosi hatte gerade die Nudeln ins kochende Wasser gegeben – drehte sich endlich der Schlüssel im Schloss der Eingangstür. Sie steckte den Kopf aus der Küche.

Mit erhitzten Wangen platzte Nadine in die Wohnung. Das Kleid klebte ihr am Körper, und sie war völlig außer Atem. An ihrem Arm baumelte ein voller Stoffbeutel. Sie stellte ihn mitten im Wohnzimmer ab, da kam Mia herbei und strich ihr maunzend um die Beine.

Automatisch bückte Nadine sich, um sie zu streicheln. »Ich hab noch ein paar Kleinigkeiten auf dem Markt für uns eingekauft. Türkische Brotaufstriche, Oliven und Fladenbrot. Ich hoffe, du magst das«, rief sie Rosi zu. Dann stockte sie. Erst jetzt schien sie zu bemerken, was Rosi tat. »Oh, du kochst? Was gibt's denn?«

Sie schnupperte und kam in die Küche. »Es riecht jedenfalls köstlich!«

Rosi lupfte den Deckel des Soßentopfes. »Rein vegetarisch. Hoffentlich ist das okay? Ich esse schon lange kein Fleisch mehr.«

»Ich auch nicht.« Nadine lachte fröhlich und umarmte Rosi von hinten. »Das passt dann ja hervorragend.«

Wieder elektrisierte ihre Berührung Rosi. Sie spürte Nadines überbordende gute Laune, wurde von der Lebensenergie der Jüngeren geflutet. Gleichzeitig war da aber auch etwas anderes, Dunkles, das in ihr widerhallte. Sie wunderte sich und bekam eine leise Ahnung.

»Hast du etwas von Patrick gehört?«, fragte sie und wandte ihr Gesicht Nadine zu.

»Nö!« Nadine tunkte einen Finger in die Soße. »Oh, wow! Schön scharf! Du, der Spaziergang mit Konstantin hat mir richtig gutgetan. Und nachdem ich den Kleinen wieder bei seinen beiden Herrchen abgegeben hatte, war ich noch auf einen Cappuccino in der Trattoria um die Ecke. Echt nett da! Hab mich mit dem Wirt unterhalten, der mich tatsächlich ein bisschen angeflirtet hat! Ich hab's jedenfalls genossen.« Ihre Augen blitzten, und Rosi freute sich mit ihr.

»Ich habe beschlossen, nicht mehr darauf zu warten, dass Patrick sich meldet. Ich konzentriere mich erst mal auf mich selbst.«

Nadine ging in den Flur, streifte ihre Sandalen ab und kehrte barfuß zu Rosi zurück.

»Guter Plan!« Rosi lehnte sich an die Küchenarbeitsplatte. »Finde erst mal heraus, was du willst.«

Nadine nickte, stellte sich auf die Zehenspitzen und öffnete einen der Hängeschränke. »Sind hier die Teller drin? Ach, ich hab sie schon.«

Zum Essen gab es Rotwein. Nadine hatte ihn besorgt. Rosi

war nicht daran gewöhnt, schon zu Mittag Alkohol zu sich zu nehmen, doch der trockene und zugleich fruchtige Primitivo mundete ihr. Bald spürte sie, wie ihre Wangen brannten.

Nadine trank schnell, lobte überschwänglich Rosis Kochkünste und wirkte insgesamt ziemlich aufgedreht.

»Am liebsten hätte ich auch einen Dackel wie Konstantin«, plapperte sie drauflos. »So süß und klein, und doch hat er seinen eigenen Kopf. Hammer, wie der selbst Hunde, die fünfmal so groß sind, angekläfft hat!« Sie kicherte. Dann fuhr sie plötzlich düster fort: »Aber Patrick hat ja eine Tierhaarallergie!« Sie ließ den Wein in ihrem Glas kreisen. All ihre Fröhlichkeit war mit einem Schlag verflogen. »Vielleicht passen wir einfach nicht zusammen. Andere Lebenspläne, andere Vorlieben. Irgendwer hat mal gesagt, dass mit Leuten, die keine Tiere mögen, was nicht stimmt.«

Rosi spießte ein paar Nudeln mit der Gabel auf, bevor sie bedächtig dagegenhielt: »Gewagte Theorie. Außerdem: Eine Tierhaarallergie zu haben bedeutet doch nicht zwangsläufig, dass man Tiere nicht mag.«

Nadine zog die Nase kraus. »Stimmt, aber mir kam das bei Patrick immer bloß wie eine seiner Ausreden vor.«

»Ganz schön unfair.« Rosi schenkte sich einen Schluck Wein nach. »Allerdings sind die meisten Allergiker eher gegen Katzen- oder Pferdehaare allergisch. Die wenigsten haben ein Problem mit Hundehaaren.«

»Siehste!« Nadine stach mit ihrer Gabel triumphierend in die Luft.

»Ich glaube, heute willst du einfach kein gutes Haar an deinem Verlobten lassen«, antwortete Rosi.

Nadine lachte sofort los. »Du bist gut!«, japste sie und leerte ihr Glas, nur um es sich sofort wieder aufzufüllen. Die Flasche war fast leer.

»Nadine, ich meine das ernst.« Auf einmal wurde Rosi sauer. »Du bist gerade dabei, den Mann, den du liebst, vor mir und vor dir schlechtzumachen. Ich finde, das hat er nicht verdient.«

Ihr Gegenüber starrte sie aufgebracht an. »Ich habe dir doch erzählt, wie er mich behandelt hat. Wie ... wie eine Zuchtstute!«, presste Nadine hervor. »Und außerdem ... komm du mir nicht mit Moral!« Ihre Stimme wurde schrill. »Gerade du!« Anklagend wies sie auf das Schränkchen im Wohnzimmer. »Meinst du, ich habe nicht mitgekriegt, dass du den zugeschlossen hast? Du wolltest wohl nicht, dass ich noch mehr rausfinde?!« Sie schob ihren Teller von sich. »Dabei kann man es heute sogar in der Zeitung lesen! Glaubst du, ich bin blöd? Die haben den alten Fall wieder aufgerollt, den der Sechzehnjährigen, die Mitte der 70er in einem Kaff an der niederländischen Grenze spurlos verschwand und später angeblich bei einem Gasunfall verbrannt ist. Nur dass die Knochen, die ihre Familie jahrzehntelang für die ihrer Tochter beziehungsweise Schwester gehalten hatte, einer ganz anderen gehören. Identität unbekannt.«

Nadine stand mit einem Ruck auf, ging zu dem Stoffbeutel, dem sie vorhin nur die Lebensmittel entnommen hatte, die in den Kühlschrank mussten, und zog eine zusammengerollte Zeitung heraus. Die warf sie so hart auf den Küchentisch, dass das Besteck einen Hüpfer machte.

»Gib zu: Du bist Rebecca Ortmann! Ich habe dich auf den Fotos wiedererkannt. Wie konntest du das deiner Familie über all die Jahrzehnte bloß antun? Und Papa, Jacky und mir? Ich fasse es nicht! Am liebsten würde ich ...« Sie fuhr sich mit der Hand durchs Gesicht, schien mit einem Mal zur Besinnung zu kommen. »Ich weiß auch nicht«, murmelte sie erschöpft. »... die Polizei oder deine Schwester verständigen. Dem ganzen Spuk ein Ende bereiten. Ich verstehe dich nicht. Was ist denn damals bloß in dich gefahren, Rosi, Rebecca oder wie auch immer ich dich nennen soll?«

Rosi, 1986

Die wieder erwachte Innigkeit zwischen Flocke und ihr hielt nur wenige Wochen an. Flocke ging bald wieder eigene Wege, während sie zu verarbeiten versuchte, dass sie niemals Kinder haben würde.

Dann geschahen mehrere Dinge gleichzeitig: Bei Ernie wurde ein schweres Nierenleiden diagnostiziert, und in dem Lebensmittelladen, in dem Rosi schon seit über neun Jahren arbeitete, ging das hartnäckige Gerücht um, dass der Inhaber kurz vor dem Bankrott stand.

»Stell dir vor«, wisperte Karin ihr eines Morgens beim Einräumen der Regale zu, »es heißt, er wird hier alles dichtmachen, weil er gegen die großen Supermarktketten nicht ankommt. Aber was wird denn dann aus uns?«

»Keine Ahnung!« Rosi schluckte und bemühte sich, einen kühlen Kopf zu bewahren. Es brachte ja nichts, sich über ungelegte Eier aufzuregen.

Viel mehr Sorgen bereitete ihr Ernie. Trotz des kostspieligen Spezialfutters und der Tabletten, die der Tierarzt verordnet hatte, verschlechterte sich sein Zustand von Tag zu Tag, und Flocke war am Boden zerstört.

Als Ernie es nicht mehr schaffte, aufs Bett zu steigen, schlief Flocke mit dem Hund zusammen im Wohnzimmer auf der Erde. Bald konnte die alte Dogge nicht einmal mehr aufstehen. Auch fressen wollte der kranke Hund kaum noch. Sogar von dem teuren Tartar, das Flocke in seinen Napf gab und das er sonst liebte, nahm er nur einen winzigen Happen. Er wurde immer schwächer.

»Ich glaub nicht, dass er es schafft«, sagte Flocke eines Morgens traurig zu Rosi, als die gerade zur Arbeit wollte. Rosi nahm ihn in die Arme und hielt ihn ganz fest. »Das kannst du nicht wissen«, versuchte sie ihn zu trösten. »Vielleicht braucht es nur Zeit, bis die Medikamente endlich wirken. Bitte ruf doch beim Tierarzt an und frag um Rat.«

Flocke befreite sich aus ihrer Umarmung. »Ganz bestimmt nicht«, entgegnete er wütend. »Der will Ernie dann bloß einschläfern.« Er schluchzte auf.

»Vielleicht wäre das ja das Beste für ihn«, versuchte Rosi es sanft, doch das brachte ihren Freund noch mehr gegen sie auf.

»Wie kann man nur so kaltherzig sein?« Er ging ins Wohnzimmer zurück und kuschelte sich an den alten Hund, der teilnahmslos dalag. »Ernie ist mein bester Freund. Er vertraut mir. Garantiert werde ich nicht erlauben, dass man ihn umbringt!«

Rosi fühlte sich so schrecklich missverstanden, dass nun auch sie beinahe angefangen hätte zu weinen.

»So habe ich das nicht gemeint«, verteidigte sie sich, doch Flocke schwieg, streichelte nur Ernies Rücken. »Aber ich muss jetzt zur Arbeit, Schatz. Bis später.«

Flocke sah gar nicht auf.

Erst, als sie schweren Herzens ihre Schuhe und die Winterjacke angezogen hatte und mit der Tasche über der Schulter in Richtung Wohnungstür ging, rief er ihr hinterher: »Nicht mal jetzt bleibst du zu Hause! Der Job ist dir ja schon immer wichtiger gewesen als Ernie und ich.«

Kaum war sie im Laden angekommen, rief der Chef die Verkäuferinnen und den Lehrling zu sich ins Büro. Die Hände ringend, stand er hinter seinem Schreibtisch und wich ihren Blicken aus.

»Ich muss euch leider eine schlechte Nachricht überbringen«, begann er stockend, um ihnen dann auseinanderzulegen, warum der Laden heute und in Zukunft nicht mehr öffnen würde und sie alle gleich wieder nach Hause gehen durften.

»Es tut mir sehr leid«, endete er mit Tränen in den Augen. »Aber ich bin sicher, ihr findet alle sofort neue Stellen. Ich zahle euch den Lohn für den ganzen Monat, und selbstverständlich bekommt ihr von mir die besten Zeugnisse. Und du, Gino«, er wandte sich direkt an den jungen Auszubildenden, »kannst schon morgen im Drogeriemarkt gegenüber anfangen. Das wenigstens habe ich noch für dich tun können.«

Es war so still im Raum, dass Rosi das Ticken der Wanduhr hören konnte. Dann brach Elfi, die sechzigjährige Kassiererin, hemmungslos in Tränen aus, und alle redeten durcheinander.

Nur Rosi brachte keinen Ton heraus. Sie, die keinen Schulabschluss, geschweige denn eine abgeschlossene Berufsausbildung vorweisen konnte, stand vor dem Nichts. Und mit ihr ihr Freund Flocke. Die Miete und die Nebenkosten der Wohnung waren Anfang des Jahres kräftig erhöht worden. Hinzu kamen die horrenden Tierarztrechnungen, die Rosi noch nicht beglichen hatte.

Sie merkte kaum, wie Karin nach ihrer Hand griff. »Komm! Wir gehen erst mal zu mir, ja? Und trinken einen nach dem Schock!«

Eine halbe Stunde später saßen die beiden jungen Frauen in Karins Wohnzimmer, tranken Genever und rauchten eine Selbstgedrehte nach der anderen.

Karin erzählte Rosi von ihrer Tante, die am Rande des Teutoburger Waldes einen Biobauernhof betrieb und im Frühjahr immer Erntehelfer brauchte. »Außerdem haben sie einen Obst- und Gemüseladen. Da sind auch manchmal Stellen frei. Ich überlege, ob ich hinziehe. Ich kann meine Tante ja mal fragen, ob du mitkommen kannst.«

»Und was wird dann aus Flocke und Ernie?«

Karin zuckte gleichmütig mit den Schultern. »Sei ehrlich. Das läuft doch schon länger nicht mehr zwischen euch, oder? Und eine Zukunft kannst du dir mit dem eh nicht aufbauen.«

Rosi schwieg. Karin hatte ja recht, und trotzdem konnte sie sich nicht vorstellen, Flocke zu verlassen. Sie liebte ihn über alles. Es war ihr egal, wie verschieden sie beide tickten.

Gegen Mittag begab sie sich, leicht angetrunken, nach Hause. Schon bevor sie den Schlüssel in die Wohnungstür stecken konnte, hörte sie von drinnen laute Stimmen und harte Musik. Sie sperrte auf und blieb wie angewurzelt stehen.

Die Wohnung war voller Leute, die sich auf der Couch und den Sesseln fläzten. Die Luft stand vor Qualm, und der Couchtisch war voll mit leeren Bierflaschen und überquellenden Aschenbechern.

Flocke saß teilnahmslos und mit verheulten Augen zwischen seinen Freunden. Rosi sah sich um, konnte Ernie jedoch nirgends finden, bis sie in einer Ecke etwas Großes, Unförmiges wahrnahm, das ganz in eine Decke eingeschlagen war.

»Ach, da ist Madam ja«, lallte Flocke. »Kommt zum Beerdigungskaffee, wenn auch spät.«

Ihr kamen die Tränen. Er hatte also doch recht behalten. Der liebe alte Ernie war gestorben. Sie ging hin und lüpfte einen Zipfel der Decke: Ernies großer Kopf kam zum Vorschein. Seine Augen waren geschlossen. Er sah sehr friedlich aus. Sie schlug die Hände vors Gesicht.

»Zu spät!«, rief Flocke mit Verachtung in der Stimme. »Du kommst viel zu spät!«

Nach diesem Tag war zwischen ihnen nichts mehr, wie es vorher gewesen war. Es kam Rosi so vor, als habe nur noch der Hund ihre Beziehung zusammengehalten. Nachdem es ihn nicht mehr gab und Flocke und seine Freunde ihn verbotenerweise im Schatten einer Silberpappel unweit des Rheinufers begraben hatten, schien ihre Liebe zusammen mit Ernie gestorben und begraben zu sein.

Flocke machte ihr Vorwürfe, weil sie an Ernies Todestag nicht zu Hause geblieben war, und sie war schwer enttäuscht von Flocke, weil ihn der Verlust ihrer Arbeitsstelle und ihre Existenzängste überhaupt nicht interessierten. Es blieb dabei, dass er im Wohnzimmer nächtigte. Abends soff er, bis er einschlief, und sie lag einsam im Schlafzimmer wach und wünschte sich nur noch weg. Weit weg.

Daher rief sie gut eine Woche später – Flocke war außer Haus – bei Karin an und erklärte sich mit deren Angebot einverstanden, gemeinsam auf den Biohof in Westfalen zu ziehen.

Karin reagierte jedoch ganz anders als erwartet, klang zurückhaltend, geradezu so, als habe sie ein schlechtes Gewissen. »Toll, dass du dich dafür entschieden hast«, sagte sie lahm. »Und das Angebot steht auch weiterhin. Nur ...« Sie druckste ein wenig herum, bis sie damit herausrückte, dass sie selbst in Düsseldorf blieb. »Der Geschäftsführer des neuen Supermarkts zwei Straßen weiter stellt mich ein«, erklärte sie zögernd. »Ich habe natürlich direkt auch für dich gefragt, aber die nehmen nur Leute mit einer abgeschlossenen kaufmännischen Ausbildung, und die hast du ja leider nicht ...«

»Ja, das stimmt. Wann hast du denn die Zusage bekommen?«

»Vorgestern.«

Rosi schwieg einen Moment, musste das erst mal verdauen. Noch gestern hatte sie mit Karin telefoniert. Da hatte diese die neue Arbeitsstelle mit keinem Wort erwähnt.

»Ich hab mich nicht getraut, dir davon zu erzählen. Ich weiß doch, welchen Stress du gerade hast ... mit deinem Freund und so.«

»Na toll! Ich dachte, wir sind Freundinnen.« Vor lauter Enttäuschung hätte Rosi am liebsten aufgelegt. Stattdessen sagte sie zynisch: »Gratulation zum neuen Job. Da bist du ja fein raus!«

»Mensch, Rosi!« Sie hörte, wie Karin aufseufzte. »Wie gesagt, am liebsten wäre mir, wenn wir zwei da zusammen anfangen könnten. Und natürlich bist du meine Freundin! Und das bleibst du auch!«

Rosi wusste nicht, ob sie ihr glauben sollte, und fühlte sich schrecklich verlassen.

»Aber vielleicht wäre es sowieso besser für dich, aus Düsseldorf wegzugehen. Weil du dich doch eh von deinem Freund trennen willst ... Also, Tante Ulla freut sich, wenn du kommst. Ich habe ihr schon vorgeschwärmt, wie fleißig und organisiert du bist.«

So gebauchpinselt, konnte Rosi Karin nicht mehr wirklich böse sein. »Meinst du echt, ich soll ganz allein ...«

»Von hier bist du mit der Bahn in knapp zwei Stunden da. Tante Ulla hat ein süßes Gästezimmer. Wie ich sie und Onkel Bernd kenne, werden sie dich sofort in die Familie aufnehmen. So sind sie einfach. Und ich komm dich auch ganz oft besuchen. Also, sofort nach der Probezeit, wenn ich Urlaub kriege.«

Rosi schlang das Kabel des Telefonapparates um ihr Handgelenk und überlegte. Sie dachte an Flockes eisige Verachtung und wie sehr Ernie ihr fehlte. Nichts hielt sie mehr hier.

»Na gut! Ich mach's. Meinst du, ich kann auch schon heute ...? Ich halte es hier echt nicht mehr aus.«

»Gib meiner Tante wenigstens noch einen Abend. Ich sage ihr dann Bescheid, dass du morgen anreist.« Karin lachte befreit. »Und heute schläfst du bei mir. Bring doch deine Klamotten schon mit. Ich begleite dich dann morgen zum Bahnhof. Na, wie wär's?«

Für Rosi klang das nach einem super Vorschlag.

Nach dem Gespräch machte sie sich sofort daran, ihre Sachen zu packen. Was nicht in ihren Koffer und die neue Reisetasche passte, die sie sich vor einiger Zeit gekauft hatte, lagerte sie in einer Ecke des Schlafzimmers in Plastiktüten. Vielleicht konnte Karin die ihr dann später mal mitbringen, wenn sie zu Besuch kam.

Rosi schob sich einige verschwitzte Haarsträhnen aus der Stirn. Erst jetzt erlaubte sie sich, an die Trennung von Flocke zu denken. Es betrübte sie, welch katastrophalen Verlauf ihre Beziehung genommen hatte, doch sagte sie sich, dass im Grunde ihre konträren Lebenswünsche schuld daran waren. Flocke war und blieb ein Tagträumer und Kindskopf. Es klappte einfach nicht mehr zwischen ihnen.

Schon in Jacke und mit den dicken Boots an den Füßen hängte sie ihren Schlüsselbund an das Schlüsselbrett in Form eines Stinkefingers, den sie vor zwei Jahren für Flocke zum Geburtstag mit der Laubsäge ausgesägt hatte. Sie hielt inne, strich mit wehem Herzen über die Fotos, die mit Stecknadeln an die Wand gepinnt waren.

Flocke und sie vor dem Fernsehturm; Flocke, sie und Ernie auf den Rheinwiesen; sie beide eng umschlungen im Ratinger Hof.

Spontan klaubte sie die Bilder von der Wand und steckte sie in die Tasche ihrer Winterjacke. Dann nahm sie die schweren Gepäckstücke in die Hand und öffnete die Wohnungstür.

Sie kam nicht weit, denn im Hausflur direkt vor der Fußmatte stand Flocke. In seinen Armen hielt er einen kleinen braunen Hundewelpen mit winzigen Schlappohren, der bei ihrem Anblick sofort freudig zu wedeln und zu fiepen begann.

»Guck mal, wen ich für uns aus dem Tierheim mitgebracht habe«, setzte Flocke lächelnd an, bevor er stockte und verdattert innehielt. »Nanu, wo willst du denn hin?«

Erst nach einem Blick auf Rosis Gepäck und auf ihr schuldbewusstes Gesicht fiel der Groschen. Seine Miene verdüsterte sich schlagartig.

»Na, wenn das so ist! Auf Nimmerwiedersehen!«

Dann drängte er sich ohne ein weiteres Wort mit dem kleinen Hund an ihr vorbei und ließ die Tür hinter sich ins Schloss krachen.

Rosi, heute

Rosis Gedanken rasten. Hilflos griff sie nach ihrem Weinglas und trank es in einem Zug leer, während Nadine sie immer noch verständnislos ansah.

»Ich ... ich ...« Rosi rang um Worte. »Es ist nicht so, wie ...« Nadines Miene verschloss sich. Sie wirkte tief enttäuscht. »Lüg mich jetzt bitte nicht weiter an. Es ist ganz eindeutig, dass du diese Rebecca bist.«

»Das ... das leugne ich auch gar nicht. Obwohl ich heute mit dieser Rebecca nichts ... mehr gemein habe ...«, stotterte Rosi. »Es ist so lange her, dass ... dass ...«

Plötzlich konnte sie nicht mehr. Sie schlug die Hände vors Gesicht und brach in Tränen aus. Es war, als öffneten sich sämtliche Schleusen in ihr, und sie wurde von Erinnerungen heimgesucht, die sie seit bald fünfzig Jahren verdrängt hatte. Das besorgte Gesicht ihrer Mutter, die sich über sie beugte und ihre Wange streichelte, erschien vor ihrem geistigen Auge, wurde überlagert von der hünenhaften Silhouette ihres Vaters, der in der Schreinerei an der Bandsäge stand, bis sich Ulfs bernsteinfarbene Augen darüber schoben. Sie hörte Ruths dünne Stimme, die ihr vorwarf, sie auszuschließen, und als Letztes spürte sie Miriams Hand auf ihrer Schulter wie an jenem letzten Tag zu Hause in Niederbroich.

Rosi gab ein Stöhnen von sich. Sie konnte nicht aufhören zu

schluchzen, fühlte sich so jämmerlich und verloren wie zuletzt in jenem Spätsommer 1976. Und genau das war das Allerallerschlimmste.

Plötzlich glitt eine Hand über ihren Rücken, sanft und intensiv zugleich. Wärme breitete sich zwischen Rosis Schulterblättern aus, und sie fühlte sich ein winziges Bisschen getröstet.

»Sch, sch«, machte Nadine, offensichtlich völlig überrascht von Rosis Zusammenbruch. »Ist ja schon gut. Ich wusste ja nicht ...«

»Wie denn auch?«, brachte Rosi heraus.

Sie ließ die Arme sinken, blinzelte mit tränenschweren Augenlidern und wagte den Blickkontakt mit Nadine. Die junge Frau wirkte zerknirscht, aber auch ratlos.

»Ich brauche ein Glas Wasser«, murmelte Rosi. »Dann erzähle ich dir alles.«

Rosi, 1986

Flockes zutiefst verletzter Blick verfolgte sie den ganzen Abend lang, während sie bei Karin auf dem Sofa saß, mit ihr den ersten Teil der *Dornenvögel* auf Video anguckte und Unmengen von Chips in sich hineinstopfte. Sie fühlte sich schrecklich und kam sich furchtbar gemein vor.

Wie hatte sie Flocke einfach so verlassen können, und das, ohne vorher zumindest mit ihm zu reden? Sie liebte ihn doch noch und er sie auch. Das war ihr vorhin klar geworden. Warum sonst hätte er den niedlichen Welpen mit nach Hause bringen sollen, voller Begeisterung, ihn ihr zu präsentieren? Den kleinen Hund zu holen, war – davon war sie überzeugt – als Zeichen eines gemeinsamen Neuanfangs gedacht. Und sie hatte seinen guten Willen mit Füßen getreten.

Sie war am Boden zerstört bei Karin angekommen, die sich sofort daran machte, sie wieder aufzubauen.

»Das war zwar echt süß von ihm, aber es hätte doch überhaupt nichts an eurer Beziehung geändert«, wiederholte sie beharrlich, reichte Rosi ein Taschentuch und bot ihr eine Limo an. »Besser ein Ende mit Schrecken als ein Schrecken ohne Ende. Komm, zieh erst mal die Schuhe aus. Wir machen uns einen gemütlichen Abend.«

Rosi heulte bei dem Film immer wieder leise vor sich hin. Ihr eigenes Leid mischte sich mit dem der Hauptfiguren. Ja, was war schon Glück? Rosi schniefte in ein schon ziemlich zerknülltes Papiertaschentuch, während auf der Mattscheibe, untermalt von gefühlsbetonter Musik, die Bilder vorbeizogen. Im Grunde verdiente sie es gar nicht, glücklich zu sein, nachdem sie mit ihrem Verschwinden ihre Familie ins Unglück gestürzt hatte. Alles, was sie seitdem tat, war nur Stückwerk. Zufallsbegegnungen geschuldete Zwischenlösungen.

Sie dachte daran, wie sie als Rebecca von Reisen und einem Studium geträumt hatte und davon, später mit dem »Richtigen« eine Familie zu gründen und glücklich bis ans Ende ihrer Tage zu leben. Und wo war sie stattdessen gelandet? Bei Flocke, der ganz andere Ideen von einem glücklichen Leben hatte, nachdem er in seiner Familie so viel Schlimmes erlebt hatte.

Im Gegensatz zu ihr.

Ihr Magen verkrampfte sich, als sie an ihre Mutter und an ihren Vater, an Miriam und sogar an Ruth zurückdachte. Ihr kamen die gemeinsamen Mittagessen, Spieleabende mit *Mensch ärgere dich nicht* und *Memory*, die Kirchbesuche sowie ihre Urlaube in den Sinn. In diesen Erinnerungen gab es keinen Streit, sondern nur harmloses Geplänkel und ganz viel Verbundenheit, Geborgenheit und Sicherheit.

Doch dann war sie schmerzhaft eines Besseren belehrt worden. Familie konnte auch Enge, Druck und Zwang bedeuten. Es war der reinste Horror, von Eltern und Geschwistern umgeben zu sein, bei denen man sich zutiefst einsam und missverstanden fühlte.

Sie schluckte. Es war gut, dass sie sich aus dieser Lage befreit hatte, um ihren eigenen Weg zu gehen – mit Menschen, die ihr nicht durch ihre Geburt zugeteilt worden waren, sondern die sie sich selbst ausgesucht hatte.

Sie dachte wieder an Flocke, und der Trennungsschmerz wurde so groß, dass er ihr beinahe den Atem raubte.

Andererseits taten Flocke und sie einander schon länger nicht mehr gut. Sie hatte sich bei ihm nicht mehr wohlgefühlt, weil er sie einfach nicht verstand. Es war richtig gewesen, ihn zu verlassen!

Dann kam ihr Manu in den Sinn, ihre treue Freundin und ihr Mutterersatz. Sie musste sie unbedingt noch anrufen, bevor sie nach Westfalen umzog.

Tom und Manu wohnten inzwischen in der Düsseldorfer Innenstadt in einer winzigen Dachgeschosswohnung eines vierstöckigen Mietshauses. Das stand von hier gerade mal drei Kilometer entfernt. Dennoch hatte sie die beiden in letzter Zeit viel zu selten besucht. Aber Manu würde immer einen Platz in ihrem Herzen haben.

Inzwischen war Rosi kaum mehr in der Lage, auf der Mattscheibe der Geschichte von Pater Ralph de Bricassart und Meggie Cleary zu folgen. Sie sah alles nur noch durch einen Tränenschleier.

Miriam, 1986

Papa hatte sich nach dem Krankenhausaufenthalt und der dreimonatigen Reha so weit erholt, dass er wieder nach Hause durfte. Zwar halbseitig gelähmt und im Rollstuhl, aber immerhin bei Verstand.

Trotzdem fand Miriam ihn verändert, wenn sie an den Wochenenden nach Hause kam, um ihre Mutter zu unterstützen. Er war unbeherrschter als früher, konnte sich mit seiner Lage nicht abfinden, wirkte verbittert und zornig auf die ganze Welt.

Seinen Unmut ließ er an Miriams Mutter aus, die in seiner Abwesenheit nicht untätig gewesen war, sondern das Haus behindertengerecht hatte umbauen lassen. Unten im Gäste-WC gab es nun eine Dusche, das Büro war zu einem Schlafzimmer mit Pflegebett umfunktioniert. Damit Papa mit dem Rollstuhl in den Innenhof gefahren werden konnte, war die Tür verbreitert worden.

Mama hatte das alles organisiert, die Handwerker bei Laune gehalten, Möbel geschleppt, geputzt und die Schreinerei vermietet, da die Ärzte unmissverständlich erklärt hatten, dass Papa nie wieder richtig auf die Beine kommen und – allein schon wegen des gestörten Gleichgewichts und des gelähmten linken Arms – als Schreiner nie wieder arbeitsfähig sein würde.

Papa indes hatte für Mama kein Wort des Lobes. Er verhielt sich in Miriams Augen nur uneinsichtig und kochte vor Wut, als ihre Mutter ihm eröffnete, dass sie die Werkstatt vermietet hatte.

»Du hast mich wohl schon abgeschrieben, Hilde!«, schrie er sie an. Es sah grotesk aus, weil sich sein ganzes Gesicht beim Sprechen nach rechts verzerrte. Miriam konnte den Anblick kaum ertragen. »Wartet nur ab! Ich werde so lange trainieren, bis ich wieder arbeiten kann! Und dann schmeiße ich diesen Meermeyer nebenan wieder raus!«

Dabei, dachte Miriam, waren der freundliche junge Tischlermeister Michael Meermeyer und sein Geselle doch das Beste, was ihren Eltern in der Situation hatte passieren können. Fleißig waren sie gewesen, hatten die Kunden gehalten und hart gearbeitet, um erst jetzt an den Feiertagen und bis Dreikönige den Betrieb ruhen zu lassen.

Für Miriam allerdings versprach Weihnachten 1986 ein trauriges Fest zu werden. Wie immer weigerte Ruth sich, nach Hause zu kommen, und Miriam war wieder einmal allein den Launen ihres Vaters und der stoischen Duldermiene ihrer Mutter ausgesetzt.

In diesem Jahr gab es nicht wie früher einen deckenhohen Christbaum, den ihr Vater beim Bauern am Waldrand selbst schlug, sondern bloß ein kleines Tännchen, das auf einen Beistelltisch passte.

»Es ist sonst zu eng für deinen Vater in seinem Rollstuhl«, erläuterte Miriams Mutter ihr in der Küche am Vormittag des Heiligen Abends, während sie beide Kartoffeln für den Kartoffelsalat pellten. »Er schafft es zwar schon, ein paar Schritte am Stock zu gehen, aber die meiste Zeit ist er darauf angewiesen, dass ich ihn herumschiebe.« Sie seufzte.

Miriam fiel auf, dass die Schultern ihrer Mutter nach vorn gebeugt waren und sich ihr früher so stolzer Rücken krümmte. Unter der täglichen Last der Pflege und den regelmäßigen Wutausbrüchen ihres Mannes war sie um Jahre gealtert.

»Ich bin so froh, dass er wenigstens sein Presbyteramt weiter ausfüllt und zu den Sitzungen abgeholt wird«, sagte sie jetzt mit einem gequälten Lächeln. »So habe ich einen Abend im Monat frei.«

Miriam taten sowohl ihr Vater als auch ihre Mutter natürlich furchtbar leid, aber andererseits wünschte sie sich, dass Mama Papa einmal gründlich die Meinung sagte. Er benahm sich wie ein verzogenes Kind, stellte unmögliche Forderungen und war extrem undankbar.

Miriam schnitt die Essiggürkchen klein und dachte mit Grauen an den bevorstehenden Abend. Am liebsten hätte sie im

Wohnheim mit ihren Kommilitoninnen Weihnachten gefeiert, aber das konnte sie ihrer Mutter nicht antun.

Sie ertappte sich dabei, dass sie zornig auf Ruth und sogar auf Rebecca wurde, von der sie immer noch glaubte, dass sie am Leben war. Beide Schwestern hatten sie allein gelassen. Dabei war sie jung, das Leben lag vor ihr. Sie wollte es genießen und Zukunftspläne schmieden, statt in einer Dauerschleife in ihrem Elternhaus gefangen zu sein.

Nach der Christvesper schob Miriam den Rollstuhl ihres Vaters über das Kopfsteinpflaster. Es war ein feuchtkalter Abend. Ihre Mutter ging vor und schloss die Haustür auf, als plötzlich ein schicker Sportwagen neben Miriam und ihrem Vater hielt und die Scheibe des Fahrerfensters heruntergelassen wurde.

Zu ihrer großen Freude steckte Ulf den Kopf heraus. »Frohe Weihnachten, Herr Ortmann, frohe Weihnachten, Miriam!«, begrüßte er sie beide gut gelaunt.

Ihr Vater nickte gnädig, und Miriam schlug das Herz höher. Ulf sah noch besser aus als früher, fand sie. Seine Erfolge als Musiker taten ihm gut.

Jetzt war auch Miriams Mutter auf den Fahrer des Wagens aufmerksam geworden. Sie lief eilig zurück. »Hallo Ulf, frohe Weihnachten«, sagte sie ein wenig atemlos. »Wie schön, dich zu sehen. Besuchst du deine Familie?«

»Ja, genau.« Ulf hatte seinen Eltern ein kleines Haus am Rande von Niederbroich gekauft. Dort lebte die Familie nun recht komfortabel. Ulf selbst wohnte in Hagen in der Nähe seines Plattenstudios. »Sie warten schon auf mich. Ich wünsche Ihnen allen einen besinnlichen Heiligabend.« Gerade wollte er die Scheibe wieder hochfahren, als ihm noch etwas einfiel. »Miriam, wie lange bleibst du denn hier?«

»Bis kurz vor Silvester.« Sie kuschelte sich tief in ihre dicke Jacke, weil es so kalt war.

»Prima! Du, wir haben uns ja schon ewig nicht mehr gesehen. Hast du Lust, dass wir uns die Tage mal treffen?«

Miriam konnte ihre Begeisterung kaum verbergen. »Klar, gerne!«, erwiderte sie.

Da schaltete sich auch schon ihre Mutter ein. »Dann komm doch einfach zum Kaffee vorbei«, schlug sie Ulf vor. »Wir freuen uns alle, wenn du uns besuchst, nicht wahr, Rainer?«

Der nickte mit ungewohnt freundlicher Miene. Seit Ulf eine Berühmtheit war, seine Wurzeln jedoch keinesfalls verleugnete, sondern seine Familie unterstützte, besuchte und sogar immer noch alle paar Monate Blumen auf Rebeccas Grab stellte, war er in der Achtung ihrer Eltern immens gestiegen. Außerdem hatten sie großen Respekt vor dem, was er mit eigenen Händen und seinem Talent geschaffen hatte.

»Ich habe alle deine Platten«, ergänzte ihre Mutter, und Miriam warf ihr einen verblüfften Seitenblick zu.

Ulf ließ die Äußerung unkommentiert, lächelte nur bescheiden.

»Super Idee, ich komme gern! Übermorgen vielleicht?«, schlug er dann vor, und ihre Mutter war sofort einverstanden.

»Und anschließend entführe ich Miriam in ein neues Restaurant in Brüggen, okay?«

Miriam nickte zustimmend. Die Begegnung mit Ulf war ein Lichtblick in diesen schweren Tagen, und sie freute sich sehr auf die Verabredung.

Rosi, 1986

Ihr Leben hatte sich im vergangenen Dreivierteljahr derart zum Positiven verändert, dass Rosi jetzt, an Weihnachten, nur mit Staunen auf die letzten Monate zurückblicken konnte. Auf dem Biohof von Ulla und Bernd zu arbeiten und zu wohnen war die beste Entscheidung, die sie hatte treffen können. Im Einklang mit der Natur und doch am Puls der Zeit, so fühlte es sich für sie an.

Schon bei ihrer Ankunft war sie von dem gepflegten westfälischen Bauernhof, der das Herzstück der Anlage darstellte, beeindruckt.

Ein Linienbus hatte sie und ihr Gepäck mitten im Nirgendwo zwischen Koppeln und Feldern abgesetzt, im Hintergrund schimmerte die Bergkette des Teutoburger Waldes. Darüber stand ein klarer, tiefblauer Märzhimmel.

Rosi hörte Vögel zwitschern, sobald der Bus, eine Dieselwolke hinter sich herziehend, weggefahren war. Sie folgte einem hölzernen Pfeil mit der Aufschrift »Vossenhof« und bog in einen asphaltierten schnurgeraden Weg ein, an dessen Ende sie eine Ansammlung von hohen, noch weitgehend kahlen Laubbäumen und mehreren Gebäuden erblickte. Dort musste sich ihr Ziel befinden. Ganz schön abgelegen, fand sie, und es war bestimmt noch einen Kilometer zu laufen.

Tapfer ging sie weiter, mit der Reisetasche in der einen und dem Koffer in der anderen Hand. Beides schien von Meter zu Meter schwerer zu werden. Trotz der kalten Luft fing sie bald an zu schwitzen. Sie war so auf ihr Ziel fixiert, dass sie den kleinen Pritschenwagen, der hinter ihr fuhr, erst bemerkte, als er – mit heruntergelassener Scheibe – neben ihr anhielt und die Fahrerin sie ansprach.

»Hallo, ich bin Nina, und du musst Rosalie sein.« Die junge Frau hatte weiche, sympathische Gesichtszüge, ihr kurzes blondes Strubbelhaar gab ihr ein verschmitztes Aussehen. »Ulla hatte mich gebeten, dich vom Bahnhof abzuholen, aber da warst du nicht mehr, als ich ankam«, erklärte sie bedauernd. »Komm, stell dein Zeug auf die Ladefläche und steig ein.«

Das ließ Rosi sich nicht zweimal sagen. Fünf Minuten später

erreichten sie die Hofanlage, und Rosi kam aus dem Staunen nicht mehr heraus. Das riesige spitzgiebelige Haupthaus in Fachwerkbauweise und die Nebengebäude aus rotem Backstein, in deren Mitte ein betonierter Platz von der Größe eines Fußballfeldes lag, strahlten wie frisch gewaschen in der Frühlingssonne. Auf dem Beton parkten einige Autos. Alles wirkte gepflegt und top in Schuss. Linkerhand grasten vor einem der landwirtschaftlichen Gebäude Schafe, und in einem abgezäunten Areal scharrten ein paar Hühner.

Im Haupthaus schien sich der Hofladen zu befinden. Hinter den Scheiben erahnte Rosi Regale, Gemüse- und Obstauslagen. Die einladende Glasfront war flankiert von großen Holzkisten, aus denen Beutel mit Winterkartoffeln, Äpfeln und Möhren hervorlugten. Mit Frühlingsblumen bepflanzte steinerne Futtertröge leuchteten in der Mittagssonne bunt auf und rundeten das ländlich idyllische Bild ab.

Zu Rosis Verwunderung hielt Nina nicht auf dem Hof, sondern bog vor dem Gebäudekomplex rechts auf einen buckligen Wiesenweg ein, der von mächtigen alten Bäumen gesäumt wurde. Vor ihnen tauchte ein mit roten Dachziegeln gedecktes Fachwerkhäuschen auf. In seinem Garten wuchsen hunderte hellviolette Krokusse, büschelweise leuchtend gelbe Narzissen, und unter einem knorrigen Obstbäumchen standen Blaustern und Buschwindröschen in voller Blüte.

Der Anblick war wie aus einem Bilderbuch. Rosi stieß einen kleinen Schrei des Entzückens aus.

Nina warf ihr einen belustigten Blick zu. »Das ist Ullas und Bernds Kotten. Ganz nett, oder?«

Ganz nett traf es nicht annähernd. »Es ist ein Traum«, stieß Rosi bewundernd hervor.

»Ja, aber es war auch ein beträchtliches Stück Arbeit, den

Kotten wieder herzurichten. Genau wie den alten Vossenhof. Hat Jahre gedauert.«

»Dann muss es Unsummen verschlungen haben. Ich wusste gar nicht, dass Karins Tante und Onkel im Geld schwimmen.« Nina machte nur unbestimmt »mm«, parkte direkt vor dem Weidenzaun und sprang aus dem Wagen. Auch Rosi stieg aus. Gerade wollte sie zur Ladefläche gehen, da hatte Nina ihre Gepäckstücke schon heruntergehoben und machte Anstalten, beide zur Tür zu tragen. Rosi bemerkte Ninas kräftige Arme; sie trug Tasche und Koffer mit Leichtigkeit.

Trotzdem nahm Rosi ihr den kleinen Koffer ab, der so vollgestopft war, dass er sich zu beiden Seiten ausbeulte. Als sie aus Niederbroich abgehauen war, war viel weniger darin gewesen. Auf den paar Metern bis zur Haustür kamen ungute Erinnerungen in ihr hoch. Das Köfferchen auf dem Gepäckträger ihres Fahrrads, dasselbe Köfferchen in ihrer Hand, nachdem sie an der Klinik in Roermond abgewiesen worden war. Das Köfferchen im dreckigen Bahnhofsklo.

Sie zwang sich in die Gegenwart zurück, nahm bewusst die Sonne in ihrem Gesicht und den Windhauch wahr, der den Geruch von Erde, Gras und Dung mit sich trug.

In dem Moment ging die Haustür auf. Eine ältere Version von Nina stand im Türrahmen. »Da bist du ja, Rosalie!«, rief sie freudig aus. »Ich darf doch du sagen, oder? Ich bin Ulla. Nina, danke, dass du unseren Gast vom Bahnhof abgeholt hast. Meine jüngere Schwester hilft bei uns aus, sooft es ihr Studium in Münster zulässt. Komm rein, dann ruf ich auch Jakob und Lotta, meine Kinder. Schade, dass Karin nun doch nicht dabei ist, aber sie ist ja sowieso eher ein Stadtmensch und …«

Rosi war überfordert von Ullas nicht enden wollendem Redefluss. Außerdem fiel ihr siedend heiß ein, wie sie Nina gegenüber gemutmaßt hatte, wie reich die Besitzer des Hofs sein mussten. Dass die junge Frau keine Angestellte, sondern eventuell eine Verwandte ihrer neuen Chefin war, hätte sie sich vielleicht denken können. Wie peinlich! Ihr Gesicht glühte.

»Ulla, jetzt lass Rosalie doch erst mal rein«, schnitt Nina ihrer Schwester das Wort ab. »Bestimmt ist sie ganz erschöpft von der Fahrt. Außerdem hab ich sie erst draußen auf dem Vossenweg aufgegabelt. Sie ist am Bahnhof in den Bus gestiegen. Tut mir leid, aber ich kam zu spät. Und ich muss auch wieder los, Setzlinge pflanzen. Die anderen warten auf mich. Karo ist krank, und Michi ist noch nicht richtig fit mit seinem Rücken. Tschüss und bis später!« Sie winkte, stieg in den Pritschenwagen, setzte zurück und fuhr weg.

Ulla trat zurück, um Rosi einzulassen. »Entschuldige«, sagte sie. »Na klar bist du kaputt. Ich mach uns erst mal einen schönen schwarzen Tee. Der baut dich wieder auf.«

Rosi nickte zustimmend, obgleich ihr ein starker Kaffee lieber gewesen wäre. Neugierig sah sie sich um. Auf den Natursteinfliesen lag ein flauschiger Läufer, das offene Fachwerk gab den Blick auf ein Wohnzimmer mit mächtigem Kamin frei. Üppige Pflanzen umrahmten eine Sofagarnitur mit hellgemusterten Polstern, und an den weiß verputzten Wänden hingen bunte Gemälde und Familienfotos. Links führte eine enge Holztreppe ins Obergeschoss. »Ist das gemütlich hier! Echt toll!«

Ulla blies sich eine Haarsträhne aus der Stirn. »Ja, wir wohnen auch supergern hier. Warte, ich zeige dir schnell dein Zimmer.« Sie schnappte sich Rosis schwere Reisetasche und stieg damit die Treppe hoch. Auch bei ihr machte es den Anschein, als sei der Inhalt federleicht. »Es wird dir gefallen, glaube ich.«

Eine Viertelstunde später stand Rosi neben Ulla in ihrer urigen Bauernküche und sah ihr dabei zu, wie sie Wasser in einem Kupferkessel aufsetzte. Dann ließ sie den Blick durch den Raum schweifen. Zwar wirkte die Einrichtung mit den Schränken und der Arbeitsplatte aus nachgedunkeltem Holz zunächst altmodisch, doch wenn man genauer hinsah, blieben einem die modernen Elektrogeräte nicht verborgen. Es gab sogar eine Spülmaschine und – gerade der letzte Schrei im Land – einen Mikrowellenherd.

Auf den Fensterbänken hatte Ulla Kräutertöpfe aufgereiht, weshalb es im Raum würzig nach Petersilie, Schnittlauch und Zitronenmelisse duftete. Von einer Hakenleiste baumelten Schöpflöffel, Siebe und Reiben. In einem Regal standen allerlei Henkelbecher. Alles schien seinen Platz zu haben, und Rosi fühlte sich wohl.

Plötzlich hörte sie Kinderstimmen, die von draußen kamen. Sie spähte durch eines der Sprossenfenster, sah ein paar Spielgeräte und zwei Kinder in warmen Jacken und Strickmützen. Das kleine Mädchen saß auf einer Schaukel und gab sich selbst ordentlich Schwung, so dass ihre weizenblonden Zöpfe flogen. Der zartere Junge, dessen Gesicht vom Haus abgewandt war, schien etwas jünger als sie zu sein. Er spielte selbstvergessen im Sand neben einer Rutsche.

»Unsere zwei Mäuse«, sagte Ulla liebevoll, die Rosis Blick gefolgt war. »Was bin ich froh, dass die beiden wieder draußen toben können. Der Winter war lang genug, findest du nicht?«

»O ja«, stimmte Rosi zu. Wärme und Sonne sehnte auch sie herbei. Vielleicht würde ihr Liebeskummer dann schneller vergehen. Die Trennung von Flocke setzte ihr mehr zu, als sie gedacht hätte.

Schnell konzentrierte sie sich wieder auf ihr Gegenüber.

Wie alt Karins Tante wohl war? Dem ersten Eindruck nach hätte sie die kräftige Frau mit den Lachfalten und den ersten grauen Strähnen im blonden Haar für Mitte vierzig gehalten. Aber das konnte wohl nicht sein, wenn sie noch so kleine Kinder hatte.

»Bernd und ich sind relativ spät Eltern geworden«, sagte Ulla, als hätte sie Rosis Gedanken gelesen. »Ich war schon dreiunddreißig, als ich die Zwillinge bekam.« Der Kessel pfiff, und sie goss etwas von dem kochenden Wasser in die bauchige Teekanne, um diese vorzuwärmen. »Du wirst nachher merken, dass Jakob ein wenig ...« Sie suchte offenbar nach dem richtigen Ausdruck.» ... anders als andere Kinder ist. Er braucht viel Förderung. Auch ist er etwas scheu, nicht so forsch wie seine Schwester, aber eigentlich ist er ein richtiger Sonnenschein. Wir wollen, dass er so lange wie möglich Einrichtungen für gesunde Kinder besucht, damit er bei seiner Schwester sein kann. Es wäre furchtbar für ihn, von ihr getrennt zu werden.« Ihre Stimme brach, und sie leerte die Kanne, füllte aus einer Dose Teeblätter in den Siebeinsatz und goss den Tee auf, ehe sie neu ansetzte: »Magst du Haferplätzchen? Sind aus unserem Laden und echt lecker.«

Sie deckte den Tisch mit Tischsets aus gefärbtem Bast, stellte Keksteller und Becher darauf, ein Schälchen Kandiszucker sowie ein Sahnekännchen in die Mitte.

»Momentchen, ich rufe eben die Kinder rein. Und dann erzähle ich dir, wie dein Job hier aussieht. Bernd und ich sind sehr froh, dass du uns unterstützt. Du wirst ihn leider erst morgen kennenlernen. Er ist auf dem Acker, danach repariert er die Saatmaschine und wird erst spät abends nach Hause kommen.«

Sie holte die Zwillinge, und bald saßen sie zu viert am Tisch. Lotta musterte Rosi ungeniert, während der kleine Jakob mit seinem sonderbar schmalen Gesicht still dasaß und Kekse mümmelte.

»Warum hast du Karin nicht mitgebracht?«, wollte Lotta von Rosi wissen, nachdem sie ihren Becher Kakao ausgetrunken hatte. »Ich hatte mich schon so auf sie gefreut!« Ihr Tonfall war vorwurfsvoll.

»Sie hat eine neue Arbeit gefunden und kann daher nicht fort aus Düsseldorf«, antwortete Rosi wahrheitsgemäß. »Ich hatte mich auch darauf gefreut, dass sie mitkommt.«

Das kleine Mädchen nickte, offenbar zufrieden mit der Antwort. »Dann musst du eben mit uns spielen«, stellte sie resolut fest. Es klang wie ein Befehl.

Ulla lachte belustigt. »Das muss Rosalie schon selbst entscheiden«, erwiderte sie. Eine warme Aura aus Mutterliebe umgab sie, seit Lotta und Jakob hereingekommen waren und sie ihnen aus den Jacken, Mützen und Gummistiefeln geholfen hatte. »Aber ich denke, dass sie durchaus mal mit euch spielen wird, nicht wahr?«

Rosi nickte. »Klar, gern«, behauptete sie leichthin und trank von dem starken Ostfriesentee, der dank Zucker und Sahne erstaunlich gut schmeckte. Insgeheim hoffte sie, dass sie durch die neue Arbeit kaum Zeit dafür haben würde. Sie befürchtete, der Umgang mit den niedlichen Kleinen wurde sie nur schmerzhaft an ihre Unfruchtbarkeit erinnern.

Unauffällig beobachtete sie den kleinen Jakob. Er traute sich kaum, sie anzuschauen. Stattdessen zerbröselte er ein Plätzchen auf seinem Tischset. Er wirkte so zerbrechlich, dass es sie rührte.

Ulla ließ ihn gewähren. Dann räusperte sie sich und beschrieb Rosi in geschäftsmäßigem Tonfall die Abläufe auf dem Hof.

»Morgens um sechs Uhr treffen sich die Feldarbeiter in der Scheune zur Morgenbesprechung. Dann teilt Bernd auf, wer was macht. Derzeit ernten wir noch Lauch, Rote Bete und Feldsalat. Die müssen dann natürlich gewaschen werden, bevor sie in den Verkauf kommen. Außerdem werden zurzeit die Felder gepflügt, Möhren ausgesät und Setzlinge gepflanzt. Ich denke, du läufst erst mal überall mit. Auch mit dem Füttern der Schafe und Hühner, dem Eiereinsammeln und dem Auskehren der Ställe bist du irgendwann dran. Und wenn Hilfe im Laden benötigt wird, freuen wir uns dort über deinen Einsatz.« Sie hielt kurz inne. »Du hast einen freien Tag in der Woche. Und …« Sie nahm einen Schluck Tee.» … Bernd und ich wären dir dankbar, wenn du zwei- bis dreimal pro Woche, statt in der Landwirtschaft zu arbeiten, halbtags die Zwillinge betreust. Das sollte eigentlich Karin übernehmen, aber jetzt …« Die letzten Worte ließ sie in der Luft hängen.

Das musste Rosi erst mal verdauen. Davon hatte Karin ihr gar nichts erzählt.

»Wir bezahlen dir natürlich denselben Stundenlohn wie für die Feldarbeit«, fügte Ulla eilig hinzu. Offensichtlich hatte sie Rosis abwehrende Miene richtig gedeutet. »Sieh mal, ich leite eigentlich den Hofladen. Unser Sortiment ist in den letzten Jahren immer umfangreicher geworden, weil wir von anderen Biohöfen zukaufen, was wir selbst nicht produzieren, unter anderem Milch- und Getreideprodukte. Solange Lotta und Jakob im Kindergarten sind, kann ich vormittags arbeiten. Allerdings gab es in letzter Zeit immer wieder Probleme im Kindergarten. Jakob wurde von einigen Kindern traktiert, weil er … nun ja.« Ihre Hand fuhr dem Jungen zärtlich über das feine Haar. »Deshalb lasse ich die beiden im Moment zu Hause und kümmere mich selbst um sie. Wir suchen nach einer anderen Lösung. Aber ich werde auch in der Zwischenzeit dringend im Laden gebraucht. Ohne meine ordnende Hand geht da alles drunter und drüber.« Hilfesuchend sah sie Rosi an.

Rosi verstand ihr Dilemma und sprang über ihren Schatten. »Natürlich helfe ich solange aus.«

Wie hätte sie auch nein sagen können, nachdem Ulla sie so überaus herzlich bei sich aufgenommen hatte.

»Danke!« Ulla strahlte erleichtert.

Rosi aber betrachtete die beiden Kinder mit einem Kloß im Hals. Lotta rührte sich gerade einen neuen Becher Kakao an. Ein Teil des Kakaopulvers landete dabei auf dem Boden, Milchlachen verunzierten ihr Tischset. Ulla schien sich nicht daran zu stören. Rosi hingegen wurde schon nervös beim Zugucken. Sie hatte keine Erfahrung mit Kindern und längst nicht Ullas Langmut. Sie fragte sich, ob sie mit all dem nicht überfordert wäre.

In dem Augenblick kitzelte etwas ihre auf dem Tisch liegende Hand. Es waren Jakobs kleine Finger, die sich in ihre Handfläche schoben.

Verblüfft sah sie ihn an und begegnete dem vertrauensvollen Blick aus seinen großen blauen Augen.

Auf einmal wurde ihr ganz warm ums Herz.

Rosi, heute

Nachdem sie über zwanzig Minuten lang geredet hatte, ohne Nadine ein einziges Mal in die Augen zu blicken, war sie vollkommen erschöpft. Wie versprochen, hatte sie ihrer Stieftochter alles erzählt. Nicht nur von den Gründen für ihre Flucht von zu Hause und dafür, dass sie nie zurückgegangen war, sondern auch von ihren Lebensstationen bis heute.

»Ich bin nun schon so lange Rosalie Meyer, dass ich gar nicht mehr weiß, wie es sich anfühlen würde, Rebecca Ortmann zu sein«, gestand sie. »Ich habe mein Leben nur meistern können, indem ich diese Rebecca in den letzten Winkel meines Gedächtnisses verbannt habe.«

Erst jetzt wagte sie es, Nadine anzusehen. Die wirkte nicht mehr wütend, sondern eher betroffen.

»Verstehst du nun, warum ich nicht zurückkann?«

Nadine kaute auf ihrer Unterlippe und nickte langsam. »Ich glaube, ja«, erwiderte sie zögernd. »Und trotzdem ...« Sie schwieg eine Weile. »Hattest du denn nie Sehnsucht, wieder nach Hause zu gehen?«

Rosi zuckte mit den Schultern. »Meine Eltern sind tot. Und Miriam und Ruth würden mich hassen. Und denk doch mal an die Verwandten der jungen Frau, die an meiner statt in Niederbroich begraben wurde, weil ich geschwiegen habe. Seit fünfundvierzig Jahren schon wissen die nicht, dass sie da liegt.«

Nadine schnalzte mit der Zunge. »Vielleicht bald ja doch – dank moderner Gentechnik. Weil ja jetzt klar ist, dass du nicht diese Tote bist, wird man andere ungeklärte Vermisstenfälle untersuchen, Angehörige kontaktieren, Speichelproben nehmen und mit den gefundenen Spuren vergleichen. Aber ich finde auch nicht, dass das dein Problem ist.« Sie ereiferte sich zusehends. »Du hast den Behörden schließlich nicht die Leiche der fremden jungen Frau untergeschoben. Was kannst du für die Verwechslung? Die Ermittlungen damals waren offensichtlich mehr als schlampig!«

Rosi runzelte die Stirn. Nadines Argumentation war zwar schlüssig, aber es nützte nichts. Sie fühlte sich immer noch schuldig.

»Ich verstehe nur nicht, wie es überhaupt zu der Exhumierung gekommen ist«, sagte Nadine nachdenklich und nahm einen winzigen Schluck Wein.

»Keine Ahnung. Das habe ich mich auch schon gefragt.«

»Vielleicht haben deine Schwestern die Staatsanwaltschaft angespitzt«, überlegte Nadine weiter.

»Und warum erst jetzt?« Dann fiel bei Rosi der Groschen. Sie schlug sich gegen die Stirn. »Na, klar, weil meine Mutter tot ist! Die wäre garantiert dagegen gewesen. Totenruhe und so.«

»Klar, aber im Umkehrschluss bedeutet das doch, dass deine Schwestern die ganze Zeit über deinen Tod angezweifelt haben.«

Rosi brach der Schweiß aus allen Poren. Konnte das wirklich sein?

»Hm, das heißt es dann wohl«, gab sie widerstrebend zu. »Weißt du, Ruth hat mir damals den Tipp mit der Abtreibungsklinik gegeben, nicht absichtlich natürlich. Sie muss geahnt haben, weshalb ich weg bin, hat sich aber nicht getraut, meinen Eltern davon zu erzählen. Sonst hätten doch die Medien damals was darüber gebracht, und die Polizei hätte direkt in die Richtung ermittelt.« Sie rieb sich das Kinn. »Vielleicht hat sich Ruth Miriam anvertraut, als ihr dämmerte, dass ich nicht zurückkehren würde.«

»Und nach dem Tod deiner Eltern haben beide beschlossen, ihrem Verdacht endlich nachzugehen. Jetzt haben sie die Gewissheit, dass du damals nicht bei der Gasexplosion ums Leben gekommen bist, und werden nach dir suchen.«

Rosi stöhnte auf. »Sie sollen mich in Ruhe lassen!«, stieß sie hervor. »Ich will das alles nicht!«

Nadine starrte sie verständnislos an. »Sie suchen nach dir, weil du ihnen fehlst«, entgegnete sie, »und nicht, weil sie dir Vorwürfe machen wollen. Hast du darüber schon mal nachgedacht?«

Rosi, 1987

Innerhalb eines Jahres hatte Rosi es geschafft, sich auf dem Vossenhof unentbehrlich zu machen.

War sie anfangs beim Säen, Pflanzen und Ernten von Kartoffeln, Möhren, Kohlrabi und anderen Gemüsesorten oder beim Ausgeizen der Tomaten in den Gewächshäusern schnell an den Rand ihrer körperlichen Kräfte gekommen, erledigte sie die anstrengenden Tätigkeiten bald unermüdlich wie ein Roboter. Und obwohl sie ursprünglich nur als Hilfsarbeiterin angefangen hatte, dachte sie längst aktiv mit und optimierte die diversen Abläufe fortwährend.

In den ersten Monaten aber war sie tatsächlich jedes Mal geradezu erleichtert gewesen, wenn ein Betreuungstag mit Lotta und Jakob anstand, weil es ihre müden Muskeln schonte, mit den beiden zu spielen, zu basteln oder für sie zu kochen. Sie wusste nun, warum Ulla und Nina so kräftig waren. Das ging gar nicht anders, wenn man auf einem Bauernhof arbeitete.

für sie seinen schlimmsten Schrecken verloren. In wenigen Tagen jährte sich ihre Beziehung, die ihr immer noch wie ein Wunder vorkam, zum vierten Mal.

Seit Miriam ihr Psychologiestudium mit Diplom abgeschlossen hatte, wohnten sie beide zusammen etwas außerhalb von Hagen in einem freistehenden Haus mit großem Garten. In einem Anbau befand sich Ulfs Tonstudio. Sie arbeitete in einer Beratungsstelle für Frauen, während er komponierte und gemeinsam mit verschiedenen Berufsmusikern seine Stücke und Alben aufnahm. Und nach der Arbeit streiften sie beide liebend gern mit Johnny durch die hügelige, waldreiche Umgebung, die sich an ihr Haus anschloss.

Jetzt, zu Besuch in ihrem Heimatdorf, behielten sie ihr Ritual wie selbstverständlich bei, und das nicht nur, weil ihr Hund Auslauf brauchte. Ihre kleinen Auszeiten waren ihnen lieb und teuer geworden.

Miriam atmete tief die eisige Winterluft ein. Nie hätte sie gedacht, dass sie einmal in Niederbroich ihr Glück finden würde. Aber genauso war es vor vier Jahren gekommen!

Miriam stand immer noch staunend davor, dass sich dieser tolle Mann, den sie seit ihrer Kindheit kannte, letztlich für sie entschieden hatte, obschon es ihm als prominentem Musiker nicht an Frauenbekanntschaften mangelte. Er hatte vor allem weibliche Fans, die von seinen einfühlsamen Songs und seiner charismatischen Art begeistert waren. Aber er interessierte sich nur für sie.

Manchmal kam er ihr wie ein Zauberkünstler vor.

Kaum betrat er ihr sonst so freudloses Elternhaus, glätteten sich die missmutigen Gesichter ihrer Eltern. Ihr Vater wurde redselig, ihre Mutter schien plötzlich aufrechter zu gehen, und ein Lächeln umspielte ihre Lippen.

Ulf kam an Weihnachten natürlich hauptsächlich nach

Jakob hatte ihre innere Abwehrhaltung Kindern gegenüber mit seinem besonderen stillen Charme binnen weniger Tage komplett unterminiert.

Um zu seiner Schwester einen Draht zu bekommen, brauchte sie etwas länger. Das willensstarke kleine Mädchen wollte pausenlos den Ton angeben und war manchmal kaum zu bändigen. Doch Rosi ließ sich nicht auf der Nase herumtanzen, und Lotta schrie förmlich nach Grenzen.

Außerdem war Lotta eifersüchtig darauf, dass ihr Bruder sich so gut mit Rosi verstand. Bevor Rosi aufgetaucht war, hatte sie ihn ganz für sich allein gehabt, war seine Beschützerin gewesen und hatte ihn herumkommandiert, wie es ihr gefiel. Nun himmelte Jakob Rosi geradezu an, und Lotta fühlte sich zurückgesetzt.

Geduldig und feinfühlig ging Rosi das Problem an, um die Kleine mit ins Boot zu holen. Sie schaffte es mit viel Lob, wenn Lotta kleine Aufgaben gelöst hatte oder sich beim Schaukeln, Klettern oder Sandburgenbauen besonders geschickt anstellte. Auch spielte sie ab und an allein mit der Kleinen Spiele wie *Memory* oder *Fang den Hut*, die Jakob überforderten. Er saß dann zufrieden neben ihnen und malte mit dicken Wachsmalstiften Kritzelbilder, während seine Schwester Rosis Zuwendung genoss.

Nach einigen Wochen schmolz das Eis zwischen Lotta und Rosi, und Rosi fiel ein Stein vom Herzen. Bald machte es ihr richtiggehend Spaß, sich um die Zwillinge zu kümmern.

An den übrigen Wochentagen wusste sie das Zusammensein mit den anderen Hilfskräften in der Landwirtschaft zu schätzen. Sie hockten zusammen auf der Setzmaschine, die Bernd mit dem Traktor zog, oder schuffelten Unkraut in den Beeten. Die wenigsten waren das ganze Jahr über in dem Betrieb beschäftigt. Lediglich der sechzigjährige Theo, der die alten Landmaschinen reparieren konnte wie kein zweiter, und die beiden Gärtnerinnen Eva und Susa, die ein Paar waren und seit Jahren im Obergeschoss des Haupthauses wohnten, waren immer da. Theo sogar schon, als der Hof noch Bernds Vater gehörte und hier noch konventionell Getreide und Obst angebaut wurden.

Hatte Rosi sich anfangs noch davor gefürchtet, auf dem Hof, der weitab von der Stadt lag, zu vereinsamen, so begriff sie bald, dass sie noch nie mehr in Gesellschaft gewesen war als hier.

An den Sommerwochenenden hockte die halbe Belegschaft abends ums Lagerfeuer zusammen, man trank Bier und alberte herum. Und Bernd und Ulla luden in ihren Kotten immer wieder Freunde ein. Dann bereitete Bernd hervorragende vegetarische Aufläufe oder Suppen zu, und Ulla kredenzte selbstgemachte Bowle. Während die Erwachsenen feierten, tobten ganze Horden von Kindern durch den Garten.

Rosi schwirrte anfangs der Kopf vor lauter Namen, die sie sich zu merken versuchte: Hannes und Raja, Benno und Silke, Wölfi und Peter, Gero, Veit, Lore, Ferdi, Giovanni und Gina … und das waren nur die erwachsenen Gäste, die so verschieden waren und doch durch ihre Weltanschauung geeint. Alle kauften sie, wenn irgend möglich, ausschließlich biologisch-ökologische Produkte. Milch und Saft tranken sie nur aus Mehrwegflaschen. Sie wickelten ihre Kinder in Stoffwindeln, fuhren lieber mit dem Rad als mit dem Auto und ernährten sich größtenteils fleischlos. Und wenn sie mal Wurst oder Koteletts kauften, musste es beste Bioqualität sein. Viele von ihnen engagierten sich bei den Grünen, in Umweltvereinen oder bei Amnesty International. Allesamt entstammten sie der Mittelschicht und arbeiteten in Berufen, die ihnen genug Geld zum Leben einbrachten.

Rosi fühlte sich bald wohl in diesen Runden, auch wenn sie jünger als die meisten war. Wie damals in Manus und Toms

Kommune wurde auch hier viel diskutiert, nur ging es eben um andere Themen – wie das Waldsterben, die Folgen des sauren Regens für die Böden, Wasser- und Luftverschmutzung, die Auswirkungen von Tschernobyl auf die Umwelt, gesunde Ernährung und Erziehung.

Besonders was Ulla und Bernd zu erzählen hatten, fand Rosi immer wieder aufs Neue interessant. Bernd hatte als junger Mann Biologie studiert, um nach seinem Abschluss in der Forschung tätig zu sein. Er zog nach Lübeck, wo er Ulla kennenlernte. Dann verstarb sein verwitweter Vater, mit dem Bernd sich vor vielen Jahren verkracht hatte, urplötzlich an den Folgen einer Blutvergiftung. Bernd hatte keine Geschwister und war so auf einen Schlag Alleinerbe des großen, heruntergewirtschafteten Hofes und etlicher Ländereien. Nach einem ersten Impuls, alles zu veräußern, reifte in Ulla und ihm die Idee heran, hier auf dem platten Land am Rande des Teutoburger Waldes ökologische Landwirtschaft zu betreiben.

Im Gegensatz zu Bernd brachte Ulla tatsächlich einige Vorkenntnisse in dem Bereich mit. Sie arbeitete seit Jahren im Nebenjob für einen Biomarkt, und ihre recht wohlhabenden Eltern besaßen eine Apfelplantage, verzichteten seit langem auf den Einsatz von Pestiziden und setzten stattdessen auf natürlichen Pflanzenschutz. Zudem konnte Ulla ein abgeschlossenes Studium in Betriebswirtschaft vorweisen.

Ulla und Bernd machten sich also ans Werk, arbeiteten sich tief in die Materie ein, ließen Baupläne erstellen und Statiken berechnen und nahmen, nachdem sie vom Bauamt endlich die Genehmigung zum Aus- und Umbau des alten westfälischen Hofes erhalten hatten, hohe Kredite auf, um ihre großen Ideen in die Tat umzusetzen.

Heute, rund fünfzehn Jahre später, hatte sich der »neue« Vossenhof in der Gegend längst etabliert. Dennoch waren einige

Probleme bis jetzt nicht zufriedenstellend gelöst. Biohöfe waren im Umland noch rar gesät, das Netzwerk zu klein, um gemeinsam Kosten zu sparen.

»Andererseits haben wir einen wahnsinnigen Kundenzuwachs«, hielt Ulla dagegen, als sie an diesem lauen Abend im Mai alle draußen zusammen waren. »Auch unser Gemüse-Abo kommt super an. Spätestens seit der Katastrophe von Tschernobyl machen sich die Menschen mehr Gedanken über gesunde Ernährung.«

Rosi fand, dass Ulla erschöpft aussah, was kein Wunder war, wenn man bedachte, was sie tagtäglich leistete. Von morgens bis abends schuftete sie im Laden, orderte Waren, erledigte Aufträge und machte bis spät abends noch die Buchführung. Dazwischen widmete sie sich liebevoll ihren Kindern. Jakob und Lotta besuchten zwar seit einem halben Jahr den Kindergarten einer Elterninitiative, in dem Jakob von den anderen Kindern in Frieden gelassen wurde, aber nach sechzehn Uhr waren sie zu Hause und wollten beschäftigt werden.

Rosi half Ulla, so gut sie konnte, doch ihr Aufgabengebiet auf dem Feld, in den Gewächshäusern und Ställen war in den letzten Monaten immer umfangreicher geworden. Sie rackerte sich ab wie noch nie und freute sich über das Lob der Kollegen und ihrer Arbeitgeber.

Ulla füllte Rosis und ihr Glas mit Erdbeerbowle auf, warf einen Blick rüber zu den Kindern, die friedlich im Sandkasten spielten, und setzte sich neben Rosi an die lange Tafel aus aneinandergeschobenen Biertischen.

Die Sonne verschwand bereits am Horizont, wo sich ein paar vereinzelte Wolken rot und lila färbten. Die ersten Sterne blinkten hoch oben am Himmel, und die brennenden Windlichter zwischen Tellern und Schüsseln warfen ihren flackernden Schein heimelig auf die Szenerie.

»Rosi, ich würde gern etwas mit dir besprechen«, begann Ulla. »Bernd und ich überlegen schon länger, ob ...«

Und dann fragte sie Rosi rundheraus, ob sie sich vorstellen könne, die Leitung des Hofladens zu übernehmen.

»Der administrative Teil würde in meiner Hand bleiben«, fügte sie hinzu. »Deine Aufgabe wäre es, die täglichen Abläufe zu koordinieren. Es geht ums Organisieren und Delegieren, Dienstpläne erstellen und so weiter. Die Belegschaft braucht jemanden, der verlässlich alle Fäden in der Hand, aber auch mal ein Ohr für ihre Probleme und Sorgen hat. Und der einspringt, wenn jemand krank ist oder Urlaub hat. Ich schaffe das alles einfach nicht mehr, wegen der vielen Aufträge und wegen der Zwillinge. Bernd und ich sind der Meinung, dass du das Zeug dafür hast. Natürlich würden wir dir auch viel mehr zahlen als jetzt.«

Nun trat auch Bernd mit einem Glas Bier in der Hand zu ihnen, stützte sich mit der freien Hand auf dem Tisch ab und wandte sich direkt an Rosi. »Hat Ulla dir schon verraten, dass eine der Wohnungen oben im Haupthaus frei wird und du dort einziehen kannst?« Er zwinkerte ihr zu. »Vielleicht hilft dir das bei deiner Entscheidung. Weißt du, wir brauchen dich auf dem Vossenhof, und wir tun gern alles dafür, dass du bleibst.«

Rosi war verblüfft und fühlte sich über die Maßen geschmeichelt. Sie freute sich über das Vertrauen, das Ulla und Bernd ihr entgegenbrachten, und sagte spontan zu.

»Super!«, rief Ulla aus und klatschte begeistert in die Hände. »Und natürlich freuen wir uns, wenn du die Kinder und uns möglichst oft hier im Kotten besuchst. Die Tür steht immer für dich offen. Für uns gehörst du zur Familie.«

Später am Abend – die meisten Gäste waren längst gegangen, und Lotta und Jakob lagen tief schlafend in ihren Betten – trat Rosi mit dem Bowleglas und einer glimmenden Zigarette an den Zaun und blickte auf die angrenzende dunkel daliegende Wiese. Am Tag weideten dort Schafe. Um diese Zeit aber ruhten sie, und Rosi konnte nur helle Flecken im Gras ausmachen, die miteinander verschwammen und an Bodennebel erinnerten. Über ihr prangte die Mondsichel am Sternenhimmel. Rosi sog die Schönheit des Augenblicks in sich auf und wurde von Frieden durchdrungen. Sie fühlte sich gesegnet wie nie.

Ullas Worte vorhin hatten sie so sehr gerührt, dass sie immer noch in ihr nachhallten. »Für uns gehörst du zur Familie.« Es war das Schönste, was sie zu Rosi hatte sagen können.

Dabei hatte Rosi bis dahin gar nicht gewusst, wie sehr sie sich danach sehnte, wieder Teil einer Familie zu sein. Schließlich hatte sie die ihre verlassen und es bis heute nicht bereut.

Sie dachte an Flocke zurück, den sie aus vollem Herzen geliebt hatte und der ihr manchmal immer noch fehlte, bei dem sie sich aber längst nicht so geborgen gefühlt hatte wie hier bei Ulla und Bernd.

Auf dem Vossenhof war sie zu Hause, auch ohne einen Mann an ihrer Seite, stellte sie zufrieden fest. Oder vielleicht gerade deshalb.

Dann kamen ihr ihre Kolleginnen und Kollegen in den Sinn, die innerhalb eines Jahres zu Freundinnen und Freunden geworden waren. Sie hatten den wortkargen Theo, die zurückhaltende Eva und die herzliche Susa ins Herz geschlossen, ebenso wie Michi, Nina, Karo und all die anderen. Sie dachte, dass Familie viel mehr sein konnte als biologische Verwandtschaft, und empfand auf einmal ein überwältigendes Gefühl der Dankbarkeit dafür, diese netten Menschen kennengelernt zu haben.

Danke, lieber Gott, betete sie stumm. Danke, dass du mich auf den Vossenhof geführt hast.

Sie wunderte sich über sich selbst, hatte sie doch schon seit Ewigkeiten nicht mehr gebetet, weil sie mit Gott haderte und sogar manchmal seine Existenz anzweifelte. Aber heute, an diesem Frühsommerabend, war ihr Glaube tief und sie eins mit sich und der Welt.

Sie drückte ihren Zigarettenstummel vorsichtig auf einem Zaunpfahl aus, um ihn dann in ihre Tasche zu stecken. Vielleicht sollte sie das Rauchen aufgeben, überlegte sie. Wer gesund und im Einklang mit der Natur leben wollte, der rauchte besser nicht.

Sie leerte ihr Glas und fischte die letzten, mit Wein und Sekt vollgesogenen Erdbeeren mit den Fingern heraus. Während sie sie auf der Zunge zergehen ließ, der Nachtwind kühl über ihr Gesicht strich und sie in der Ferne ein Käuzchen schreien hörte, pulsierte das Glück in ihren Adern.

Miriam, 1990

Es war der 23. Dezember, und Ulf und sie gingen Hand in Hand durch den winterlichen Wald bei Niederbroich spazieren. Ihr Cockerspaniel Johnny rannte, von seiner Leine befreit, bis zur nächsten Kurve vor, so dass die langen, weichen Ohren nur so flogen, bevor er abrupt abbremste und einen Meter zurücklief, um an einem bemoosten Baumstumpf zu schnuppern. Die Minusgrade schienen ihm nichts auszumachen. Miriam dagegen war froh, dass sie eine Mütze angezogen hatte.

Zwischen den kahlen Laubbäumen und den immergrünen Tannen blitzte linkerhand des Weges der See auf. Dieser kalte, klare Nachmittag, an dem ihr Atem sich zu kleinen Wölkchen formte und der Boden unter ihren Füßen hart gefroren war, wirkte so normal und friedlich, dass Miriam gar nicht glauben konnte, dass morgen Heiligabend war und damit der alljährliche Familienstress begann.

An Weihnachten spürte man die unterdrückte Wut ihrer Eltern auf ein Leben, das sie im Grunde genommen nicht akzeptierten, noch deutlicher als an allen anderen Tagen des Jahres.

Nichts konnte Miriams Mutter Papa recht machen. Er fand den Christbaum zu klein, zu kahl oder zu krumm, den Weihnachtsschmuck zu kitschig, zu spartanisch oder zu ungleichmäßig angebracht. Er mäkelte am Essen, an der Auswahl an Getränken und daran herum, dass das Wohnzimmer zu vollgestellt war, um mit dem Rollator durchzukommen.

Dabei hätte er sich doch einfach darüber freuen können, wenigstens im Haus nicht mehr auf den Rollstuhl angewiesen zu sein. Miriam fand, er hatte allen Grund, stolz auf seinen Fleiß und seine Ausdauer zu sein. Stattdessen beschwerte er sich in einer Tour über alles, was nicht funktionierte. Und besondere Freude schien es ihm zu bereiten, wenn er etwas fand, womit er seine Frau kränken konnte.

Die ertrug sein ständiges Genörgel viel zu geduldig und machte den – in Miriams Augen fatalen – Fehler, sich nur noch mehr Mühe zu geben und sich für ihn aufzuopfern. Dabei kritisierte Papa jede ihrer Anstrengungen und machte sie schonungslos herunter.

Miriam fand das schäbig von ihrem Vater. Also lobte sie Mama ganz besonders für den liebevoll selbstgebastelten Weihnachtsschmuck, für die leckeren Plätzchen und den saftigen Stollen, den sie jedes Jahr in der Vorweihnachtszeit buk. Sie machte ihr Komplimente über ihr neues Kleid und die Frisur.

Miriam empfand die Weihnachtstage als wahnsinnig anstrengend.

Erschwerend kam hinzu, dass ihre Eltern viel zu hohe Erwartungen an das Fest hatten. Sie rührten noch aus einer Zeit her, in der die Ortmanns eine intakte und glückliche Familie gewesen waren.

Dennoch hatte das Fest, seit Miriam mit Ulf zusammen war,

Hause, um seine Eltern zu besuchen und mit seiner Familie Weihnachten zu feiern. Auch seine Brüder kamen mit ihren Frauen und Kindern zu Besuch. Und seine jüngste Schwester, die ja in Miriams Alter war, reiste mit ihrer Familie ebenfalls an; sie lebte seit langem in Hannover.

Bei den Schulzes zu Hause ging es laut und quirlig zu. Bei ihnen war Weihnachten ein fröhliches Fest, was Miriam zwar prinzipiell gut gefiel, ihr aber manchmal ein bisschen zu viel war. Dann wünschte sie sich ein stilles Plätzchen mit Ulf an ihrer Seite und Johnny auf dem Schoß.

Den Heiligabend feierten Ulf und Miriam stets getrennt voneinander bei ihren jeweiligen Eltern. Den ersten Weihnachtstag verbrachten sie gemeinsam bei seinen Leuten, und am zweiten waren sie zum Mittagessen bei ihren Eltern, ehe sie mit ihrer Mutter zum Kaffee zu Ruth fuhren, während sich Miriams Vater auf dem Sofa ausruhte.

Miriam empfand den zweiten Weihnachtstag stets als besonders deprimierend.

»Immer, wenn ich hier entlanggehe, denke ich an den Sommer 1976«, unterbrach Ulf auf einmal ihre Gedankengänge. »Wie glücklich Rebecca war. Und an das, was dann geschah. An ihr Verschwinden und ihren Tod.«

Es versetzte Miriam einen Stich, wenn er so redete. Hatte ihre Trauer um Rebecca sie einst miteinander verbunden, so stand sie ihnen heute eher im Weg.

Ulf glaubte fest daran, dass Rebecca tot war. Sie nicht. Irgendwann würde ihre Schwester zurückkommen, das spürte sie einfach. Es war ihr größter Wunsch.

Aber wenn Miriam versuchte, sich das Gesicht ihrer Schwester vorzustellen, gelang ihr das nicht mehr. Sie war ja noch ein Kind gewesen, als sie verschwand. Rebecca und Ruth hatten einander recht ähnlich gesehen, das wusste sie noch genau, aber sie sah es nicht mehr vor sich. Rebeccas Bild war verblasst wie Sterne in der Morgendämmerung.

Doch Miriam ging davon aus, dass ihre Schwester inzwischen sowieso ganz anders aussah als früher. Immerhin musste sie in diesem Jahr ihren dreißigsten Geburtstag gefeiert haben. Miriam sehnte sich inbrünstig danach, sie endlich wiederzusehen.

Andererseits – sie beäugte Ulfs traurige Miene – war es vielleicht besser, wenn sie fortblieb. Er hatte sie auf einen Sockel gestellt und verehrte sie wie eine Heilige. Wäre ihr eigenes Glück womöglich in Gefahr, sollte Rebecca wieder auftauchen?

»Ich verstehe immer noch nicht, warum sie damals nach der Fehlgeburt nicht sofort zu mir gekommen ist.« Ulf blieb stehen, schaute zwischen zwei kahlen Buchen zum See hinüber. »Wir waren total verknallt. Von heute auf morgen wollte sie nichts mehr von mir wissen. Seit sie schwanger war …«

Miriam zwang sich, nicht laut aufzustöhnen. Immer dieselbe Leier! Begriff er denn nicht, wie weh er ihr damit tat? Im selben Moment gestand sie sich ein, dass sie ihm unrecht tat. Dass seine Freundin ihr Baby mitnichten verloren hatte, dass es diesen Plan gab, den ihre Eltern ausgeheckt hatten – von all dem hatte Ulf nach wie vor keine Ahnung. Nur deshalb drehten sich seine Gedanken ständig im Kreis und kamen nicht zur Ruhe.

Miriam wusste das genau, ebenso wie ihr völlig klar war, dass sie ihm nie die Wahrheit sagen durfte. Die Lüge stand zwischen ihnen, und Miriam hasste es, so wie jetzt daran erinnert zu werden. Es kam ihr dann vor, als sei ihre gesamte Liebe auf Sand gebaut.

»Du, lass uns doch von etwas anderem reden«, bat sie ihn deshalb inständig. »Das alles ist schon so lange her. Wir zwei, das ist jetzt die Gegenwart und unsere Zukunft. Und das vermaledeite Weihnachten, das vor uns liegt.«

Sie versuchte sich an einem schiefen Grinsen, um ihren Worten die Strenge zu nehmen, doch Ulf wirkte irritiert.

»Ich verstehe nicht, wie du das so abtun kannst«, sagte er, ging plötzlich weiter und ließ ihre Hand los. »Seit vierzehn Jahren fühle ich mich schuldig an dem, was mit deiner Schwester passiert ist ...«

Sie bemühte sich, mit ihm Schritt zu halten. Dann sah sie, dass ihnen ein Spaziergänger mit Hund entgegenkam, und beeilte sich, Johnny anzuleinen.

Kaum war der ältere Mann mit seinem Mischlingsrüden vorbeigegangen, schloss Miriam wieder zu Ulf auf. »Aber sie hat dir doch diesen Brief geschrieben, in dem stand, dass sie dich nicht sehen wollte. Dass sie Zeit für sich brauchte. Das war doch ihre Entscheidung, nicht deine.«

Auch diese Worte hatte sie schon gefühlt hundertmal gesagt.

»Sie muss vor Unglück und Leid völlig fertig gewesen sein. Sie wusste nicht, was sie tat«, hielt Ulf dagegen. »Und dann ...« Er schluckte. »... war sie fort. Und später hieß es, sie habe mit einem anderen Typen in Holland zusammengelebt. Ich begreife das alles nicht.« Er blickte Miriam gequält an. »Meistens schaffe ich es, das alles zu verdrängen. Aber an Tagen wie diesem, hier, an dem Ort meiner Jugend, kommt alles wieder hoch. Geht dir das nicht genauso?« Es klang wie ein Hilfeschrei. Er räusperte sich. »Dabei hatte ich mir eigentlich vorgenommen, dir hier auf unserem Spaziergang einen Heiratsantrag zu machen.«

Miriam blieb wie vom Donner gerührt stehen. Unvermittelt überkam sie ein dermaßen heftiger Groll auf ihre verschwundene Schwester, dass sie sich plötzlich wirklich wünschte, sie sei tot und begraben.

Fassungslos blickte sie ihrem Freund in die bernsteinfarbenen Augen. »Und warum tust du es dann nicht, statt über Rebecca zu schwafeln?«, fuhr sie ihn wütend an. »Ich kann nichts dafür, dass du sie, als sie sechzehn war, unbedingt schwängern musstest! Mein Gott, sie wollte ihr Abi machen und dann die Welt bereisen! Sie hatte keinen Bock auf ein Baby, was ich ihr in dem Alter echt nicht verdenken kann! Dass sie abgehauen ist, um ...« Gerade noch rechtzeitig schaffte sie es, sich zu zügeln. »Auf jeden Fall ist das alles ewig her. So schrecklich es ist. Und ich bin Miriam, nicht Rebecca! Ich hoffe echt, dass du wirklich mich liebst, weil ich ich bin, und nicht, weil sie meine Schwester ist!«

Bevor sie in Tränen ausbrechen konnte und sich womöglich ganz vergaß, legte sie einen Zahn zu. Johnny rannte an der Leine begeistert neben ihr her. Schnell ließen sie Ulf hinter sich zurück.

An der nächsten Abzweigung hielt sie sich rechts, nur weg vom Waldsee. Sie japste vor Anstrengung, und ihr war überhaupt nicht mehr kalt. Im Gegenteil, sie begann in ihrer Winterjacke und unter der dicken Mütze zu schwitzen.

Es war ihr total egal, ob Ulf ihr nachging oder nicht.

Er hatte ihr einen Heiratsantrag machen wollen, dachte sie mit wehem Herzen. Und wieder einmal war es Rebecca, die ihr nun sogar diesen einzigartigen Moment verdarb, nachdem sie mit ihrem Verschwinden vor vierzehn Jahren bereits ihre bis dahin heile Familie pulverisiert hatte.

Mit einem Mal hasste Miriam ihre verschwundene Schwester aus tiefster Seele.

Hilde, 1990

Hilde machte sich nichts mehr aus Weihnachten, seit ihre eine Tochter tot, die andere psychisch krank und ihr Mann schwerbehindert war. Sie hatte insgeheim nur noch wenig für das sogenannte Fest der Liebe übrig, denn die Liebe hatte die Ortmanns verlassen.

Für eine Christin waren das frevlerische Gedanken, wie sie sehr wohl wusste. Man feierte doch eigentlich die Geburt Jesu. Und das würde sie natürlich tun, so wie jedes Jahr am Ende der Adventszeit.

Ansonsten aber hatte sie nichts zu feiern, musste die zermürbenden, lieblosen Tage nur irgendwie hinter sich bringen.

Nein, schalt Hilde sich im selben Atemzug, sei nicht ungerecht, und griff nach Tesafilm und Schere. Sie nutzte die Zeit, in der Rainer in seinem Zimmer sein Mittagsschläfchen hielt, und packte die letzten Päckchen.

Miriam und Ulf liebten einander, und ihre Verbindung war so innig, dass ihr Glück sogar auf Hilde abstrahlte. Sie freute sich sehr für ihre jüngste Tochter.

Für Hilde war die Liebe zwischen Miriam und Ulf eine glückliche Fügung Gottes. Dass diese beiden vom Schicksal gezeichneten jungen Menschen einander gefunden hatten, war sein Werk. Und sie zweifelte nicht daran, dass die Liebe der zwei von Dauer sein würde. Miriam und Ulf gehörten zusammen, das merkte man einfach. Sogar Rainer sah das wie sie. Sie lächelte still vor sich hin. So schrecklich kam ihr Weihnachten auf einmal gar nicht mehr vor.

Miriam, 1990

Miriam hörte Schritte hinter sich auf dem gefrorenen Waldboden. Rasche, harte Schritte, die sich näherten. Sie schaute sich nicht um, denn sie wusste ja, wer da angerannt kam. Mit hochgezogenen Schultern hastete sie weiter.

Er sollte sie in Ruhe lassen! Wütend zerrte sie den Cockerspaniel, der offenbar zu seinem Herrchen wollte, an der Leine hinter sich her.

»Liebes, warte doch!«

Sie antwortete nicht, sondern fing an zu laufen. Doch da war er schon bei ihr und hielt sie am Arm fest.

»Bitte!«

Der flehende Tonfall ließ sie weich werden. Sie blieb stocksteif mit dem Rücken zu ihm stehen.

»Es tut mir leid!« An den Schultern drehte er sie zu sich um, und gegen ihren Willen verlor sie sich in seinen warmen Augen. »Miri, entschuldige bitte, ich bin der letzte Idiot!«

Sie nickte heftig und schniefte. »Das stimmt allerdings.« Sie fühlte sich immer noch furchtbar elend, doch ihr Ärger verpuffte.

»Ich …«, begann er erneut und brach wieder ab. Und dann ging er auf einmal vor ihr auf die Knie, mitten auf dem schmutzigen, unebenen Waldweg, und ergriff ihre Hand. »Bitte werde meine Frau«, sagte er eindringlich. »Ich liebe dich, und zwar, weil du Miriam bist, die Frau meines Lebens. In Rebecca war ich echt total verliebt, das weißt du. Damals hielt ich es für die ganz große Liebe. … Später war ich mit Nicky zusammen, und als das vorbei war, mit der ein oder anderen, die ich toll fand. Aber glaub mir bitte, Liebes. Die ganze Zeit war ich bloß auf der Suche nach dir. Es ist wie in dem Song von Lindenberg, den wir beide so toll finden: Eigentlich habe ich immer nur dich gemeint.« Sie schluckte gerührt. »Ich kann und will nie wieder ohne dich sein«, fuhr er fort. »Also, willst du mich heiraten?«

Der letzte Rest ihrer Starre löste sich, und sie wurde von einem solchen Glücksgefühl geflutet, dass es ihr glatt den Atem nahm.

»Ja«, hauchte sie, aber ihre Antwort ging unter, weil sich im selben Augenblick Johnny verzückt auf sein am Boden kniendes Herrchen stürzte, um voller Hingabe sein Gesicht abzuschlecken.

»Den Kuss nach dem Antrag habe ich mir etwas anders vorgestellt. Igitt!«, stieß Ulf aus, kam wieder auf die Beine und wischte sich mit dem Handrücken den Sabber von den Wangen. »Leider habe ich wegen Johnnys Attacke nicht verstanden, was du geantwortet hast«, gestand er Miriam zerknirscht, die kichernd vor ihm stand.

»Ich habe ja gesagt«, wiederholte sie, nun wieder ernst. »Ich kann doch auch nicht ohne dich leben.«

Rosi, heute

»Meine Schwestern fehlen *mir* aber nicht«, erwiderte Rosi lahm. »Ich bin nicht mehr Rebecca. Ich bin die kinderlose Rosi, die sich allein durchs Leben schlägt!« Sie verschränkte die Arme vor der Brust. Dann zog sie die Augenbrauen zusammen. »Nein, nicht immer allein«, korrigierte sie sich. »Ich habe Freundinnen und Freunde. Und dich natürlich, Nadine. Ich brauche keine Schwestern!« Der Trotz in ihrer Stimme fiel sogar ihr selbst auf.

Um Zeit zu gewinnen, goss sie sich noch ein Glas Wasser ein. Dann nahm sie die maunzende Mia, die schon eine geraume Weile um ihre Beine gestrichen war, weil sie wohl spürte, dass mit ihrem Frauchen etwas nicht stimmte, auf den Schoß und streichelte ihr samtweiches Fell.

Nadine schüttelte heftig den Kopf. »Blödsinn!« war alles, was sie sagte, bevor sie aufstand und die leeren Teller abräumte. Als sie an den Tisch zurückkam, ruhte ihr Blick nachdenklich auf Rosi. »Du warst schon immer superstur«, konstatierte sie. »Ich will dich echt zu nichts zwingen, aber … «

In dem Augenblick klingelte Rosis Festnetztelefon. Sie setzte die sich sträubende Katze auf dem Boden ab, ging zur Basisstation, die auf der Anrichte stand, und griff nach dem Hörer. »Rosalie Meyer am Apparat.«

Selten war ihr eine Ablenkung so willkommen gewesen wie jetzt.

»Rosi?« Manus Stimme war nur ein Hauch, weit entfernt von dem kräftigen rauen Timbre, das sie früher einmal, gefärbt von Zigaretten und Alkohol, hatte.

»Manu? Wie schön, dass du anrufst. Ich habe in den letzten Tagen ein paarmal versucht, dich zu erreichen, weil ich schon so lange nichts mehr von dir gehört hatte«, sagte Rosi warmherzig. Nadine sollte ruhig mitbekommen, dass ihre Freunde sich auf sie verlassen konnten.

Manu antwortete lediglich mit einem lauten Atemzug.

»Was ist passiert?«, fragte Rosi, auf einmal besorgt. Eine Gänsehaut breitete sich auf ihren Armen aus.

»Tom ist ...«

Manu verstummte, und die schlimmsten Szenarien gingen Rosi durch den Kopf. Tom hatte einen Unfall gehabt oder einen Schlaganfall, Tom war an Krebs erkrankt oder tot.

Bitte nicht, betete sie panisch. Nicht auch noch Tom!

»Tom ist im Pflegeheim«, fuhr Manu schluchzend fort.

Rosi atmete auf vor Erleichterung. Dann bauten sich tausend Fragen in ihr auf, und sie bekam es erneut mit der Angst zu tun. Tom war von jeher der Stärkere von den beiden gewesen, Manus Fels in der Brandung, obwohl auch er im Grunde labil war. Und er war weit über siebzig. »Warum denn, Liebes? Was ist passiert?«

»Können wir uns treffen?«, flehte Manu sie nun regelrecht an.

»Jetzt gleich?«

»Klar. Wo denn?«

Sie verabredeten sich am Rheinufer auf der Oberkasseler Seite. Das lag für beide ungefähr auf der Hälfte der Strecke.

Mit wenigen Worten informierte Rosi Nadine darüber, dass sie wegmusste und warum. Neben ihrer Sorge um Manu und Tom bereitete es ihr eine gewisse Genugtuung, Nadine wissen zu lassen, wie sehr sie von anderen gebraucht wurde. Außerdem verschaffte ihr das Treffen eine Atempause. Sie schlüpfte in ihre Jacke und steckte den Schlüsselbund in die Tasche.

»Ich weiß nicht, wie lange es dauert. Vielleicht zwei oder drei Stunden. Ich fahre mit der Straßenbahn«, erklärte sie. »Du kommst so lange ohne mich klar, oder?«

»Sicher!« Nadine nickte verständnisvoll.

Plötzlich fiel Rosi etwas ein, und ihr Gesicht begann zu glühen. »Du ... du ... rufst aber nicht in der Zwischenzeit bei der Polizei oder sonst wo an und steckst denen, wo sie mich finden können?«

Nadines zutiefst gekränkter Gesichtsausdruck sprach Bände. »Natürlich nicht! Ich weiß doch jetzt, dass du deine Gründe hattest. Ich verurteile dich nicht. Ich finde nur, dass du ...«

Rosi fiel ein Stein vom Herzen. Sie öffnete die Wohnungstür. »Okay, ich danke dir! Wir sprechen später darüber, ja?«

Nadine musterte sie ernst. »Worauf du dich verlassen kannst!«, antwortete sie, und in Rosis Ohren klang es wie eine Drohung.

Rosi war über den Anblick ihrer alten Freundin tief erschrocken. Fieberhaft überlegte sie, wann sie Manu das letzte Mal gesehen und nicht bloß mit ihr telefoniert hatte. Es war auf jeden Fall schon eine ganze Weile her. Inzwischen schien sie sich komplett hängen zu lassen.

Sie war stark gealtert und wirkte ungepflegt. Ihr strohiges, weinrot gefärbtes Haar wies einen fast handbreiten grauen Streifen am Ansatz auf. Sie hatte schwammige Tränensäcke unter den Augen, und in ihren Wimpern hingen Reste klumpiger Mascara. Ihre Kleidung – schlabbrige Jeans und ein verwaschenes T-Shirt mit einem inzwischen unleserlichen Aufdruck – roch ungewaschen und sah schmuddelig aus.

Nur Manus Lächeln war nicht gealtert. Dieses Lächeln, das

ihr ganzes Gesicht zum Strahlen brachte, machte sie wieder so schön wie früher und versöhnte Rosi mit dem ersten Eindruck.

»Ich freu mich so, dass du gekommen bist«, sagte sie und bedeutete Rosi, neben ihr auf der Parkbank mit Blick auf den Rhein Platz zu nehmen. Bevor Rosi etwas antworten konnte, fischte sie aus der Hosentasche eine fast leere Packung Tabak. »Auch eine?«, fragte sie und drehte sich blitzschnell eine streichholzdünne Zigarette.

»Danke, ich rauche doch schon weit über dreißig Jahre nicht mehr.« Rosi wunderte sich. Manu wusste das eigentlich, aber sie schien es vergessen zu haben.

»Ach ja«, antwortete Manu vage und zog heftig an der Kippe.

Rosi unterdrückte einen Hustenreiz und wedelte den Rauch fort.

Manu fasste sie genauer ins Auge. »Das sieht man deiner Haut auch an. Echt toll. Ich bin leider nicht so diszipliniert.« Sie zuckte gleichmütig mit den Achseln. »Und heute brauche ich das Nikotin mehr denn je!«

Rosi registrierte, dass Manus rechtes Knie nervös auf und ab wippte, so dass die Sitzfläche der Bank vibrierte. Es musste ihr sehr schlecht gehen.

»Warum ist Tom im Heim? Was ist passiert?«, erkundigte sich Rosi leise.

»Die letzten Monate waren die Hölle«, begann ihre Freundin müde und blickte auf den träge dahinfließenden Strom.

Rosi tat es ihr nach, obschon sie ihre Ungeduld kaum zügeln konnte. Was war los mit Tom? Das sandige Ufer des Rheins lag frei, und der Fluss wirkte aufgrund der Dürre in den letzten Wochen nicht mehr mächtig und stark, sondern kraftlos und bedürftig. Wie Manu.

Die seufzte. »Tom hat immer mehr abgebaut. Zuerst dachte ich, er ist einfach ein bisschen schusselig geworden. Wegen der

Kifferei und dem anderen Zeug. Er fing an, alles, was er sich nicht mehr merken konnte, auf Zettelchen zu schreiben. Die klebten schließlich überall, nicht nur am Kühlschrank wie zuerst, sondern auch am Spiegel im Flur, auf dem Küchentisch, über den Lichtschaltern. Sogar auf dem Toilettenkasten. Damit er nicht vergaß, sich den Hintern abzuwischen und abzuspülen. Seine Schrift wurde krakeliger, bis er sie selbst nicht mehr lesen konnte. Arbeiten ging schon lange nicht mehr. Davor hat Tom für mehrere Lieferservices gearbeitet, ist mit dem Transporter und später mit dem Fahrrad durch Düsseldorf gegurkt. Aber nachdem er die Adressen und Aufträge immer öfter durcheinanderbrachte, haben die ihn rausgeschmissen. Er sei nicht mehr tragbar, hieß es. Ab da musste ich alles tragen ...«

Sie zählte an den Fingern die diversen Jobs auf, die sie seither verrichtete, um ihrer beider magere Rente aufzubessern: vom Putzen in fremden Haushalten und Treppenfluren bis hin zum Regale einräumen im Supermarkt. Manchmal sammle sie sogar Pfandflaschen aus den Abfallbehältern der Stadt, gab sie beschämt zu.

»Der Verfall war rasant. Bald konnte Tom nicht mehr laufen, auch das Schlucken fiel ihm schwer. Er lag nur noch auf dem Sofa, später im Bett. Ich habe ihn wickeln müssen wie ein Baby. Und er vergaß immer mehr Worte. Und vor einer Woche erkannte er mich nicht mehr.« Ihre Stimme zitterte, ihre Augen schwammen in Tränen. »Das war und ist das Schlimmste. Wir hatten doch immer nur uns. Wir haben uns doch geliebt. Rosi, wie kann es sein, dass er diese Liebe vergessen hat? Alles habe ich ertragen, wirklich alles, aber das ...« Sie saugte heftig an ihrer Zigarette. Die Hand, mit der sie sie hielt, zitterte mit ihrem Knie um die Wette.

»Demenz«, stellte Rosi traurig fest.

»Ja, Alzheimer.«

Rosi schwieg schockiert.

»Es blieb mir nichts anderes übrig, als ihn ins Heim zu bringen.«

»Na klar«, pflichtete Rosi ihr bei. Was für eine schreckliche Krankheit! Tom tat ihr unendlich leid und Manu sowieso. »Etwas anderes blieb dir ja gar nicht übrig.«

»Wo ist mein Tom hin?«, fragte Manu leise in die Spätsommerluft. »Der Mann im Pflegeheim, der sieht ihm zwar noch ähnlich, aber er ist es nicht mehr. Der ist nur noch eine leere Hülle. Verdammte Scheiße, wie geht so was?«

Die letzten Worte schrie sie verzweifelt heraus. Spucke flog. Eine junge Frau, die ihre französische Bulldogge an einer Ausziehleine spazieren führte und nun erschrocken zu den beiden Frauen auf der Parkbank herübersah, hastete schnell weiter.

Tröstend legte Rosi einen Arm um die knochigen Schultern ihrer Freundin. Sofort schmiegte Manu sich an sie.

»Alzheimer ist grausam«, flüsterte Rosi und streichelte den Arm der Älteren, während sie nach tröstenden Worten suchte. »Es tut mir unendlich leid!«

Tom und Manu hatten einander fast ein Leben lang abgöttisch geliebt. Rosi kannte keine Beziehung oder Ehe, die enger war. Und nun hatte diese tückische Krankheit auf perfide Weise das Band zwischen ihnen zerschnitten.

Wenn es einen Gott gab, dann musste der extrem niederträchtig sein, schoss es ihr durch den Kopf.

Wie gut, dass sie spätestens seit der Trennung von Sven auf Unabhängigkeit setzte. Sie war autark, von keinem Menschen abhängig.

»Ich traue mich kaum mehr, ihn zu besuchen«, flüsterte Manu rau. »Immer, wenn ich ihn so sehe, geht mir ein Stück Erinnerung an meinen Tom, wie er früher war, verloren. Ich will das nicht!«

Sie warf den Zigarettenstummel auf den Boden zwischen zwei vertrocknete Grasbüschel, trat ihn mit der Spitze ihres abgetretenen Turnschuhs aus, bückte sich und hob ihn sorgsam auf. Anschließend schlurfte sie zum Mülleimer und warf die Kippe kraftlos hinein. Rosi registrierte entsetzt, wie sehr Manu körperlich abgebaut hatte. Sie war nur noch ein Schatten ihrer selbst. Kummer, Alter, Armut, körperliche Plackerei, zu viele Zigaretten, Alkohol und Drogen hatten ihren Tribut gefordert.

Mit schmerzverzerrtem Gesicht setzte Manu sich wieder neben Rosi und blickte sie flehentlich an. »Rosi, du kennst mich, und du kennst Tom. Du weißt, wer und wie wir mal waren. Hilf mir! Bitte hilf mir!«

Rosi war perplex und fühlte sich überfahren. Und sie wusste nicht recht, was ihre Freundin von ihr erwartete. Hatte Manu sie gerade etwas verklausuliert darum gebeten, dass sie sie ins Pflegeheim begleitete? Ihr grauste davor. Der coole Tom, der noch vor kurzem fit wie ein Turnschuh gewesen war, sollte jetzt als debiler Patient mit leerem Blick im Pflegbett vor sich hin vegetieren? Unvorstellbar! Aber natürlich würde sie sich zusammenreißen und Manu den Wunsch erfüllen. Arme Manu, so ein Päckchen tragen zu müssen ...

Fast hätte sie vor lauter Grübeleien überhört, was Manu eigentlich von ihr wollte.

»Ich ... ich brauche deinen Rat.«

Rosi blinzelte sie verständnislos an. Sie besaß weder Erfahrungen in der Betreuung von Alzheimer-Patienten, noch hatte sie je ein Pflegeheim von innen gesehen. Verwundert wartete sie ab.

Manu verschränkte ihre Hände so fest, dass die Fingerknöchel weiß hervortraten. »Ich kenne keinen Menschen, der unabhängiger ist als du«, sagte sie schließlich. »Ich habe das immer sehr bewundert. Ich weiß natürlich, dass du dir das so nicht ausgesucht hast, aber ... heute ... musst du mir verraten, wie du das machst. Weißt du, ich funktioniere nur mit Tom, wir waren immer wie zwei Rädchen, die ineinandergreifen. Und der Motor war Tom.« Ihre Finger lösten sich widerstrebend voneinander. Bei der Bewegung blinkte ihr Ehering wie poliert im Sonnenlicht. Rosi schien es, als sei er das Einzige an ihr, das nicht kaputt wirkte. »Jetzt hat er keine Kraft mehr, ist fast schon nicht mehr da. Bald wird er sterben, sagen die Ärzte ...« Ihre Stimme bröckelte.

Wieder starrte sie auf den Fluss, und Rosi tat es ihr nach. Vorn in Ufernähe dümpelte eine alte Plastikflasche im Wasser; sie war zwischen zwei Steinen eingekeilt, so dass die Strömung sie nicht davontragen konnte. Ein paar Meter dahinter schwamm ein Entenpärchen vorbei.

»Eigentlich müsste ich bei ihm sein. Aber ich habe solche Angst – vor ihm, vor mir, vor der Zukunft! Denn bald bin ich ganz allein. Sag mir, wie ich das alles schaffen soll! Wenn es eine kann, dann du!«

Rosi war baff. Sie hatte nicht geahnt, dass Manu sie so sah. Auch fühlte sie sich ein wenig geschmeichelt. Manu war nach Nadine nun die zweite Frau, die sich Rat suchend an sie wandte. Was sollte, was konnte sie ihr sagen?

Natürlich war sie eine unabhängige Frau, aber doch bloß eine unter vielen. Daran war nichts Besonderes. Was sie von manch anderen unterschied, war vielleicht, dass sie weder Familie noch Kinder hatte und auch nicht groß erpicht darauf war, sich noch mal auf eine Paarbeziehung einzulassen. Sie hatte im Laufe der Jahre einfach zu viele Federn gelassen und kam ganz gut ohne Mann zurecht.

Aber wenn sie das zu Manu sagte, die gerade die Liebe ihres Lebens verlor, würde es ihr kein Stück weiterhelfen.

Sie biss sich auf die Lippe und suchte nach Worten. Unvermittelt tauchte eine Erinnerung vor ihrem geistigen Auge auf. Wie Manus langes Haar sich wie ein duftender Vorhang über sie gelegt hatte, damals im Düsseldorfer Hauptbahnhof, und wie Manu den Dealer verjagt hatte.

»Menschenskind, du bist hier die Starke!«, platzte sie kopfschüttelnd heraus. »Ohne dich wäre ich damals gestorben!«

»Ach was ...« Ihre Freundin winkte müde ab. »Das war nichts weiter, bloß ... ein bisschen Schützenhilfe. Nicht der Rede wert.«

Sprachlos musterte Rosi sie. »Das glaubst du wirklich, stimmt's?«

Manu blickte sie verständnislos an. Sie zuckte mit den Achseln. »Klar.«

Jetzt reichte es Rosi. Sie holte tief Luft. »Vielleicht ist genau das dein Problem. Und es ist so typisch Frau! Egal, für wie modern wir uns halten ... immer noch stellen wir unser Licht unter den Scheffel, machen uns selbst runter, sind viel zu selbstkritisch.« Sie nahm Manus Hand. »Du warst die Seele der Kommune, Manu. Du hast deinem Tom den Rücken freigehalten. Du hast ihn gepflegt. Alle Kraft, die du in dieser schlimmen Zeit brauchst, liegt in dir. Du musst ihr nur Platz geben, zu wachsen!«

Manu schüttelte den Kopf. »Ohne Tom bin ich nichts«, sagte sie, und es klang zutiefst verloren. »Da wächst gar nichts mehr.«

Rosi schüttelte unwillig den Kopf. »Das stimmt nicht. Ich kann verstehen, dass du das gerade glaubst. Und es ist schrecklich traurig, dass du ihn verlierst. Aber ...« Sie zögerte und streichelte mit dem Daumen Manus Handrücken. Dann traf sie eine Entscheidung und gab sich einen Ruck. Vielleicht half hier nur noch die ganze Wahrheit.

»Du weißt ja, dass ich als Teenager meine Familie verlassen

habe«, sagte sie, und Manu nickte. »Ich war nicht neunzehn Jahre alt, wie ich euch habe glauben lassen, sondern erst sechzehn.«

Ihre Freundin runzelte ungläubig die Stirn.

Rosi sprach schnell weiter. »Ich habe mich nie wieder bei meinen Eltern gemeldet, bis sie glaubten, ich sei gestorben.«

Nun weiteten sich Manus Augen entsetzt. Sie war immer davon ausgegangen, dass Rosi ihre Verwandten irgendwann darüber informiert hatte, dass sie nicht zurückgehen würde, und Rosi hatte sie in dem Glauben gelassen. Bis heute.

»In Wirklichkeit heiße ich Rebecca Ortmann. Es gibt ein Grab mit meinem Namen darauf«, fuhr Rosi fort. »Aber du siehst ja, dass ich lebe.«

Offensichtlich hatte Manu in den letzten Tagen weder ferngesehen noch Zeitung gelesen, denn sonst hätte sie aufgehorcht. So aber murmelte sie nur: »Du hast Tom und mich belogen. Wir haben dir vertraut!« Sie wirkte enttäuscht und wollte Rosi die Hand entziehen, doch die hielt sie eisern fest.

»Verzeih mir bitte! Ich habe euch zwar aus einer Not heraus belogen, aber nie betrogen«, stellte sie mit fester Stimme klar. »Seit damals bin ich Rosi. Und du bist meine Freundin, die mir das Leben gerettet hat. Ich bin die, als die du mich kennst. Bitte glaube mir!« Wieder strich sie mit dem Daumen über Manus Handrücken, der sich rau wie Schleifpapier anfühlte. Dann räusperte sie sich. »Aber … und deshalb erzähle ich dir das alles … seitdem weiß ich, dass man jederzeit neu anfangen kann. Dass man viel stärker ist, als man glaubt. Dass man seine mentale Stärke mitnimmt, wohin man auch geht. Auch du! Manu, du bist der liebenswerteste Mensch, den ich kenne. Und du trägst so viel Liebe in dir. Wenn Tom nicht mehr da ist, wirst du sie anderen Menschen geben. Du kannst gar nicht anders!«

Die letzten Sätze waren wohl zu viel für die vom Schicksal

gebeutelte, abgekämpfte Manu. »Nie werde ich einen anderen Mann in mein Leben lassen«, protestierte sie weinend und entriss Rosi ihre Finger.

Rosi fuhr sich erschöpft über die Augen. Der Streit mit Nadine, die Tatsache, dass sie von ihr enttarnt worden war, und das aus dem Ruder laufende Gespräch mit Manu setzten ihr zu. Warum begriff ihre alte Freundin nicht, was sie ihr sagen wollte? Schließlich hatte Manu doch nach ihrem Rat verlangt. Ganz gegen ihre früheren Prinzipien hatte sie sich geöffnet, und das hatte sie jetzt davon.

»Das habe ich auch gar nicht gemeint!«, murmelte sie müde. »Liebe ist doch mehr als eine Paarbeziehung. Als ob du das nicht wüsstest!« Sie erhob sich mit knackenden Knien von der Bank. »Denk bitte einfach mal in Ruhe nach über das, was ich gesagt habe.« Sie hob beschwichtigend die Hände. »Und jetzt lass uns zu Tom fahren. Ich bin bei dir. Du musst keine Angst haben.«

Rosi, 1996

Nie hätte Rosi gedacht, dass ein ganzes Jahrzehnt wie im Fluge vergehen könnte. Aber jetzt, an einem Sonntag im März 1996, im Rückblick, fühlte es sich genauso an. Sie stand sinnierend auf dem Balkon ihrer gemütlich eingerichteten Dachgeschosswohnung, die sie liebevoll ihr »Storchennest« nannte, und blinzelte mit einem Kaffee in der Hand in die warme Frühlingssonne. Tatsächlich befand sich über ihr auf dem Dach ein echtes Storchennest. Allerdings war es seit vielen Jahren leer. Brütende Störche waren in Deutschland selten geworden.

Rosi lebte und arbeitete immer noch auf dem Vossenhof. Unter ihr war das Sortiment im Hofladen mit den Jahren immer größer geworden. Neben selbst produziertem Obst und Gemüse, Kartoffeln und Eiern wurden inzwischen diverse Mehl-

und Zuckersorten, Cerealien, wertvolle Öle, frische und haltbare Milchprodukte, Säfte, Weine, Biere und sogar ausgesuchte Zeitschriften und Zeitungen, Kosmetika, Reinigungsmittel und Klopapier angeboten. Im Grunde genommen konnte man hier seinen gesamten Wocheneinkauf erledigen, sofern es das Budget hergab, denn vor allem die zugekauften Bioprodukte waren leider immer noch viel teurer als im Supermarkt. Letzteres stellte für Rosi ein immerwährendes Ärgernis dar. Sie fand es unfair, dass sich ärmere Menschen die gesunden Dinge des Lebens schlichtweg nicht leisten konnten. Andererseits war der Vossenhof sowieso nur gut zu erreichen, wenn man über ein Auto verfügte.

Rosi selbst hatte 1988 ihren Führerschein gemacht – neben dem Auto- auch den LKW-Führerschein, damit sie bei Bedarf die größeren Traktoren und Landmaschinen fahren durfte. Seit sie Auto fuhr, kam ihr der Hof längst nicht mehr so abgelegen wie in ihrer Anfangszeit vor. In ihrem schicken Mini in British Racing Green flitzte sie zur Bank und zum Arzt nach Lengerich oder über die steil bergauf verlaufende, kurvenreiche Strecke bis hoch nach Tecklenburg im Teutoburger Wald, um im traditionsreichen Café Rabbel bei einem vorzüglichen Kaffee ein leckeres Stück Kuchen oder Torte zu genießen.

Früher, als Lotta und Jakob noch kleiner gewesen waren, hatte sie mit ihnen auch gern die Freilichtbühne in dem historischen Fachwerkstädtchen besucht. Inzwischen waren die Zwillinge zu schlaksigen Teenagern aufgeschossen. Lotta hatte zum Leidwesen ihrer Eltern sogar schon ihren ersten Freund gehabt, doch ihr Liebeskummer hielt sich in Grenzen und tat ihren ausgezeichneten Leistungen in der Mittelstufe des Gymnasiums keinen Abbruch. Jakob besuchte eine Förderschule. Er hing immer noch sehr an Rosi und besuchte sie an einem oder zwei Abenden in der Woche, um mit ihr zusammen zu kochen oder Familienfilme zu schauen. Rosi hatte den sensiblen Jungen inzwischen beinahe so in ihr Herz geschlossen, als sei er ihr leiblicher Sohn. Diese innige Zuneigung tröstete sie ein wenig über ihre Kinderlosigkeit hinweg.

Ihrem Personalausweis zufolge wurde Rosi in diesem Jahr neununddreißig, obschon sie in Wirklichkeit erst ihren sechsunddreißigsten Geburtstag begehen würde. Sie wäre also eigentlich noch im gebärfähigen Alter, wenn die Endometriose bei ihr nicht zur Unfruchtbarkeit geführt hätte.

Rosi ging regelmäßig zu Kontrolluntersuchungen bei ihrem Frauenarzt in Lengerich, dem es wichtig war, etwaige neue Wucherungen im Blick zu behalten. Rosi nahm zwar auf sein Anraten hin einige Hormonpräparate, doch die halfen nur bedingt, weshalb sie schon zweimal einen weiteren operativen Eingriff über sich hatte ergehen lassen müssen. Den letzten vor einem halben Jahr. Seither hatte sie erst einmal Ruhe, und sie hoffte, dass die Bauch- und Unterleibsschmerzen möglichst lange ausbleiben würden. Ihr Arzt hatte ihr nämlich mitgeteilt, dass sie frühestens mit der Menopause für immer aufhören würden. Rosi bemühte sich, nicht zu intensiv über die deprimierenden Aussichten nachzudenken. Es änderte ja nichts an der Situation, wenn sie sich grämte.

Nun sah sie von ihrem Platz aus, wie unten auf dem betonierten Hof Ulla Hand in Hand mit ihrer jüngsten Tochter Thea entlangging. Beide winkten ihr fröhlich zu, und Rosi winkte zurück.

Vor sieben Jahren war Ulla überraschenderweise noch einmal Mutter geworden. Seit ihrer Schwangerschaft mit der kleinen Thea hatte Rosi noch mehr Verantwortung im Laden übernommen, denn Ulla erholte sich erst spät von ihrem Kaiserschnitt und gönnte sich auch nach der Rekonvaleszenz viel Zeit mit dem Baby. Seither erledigte Rosi auch die administrativen Aufgaben, die rund um den An- und Verkauf anfielen, und war deutlich freier in der Gestaltung ihrer Tätigkeit. Es machte ihr große Freude, auf Herausforderungen zu reagieren und neue Ideen zu entwickeln. Und es war ihr schönster Lohn, dass der Kundenstamm weiter anwuchs und ihre Mitarbeiterinnen mit ihr als Chefin zufrieden waren.

Rosi hätte – bis auf die erzwungene Kinderlosigkeit, mit der sie sich mehr und mehr arrangierte – eigentlich rundum glücklich sein müssen, doch in letzter Zeit spürte sie eine Unruhe in sich, die sie umtrieb und die sie sich nicht erklären konnte.

Sie kippte den letzten Rest Kaffee herunter, ging durch die Balkontür ins Wohnzimmer und beschloss spontan, einen Spaziergang zu machen. Die Bewegung an der frischen Luft würde ihr bestimmt guttun. Also schlüpfte sie in feste Schuhe und Jacke und verließ das Storchennest.

Es war einfach wunderbar, im hellen, warmen Sonnenschein über die Wege zwischen den Obstwiesen, Weiden und Äckern zu stapfen und sich den Kopf vom Wind durchpusten zu lassen. Mit jedem Schritt wich ihre innere Rastlosigkeit einer heiteren Grundstimmung.

Als sie an der Weide ankam, auf der die im Februar geborenen Lämmer um ihre grasenden Mütter herumtollten, ging ihr das Herz auf. Sie blieb stehen und beobachtete die niedlichen Jungtiere eine Weile. Ein kleines, besonders vorwitziges Böckchen kam sogar bis an den Zaun zu ihr heran und ließ sich streicheln. Während sie sein wolliges Köpfchen kraulte, mischte sich Bedauern in ihre gute Laune. Die meisten männlichen Lämmer würden spätestens im April zum Schlachter abtransportiert werden. Bernd und Ulla behielten hauptsächlich die weiblichen Schafe. Rosi war froh, dass sie sich vor einiger Zeit dazu entschieden hatte, Vegetarierin zu werden.

Von den Feldarbeitern allerdings wurde sie belächelt, wenn

sie sich abends statt eines großen Stückes Fleisch Grillkäse oder mit Frischkäse gefüllte Pilze auf den Grill legte.

Seit der Wiedervereinigung kamen polnische und bulgarische Arbeiter und Bürger aus weiteren Staaten des ehemaligen Warschauer Paktes auf den Hof, um beim Säen, Pflanzen und Ernten zu helfen. Die Stimmung unter den Leuten war gut, man mochte und respektierte einander. Doch leider wurde es immer schwieriger, Saisonkräfte für die körperlich harte Arbeit zu gewinnen. Dabei zahlten Bernd und Ulla vergleichsweise gut. Auch waren die einfachen Unterkünfte, die sie stellten, geräumig, modern und sauber. Privatsphäre suchte man jedoch vergeblich in den Mehrbettzimmern und der Gemeinschaftsküche.

Rosi erinnerte sich noch gut an jenen wunderbaren Abend im Garten des Kottens vor neun Jahren, als sie davon überzeugt gewesen war, endlich angekommen und Teil von etwas Gutem zu sein.

Seither hatte sich ihre Euphorie ein wenig abgenutzt. Der Mikrokosmos, in dem sie sich bewegte, kam ihr immer enger vor, und der Vossenhof war letzten Endes doch nur ein Wirtschaftsunternehmen, in dem – im Rahmen hoher Werte – hart um Gewinne gerungen wurde.

In letzter Zeit überlegte sie häufiger, ihre Zelte hier am Rande des Teutoburger Waldes abzubrechen und woanders ihr Glück zu versuchen.

Sie spazierte weiter und ließ das Böckchen zurück, das protestierend blökte. An den Rändern des Trampelpfads wuchsen zwischen Vogelmiere, Huflattich und Gänseblümchen wilde Narzissen und Ehrenpreis. Sie nahm den Anblick der zarten Farbvielfalt in sich auf und hielt genießerisch das Gesicht in die Sonne. Hier, weitab von Lärm und Betriebsamkeit, hörte sie die ersten Bienen summen und das Tirilieren eines Rotkehlchens, das auf einem Zaunpfahl hockte und sie neugierig anguckte.

Sie marschierte weiter, ergötzte sich an der Schönheit der bäuerlichen Landschaft und sah erst sehr spät, dass ihr zwei Leute entgegenkamen. Es waren Susa und Eva, die Gärtnerinnen, die mit ihr oben im Haupthaus wohnten.

»Hallo, ihr zwei«, grüßte Rosi sie erfreut. »Tolles Wetter heute, oder?«

Beide grüßten zurück, wirkten aber irgendwie abwesend und sorgenvoll.

»Alles in Ordnung bei euch?«, fragte sie.

»Wie man's nimmt.« Eva blickte sie mit gefurchter Stirn an. »Wir haben von Bernd die Kündigung für die Wohnung bekommen. Finden wir nicht so in Ordnung.«

»Wie bitte?« Rosi verstand die Welt nicht mehr, woraufhin Susa sie aufgebracht anfunkelte. »Jetzt tu doch nicht so, als ob du nichts davon wusstest!«, warf sie ihr an den Kopf.

»Nee, ehrlich nicht.« Rosi war betroffen. »Aber wieso denn bloß?«

Susa zog die Schultern hoch.

»Eigenbedarf«, antwortete Eva und malte dabei Gänsefüßchen in die Luft.

»Ach. Und um wen handelt es sich?«

Eva sah sie nachdenklich an. »Du hast wirklich keine Ahnung, stimmt's?«

»Warum sollte ich lügen?« Langsam wurde Rosi richtig sauer. »Es tut mir echt leid, dass ihr ausziehen müsst, denn ihr seid die besten Nachbarinnen, die man sich vorstellen kann, aber eure Vorwurfshaltung nervt!«

Endlich schienen ihr die beiden Frauen zu glauben.

»Bernds Freund, dieser Anwalt aus Lübeck, zieht da mit seinen beiden Töchtern ein«, erläuterte Susa ihr. »Und weil du den kennst, dachte ich, du weißt Bescheid.«

»Sven Petersen?« Rosi fiel aus allen Wolken. »Aber warum ...«

»Er hat sich ganz frisch von seiner Frau getrennt.« Susas sonst so angenehme Stimme wurde schrill. »Und weil er Bernd in irgendeiner komplexen juristischen Angelegenheit vertritt, die sich offenbar monatelang hinziehen kann, ist es praktischer für ihn, gleich mit seinen Kindern auf den Vossenhof zu ziehen.«

»Dagegen zählen zwei einfache Gemüsegärtnerinnen, die sich hier seit Jahren für einen Hungerlohn abrackern, offenbar nichts«, ergänzte Eva zynisch. »Und weil wir keinen schriftlichen Mietvertrag haben, setzt Bernd uns schon zum nächsten Ersten auf die Straße.«

Rosi verlieh ihrer Betroffenheit Ausdruck. Gleichzeitig begann ihr Herz erst zu stolpern, dann zu rasen. Sie wusste überhaupt nicht, was mit ihr los war, entschuldigte sich bei den Frauen und trat schleunigst den Rückweg an.

Rosi, heute

Der Besuch bei Tom ließ sie zutiefst verstört zurück. Er hatte in seinem Pflegebett gelegen wie ein Toter auf einer Bahre, mit wächsernem, eingefallenem Gesicht, leeren Augen, reglos und zum Skelett abgemagert. Rosi kam es so vor, als sei er bereits gestorben, und sie konnte Manu gut verstehen, dass es sie grauste, bei ihm zu sitzen.

Tapfer hatte sie sich nichts anmerken lassen, um ihrer Freundin eine Stütze zu sein. Anschließend hatte sie Manu noch zu deren Wohnhaus begleitet und ihr versprochen, sie am nächsten Tag wieder anzurufen.

Dadurch kam Rosi erst gegen 20 Uhr erschöpft wieder zu Hause an.

Nadine begrüßte sie erleichtert. »Da bist du ja«, rief sie atemlos, nachdem Rosi zur Tür hereingekommen war. »Ich dachte schon, du würdest nicht wiederkommen.«

Verwirrt runzelte Rosi die Stirn. »Wieso denn das?«, fragte sie verständnislos und streifte sich die staubigen Schuhe von den Füßen. Sie nahm die maunzende Mia auf den Arm, die ihr pfeilschnell entgegengelaufen war und sich an ihre Beine geschmiegt hatte.

Nadine wand sich vor Verlegenheit. »Na, ich hatte Angst, dass du womöglich noch mal getürmt bist«, gab sie zu, »nachdem ich dich vorhin so in die Ecke gedrängt hatte.«

»Hast du gar nicht«, log Rosi. Dann rieb sie sich die müden Augen. »O Mann, was für ein Tag. Ich habe einen Riesenhunger.«

»Ich auch!« Nadine breitete die Arme aus. »Ich lade dich zum Essen ein, okay? In das nette italienische Restaurant, in dem ich gestern war.«

Am liebsten hätte Rosi abgelehnt, denn ihr taten die Füße weh, sie wollte nur noch die Beine hochlegen und sich ausruhen, doch Nadines freudestrahlende Miene, gepaart mit deren kaum verhohlenem schlechtem Gewissen, verhinderte das.

Als sie beide an einem Tisch in einem Winkel des kleinen, mit Natursteinen ausgelegten Gastraums saßen und die Speisekarte studierten, ging es Rosi schon besser. Die Trattoria war in Grau und Weiß recht zurückhaltend und geschmackvoll eingerichtet. Rote Gerbera in Glasvasen und gleichfarbige Kerzen zierten die Tische. Im Hintergrund liefen italienische Schnulzen angenehm leise in Dauerschleife, und die Apfelschorle, die sie erst einmal bestellt hatte, brachte Rosis Lebensgeister vollends zurück.

Die Kellnerin kam mit Pizzabrötchen, Oliven und Kräuterbutter. Sie stellte ihnen die Schälchen hin und nahm die Bestellung auf. Nadine orderte eine Pizza, während Rosi sich für einen Salat mit gebackenem Schafskäse und Honig entschied.

Anschließend berichtete sie von dem Treffen mit Manu und dem Grauen, das sie immer noch verspürte, seit sie den todkranken Tom gesehen hatte. »Es ist unfassbar, was die Erkrankung aus ihm gemacht hat.« Tränen traten ihr in die Augen. »Und mir tut Manu so furchtbar leid.« Sie räusperte sich und ergänzte: »Ich habe ihr übrigens gesagt, wer ich wirklich bin. Was raus ist, ist raus, oder?« Sie grinste Nadine schief an, fühlte sich aber alles andere als wohl.

»Es tut mir immer noch leid, dass ich dich mit der Sache konfrontiert habe«, beteuerte Nadine. »Ich bin manchmal so ein Trampel!« Ihre Stimme kippte. »Du hattest deine Gründe, in deinem Versteck zu bleiben, und ich hatte überhaupt kein Recht, dich da rauszuzerren.«

»Na ja, du warst eben enttäuscht von mir«, wandte Rosi ein. »Und das verstehe ich absolut. Und irgendwie ... fühle ich mich auch, als sei eine Last von mir genommen.« Sie hob die Schultern und dreht ihr Glas in den Händen, wollte etwas sagen und schloss den Mund wieder, bis sie schließlich herausbrachte: »Vielleicht sollte ich wirklich Kontakt mit meinen Schwestern aufnehmen. Sonst ist es womöglich irgendwann zu spät. Ich habe ja heute gesehen, wie schnell so was gehen kann.«

Nadine nickte. »Sag ich ja!«

Beide schwiegen einen Moment.

Dann legte Nadine ihre Hand auf Rosis Handgelenk. »Ich habe mal ein bisschen gegoogelt«, sagte sie leise. »Nicht sauer sein, ja?« Sie traute sich kaum, Rosi in die Augen zu sehen. »Deine Schwester Miriam war nicht auffindbar, zumindest nicht unter eurem Familiennamen, aber Ruth, die habe ich gefunden. Sie wohnt in Mönchengladbach. Ich habe ihre Adresse.«

Rosi, 1996

Am Abend im Storchennest telefonierte sie mit Karin, berichtete ihr von ihrer inneren Unruhe und dem Zusammentreffen mit ihren beiden Nachbarinnen, denen mir nichts, dir nichts die Wohnung gekündigt worden war. Neben ihr auf dem Beistelltisch stand ein Glas Rotwein; ein paar Knabbereien hatte sie auch bereitgestellt, um sich auf ein längeres Gespräch mit der Freundin einzurichten.

Dass Bernds alter Freund Sven in Evas und Susas Wohnung

einziehen wollte, ließ sie weg, weil sie es nicht weiter erwähnenswert fand.

»Und plötzlich wurde mir schlecht, und ich kriegte Herzrasen«, schloss sie. »Zu Hause kam ich auch erst gar nicht zur Ruhe. Ich weiß echt nicht, was mit mir los ist.«

»Hm. Jetzt geht es dir aber wieder gut?«, fragte Karin besorgt.

»Klar, kaum kam ich dem Hof näher, fühlte ich mich topfit. Gerade habe ich das Gefühl, ich könnte Bäume ausreißen.« Rosi nahm einen Schluck Wein und lehnte den Rücken an das Polster der Couch. »Und ich komme nicht zur Ruhe. Es ist merkwürdig.«

Karin überlegte eine Weile, bevor sie antwortete. »Ich glaube ja, dass du mit deiner Gesamtsituation unzufrieden bist, es aber nicht wahrhaben willst.«

»Quatsch! So gut, wie ich hier verdiene, und mit der traumhaften Wohnung! Wie könnte ich da unzufrieden sein?«

»Pfft!«, machte Karin, um dann neu anzusetzen. »Das meine ich alles nicht. Du brauchst einen Mann!« Sie selbst war seit fünf Jahren verheiratet und Mutter einer entzückenden dreijährigen Tochter.

Rosi verdrehte die Augen und war dankbar, dass Karin es nicht sehen konnte. »Das hat Manu auch schon gesagt, als sie mich nach Weihnachten besucht hat«, erwiderte sie gelassen. »Aber es ist ja nicht so, dass ich hier im Zölibat lebe. Denk mal an die Affäre mit Julian, der vor vier Jahren die neuen Gewächshäuser gebaut hat, oder an Nils …«

»… diesen Kunden, der zehn Jahre jünger ist als du?«, ergänzte Karin prustend.

»Genau, wir hatten da ein paar Monate lang eine ganz zwanglose Sache laufen. Alles kann, nichts muss. Echt super!« Rosi griff in die Schale mit den gelatinefreien Gummibärchen, warf sich zwei in den Mund und legte anschließend die Beine aufs

Sofa. Sie kaute ein paarmal, bevor sie den Telefonhörer wieder fester ans Ohr drückte und weitersprach. »Ich kann mich echt nicht beklagen, was Männer angeht.« Sie verschwieg Karin, dass sie bis vor dem letzten Eingriff lange Zeit überhaupt keine Lust auf Sex verspürt hatte. Wenn sie von den Krämpfen gequält wurde, die von der Endometriose herrührten, war sie eher erleichtert, sich allein mit einer Wärmflasche auf dem Bauch ins Bett begeben zu können.

»Was du brauchst, ist Liebe und nicht Sex«, behauptete Karin nun. Rosi hörte, wie im Hintergrund Kindergeschrei ertönte. »Moment mal. Anna hat sich an der Tischkante gestoßen.« Karin legte den Hörer zur Seite, um tröstend auf ihre bitterlich weinende Tochter einzureden.

Rosi hörte nur mit halbem Ohr zu, während sich die Kleine allmählich beruhigte, und ließ ihre Gedanken treiben.

Die wandten sich Sven Petersen zu. Sie hatte den Anwalt Ende Januar bei Bernds Geburtstagsfeier im Kotten kennengelernt. Vom Sehen war er ihr schon lange bekannt, denn er war ein guter Freund von Bernd, den er dann und wann in rechtlichen Angelegenheiten beriet. Aber an dem Abend, an dem sich der Tisch im Kaminzimmer der Vossens unter dem üppigen Büfett geradezu bog, war sie das erste Mal mit dem attraktiven blonden Mann im schicken weißen Hemd ins Gespräch gekommen.

Sven war nur wenige Zentimeter größer als sie und wirkte fit und durchtrainiert. Seine Augen strahlten in einem faszinierenden Eisblau, und Rosi fühlte sich sofort zu ihm hingezogen. Ihr war natürlich bekannt, dass er eine Frau und zwei Töchter hatte. Die ältere war elf, die jüngere acht Jahre alt. Er lebte mit der Familie in Lübeck, wo er auch geboren war und schon in jungen Jahren die Kanzlei seines verstorbenen Vaters übernommen hatte.

Auf Rosi machte Sven Petersen den Eindruck eines vom

Schicksal und Erfolg verwöhnten Mannes, der seine knappe Freizeit auf dem Tennisplatz verbrachte. Normalerweise hatte sie, links geprägt, wie sie seit ihrer Zeit in der Kommune war, kein Interesse an reichen Pinseln wie ihm. Zu ihrer Überraschung fand sie es jedoch tatsächlich spannend, sich mit ihm zu unterhalten. Sven war wortgewandt wie kein Zweiter und zudem so fix im Kopf, dass es in ihr den Ehrgeiz weckte, unbedingt mit ihm mithalten zu wollen. Außerdem geizte er ihr gegenüber nicht mit geschickt platzierten intelligenten Komplimenten. Er bewunderte, wie sie den großen Hofladen schmiss und die Angestellten anleitete. Ihm gefielen ihre anpackende Art und ihr ansprechendes Äußeres.

Da er vergeben war und das zu Beginn ihres Smalltalks sofort klargestellt hatte, fühlte sie sich zwar geschmeichelt, aber nicht bedrängt.

Gemeinsam tranken sie an einem Stehtisch ein Glas Wein nach dem anderen und quatschten über alles Mögliche. Sven war total angetan von den modernen Windrädern, die vor allem an den Küsten und auf dem flachen Land wie lange weiße Pilze aus dem Boden schossen. Er besaß sogar selbst Anteile einer Anlage an der Nordsee.

»Windkraft ist neben Sonnenenergie und Wasserkraft die Energiequelle der Zukunft. Und Deutschland ist ganz weit vorn mit seiner Technologie. Da investiere ich doch gern ein paar Mark«, meinte er, und es gelang ihm tatsächlich, dabei bodenständig und nicht etwa angeberisch zu klingen.

»Wegen der globalen Erderwärmung müssen wir sowieso dringend auf erneuerbare Energien umsatteln«, pflichtete Rosi ihm bei. Sie hatte es auch über die Jahre auf dem Vossenhof beibehalten, sich tagtäglich über diverse Zeitungen auf dem Laufenden zu halten und sich zu aktuellen Themen eine eigene Meinung zu bilden.

Sven räusperte sich und nahm einen Schluck Rotwein. »Da hast du sicher recht. Ich hatte beim Kauf allerdings mehr die Wirtschaftlichkeit im Auge.« Dann lächelte er plötzlich gewinnend und blickte ihr tief in die Augen. »Aber beides gehört zusammen, oder? Umweltschutz ist wichtig, gelingt aber nur, wenn er für Unternehmer auch finanziell interessant wird.« Sinnierend sah er aus einem der Sprossenfenster in die Dunkelheit hinaus. »Überhaupt braucht alles im Leben ein passendes Gegenüber, findest du nicht auch?«

Ihr wurde ganz flau im Magen; schleunigst wechselte sie das Thema.

Als sie sich jetzt an Svens Bemerkung erinnerte, bekam sie erneut das schummrige Gefühl in der Magengegend und wurde von Nervosität erfasst. Dass Karin in dem Moment das Telefonat mit ihr wieder aufnahm, kam ihr gerade recht. Nur knüpfte die Freundin leider ohne Umschweife an das an, was sie vor Annas Kollision mit der Tischkante behauptet hatte: »Also, wie gesagt, Sex ist nicht Liebe, und du brauchst endlich einen Mann, der dich liebt und den du liebst.«

Rosi atmete tief durch, ehe sie dagegenhielt: »Bisher bin ich mit jedem Mann auf die Nase gefallen. Darauf habe ich wirklich keine Lust mehr.«

Teil V

Vom Entzweien und vom Vereinen

»Ich habe gelernt …, dass man niemals zurückgehen kann,
dass man niemals versuchen sollte, zurückzugehen –
dass die Essenz des Lebens darin besteht, vorwärts zu gehen.
Das Leben ist in Wirklichkeit eine Einbahnstraße,
nicht wahr?«

Agatha Christie,
(im Bertram's Hotel, 1965)

Rosi, heute

Über eine Woche war es her, dass Rosi von Nadine in der Trattoria den Notizzettel mit Ruths Adresse bekommen und in ihr Portemonnaie gesteckt hatte. Dort anzurufen oder gar hinzufahren, hatte sie sich bislang aber nicht getraut.

Unterdessen ging Rosis Alltag weiter mit Zeitungen austragen, Hundesitting und dem Einsatz bei Frau Jansen. Der alten Dame ging es seit ein paar Tagen schlechter; sie hustete und kam kaum noch aus dem Bett. Unter Rosis besorgten Augen oder denen der Pflegerin nahm sie gewissenhaft diverse Pillen und Tropfen ein, die ihr der Arzt verschrieben hatte, doch ihr Zustand wollte sich nicht bessern.

Neben ihren diversen Jobs, die Rosi verrichtete, um ihr geringes Budget aufzustocken, kümmerte sie sich nun tagtäglich auch um Manu, die immer elender und verhuschter aussah. Rosi hatte sie zwar dazu gebracht, sich zu duschen, und ihr sogar einen Friseurbesuch bezahlt, doch Manus Lebenswillen brachten diese Maßnahmen nicht zurück. Auch musste Rosi einsehen, dass ihre Freundin mit dem Rat, den sie ihr gegeben hatte, überhaupt nichts anfangen konnte. Sie fühlte sich als Teil von Tom, war nicht daran gewöhnt, für sich allein zu leben. Zumindest jetzt noch nicht.

Rosi musste hilflos zusehen, wie sie zeitgleich mit ihrem Mann verfiel, und hoffte darauf, dass Manu sich wenigstens nach Toms Tod aufrappeln würde. – Sie hatte am eigenen Leib erfahren, dass der Überlebensinstinkt von ganz allein funktionierte, wenn es nötig war.

Dabei war es nicht einmal Toms Sterbeprozess, der Manu am meisten belastete, glaubte Rosi, sondern die Tatsache, dass ihr schon jetzt der Mann fehlte, den sie über alles geliebt hatte, seit sie ein Teenager gewesen war.

Dennoch brauchte Tom sie. Sobald Manu sein Zimmer betrat, sich an sein Bett setzte und seine schlaffe Hand ergriff, wurde sein Atem ruhiger, und Frieden legte sich auf seine Züge. Rosi war jedes Mal zutiefst berührt davon, doch Manu glaubte ihr nicht, als sie ihr ihren Eindruck schilderte.

»Er ist gar nicht mehr da, ich spüre nichts mehr von ihm«, sagte sie unter Tränen. »Mein Tom ist längst gegangen, obwohl er noch atmet.« Und so tat Manu nur ihre Pflicht, wenn sie bei ihm saß. Eine Pflicht, die eigentlich ihre Kräfte überstieg.

Auch für Rosi war die Situation kaum auszuhalten. Wieder einmal fühlte sie sich bestätigt darin, dass es besser war, allein durchs Leben zu gehen.

Wenn die zermürbenden Tage im Pflegeheim überhaupt etwas Gutes hatten, dann, dass Manu nicht mehr auf das zurückkam, was Rosi ihr über ihre ursprüngliche Identität verraten hatte. Hatte sie womöglich vergessen, dass Rosi eigentlich Rebecca Ortmann hieß und sie all die Jahre über in der Hinsicht belogen hatte?

Wie auch immer. Dass Manu darüber schwieg, führte jedenfalls dazu, dass Rosi die ganze Geschichte verdrängte und ihren Vorsatz, Ruth in Mönchengladbach zu besuchen, ad acta legte.

Seltsamerweise fing auch Nadine nicht mehr davon an. Stattdessen tippte sie auffällig oft auf ihrem Handy herum, lieh sich Dackel Konstantin für Spaziergänge aus und kam abends mit vollen Papiertüten, auf denen bekannte Mode- oder Parfümeriemarken prangten, aus der Stadt zurück.

So verging die Zeit. Inzwischen war es Mitte September, und Toms Zustand verschlechterte sich rapide. Er nahm keine Nahrung mehr zu sich und bekam Morphium in immer höheren Dosen verabreicht.

Er starb an einem Sonntagmorgen gegen sieben Uhr. Der Anruf aus dem Pflegeheim erreichte Manu, kurz bevor sie sich auf den Weg zu ihm machen wollte, und statt sofort aufzubrechen, rief sie Rosi an und erzählte ihr teilnahmslos, was geschehen war.

Rosi verließ sofort das Haus. Draußen pladderte heftiger Regen auf den Asphalt und die Gehwegplatten. Im Rinnstein rauschte das Regenwasser wie in einem Gebirgsbach. Dazu wehte ein kräftiger Wind, der beinahe Rosis Schirm umgestülpt hätte, hätte sie ihn nicht im letzten Moment zusammengeklappt.

Der Herbst war im Anmarsch, und zwar mit großen Schritten. Rosi fror in ihrer Stoffhose und der Übergangsjacke. Fix stülpte sie sich die Kapuze über den Kopf, damit ihre Haare trocken blieben, doch ihre Kleidung war durchnässt, noch bevor sie an der Straßenbahnhaltestelle ankam. Trotzdem freute Rosi sich im Grunde über das Schmuddelwetter. Der September war seit damals, als sie ihre Familie verlassen hatte, ein sensibler Monat für sie, den sie besser herumbekam, wenn das Wetter nicht zu strahlend war.

Manu wartete vor ihrem Mietshaus im langärmligen T-Shirt auf sie. Ihr Haar klebte nass am Kopf, ihr Pulli hatte dunkle Flecken vom Regenwasser. Rosi war erschrocken über den Anblick. Manu wirkte leblos wie eine Schaufensterpuppe.

»Es tut mir so leid«, murmelte Rosi und drückte die Freundin an sich. Sie fühlte sich klamm und kalt an. »Jetzt aber schnell in die Bahn«, sagte sie.

Als Manu nicht reagierte, ergriff sie ihre Hand und zog sie mit sich.

Im Pflegeheim angekommen, ließ Rosi sich von einer Altenpflegerin ein Handtuch geben, um zumindest Manus Haare damit trocken zu rubbeln. Oben auf der Station kam ein junger Pfleger mit blondem Pferdeschwanz und der Statur eines Wikingers auf sie zu, gab Manu die Hand und sagte: »Nun hat Ihr Mann es geschafft.« Er sah sie mitfühlend an und führte beide Frauen zu einer Tür. »Verabschieden Sie sich in aller Ruhe von ihm«, sagte er mit warmer Stimme. »Sie haben alle Zeit der Welt.«

Manu zuckte bei seinen liebgemeinten Worten zusammen. Rosi wollte schon weitergehen, als sie merkte, dass die Freundin wie festgepflanzt im Flur stehengeblieben war.

»Ich will mich nicht verabschieden«, erklärte sie laut und deutlich in dem kahlen Korridor, so dass ihre Worte hallten. »Das habe ich schon vor Wochen getan! Ich will nur die Formalien erledigen. Bestimmt muss ich doch irgendwas unterschreiben. Die Leiche muss ja abtransportiert werden, um verbrannt zu werden – oder was weiß ich!« Ihre Stimme wurde schrill und überschlug sich. »Ich will das alles hier so schnell wie möglich hinter mich bringen, und danach …«, schrie sie, »… habe ich alle Zeit der Welt!« Die letzten Silben gingen in Schluchzern unter.

Rosi lief bestürzt zu ihrer Freundin und nahm sie fest in die Arme, um sie zu beruhigen.

Der Pfleger nickte verständnisvoll; er schien seltsame Reaktionen gewöhnt zu sein. »Setzen Sie sich mit ihr doch dort in die Sitzgruppe.« Mit dem Finger wies er auf eine Ecke, in der eine gepolsterte Bank und zwei Stühle um ein zerschrammtes Kiefernholztischchen herumstanden. »Ich bringe eine Beruhigungstablette und einen heißen Tee«, rief er noch und eilte auf quietschenden Gummicrocs davon.

Auch nach der Einnahme der Tablette und einigen heißen Schlucken Tee war Manu nicht dazu zu bewegen, noch einmal an Toms Bett zu treten.

»Wozu?«, stieß sie hervor. »Er ist lange weg und kommt nie wieder. Bitte, Rosi, lass mich jetzt den ganzen Kram unterschreiben und dann abhauen.« Und etwas leiser fügte sie hinzu: »Und zu Hause brauche ich einen Joint und einen Drink. Wie soll ich das sonst alles aushalten?« Sie schlug die Hände vors Gesicht und begann erneut bitterlich zu weinen.

Hilde, 1999

»Wie habe ich das alles nur aushalten können?«, fragte sich Hilde am Abend nach Rainers Beerdigung im November 1999, und sie meinte damit nicht nur Rainers Tod und die darauffolgenden Tage.

Ihr Mann hatte seinen zweiten Schlaganfall, den er vor einer Woche vor dem Fernseher erlitten hatte, nicht überlebt. Hilde war gerade dabei gewesen, in der Küche ein paar Käse- und Salamischnittchen für sie beide vorzubereiten, und bekam daher nicht mit, wie er in seinem Fernsehsessel in sich zusammensackte. Sie hörte nur ein hartes Geräusch, als die Fernbedienung auf dem Dielenboden aufschlug, und eilte mit dem Tablett in der Hand ins Wohnzimmer. Aber sie kam zu spät, Rainer war schon tot.

Und heute hatten sie ihn neben Rebecca begraben. Eine große Menschenmenge hatte ihm das letzte Geleit gegeben. Vor allem viele Mitglieder der Kirchengemeinde waren gekommen. Rainer war trotz der körperlichen Beeinträchtigung bis zu seinem Tod im Presbyterium und sogar im Kreissynodalvorstand tätig gewesen. In diesen Gremien und in der Nachbarschaft hatte man ihn allseits geschätzt und respektiert, denn nach außen hin zeigte er sich stets von seiner besten Seite, war höflich und auf erfrischende Art ehrlich. Seine schlechte Laune ließ er nur zu Hause an Hilde aus.

Sie war froh, dass Miriam und Ulf mit Becky und Tim zur Beerdigung gekommen waren. Auf dem Weg von Hagen nach Niederbroich hatten sie außerdem in Mönchengladbach angehalten, um Ruth aufzugabeln. Letzteres war, rückblickend betrachtet, wahrscheinlich keine gute Idee gewesen, denn die Situation hatte Ruth doch sehr überfordert. Am Grab hatte die stark übergewichtige Ruth wie eine Tanne im Sturm gewankt. Hilde bekam richtiggehend Angst, sie könne stürzen, womöglich in das offene Grab hinein. Eisern hatte sie den Arm ihrer ältesten Tochter umklammert, die eine dunkle Daunenjacke über einem Wollkleid trug, unter dem hautfarben bestrumpfte Beine mit schrecklichen Wassereinlagerungen hervorlugten. Ruths Füße steckten in schwarzen Wildlederballerinas, die in Hildes Augen keineswegs dazu geeignet waren, ihr einen festen Stand zu verleihen, doch wahrscheinlich waren es die einzigen dunklen Schuhe, die sie besaß und die ihr noch passten.

Ruth redete den ganzen Tag kaum ein Wort, sondern wirkte total eingeschüchtert. Die vielen fremden Leute, die gedrückte Stimmung und das feuchtkalte Wetter setzten ihr zu. Es tat Hilde in der Seele weh, ihre Tochter so zu erleben.

Wenn sie sie im Wohnheim besuchte, machte Ruth auf sie nie diesen deprimierenden Eindruck, was wahrscheinlich daran lag, dass sie zwischen den anderen psychisch Kranken unter Ihresgleichen war, ganz anders als hier in ihrem Heimatort. Beim Gottesdienst in der Kirche hatte Hilde in den hinteren Bankreihen zwei ehemalige Schulkameradinnen von Ruth entdeckt. Es hatte ihr einen Stich versetzt, wie attraktiv und gesund die mitten im Leben stehenden Frauen aussahen.

Aber jetzt war es gottlob Abend geworden, und Hilde war

wieder allein. Miriam und Ulf hatten Ruth ins Wohnheim zurückgebracht und waren vermutlich selbst längst zu Hause. Becky und Tim mussten morgen zur Schule, und Ulf erwartete eine Band im Tonstudio seines Plattenlabels.

Seit ihr Schwiegersohn an seine Erfolge als Sänger in den 1980ern und frühen 1990er Jahren nicht mehr hatte anknüpfen können, war er vor allem als Musikproduzent tätig. Auch schrieb er Songs für andere Künstler, die in seinem Studio produziert wurden. Soweit Hilde es beurteilen konnte, verdiente er weiterhin gutes Geld. Die Familie führte jedenfalls ein recht sorgloses Leben, so dass Miriam es sich leisten konnte, nach der Geburt ihres Sohnes nur noch wenige Stunden pro Woche zu arbeiten. Und auch das tat sie Hildes Einschätzung nach nur, um sich selbst zu verwirklichen, wie man heute so sagte.

Miriam hatte ihr vorhin angeboten, noch einige Tage bei ihr zu bleiben und in ihrem alten Kinderzimmer zu nächtigen, damit sie in ihrer Trauer nicht allein wäre, doch Hilde hatte abgelehnt.

Sie musste sich schließlich daran gewöhnen, nun allein in dem großen Haus zu leben. Außerdem hatte sie für morgen Nachmittag einige Frauen zum Kaffee eingeladen. Der Termin stand schon lange vor Rainers Tod fest, und sie wollte ihn nicht absagen.

Sie war ein wenig aufgeregt. Ihre Freundinnen planten, im Frühjahr für ein verlängertes Wochenende nach Wien zu fahren, und Hilde würde ihnen morgen mitteilen, dass sie nun auch mitkommen konnte. Sie hatte ja keinen schwerbehinderten Mann mehr, um den sie sich rund um die Uhr kümmern musste.

Wäre Miriam morgen bei der Kaffeerunde dabei gewesen, hätte es sich für sie anhören können, als verhielte Hilde sich herzlos, so kurz nach Rainers Tod.

Hilde streifte die Schuhe von den müden Füßen, goss sich

mit zitternden Fingern ein Gläschen Kirschlikör ein, knipste die Lampe auf dem Beistelltisch an und setzte sich in ihrem schwarzen Kostüm aufs Sofa.

Nein, sie war nicht herzlos. Sie vermisste ihren Mann, sehr sogar. Ihr Blick glitt zu dem gerahmten Bild an der Wand, das sie beide an ihrem zehnten Hochzeitstag zeigte. Wie gut sie darauf aussahen, er in Anzughose und hemdsärmelig, sie in dem hellblauen Kleid, das ihrer Figur damals so sehr geschmeichelt hatte. Was war Rainer doch einmal für ein freundlicher, fürsorglicher Mann gewesen! Wie liebevoll er sie auf der Aufnahme ansah!

Als sie sich jetzt daran erinnerte, wie sie beide abends zu jener Zeit hier einträchtig beieinander gesessen hatten, während ihre drei Töchter oben friedlich schliefen, wurde sie traurig. »Unser Dreimädlhaus«, hatte Rainer dann manchmal stolz gesagt und sie fest in die Arme genommen. »Glücklicher als wir kann doch keiner sein!«

Sie spürte noch heute den Nachhall seiner Küsse auf ihren Lippen. Dabei hatten sie sich seit vielen Jahren nicht mehr zärtlich geküsst.

Nein, sie war nicht herzlos, doch den Mann, den sie geliebt und zu dem sie wegen seiner vielfältigen Fähigkeiten und seiner Persönlichkeit sogar einmal aufgeschaut hatte, gab es schon lange nicht mehr. Der war nicht erst vor einer Woche gestorben, sondern im Grunde spätestens an dem Tag, an dem sie beide Rebecca zu Grabe getragen hatten.

Seitdem lebte Hilde in einer Dauerschleife aus Trauer und Schuld, und nicht nur Rebecca, sondern auch ihrer Ehe wegen. Damit musste endlich Schluss sein!

Das anzuerkennen erleichterte sie ungemein. Sie führte ihr Glas an den Mund, schloss die Augen und genoss den samtig fruchtigen Geschmack des Likörs auf der Zunge.

Rosi, 1999

Auch an ihre neue Adresse, das wunderschöne, sanierte Giebelhaus in Lübeck, in dem sie seit einiger Zeit mit Sven und seinen Töchtern lebte, ließ Rosi sich die Tageszeitung aus Brüggen schicken. Zwischen den diversen Zeitungen, die sie abonniert hatte, fiel diese eine nicht weiter auf, außerdem kam die Post für die Petersens immer erst um 10 Uhr. Da war Sven längst in der Kanzlei.

Rosi staunte immer noch darüber, welch rasante Wendung ihr Leben genommen hatte, nachdem Sven mit Jacqueline und Nadine nach der Trennung von seiner Frau in die Wohnung gegenüber von ihrem Storchennest gezogen war.

Der Ausdruck »jemandes Herz im Sturm erobern« traf die Sache genau. Tatsächlich war es von Anfang an Svens Absicht gewesen, sie als neuer Nachbar zu becircen, wie er später zugab. Rosi ahnte davon nichts. Wenn es um Sven und ihrer beider Gefühle füreinander ging, war sie zunächst blind wie ein Maulwurf gewesen.

Also brach die Liebe wie eine Urgewalt über sie herein, denn Sven mit seiner ungeheuren Präsenz und Überzeugungskraft ließ nicht locker, bis sich ihr verkrustetes Herz öffnete.

Und dann gab es auch für sie kein Halten mehr. Noch nie hatte sie jemanden so begehrt wie diesen norddeutschen Rechtsanwalt mit dem augeprägten Selbstbewusstsein. Der Sex mit ihm war großartig, wenn auch kräftezehrend. Er ließ sie bis in den letzten Winkel ihres Körpers erfüllt und atemlos zurück. Anschließend hatte sie das Gefühl, sich selbst erst einmal wieder aus all den Teilen zusammensetzen zu müssen, in die sie zersprungen war.

Und auch sonst fügten sich neue Puzzleteile in ihr umgekrempeltes Leben.

Recht schnell hatte sie sich mit Svens Töchtern angefreundet, vor allem mit Nadine, der jüngeren, einem Temperamentsbündel, das so gar nichts von dem hatte, was man unter »nordisch kühl« verstand. Dieses Attribut traf eher auf die drei Jahre ältere Jacqueline zu. Sie war zurückhaltender als ihre Schwester, was vor allem daran lag, dass ihr der plötzliche Umzug aufs Land, weitab von ihren Lübecker Freundinnen, überhaupt nicht passte. Sie maulte – zu Recht, wie Rosi fand –, weil sie plötzlich in Lengerich zur Schule gehen musste, und fand das Leben auf dem Bauernhof, anders als Nadine, die stundenlang hingebungsvoll die Schafe und Ziegen streichelte und am Nachmittag Rosi im Laden assistierte, grottenlangweilig. Doch auch Jacqueline mochte Rosi und wurde bald immer anhänglicher. Vor allem, dass die neue Freundin ihres Vaters mit den Mädchen ins Kino nach Osnabrück fuhr oder sie auf einen Spaghettibecher in der Eisdiele in Lengerich einlud, gefiel ihr.

So hatte Rosi letztlich leichtes Spiel. Durch Lotta und Jakob darin geübt, auf Kinder einzugehen, verstand sie sich mit den beiden Mädchen bald blendend.

Ihre Mutter schienen die Mädchen hingegen kaum zu vermissen. Ihr Verhältnis war wohl schon vor der Trennung nicht besonders innig gewesen. Rosi fand das zunächst merkwürdig. Dann dachte sie kurz an ihre eigene strenge Mutter und vermutete, dass es Jacqueline und Nadine mit ihrer vielleicht ähnlich ergangen war.

Solange Rosi noch auf dem Vossenhof lebte und arbeitete, änderte sich an ihren Abläufen im Alltag wenig. Sie leitete den Laden und besuchte Ulla und Bernd mit den Kindern oder Nina, die für einige Monate in einem Bauwagen unweit des Kottens wohnte und als Biologin für eine Studie die Böden der Vossen'schen Äcker und Felder untersuchte.

Nina war ein Freigeist; sie liebte es, zu reisen und ihre Jobs zu wechseln. Rosi freute sich, dass sie wieder im Lande war. Oft saßen die beiden Frauen beieinander, quatschten oder fachsimpelten über die Zukunft in einer sich rasch verändernden Welt.

Sven war tagsüber sowieso beschäftigt. Viele Stunden verbrachte er mit Bernd in dessen Büro oder war mit ihm unterwegs. Er hatte sich seinem Freund gegenüber zur Geheimhaltung verpflichtet, so dass Rosi keine Ahnung hatte, welcher Art die rechtlichen Belange waren, um die er sich kümmerte. Nur dass es auf Svens Verhandlungsgeschick und Knowhow ankam, war ein offenes Geheimnis.

Ein Jahr später war sein Auftrag zu Bernds Zufriedenheit erledigt, und ihn zog es nach Lübeck zurück.

»Die Stadt ist wunderschön, es würde dir dort gefallen. Komm mit und heirate mich, sobald die Scheidung durch ist«, bat er Rosi unverblümt.

»Aber was ist mit meiner Arbeit?«, fragte sie.

»Auch in Lübeck gibt es tolle Jobs. Du mit deiner Erfahrung wirst doch überall mit Kusshand genommen«, behauptete er. »Außerdem hast du so die Chance, dich beruflich weiterzuentwickeln«, fügte er hinzu und hypnotisierte sie so lange mit seinen schönen Augen, bis sie gar nicht mehr anders konnte, als ja zu sagen.

Inzwischen lebten sie schon seit zwei Jahren in dem historischen Haus im Stadtkern von Lübeck, und sie trug einen Ehering am Finger. Sven und sie hatten bloß standesamtlich, mit Ehevertrag und im kleinsten Kreis geheiratet, vor allem Nadines und Jacquelines wegen, deren Leben seit der Trennung und Scheidung ihrer Eltern schon aufregend genug gewesen war.

Eine neue Arbeitsstelle hatte Rosi jedoch bis heute nicht gefunden. Dass sie weder einen Schulabschluss noch eine abgeschlossene Ausbildung vorweisen konnte, stand ihr trotz des hervorragenden Arbeitszeugnisses, das Ulla ihr ausgestellt hatte, auch in Lübeck im Weg. Den Frust darüber steckte Rosi insgeheim mit der Begründung weg, dass sie die Einzige war, die an diesem Drama, welches sich durch ihr gesamtes Leben zog, die Verantwortung trug.

»Du wirst schon noch eine Stelle finden«, tröstete Sven sie, der natürlich keine Ahnung hatte, warum Rosi überall abgewiesen wurde. »Und finanziell ist es sowieso kein Problem. Mach was Schönes mit deiner Freizeit.«

Und das tat sie. Rosi erweiterte ihre Englisch- und Französischkenntnisse in der Volkshochschule und besuchte einen Yogakurs. Die meditativen Übungen taten ihr gut, und sie hatte einige nette Frauen in dem Kurs kennengelernt.

Gleich nach dem Frühstück, das sie allein einnahm, weil Sven und die Mädchen schon aus dem Haus waren, würde sie ihre Sportsachen anziehen und sich die zusammengerollte Matte unter den Arm klemmen.

Doch jetzt las Rosi in der Zeitung vom Tod ihres Vaters. Gleich zwei Todesanzeigen standen untereinander. Die eine war von ihrer Familie, die andere, wesentlich größere, von der Kirchengemeinde, die den Tod ihres langjährigen Presbyters bedauerte. Rosi interessierte sich jedoch weit mehr für erstere.

Mit der Kaffeetasse in der Hand saß sie in der in Cremeweiß eingerichteten Wohnküche und studierte die Zeilen. Der Tag draußen war grau und regnerisch, und Rosi hatte das Deckenlicht anschalten müssen, um nicht im Dunkeln zu sitzen. Nun knipste sie noch die Stehlampe neben dem Esstisch an, um sicherzugehen, dass sie sich nicht verlesen hatte.

Nein, es stimmte. Ihr Jugendfreund Ulf und ihre jüngste Schwester Miriam waren miteinander verheiratet und hatten zwei Kinder, denn alle vier waren in einer Zeile unter dem

Namen ihrer Mutter und unter Ruth, die offenbar Single war, aufgelistet. Miriam Schulze, geborene Ortmann, stand dort schwarz auf weiß.

Rosi begann zu schwitzen. Wieder nahm sie einen Schluck aus ihrer Tasse und setzte diese dann, leicht angewidert, ab. Sven schwor auf den Kaffee aus dem brandneuen, hochpreisigen Kaffeevollautomaten, der vor jeder Tasse, die er zubereitete, die Bohnen frisch mahlte, doch Rosi konnte sich an die schaumige Konsistenz einfach nicht gewöhnen.

Sie richtete ihre Aufmerksamkeit erneut auf die Todesanzeige. Miriam und Ulf, Ulf und Miriam. Heftig schüttelte sie den Kopf, als wollte sie die unerhörte Neuigkeit aus ihrem Gehirn herausschleudern.

Dann schalt sie sich eine Egoistin. Ihr Vater war gestorben, sie wusste nicht einmal warum, und sie hielt sich bloß damit auf, wen ihr ehemaliger Jugendfreund, von dem sie sich vor Jahrzehnten abgewandt hatte, zur Ehefrau gewählt hatte?

Mit einiger Anstrengung konzentrierte sie sich auf das Bibelzitat, das ganz oben in der Anzeige fett gedruckt stand.

»*Fürchte Dich nicht. Ich habe Dich erlöst.*
Ich habe Dich bei Deinem Namen gerufen. Du bist mein.«

(Jesaja 43, 1)

Hatte ihr Vater etwa unter einer schweren Krankheit gelitten, fragte sie sich. Der Begriff der Erlösung wies darauf hin. Sie überflog die andere Anzeige, die der Kirchengemeinde.

»*In Dankbarkeit nehmen wir Abschied*
von Rainer Ortmann, der sein Leben unermüdlich
in den Dienst Gottes gestellt hat.«

Das angefügte Bibelzitat lautete:

> *»Gelobt sei der Herr täglich.*
> *Gott legt uns eine Last auf, aber er hilft uns auch.«*
> *(Psalm 68,20)*

Und plötzlich wusste sie es.

Die alte Schuld, die sie seit Jahrzehnten erfolgreich verdrängt hatte, kam in ihr hoch. Ihr Vater war über ihren Verlust nie hinweggekommen. Der frühe Tod seiner Tochter hatte ihn krankgemacht und letztlich umgebracht.

Ihre Hände begannen so sehr zu zittern, dass sie die Tasse abstellen musste. Was hatte sie ihrer Familie bloß angetan?

Der Druck, unter dem sie als allem Anschein nach schwangerem Teenager gestanden hatte, das verstörende Gefühl, in der eigenen Familie zur Außenseiterin geworden zu sein, ihre Einsamkeit, ihre Ängste und Nöte, die daraus resultierten, ja, die gesamte Gemengelage, die sie im September 1976 von zu Hause fortgetrieben hatte, erschien ihr im Lichte ihrer neuen Erkenntnis geradezu albern.

Indem sie abgehauen war, hatte sie einem ersten Dominostein in einer langen Reihe einen Schubs gegeben, woraufhin alle anderen nacheinander umfielen. Aus einem kindischen Impuls heraus hatte sie das Leben ihrer engsten Angehörigen zerstört.

Auch Miriams und Ulfs Ehe ordnete sie in dieser Sekunde ganz anders ein. Hatte ihre jüngste Schwester einfach nur den Trost eines älteren Mannes gebraucht? Des Mannes, der in seiner Jugend Rebecca gekannt und geliebt hatte? Bestimmt war es so gewesen.

Sie konnte nur hoffen, dass Miriam ihr Leben nicht vergeudete und mit Ulf aufrichtig glücklich war. Ihre kleine, eher unscheinbare Schwester war von jeher ein ganz anderer Typ als sie, die wilde und extrovertierte Rebecca, gewesen, viel zurückgenommener, dafür beharrlich und loyal. Natürlich mochte sie sich verändert haben, als sie heranwuchs. Und trotzdem konnte Rosi sich nicht vorstellen, dass Ulf und sie gut zueinander passten. Hoffentlich machte er Miriam nichts vor!

Die Buchstaben tanzten vor Rosis Augen, bis sie kein Wort mehr lesen konnte. Sie blinzelte, doch Tränen wollten keine kommen. Ihre Schuldgefühle ließen keinen Platz für Selbstmitleid.

Sie hatte ihr privilegiertes Leben an Svens Seite nicht verdient und auch die beiden Töchter nicht, die ihr der Zufall in den Schoß gelegt hatte. Es war grundverkehrt, dass sie als verheiratete Frau ein glückliches Leben führte, nachdem sie in Niederbroich einen Scherbenhaufen zurückgelassen hatte, so dass ihr Vater schließlich vor Gram starb.

Papa war tot! Jetzt erst begriff sie es richtig. Er war tot, und sie würden einander nie wiedersehen.

Miriam, 1999

»Hallo, Mama«, sagte Miriam zu ihrer Mutter am Telefon. »Wie geht es dir?«

Die Beerdigung war inzwischen einige Wochen her.

»Ganz gut«, antwortete ihre Mutter etwas atemlos. »Ich komme gerade zur Tür herein. Erika und ich waren auf der Kö, jetzt zur Adventszeit ...« Und dann erzählte sie ausführlich von ihrem Ausflug nach Düsseldorf, von der festlichen Atmosphäre, die die schönen Schaufenster und die mit Lichtern geschmückten alten Platanen verströmten.

Miriam war erstaunt, wie fröhlich sie klang. Andererseits freute sie sich auch für ihre Mutter. Nach den entbehrungsreichen Jahren, in denen diese kaum aus dem Haus gekommen war.

Gerade wollte sie ansetzen, um anzusprechen, weshalb sie eigentlich angerufen hatte, doch Mama ließ sie nicht zu Wort kommen.

»Du, ich will noch auf den Friedhof, bevor es ganz dunkel ist, und nach dem Rechten sehen. Lass uns die Tage noch einmal telefonieren, ja?«

»Selbstverständlich, Mama.« Leicht frustriert legte Miriam auf. Vielleicht war es eh keine gute Idee gewesen, das Thema am Telefon zur Sprache bringen zu wollen.

Seit einiger Zeit trieb sie wieder die Überzeugung um, dass es nicht ihre Schwester Rebecca war, die neben ihrem Vater unter der Erde lag.

Bei der Bestattung hatte sich in ihr alles dagegen gesträubt, dass Papa seine letzte Ruhe neben einer Fremden bekam. Und dann hatte sie Ruths gemurmelte Worte vernommen, während diese zwischen ihr und ihrer Mutter stand: »Es tut mir unendlich leid, dass ich ...«

Mehr hatte Ruth nicht über die Lippen gebracht, aber Miriam hatte beobachtet, dass Ruth, als ihre Stimme erstarb, nicht etwa das offene Grab mit dem Sarg darin ins Auge gefasst hatte, sondern geradewegs Rebeccas Grabstein anstarrte.

Ihr war ein Schauder über den Rücken gelaufen. Was tat Ruth so unendlich leid? Womöglich immer noch, dass sie Rebecca damals wegen ihrer Schwangerschaft verpetzt hatte? Hielt sie sich für schuldig am angeblichen Tod der Schwester? War es etwa diese Überzeugung, die Ruth krank gemacht hatte? Wie grauenhaft! Zumal, wenn Rebecca vielleicht in Wirklichkeit noch am Leben war!

Von dem Moment an war Miriam kaum mehr in der Lage gewesen, sich auf den Abschied von ihrem Vater zu konzentrieren.

Auch ihr Blick war nun dauernd zu Rebeccas vermeintlichem Grab gewandert, und da war ihr der Gedanke gekommen: Die Gentechnik hatte in den letzten Jahren rasante Fortschritte gemacht. Es reichten nur minimale Überreste einer Toten aus, um deren Identität einwandfrei zu bestimmen.

Ihr Vater lebte nicht mehr. Ab jetzt musste sie nur noch ihre Mutter dazu bringen, einer Exhumierung zuzustimmen. Dann konnte sie die Staatsanwaltschaft über ihren Verdacht informieren.

Rosi, 1999

An diesem Donnerstagabend Anfang Dezember herrschte eine eisige Stimmung im Hause Petersen. Sven war absolut dagegen, dass Rosi am nächsten Tag mit ihrem Mini nach Düsseldorf fuhr, um Karin, Tom und Manu zu besuchen.

Zunächst hatte er alle möglichen Argumente bemüht, um sie von dem Vorhaben abzubringen: die angebliche Unzuverlässigkeit ihres in die Jahre gekommenen Autos; Nadines Reitturnier, das allerdings erst am Sonntag stattfand und daher für Rosi nicht zählte, weil sie dann längst zurück sein würde; das neue Restaurant, in das er sie ausgerechnet an diesem Wochenende unbedingt ausführen wollte; die neue Reinigungskraft, die man angeblich nicht unbeaufsichtigt im Haushalt der Petersens wirken lassen konnte, und, und, und.

Rosi hatte ihren Mann noch nie so erlebt. Sie verstand überhaupt nicht, warum er sie partout zwingen wollte, zu Hause zu bleiben. Und sie sah es überhaupt nicht ein, war empört über sein kindisches Verhalten und die Kontrollsucht, die ihrer Meinung nach dahintersteckte.

Seinen Töchtern verbot er auch alles Mögliche, angeblich, weil er sich Sorgen um sie machte. In Wirklichkeit ertrug er es bloß nicht, wenn sie seinem Einflussbereich entkamen und eigene Wege gingen. Rosi fand das pädagogisch äußerst fragwürdig, zeigte aber ein gewisses Verständnis. Vater zweier heranwachsender Töchter zu sein war sicher nicht immer einfach. Dass er aber auch sie so behandelte, stand auf einem ganz anderen Blatt. Sie war immerhin nicht sein Kind, sondern eine selbständige, ihm gleichgestellte, erwachsene Frau, und noch dazu eine, die es gewohnt war, eigene Entscheidungen zu treffen.

Unbeirrt packte sie oben im Schlafzimmer ein paar warme Kleidungsstücke zusammen, während Sven unten im Wohnzimmer laut eine CD mit Wagners »Tristan und Isolde« hörte. Die hochdramatischen Klänge drangen bis in die erste Etage hinauf, ein unüberhörbares weiteres Signal seines Missfallens.

Genervt schloss sie die Schlafzimmertür und gestand sich ein, dass sie, obwohl sie sich absolut im Recht fühlte, zugleich ein schlechtes Gewissen verspürte, weil sie nicht ganz ehrlich zu ihrem Mann gewesen war. Sie hatte ihm verschwiegen, dass sie nicht bloß nach Düsseldorf zu ihren Freundinnen fuhr, sondern vor allem das Grab ihres Vaters in Niederbroich besuchen wollte.

Der Abend verlief unerfreulich. Sven und sie gingen zwar gleichzeitig ins Bett, doch er löschte sofort das Licht seiner Nachttischlampe, rollte sich in seine Decke und drehte ihr beleidigt den Rücken zu, statt wie sonst ihre Nähe zu suchen oder gar Anstalten zu machen, mit ihr zu schlafen.

Irritiert und verunsichert lag Rosi neben ihm. Sie fand sein Verhalten höchst seltsam, beschloss aber, es sich nicht weiter zu Herzen zu nehmen. Sven würde sich schon wieder beruhigen, spätestens morgen, wenn sie in Düsseldorf war und er den Abend für sich hatte. Sie knipste auf ihrer Seite des Ehebetts ebenfalls das Licht aus und wünschte sich zum ersten Mal seit Jahren in ihr gemütliches Storchennest zurück.

Als sie erwachte, war Sven schon fort. Nicht einmal einen Gutenmorgenkuss hatte er ihr gegeben, geschweige denn, dass er ihr eine gute Fahrt gewünscht hatte!

Ihr Stolz ließ es nicht zu, sich darüber zu grämen. Sollte er doch schmollen! Was für ein Idiot, dachte sie nur.

Dann atmete sie tief durch und weckte Jacky und Nadine mit einem freundlichen »Guten Morgen, ihr Süßen. Zeit, aufzustehen!«.

Alle drei frühstückten in friedlicher Atmosphäre miteinander. Anschließend wartete Rosi, bis die Mädchen sich auf den Schulweg gemacht hatten, verließ dann das Haus mit gepacktem Trolley, stopfte ihn in den Kofferraum ihres Minis und fuhr los.

Wenn alles gut lief, würde sie gegen vierzehn Uhr bei Karin ankommen. Sie würde mit ihr zu Mittag essen, nachmittags stand der Besuch bei Manu und Tom an, und am Abend würden Karin, Manu und sie noch etwas trinken gehen.

Mit jedem Kilometer, den das kleine Auto schnurrend hinter sich brachte, fühlte Rosi sich freier. Der Druck in ihrer Brust, den sie zuvor gar nicht wahrgenommen hatte, löste sich, und sie atmete tief und gleichmäßig.

Rosi, heute

Nachdem Rosi Manu nach Hause begleitet und sich vergewissert hatte, dass ihre Freundin psychisch stabil war und genug Essen im Kühlschrank hatte, fuhr sie nach Hause. Sie war so erschöpft, dass sie sich kaum mehr auf den Beinen halten konnte, und erleichtert, als sie endlich oben im Treppenhaus vor ihrer Wohnungstür ankam.

Zu ihrer Verwunderung hörte sie durch das Türblatt nicht nur Nadines, sondern auch eine männliche Stimme. Sie schob ihren Schlüssel ins Schloss. Gleichzeitig erstarben die Stimmen.

Stirnrunzelnd öffnete sie die Tür und hielt verdutzt inne. Direkt vor ihr stand engumschlungen ein Paar und füllte den winzigen Flur aus. Die Frau war unbezweifelbar Nadine, den großen Mann mit der beginnenden Glatze am Hinterkopf kannte sie nicht.

Die beiden lösten sich schleunigst voneinander, und Nadine stotterte: »Oh, da bist du ja. Darf ich vorstellen, das ist Patrick. Patrick, das ist Rosi, von der ich dir schon so viel erzählt habe.«

»Nur Gutes«, beeilte sich Nadines Verlobter hinzuzufügen und streckte Rosi eine Hand hin, die sie verdattert ergriff.

»Wir haben uns wieder versöhnt«, erläuterte Nadine mit einem verkrampften Lächeln.

»Ja, das sehe ich.« Rosi merkte selbst, wie ungnädig sie sich anhörte, und schickte freundlicher hinterher: »Das freut mich sehr für euch beide. Ich darf doch du sagen, oder?«

»Klaro.« Der Mann, der ein gutmütiges Gesicht und freundliche braune Augen hatte, nickte.

»Ich habe Patrick erzählt, dass ... wie ... Ich meine ...« Nadine wurde puterrot. »Also, dass ... äh ... deine Lebensgeschichte mich zum Nachdenken gebracht hat. Wir sollten nicht unsere Zeit damit vergeuden, uns zu zanken und zu entzweien, sondern unsere begrenzte Zeit mit den Menschen verbringen, die wir lieben«, stammelte sie und ergänzte: »Außerdem habe ich zu Patrick gesagt, dass wir auch ohne Kinder glücklich sein können. So, wie du es bist.«

Rosi fühlte sich zu zerschlagen, um angemessen reagieren zu können. Also schwieg sie lieber. Im Grunde fand sie es wunderbar, dass das Paar sich wieder vertragen hatte. Aber musste unbedingt ihre Lebensgeschichte dafür herhalten? Sie hoffte bloß, dass Nadine nicht zu viel ausgeplaudert hatte. Beunruhigt bat sie die beiden, sie für einen Moment zu entschuldigen. Sie ging ins Bad und anschließend ins Schlafzimmer, um in ein frisches T-Shirt und eine Jogginghose zu schlüpfen. Nach dem zermürbenden Tag brauchte sie es bequem.

Gerade wollte sie den Raum wieder verlassen, als Nadine zur Tür hereinschlüpfte. »Ich habe dich nicht verraten«, flüsterte sie hektisch. »Natürlich habe ich nichts von deinem ... ersten Leben erzählt. Keine Sorge!«

Rosi fiel ein Stein vom Herzen. »Gott sei Dank!«

»Was denkst du bloß von mir?«, empörte sich Nadine, um im nächsten Moment zu grinsen wie ein Honigkuchenpferd. »Ich bin so glücklich«, flüsterte sie. »Patrick und ich haben beschlossen, das Thema Kinder erst mal ruhen zu lassen. Er sieht ein, dass er mir zu viel Druck gemacht hat. Jetzt können wir heiraten! Ist das nicht super? Ich verdanke dir so viel, liebste Rosi!«

Rosi, 1999

Sie war noch ganz verkatert, als sie den Mini am Samstagmittag auf dem Parkplatz an der Friedhofsmauer abstellte. Der Abend mit Karin und Manu war lustig und feuchtfröhlich gewesen. Ihr brummte der Schädel, weil sie auf dem Düsseldorfer Weihnachtsmarkt vier Glühwein mit Amaretto getrunken hatte. – Viel zu viel und viel zu süß!

Nach ihrem Abschied von Karin war sie schnurstracks hier hergefahren, hatte all die anderen erinnerungsträchtigen Orte in Niederbroich gemieden, denn sie ahnte, dass ihr diese Stippvisite sowieso einiges abverlangen würde.

Nervös stieg sie aus dem Mini und griff nach dem Jutebeutel, der auf dem Beifahrersitz lag. Der Tag war feuchtkalt und trüb, und es nieselte kaum wahrnehmbar.

Dass in zwei Wochen Weihnachten sein sollte, konnte sie sich noch gar nicht vorstellen. Und erst recht nicht, dass kurz darauf ein neues Jahrtausend begann. Alle Welt redete von den bevorstehenden Millenniumfeiern, machte sich Sorgen über Computerabstürze oder einen drohenden Weltuntergang.

Rosi konnte weder mit der Euphorie noch mit der Hysterie, was das Ereignis betraf, etwas anfangen. Silvester zählte ohnehin nicht zu den Festen, die sie besonders mochte. Außerdem verabscheute sie Feuerwerke, die so viel Schmutz in den Himmel schleuderten und mit ihrem Lärm Haus- und Wildtiere zu Tode erschreckten. Die Knallerei würde zur Jahrtausendwende noch wesentlich schlimmer ausfallen als sonst.

Sie schloss die Winterjacke bis zum Hals, zog sich die Kapuze über den Kopf und ging über den Hauptweg des Friedhofs. Hoffentlich fand sie das Grab schnell. Die Erinnerungsbruchstücke aus ihrer Kindheit, die an die Oberfläche ihres Bewusstseins zu dringen drohten, taten ihr nicht gut.

Eine Weile irrte sie zwischen den Gräbern umher, bis ihr Herz heftig zu schlagen begann. Eines stach aus den anderen in der Reihe hervor. Neben einem hübschen rundlichen Findling, der längst Patina angesetzt hatte, entdeckte sie ein helles, schlichtes Holzkreuz, und die Ruhestätte war offenbar vor kurzem frisch bepflanzt worden.

Sie trat näher, las, was auf dem provisorischen Kreuz stand:

Rainer Ortmann
1930 bis 1999

Sie hatte das Grab ihres Vaters gefunden.

Und plötzlich wurden ihre Knie weich. »Papa«, stieß sie leise hervor, und dann machte sie den Fehler, ihren Blick zu dem älteren Grabstein schweifen zu lassen und den Anfang der Inschrift zu lesen:

Hier ruht Rebecca Ortmann, geliebte Tochter ...

»Nein, nein, nein«, stammelte sie und zwang sich, wegzuschauen. Aber es war schon zu spät. Sie zitterte. Tränen quollen aus ihren Augen, und ihr wurde schwindlig vor Scham.

Es war ein furchtbarer Fehler gewesen, herzukommen!

Sie griff in den Jutebeutel und holte den kleinen Strauß aus rosa Rosen und weißen Astern hervor, den sie am Morgen in einem Düsseldorfer Blumenladen hatte binden lassen, richtete ihren Blick starr auf den Namen ihres Vaters und flüsterte: »Es tut mir so leid, Papa. Einfach alles. Bitte verzeih mir.«

Sie wollte sich gerade bücken, um den Strauß vor seinem Grabkreuz abzulegen, als jemand hinter ihr sagte: »Guten Tag, entschuldigen Sie bitte, aber wer ...«

Vor Schreck ließ sie den Strauß fallen, und er landete genau zwischen ihrer angeblichen Ruhestätte und der ihres Vaters. Sie brauchte bloß den Bruchteil einer Sekunde, um die Stimme in ihrem Rücken zu identifizieren, die zwar einige Nuancen tiefer war, als sie sie in Erinnerung hatte, aber dennoch unbezweifelbar ihrer Mutter gehörte.

Ohne sich umzudrehen, rannte Rosi los und war heilfroh um die Kapuze und die weite Jacke, die sie trug. Eilig hastete sie durch den Sprühregen zum Parkplatz jenseits der Friedhofsmauer und sprang in ihren Wagen. Niemand folgte ihr.

Erst als sie den Ortsausgang passiert hatte und den Mini in Richtung Autobahn lenkte, beruhigte sie sich ein wenig, und ihre Finger, die sich um das Lenkrad gekrampft hatten, entspannten sich.

Sie sagte sich, dass ihre Mutter sie unmöglich hatte erkennen können, von hinten, mit der Kopfbedeckung und der Statur einer Erwachsenen in mittleren Jahren. Sie musste geglaubt haben, irgendeiner Frau aus dem Dorf, die dem kürzlich verstorbenen, allseits bekannten Schreiner Ortmann einen Anstandsbesuch am Grab abstattete, zu begegnen. Bloß ihren hastigen Abgang hatte sie garantiert merkwürdig gefunden. Rosi ärgerte sich wahnsinnig über ihre kopflose Flucht.

»Guten Tag, entschuldigen Sie bitte ...« hörte sie ihre Mutter wieder sagen. Es hatte freundlich und unbefangen geklungen. Wieso war Rosi daraufhin nicht einfach, etwas Unverständliches murmelnd, davongegangen? Wie blöd konnte man denn eigentlich sein?

Unvermittelt bekam sie Herzrasen und wurde von einer Welles des Elends überschwemmt. Die Erinnerung an Mamas Stimme katapultierte sie zurück zu jenen Tagen im Spätsommer 1976, an denen sie wegen ihrer ungewollten Schwangerschaft fast verrückt geworden wäre und ihrer Mutter das ungeborene Leben wichtiger gewesen war als das ihrer Tochter.

Rund ein Viertel der Strecke zurück nach Lübeck verbrachte Rosi heulend. Erst beim Passieren einer Baustelle und auch nur, weil sie sich auf der verengten Überholspur höllisch darauf konzentrieren musste, nicht zwischen der Leitplanke linkerhand und dem Anhänger eines Lkws rechterhand zerquetscht zu werden, versiegte ihre Tränenflut wieder.

Nachdem sie die Gefahrenstelle hinter sich gebracht hatte, grübelte Rosi darüber nach, warum ihre Reaktion auf die Begegnung mit der Vergangenheit dermaßen heftig ausgefallen war. Ihren Weinkrampf jedenfalls empfand sie als absolut nicht normal. So etwas war ihr noch nie passiert.

Sie kam zu keinem Ergebnis und verdrängte ihre Beunruhigung. Ärgerlich über sich selbst, wischte sie sich die letzten Tränenspuren vom Gesicht, schaltete den Kassettenrekorder an und hörte Queen in voller Lautstärke.

Als Freddy Mercury in »Bohemian Rhapsody« den Passus sang, in dem er eine Opernarie parodierte, musste sie unvermittelt an Sven und seine Vorliebe für Richard Wagner denken, und schon war sie innerlich bei dem unsäglichen Streit angelangt, der ihrer Fahrt an den Niederrhein vorausgegangen war.

Svens Verhalten war nicht normal gewesen, das wurde ihr erst jetzt bewusst. Hoffentlich hatte er sich inzwischen abgeregt. Und hoffentlich benahm ihr Mann sich nie wieder dermaßen kindisch und übergriffig wie vorgestern Abend.

Hilde, 2000

Es war Sonntag, und gleich würde Miriam zum Kaffee kommen. Hilde freute sich sehr auf ihren Besuch und hatte einen Apfelkuchen gebacken. Der kühlte gerade auf dem Küchentisch ab, und im ganzen Haus duftete es herrlich. Leider würden weder ihr Schwiegersohn noch ihre Enkel Miriam begleiten. Wie schade!

Hilde hatte sie alle zwar erst vor zwei Wochen an Weihnachten gesehen, aber das Haus war so leer und still seit Rainers Tod. Ein bisschen Trubel hätte ihrer Gemütslage gutgetan. Es reichte eben nicht, sich dann und wann mit den Freundinnen zu verabreden. Sobald sie nach einem Winterspaziergang mit Erika oder dem Kaffeeklatsch bei einer der anderen Frauen zurückkehrte und die Haustür hinter sich schloss, kroch die Einsamkeit aus allen Ecken und Winkeln auf sie zu. Auch die Bilder und Stimmen aus dem Fernseher, der inzwischen dauernd lief, halfen nicht, sie zu vertreiben.

Hilde dachte an die Silvesterfeier in der Markuskirche zurück. Die Gemeinde hatte anlässlich der Jahrtausendwende zu einer Party eingeladen. Die Gäste waren aufgefordert, Salate, Aufläufe, Frikadellen oder Ähnliches zum Büfett beizusteuern, und nach dem abendlichen Gottesdienst halfen alle mit, die Stühle entlang der Wände des Kirchenraums zu stapeln, so dass eine Tanzfläche entstand, auf der sich bald etliche Tanzpaare drehten.

Vor allem junge Familien waren zu der Feier gekommen, und Hilde wurde es etwas zu viel, als all die Kinder zwischen den Erwachsenen herumtobten und Fangen spielten. Das Feuerwerk, das pünktlich zu Beginn des neuen Jahrtausends auf dem Platz vor dem Gemeindezentrum entzündet wurde, fand sie hingegen bezaubernd. Es tat ihr gut, zwischen den Leuten zu stehen und zu den sprühenden bunten Fontänen hochzuschauen. Zum ersten Mal seit langem fühlte sie sich wieder als Teil einer tragenden Gemeinschaft.

Gegen zwei Uhr erst ging sie fröstelnd und todmüde über die inzwischen menschleeren Straßen nach Hause. Sie ärgerte sich über die leeren Sekt- und Bierflaschen und die Überbleibsel der Böller, die den Boden pflasterten. Warum räumten die Leute ihr Zeug nicht sofort weg, so wie es die Gäste der Markuskirche ganz selbstverständlich getan hatten?

Im Bad machte Hilde sich eine Wärmflasche und lag kurz darauf mit warmen Füßen und wehem Herzen im Bett. Rainer fehlte ihr so, auch wenn er in den letzten Jahren ein richtiger Stinkstiefel gewesen war. Trotzdem hätte sie ihn nun am liebsten wiedergehabt. Alles war besser als das Alleinsein.

Traurig wanderten ihre Gedanken zu Ruth mit ihren Problemen und zu Rebecca, ihrem toten Kind. Dann dachte sie an Miriam, die einzige Tochter, die ihr wirklich geblieben war und die ein Leben führte, wie man es sich als Mutter vorstellte.

Sie fühlte sich gleich ein wenig getröstet. Miriam, Ulf und die beiden Enkelkinder, die sie besonders ins Herz geschlossen hatte, waren wunderbar. Sie liebte sie über alles. Und mit diesem erfreulichen Gedanken schlief sie ein.

Jetzt, keine zehn Tage später, schlug sie rasch noch einen Becher Sahne und deckte den Tisch in der Essecke des Wohnzimmers. Danach setzte sie eine Kanne Kaffee für Miriam und sich auf.

Just in dem Moment, in dem die Maschine ihr letztes Röcheln von sich gab, klingelte es auch schon an der Haustür. Miriam war pünktlich auf die Minute!

Hilde öffnete ihrer Tochter freudig. Wieder einmal fiel ihr auf, wie gut ihrer Tochter die Ehe und das Familienglück bekamen. Sie wirkte zwar etwas abgehetzt, sah aber blühend und frisch aus mit dem schicken dunklen Bob und den rosigen Wangen.

Beim Hereinkommen umarmte sie Hilde herzlich. Ein dezenter blumiger Duft umwehte sie. Nachdem sie sich im Flur aus der Daunenjacke geschält hatte, bemerkte Hilde mit Wohlwollen, wie gut ihr der enge knallrote Wollpulli stand, den sie zu Jeans und Stiefeln trug. Miriam war eine hübsche Frau. Ihr Anblick erfüllte Hilde mit Mutterstolz.

»Mm, sehr lecker, dein Apfelkuchen, so frisch und fruchtig nach den ganzen schweren Weihnachtsplätzchen«, sagte Miriam ein paar Minuten später zwischen zwei Bissen, während sie ihr Stück mit einem kleinen Klacks Sahne verzehrte.

Hilde freute sich über das Kompliment, wunderte sich aber über Miriams offenkundige Nervosität. War sie etwa gekommen, um ihrer Mutter eine Neuigkeit zu verkünden? War sie womöglich wieder schwanger? Hilde wurde ganz aufgeregt bei der Vorstellung. Natürlich wäre ihr ein drittes Enkelkind hochwillkommen!

Sie nahm einen Schluck Kaffee, spießte ein Stückchen Apfel auf ihre Gabel und nahm unauffällig Miriams Bauch in Augenschein, beziehungsweise den schmalen Streifen desselben, den sie von ihrem Stuhl aus erkennen konnte. Alles flach wie eh und je. Aber diese neuen Schwangerschaftstests, die man inzwischen sogar in Drogeriemärkten bekam und die ihr Ergebnis nach ein paar Minuten zeigten, schlugen ja auch bekanntlich schon wenige Wochen nach der Befruchtung an. Der schlanke Bauch hatte also nichts zu sagen.

Miriam leerte unterdessen mit zittrigen Fingern ihre Kaffeetasse. Mit unschönem Klappern und leicht schief stellte sie sie auf der Untertasse ab und hob den Kopf.

»Sag mal, Mama ...«, begann sie zögerlich, und Hilde war sich jetzt ganz sicher, dass sie ein drittes Enkelkind geschenkt bekommen würde. »Papa ist ja nun nicht mehr, und ... ich habe mich gefragt, ob ...« Miriam hielt inne, und Hilde zog verwundert die Augenbrauen hoch. War sie mit ihrer Vermutung etwa doch auf dem Holzweg?

Miriam redete jetzt so schnell weiter, dass Hilde ihr kaum folgen konnte. Sie plapperte irgendetwas davon, was Ruth angeblich bei Rainers Beerdigung gesagt hatte, und faselte, dass sie, Miriam, sowieso nie wirklich davon überzeugt gewesen sei, dass es Rebecca war, die neben ihrem Vater im Grab lag. Dann fiel das Wort Exhumierung und bei Hilde der Groschen.

»Du willst mir jetzt doch nicht etwa sagen, dass wir die sterblichen Überreste deiner Schwester wieder ausgraben sollen?« Entsetzt und zunehmend wütend, starrte sie Miriam an. Sie ließ die Kuchengabel geräuschvoll auf ihren Teller fallen. »Was soll der Unfug? Deine Schwester ist seit über zwanzig Jahren tot!«

»Und wenn sie doch noch lebt?« Miriam stellte die Frage so leise, dass Hilde erst glaubte, sich verhört zu haben. Dann ging ihr auf, dass sie ihre Tochter ganz genau verstanden hatte.

»Halt den Mund!«, stieß sie aus. In ihr arbeitete es. »Du spinnst ja!« Sie schnaufte. »Jetzt weiß ich auch, wer in den Achtzigern diese anonymen Briefe an Gudruns Mann verfasst hat. Den Quatsch mit der Gesichtsrekonstruktion! Das warst du! Mein Gott!«

Ihre Hände kribbelten, als würden tausend Ameisen darüber laufen, weshalb sie sie heftig knetete.

Jäh stieg in ihr die Erinnerung an die unbekannte Frau auf, der sie im Dezember an Rainers Grab begegnet war. Das Zusammentreffen hatte sie ziemlich aufgewühlt zurückgelassen. Wer war die impertinente Person, die nicht einmal den Anstand besaß, sie, die trauernde Witwe, zu grüßen, sondern stattdessen vermummt davonlief?

Plötzlich sah sie die Begegnung in einem ganz neuen Licht. Womöglich war die Fremde gar nicht Rainers wegen gekommen, sondern es hatte sich bei ihr um eine Spinnerin wie Miriam gehandelt, eine, die wie sie Rebeccas Tod leugnete! Ging das jetzt etwa wieder los? In den ersten Jahren nach dem grausigen Fund jenseits der holländischen Grenze hatte es einige von diesen Verrückten gegeben, die die Ortmanns mit wirren Anrufen und kruden Briefen belästigt hatten. Nur hätte Hilde damals niemals gedacht, dass auch ihre vernünftige Tochter zu ihnen gehören könnte!

Doch jetzt sah sie glasklar vor sich, wie Miriam Brief um Brief auf der Schreibmaschine im Büro tippte, wenn ihre Eltern nicht zu Hause waren.

Wie zur Antwort lief ihre Tochter knallrot an. Hilde hatte also recht! Sie schoss von ihrem Stuhl hoch, stellte die Teller übereinander, obschon sich auf Miriams noch ein Rest Kuchen befand, und trug alles in die Küche.

Der Gang durch den langen Flur verschaffte ihre eine Atempause. Warum um alles in der Welt wollte Miriam die Wahrheit nicht anerkennen, eine Wahrheit, mit der sie alle doch schon eine halbe Ewigkeit lebten?

Sie kehrte ins Wohnzimmer zurück und sah Miriam wie ein Häufchen Elend dahocken. Ihr selbstgerechter Zorn verpuffte.

»Kind«, sagte sie leise, ging neben ihrer Tochter in die Hocke und strich ihr über den Arm. Die rote Wolle fühlte sich flauschig an. »Es ist schrecklich, dass uns Rebecca auf so furchtbare Weise genommen wurde! Aber es hilft nichts, die Tatsachen zu leugnen. Rebecca ist bei unserem Herrn im Himmel! Und nun ist auch Papa bei ihr. Die beiden sind vereint. Das sage ich mir immer wieder. Es tröstet mich ein wenig.« Tränen der Trauer stiegen in ihr auf und straften ihrer Worte Lügen. »Bitte halte dir das auch vor Augen, und fang nie mehr mit der makabren Idee an, die Überreste deiner Schwester ausbuddeln lassen zu wollen. Denn das werde ich niemals erlauben!«

Rosi, heute

Seit zwei Wochen hatte Rosi ihre Wohnung wieder für sich. Nadine war am Tag nach ihrer Versöhnung mit Patrick abgereist. Einerseits gefiel es Rosi, in ihren vier Wänden schalten und walten zu können wie früher, andererseits vermisste sie den täglichen Austausch mit Nadine. Es kam ihr auf einmal seltsam vor, nur noch mit ihrer Katze reden zu können. Und selbst das gestaltete sich schwierig, da Mia immer noch beleidigt war, weil ihre neue Freundin sie wieder verlassen hatte, und sich am liebsten in das oberste Fach im Bücherregal verzog. Von dort aus beäugte sie Rosi skeptisch und maunzte protestierend, wenn die sie auf den Arm nehmen wollte.

»Ich kann ja nichts dafür, dass sie weg ist«, sagte Rosi zu Mia. »Sie fehlt mir doch auch.«

Rosi hatte jedoch kaum Zeit, darüber nachzugrübeln, denn nahezu jeden Nachmittag nach den Gassirunden und dem Besuch bei Frau Jansen verbrachte sie bei Manu, um ihr dabei behilflich zu sein, Toms Bestattung zu organisieren und Papiere für die Bank, die Rentenversicherung und die Pflegeversicherung auszufüllen.

Manchmal befürchtete sie, die Arbeit würde nie ein Ende nehmen, zumal sich Manu für die bürokratischen Angelegenheiten überhaupt nicht interessierte. Tom und sie waren sehr unordentlich mit ihren Dokumenten umgegangen. Es gab keine

Ordner, sondern bloß vollgestopfte Schubladen. Noch dazu war Manu die meiste Zeit über ziemlich wirr im Kopf infolge der Trauer und des Marihuanakonsums. Und wenn sie nicht bekifft war, verweigerte sie sich allem, was Arbeit machte. Ihre ältere Freundin kam Rosi dann wie ein trotziges kleines Kind vor.

»Tom wollte ja, dass ich seine Asche von der Oberkasseler Brücke aus in den Rhein streue«, erklärte sie Rosi eines Tages am Tisch in ihrer chaotischen Küche zum x-ten Mal und inhalierte tief den Rauch aus ihrer winzigen Specksteinpfeife. »Darüber haben wir vor Jahren mal geredet. Am besten springe ich direkt hinterher.« Sie fuhr sich mit der Hand durch ihr ungekämmtes Haar und sah Rosi verklärt an. »Stelle ich mir schön vor, mich einfach fallenzulassen.« Mit geschlossenen Augen breitete sie die Arme aus und stieß dabei Rosis Hand mit dem Kugelschreiber an, woraufhin der eine blaue Linie über das Papier zog.

Rosi zwang sich, ruhig zu bleiben. »Wir waren uns doch einig, dass du nicht sterben, sondern weiterleben möchtest.«

Sie überlegte, ob es jetzt so aussah, als habe sie einige Punkte auf dem Blatt durchgestrichen. Sicherheitshalber übermalte Rosi die Buchstaben an den Stellen noch einmal. So müsste es gehen, fand sie.

»Will ich ja auch!« Manu nickte heftig. »Tom würde es sich für mich wünschen.«

»Ganz genau. Aber dann solltest du nicht von der Brücke aus in die Tiefe springen …«

Manu zuckte gleichmütig mit den Achseln. »Tu ich ja nicht. War bloß so 'ne Idee …«

Am liebsten hätte Rosi laut aufgestöhnt. »Aber keine gute!«, beendete sie das Thema resolut. »Komm, Manu, ich brauche noch einmal deine Sozialversicherungsnummer. Lies sie mir bitte vor.«

Nach solchen Stunden konnte Rosi zu Hause nur noch die Füße hochlegen.

Wenn doch nur endlich Toms Asche aus dem Krematorium in den Niederlanden zurück wäre! Manu hatte sich dafür entschieden, ihren Mann im Nachbarland verbrennen zu lassen, weil Angehörige nach niederländischem Recht die mit der Asche des Verstorbenen gefüllte Urne persönlich erhielten, anders als in Deutschland, wo genau geregelt war, an welchen Stellen man die Überreste zu bestatten hatte. Auf keinen Fall durfte man den Inhalt der Urne einfach in den Rhein schütten, aber das konnte sowohl Manu als auch Rosi komplett egal sein, solange sie sich nicht erwischen ließen.

Rosi würde in jedem Fall drei Kreuze machen, wenn die Bestattung hinter ihnen läge, vor allem, weil ihre Freundin dann die Chance hätte, endlich zur Ruhe zu kommen.

Nachdenklich blickte Rosi aus dem Fenster in den Herbsttag hinaus. Dunkle Wolken jagten über den Himmel, dazwischen blitzte hoffnungsvoll leuchtendes Blau hervor.

Über all der Fürsorge für ihre Freundin hatte Rosi ihre persönlichen Belange zurückgestellt. Das war ihr einerseits ganz recht, andererseits juckte es sie, zu Ruths Adresse zu fahren, um vielleicht wenigstens einen kurzen Blick auf ihre ältere Schwester zu erhaschen.

Es war verrückt, aber seit Nadine von den Menschen geredet hatte, die sich wieder vereinen sollten, weil sie zueinander gehörten, hatte sich in Rosi etwas verändert.

Auch Frau Jansens Lebensgeschichte hatte dazu beigetragen und das Bedauern darüber, dass Nadine fort war.

Es schien Rosi, als hätte sie sich lange Zeit mit äußerster Kraft gegen eine Tür gestemmt, um selbige geschlossen zu halten, und nun war diese aufgesprungen. Nur einen winzigen Spalt zwar, doch Rosi konnte den Luftzug spüren, der hineindrang. Er kitzelte sie in der Nase, roch fremd und bekannt zugleich.

Dennoch oder vielleicht auch gerade deshalb hatte sie sich lange nicht mehr so verlassen gefühlt wie in diesen Tagen. Und obwohl sie sämtliche Fotos längst wieder aus dem Schränkchen geholt und an der alten Stelle im Wohnzimmer aufgehängt hatte, tröstete ihre Bilderwand sie nicht wie früher über ihre Einsamkeit hinweg. Die Aufnahmen spendeten keine Kraft, sondern hielten ihr nur schmerzhaft vor Augen, was und wen sie verloren hatte.

Rosi, 2007

Liebe, Begehren und Sympathie gehörten nicht unbedingt zusammen, das hatte Rosi im Laufe der Ehe mit Sven schmerzhaft erfahren müssen.

Sie liebte ihren Mann immer noch leidenschaftlich, doch er war ein unverbesserlicher Kontrollfreak, der es nicht aushielt, wenn sie sich zu weit von ihm fortbewegte. Zu weit, das beinhaltete inzwischen sogar ihre Yogastunden, ihre Sprach- und Malkurse und die harmlosen Treffen mit ihren Lübecker Freundinnen Nele und Susanne.

Zu weit, das betraf vor allem ihre Versuche, endlich wieder beruflich Fuß zu fassen. Zwar machte es den Anschein, als unterstütze Sven sie bei der Jobsuche, aber immer, wenn sich vorsichtig eine Tür auftat, fand er Bedenken und Gegenargumente und nahm ihr damit jede Freude, den Gedanken weiterzuspinnen.

So war es gewesen, als ein Bekannter von Nele überlegte, einen Bioladen in Travemünde zu eröffnen, und fragte, ob sie bei ihm einsteigen wolle. Sven witterte sofort, dass der introvertierte, sensible Lars mit den hohen Idealen sie finanziell übervorteilen wollte. »Der will nur an mein Geld! Außerdem sieht man doch aus hundert Metern Entfernung, dass der Spinner nicht geschäftstüchtig ist.«

Beim nächsten Treffen mit Lars in einem hübschen Café in der Lübecker Altstadt sah Rosi den jungen Mann im Fischerhemd und mit den Treckingsandalen an den Füßen mit Svens Augen. Ihre Euphorie verpuffte, und sie verwarf ihre Pläne.

Sven brachte viel Energie und jede Menge psychologischer Tricks auf, um seine Töchter und seine Frau in Schach zu halten. Bei Jacqueline und Nadine biss er damit inzwischen weitgehend auf Granit. Die beiden kannten ihren Vater in- und auswendig und ließen sich, spätestens seit sie volljährig waren, nicht mehr kirre machen.

Rosi gelang es nicht so gut, sich gegen ihren Mann zur Wehr zu setzen. Ihre Liebe stand ihr genauso im Weg wie ihre finanzielle Abhängigkeit. Außerdem trug sie immer noch den tiefen Wunsch nach Harmonie in sich. Sie wollte sich mit Sven nicht streiten, sondern einfach friedlich mit ihm leben, so wie in den ersten Jahren ihrer Beziehung. Ihre Liebe zueinander sollte das glückliche Fundament ihres Lebens sein. Ihrer beider Leben! Und sie war davon überzeugt, dass er im Grunde ihrer Meinung war, denn immer wieder sagte er ihr, wie sehr er sie liebe und dass ihm die Zeit mit ihr unendlich kostbar sei.

Er umgarnte sie mit teuren Urlauben an traumhaften Orten, kulturellen Events, Geschenken und Komplimenten und band sie so immer enger an sich. Inzwischen schaute das Paar auf viele gemeinsame Erinnerungen zurück.

Sobald Rosi jedoch eigene Wege ging, wie damals an dem Wochenende, als sie nach Düsseldorf gefahren war, kam es zum Streit. Anschließend sprach Sven tagelang nicht mit ihr, bis er sich irgendwann wieder beruhigte. Danach war er eine Weile lang die Freundlichkeit in Person. Bis ihm die nächste Sache sauer aufstieß.

Und er verfügte auch noch über andere Methoden, sie kleinzuhalten. Wenn er sich über sie geärgert hatte, machte er ihre Hobbys lächerlich, nannte ihre Freundinnen esoterische Kühe und ihre selbstgemalten Bilder stümperhaft.

Rosi wehrte sich nach Kräften, versuchte, sich innerlich gegen seine Angriffe abzuschotten, suchte immerzu die Balance zwischen Harmonie und Widerstand, praktizierte Yoga, um ihr inneres Gleichgewicht zurückzuerlangen.

Längst hatte sie herausgefunden, dass Svens Verhalten krankhaft war und von irrationalen Ängsten, die in seiner freudlosen Kindheit begründet lagen, gespeist wurde. Er hatte eine kühle, distanzierte Mutter und einen strengen, von Ehrgeiz getriebenen Vater gehabt, um deren Liebe er vergeblich gerungen hatte.

Diese Erklärungen machten ihr das Leben jedoch nicht leichter. Immer öfter stellte sie fest, dass sie ihren dominanten, im Herzen zutiefst unsicheren Mann bei aller Liebe eigentlich nicht besonders gut leiden konnte.

Als Jacqueline vor einem Jahr von zu Hause ausgezogen war, um in Erfurt zu studieren, war seine Kontrollsucht noch schlimmer geworden, und gerade heute war nun auch die zwanzigjährige Nadine auf dem Absprung. Ihre Ausbildung zur Buchhändlerin hatte sie beendet und arbeitete seither zufrieden in einem Buchladen in Bad Schwartau. In der Nachbarschaft des Geschäfts hatte sie eine helle kleine Wohnung gefunden.

Es war ein regnerischer Tag im Juni – ungünstig für einen Umzug, selbst wenn er überschaubar wie dieser war. Rosi, Sven und Nadines beste Freundin Sandra halfen Nadine, Möbel und Kartons aus ihrem Zimmer unterm Dach nach unten zu schleppen und sie möglichst flott in dem angemieteten Kleintransporter zu verstauen, damit sie nicht allzu nass wurden.

Nadine war derzeit wieder Single. Ihr letzter Liebeskummer war noch nicht lange her, doch schien sie sich nach etlichen tränenreichen Gesprächen mit Rosi und Sandra leidlich von der Trennung erholt zu haben.

Rosi war zwar heilfroh, dass ihre Stieftochter den selbstverliebten Schönling los war, der jeden Tag vor der Arbeit joggte, abends im Fitnesscenter Gewichte stemmte und regelmäßig die Sonnenbank besuchte, um seinen Körper »zu optimieren«, doch seine Muskelkraft hätten sie heute gut gebrauchen können.

Die Treppe in dem historischen Giebelhaus war lang, verwinkelt und steil, so dass Rosi höllisch aufpassen musste, um nicht zu straucheln, wenn sie voll bepackt hinunterstieg oder mit leeren Händen wieder nach oben eilte.

Sie hielt sich eigentlich für ziemlich fit. Dennoch schwitzte sie bald wie verrückt und atmete erleichtert auf, als auch die letzte Zimmerpflanze auf der proppenvollen Ladefläche des Wagens untergebracht war.

Die beiden jungen Frauen stiegen ein. Nadine saß hinterm Steuer, ließ das Fenster herunter und winkte zum Abschied.

Arm in Arm auf der Straße im Nieselregen stehend, winkten Sven und Rosi ihnen hinterher.

»Jetzt ein kühles Bier, okay?«, fragte ihr Mann sie. Sein Gesicht war gerötet vor Anstrengung.

»Super Idee!«, erwiderte Rosi erfreut.

Sie ließen einander los, und Sven ging vor. Gerade wollte Rosi hinter ihm das Haus betreten, als eine Welle der Traurigkeit sie innehalten ließ. Verwirrt blieb sie stehen. Sie fühlte sich erbärmlich, vollkommen leer.

Dann erst realisierte sie, was mit ihr los war. Sie ertrug es kaum, dass nun auch Nadine endgültig aus dem Haus war. Sie beide hatten über die Jahre ein besonders inniges Verhältnis zueinander entwickelt. Wenn das temperamentvolle und zugleich empfindsame Mädchen ihr die intimsten Dinge anvertraute und wenn sie, Rosi, furchtbar mit ihr litt, dann fühlte sie sich ihr gegenüber wie eine echte Mutter.

Nun ignorierte sie das Ziehen in ihrem Herzen, gab sich einen Ruck und ging hinein.

Im Essbereich wartete Sven mit zwei bereits geöffneten Pilsflaschen auf sie. »Ich dachte schon, du hättest dich verlaufen«, scherzte er. »Dein Bier wird schal. Du brauchst doch kein Glas, oder?«

Als sie stumm den Kopf schüttelte und sich zu ihm an den Tisch setzte, reichte er ihr ihre Flasche. Sie stießen miteinander an. Dann musterte er sie fragend. »Was guckst du denn so traurig?«

»Na, weil jetzt auch das letzte Kind aus dem Haus ist«, antwortete sie betrübt.

Sven nickte ernst. »Stimmt«, pflichtete er ihr bei. »Jetzt geht auch Nadine ihre eigenen Wege.« Seine Miene verdüsterte sich. »Daran muss man sich erst gewöhnen.«

Sie spürte, wie ihr die Tränen kamen. »Ja, und es tut ziemlich weh.«

Svens Stirn umwölkte sich, und Rosi fragte sich, womit sie ihn nun schon wieder verärgert hatte. Sie erfuhr es im nächsten Augenblick.

»Jetzt übertreib mal nicht!«, wies er sie zurecht. »Nadine ist meine Tochter, nicht deine. Wenn hier einer das Recht hat, in Tränen zu zerfließen, dann ja wohl ich!«

Perplex starrte sie ihn an, aber er war noch nicht fertig.

»Meine Güte, bin ich froh, dass du keine Kinder kriegen konntest. Du wärst bestimmt eine schreckliche Glucke gewesen!«

Sie war so verletzt, dass ihr erst einmal keine Erwiderung einfiel. Sprachlos nahm sie einen Schluck von ihrem Bier und versuchte, sich zusammenzureißen.

Ihr dämmerte, dass Sven nun sogar eifersüchtig auf ihre Beziehung zu Nadine war. Sie war so wütend auf ihn wie schon lange nicht mehr. Warum war er nicht glücklich und dankbar, dass sie so gut mit seinen Töchtern auskam? Dass sie die beiden liebevoll durch ihre Kindheit und Jugend begleitet hatte? Er verhielt sich einfach unfair und gemein. Und ihre Unfruchtbarkeit als Glücksfall zu bezeichnen war der Gipfel der Unverschämtheit!

Das sagte sie ihm auch, woraufhin sich seine eisblauen Augen zu Schlitzen verengten.

»Das ist nicht unverschämt, sondern die reine Wahrheit«, entgegnete er achselzuckend. »Ich habe dich nicht nur ausgesucht, weil du eine attraktive, kluge Frau bist, sondern vor allem, weil ich mir bei dir sicher sein durfte, dass du kein Kind von mir kriegen konntest. Zwei reichen mir nämlich vollkommen.«

Ihr wurde schwindelig, und sie hielt sich an der Tischkante fest. »Wie bitte?«

Sie hatte zu Beginn ihrer Beziehung ein furchtbar schlechtes Gewissen gehabt, weil sie ihm erst verschwiegen hatte, was mit ihrem Körper nicht stimmte. Womöglich wünschte Sven sich ein Baby mit ihr, und das würde sie ihm nie schenken können.

Nach einigen Monaten, in denen sie herrlichen, unbefangenen Sex miteinander gehabt hatten, bekam sie erneut Schmerzen wegen der Endometriose. Eines Abends auf der Couch fasste sie sich, mit der Wärmfasche auf dem Bauch, ein Herz und erzählte ihm stockend von ihrer Erkrankung und den unwiederbringlichen Auswirkungen, die sie für sie hatte. Außerdem entschuldigte sie sich dafür, es ihm nicht eher gesagt zu haben.

Sven guckte sie erst erschrocken, ja geradezu bestürzt an, reagierte dann aber mit liebevollem Verständnis. Er nahm sie in die Arme, beteuerte ihr seine Liebe und dass sie ihm, so wie sie war, genüge.

»Du hättest mir das ruhig früher verraten können. Ich sehe doch, wie es dich belastet hat. Wie gut, dass ich es jetzt weiß«, sagte er noch.

Sie nickte befreit.

»Hauptsache, wir haben einander«, fügte er sanft hinzu. »Alles andere ist unwichtig.«

Er hatte sie angelogen! Das begriff sie jetzt voller Entsetzen. Von Anfang an! Langsam stellte sie ihre Bierflasche auf dem Tisch ab.

Schon bevor sie zusammenkamen, hatte er über ihre Unfruchtbarkeit Bescheid gewusst. Es musste Ulla gewesen sein, die es ihm gesteckt hatte. Rosi hatte sich einmal genötigt gesehen, ihr von ihrer chronischen Erkrankung zu erzählen, weil wieder ein Eingriff fällig gewesen war. Sonst wusste niemand auf dem Vossenhof von der Sache. Warum auch? Es war schließlich ihre Privatangelegenheit. Die Ulla ausgeplaudert hatte!

Rosi erstarrte innerlich.

Die Zeit schien stillzustehen, und ihr Esszimmer gefror zu einem Standbild. Der lange Tisch aus hell gebeizter Eiche mit den dazu passenden sechs Stühlen, den sie so sehr liebte, der Vitrinenschrank aus dem 19. Jahrhundert, den Sven mit in die Ehe gebracht hatte, die antike Wanduhr, die er ihr vor Jahren geschenkt hatte, die Fotos an den Wänden, die sie beide und die Mädchen zeigten, Jacky bei ihrer Konfirmation, Nadine als strahlende Siegerin eines Reitturniers, sie alle vier am Strand von Usedom, all das war nur noch Kulisse.

»Das, das ist unfassbar ...«, stammelte sie mühsam und stand auf. Ordentlich schob sie ihren Stuhl an den Tisch. Mit steifen Schritten ging sie zur Tür.

»Komm schon«, rief Sven ihr hinterher, der offenbar merkte, dass er einen Fehler gemacht hatte. »Hab dich nicht so. Ist doch nicht weiter tragisch. Wir haben doch uns. Und die Mädchen mögen dich ...«

Sie blieb stehen, drehte sich wie in Zeitlupe zu ihm um. »Halt den Mund«, sagte sie kalt. Sie taxierte ihn voller Abscheu. »Was genug ist, ist genug.«

Rosi, heute

Manu war in die Niederlande gefahren, um Toms Urne abzuholen. Sie hatte darauf bestanden, allein mit dem Zug hinzufahren und dort in einer billigen Pension zu übernachten.

»Ich krieg das hin«, behauptete sie stur. »Tom und ich waren oft genug drüben, um Dope zu kaufen. Mach dir bitte keine Sorgen.«

Also ließ Rosi sie ziehen und war insgeheim dankbar dafür, endlich einmal einen halben Tag Zeit für sich zu haben. Den würde sie nutzen, um in Mönchengladbach Ruths Wohnadresse aufzusuchen. Vom Neusser Hauptbahnhof fuhr die S-Bahn bis Mönchengladbach, und von dort aus würde Rosi den Linienbus nehmen, der sie fast bis vor Ruths Tür brachte.

Es war ein Herbsttag wie aus dem Bilderbuch. Azurblauer Himmel, so weit das Auge reichte. Rosi saß in der Bahn und blickte bis zum schnurgeraden Horizont auf gepflügte, tiefbraune Äcker und saftig grüne Wiesen, die von Bäumen und Büschen in herbstlichen Gelb-, Orange- und Rottönen gesäumt wurden. Die goldene Sonne brachte die Farben zum Leuchten und strahlte geradewegs in Rosis Herz. Trotz der Nervosität, die sie kaum unterdrücken konnte, fühlte sie sich gesegnet. Sie lehnte sich auf der gepolsterten Sitzbank in dem halbleeren Abteil zurück und genoss die Aussicht.

Am Hauptbahnhof in Mönchengladbach angekommen,

musste sie sich sputen, um ihren Bus noch zu kriegen. Als letzter Fahrgast sprang sie hinein und stellte fest, dass alle Plätze besetzt waren. Wohl oder übel musste sie die Fahrt stehend verbringen; sie hielt sich an einer der klebrigen Stangen fest und versuchte, das Gedränge und die Ausdünstungen der Leute um sich herum zu ignorieren. Eingekeilt zwischen einem jungen Mann mit Rauschebart und einer stämmigen älteren Frau mit strähnigem grauem Haar, die sich ständig schnäuzte und sie bei jeder Erschütterung des Busses anstieß, drehte Rosi den Kopf weg und konzentrierte sich auf den Monitor schräg über ihr, der die nächsten Haltestellen anzeigte.

Endlich war sie am Ziel. Zusammen mit der Grauhaarigen, dem Bärtigen und einigen anderen Leuten stieg sie aus dem Bus. Sie ging etwas schneller, um die Gruppe hinter sich zu lassen.

Als sie auf Ruths Straße bei der Hausnummer ankam, die Nadine ihr aufgeschrieben hatte, war sie bass erstaunt. Hier gab es keine normale Wohnbebauung, nur einen größeren Gebäudekomplex mit einem freundlichen bunten Schild im Vorgarten. Irritiert trat sie näher und las die Aufschrift. Bis die Informationen in ihr Bewusstsein drangen, brauchte es einen Moment. Dann war es ihr, als habe die Sonne auf einmal an Strahlkraft verloren.

Wenn Nadine sich nicht getäuscht hatte, dann lebte ihre drei Jahre ältere Schwester Ruth in einem Wohnheim für psychisch Kranke! Rosi schluckte schwer. Alles deine Schuld, flüsterte ihre innere Stimme.

»Kann ich Ihnen helfen?«, fragte sie plötzlich jemand schüchtern. Ohne dass Rosi es bemerkt hatte, war die erkältete ältere Dame aus dem Bus neben sie getreten. »Möchten Sie jemanden besuchen?«

Ihre Stimme war zwar brüchig und leise, doch etwas in Rosis Innerem geriet ins Schwingen.

Sie wagte einen genaueren Blick in das seltsam unbewegliche Gesicht der Frau, das von feinen Falten durchzogen war, und begegnete einem grünen Augenpaar, das sie an jemanden erinnerte. Dann begriff sie. Der Schock war so groß, dass sie zu atmen vergaß.

Sie schnappte nach Luft und konnte gerade noch hastig abwiegeln: »Nein, vielen Dank. Ich habe mich wohl verlaufen.«

Sie zog den Kopf ein und ging davon. Diesmal machte sie nicht den Fehler, wie damals bei der Begegnung mit ihrer Mutter kopflos wegzurennen, sondern schritt einfach stramm aus. Weg, nur weg, dachte sie.

Weg von ihrer Schwester Ruth.

Miriam, 2017

Ulf und sie machten Urlaub in Kroatien. Der Sommer war überall in Europa so heiß wie nie. In Italien und Österreich hatte es mehrere schwere Unwetter gegeben, und hier auf der Insel Pag herrschte eine stehende, schwüle Hitze, die für die Gegend absolut untypisch war. Bei fast vierzig Grad im Schatten hoffte man vergeblich auf den sonst üblichen Wind.

Miriam verließ daher das alte Steinhaus mit den dicken Mauern und den geschlossenen Fensterläden tagsüber nur, um sich kurz im Wasser der Adria abzukühlen. Glücklicherweise erreichte man den winzigen Strand direkt am Haus über eine steile, in die Felsen gehauene Treppe.

Sie besaßen das Ferienhaus seit vielen Jahren. Früher waren sie in den Schulferien mit den Kindern hergekommen und hatten herrliche Urlaube auf der Insel verbracht, die zum Festland hin einer Mondlandschaft ähnelte, zur grünen Seeseite hin jedoch alte Steineichenwälder und Olivenhaine aufwies. Ulf war mit Tim und Becky im Schlauchboot auf das spiegelglatte

Mittelmeer hinausgefahren, oder sie hatten im Uferbereich geschnorchelt, um Fische, Seegurken, Krebse und Muscheln zu beobachten. Miriam liebte es, lesend unter einem Sonnenschirm zu liegen, den Zikaden zuzuhören und ab und an mit den Kindern im Wasser zu planschen, und abends gingen sie im nächsten Fischerdorf essen, wo Ulf und sie frischen Fisch oder Calamari genossen und die Kinder Pommes und Hühnchen.

Seit Becky und Tim erwachsen und aus dem Haus waren, flogen Ulf und Miriam nur noch sehr selten nach Kroatien. Sie fanden es zu langweilig ohne die Kinder. Ulf hatte sogar schon angeregt, das Haus zu verkaufen, weil es kaum noch genutzt wurde und die Anreise, erst mit dem Flugzeug, dann mit einem Mietwagen, so beschwerlich war.

Doch in diesem Sommer schlug er plötzlich vor, zwei Wochen auf Pag zu verbringen. »Ich möchte ganz in Ruhe ein paar Songs entwickeln«, sagte er. »Das Duo, für das ich sie schreibe, ist bekannt für seine leichten Sommerhits. Ich stelle es mir inspirierend vor, mit der Gitarre im Schatten der großen Kiefer am Haus zu sitzen und aufs blaugrüne Mittelmeer zu gucken, bis die Melodien nur so aus mir herausfließen. Du liest währenddessen, und zwischendurch gehen wir schwimmen, fahren zum Kaffeetrinken nach Novalja und klappern unsere Lieblingsrestaurants auf der Insel ab. Na, wie wär's?«

Miriam war sofort Feuer und Flamme, doch schon im nächsten Moment kamen ihr Bedenken. Ihrer Mutter ging es nicht gut. Nach einem Oberschenkelhalsbruch im letzten Jahr war sie nicht mehr richtig auf die Beine gekommen. Zudem war sie furchtbar schusselig geworden. Zwar kümmerte sich täglich eine Mitarbeiterin eines ambulanten Pflegedienstes um sie, und auch ihre recht rüstige Freundin Erika schaute regelmäßig vorbei, aber Miriam fuhr mindestens einmal in der Woche die knapp hundert Kilometer nach Niederbroich, brachte ihrer Mutter einige Lebensmittel und leistete ihr Gesellschaft. Konnte sie ihre Mutter über einen so langen Zeitraum allein lassen?

Ulf erriet ihre Bedenken sofort. Sie brauchte gar nichts zu sagen.

»Liebes, es ist Wahnsinn, wie oft du nach Niederbroich gurkst. Da kannst du ruhig zweimal aussetzen. Hilde ist bestens versorgt.«

»Ich könnte Becky fragen, ob sie in der Zeit mal ihre Oma besucht«, überlegte Miriam laut. Ihre Tochter lebte mit ihrer Frau Ariane in der Nähe von Aachen. Bestimmt könnte sie es einrichten, in Miriams Urlaub mindestens einmal nach ihrer Großmutter zu schauen, die sich sehr über den Besuch der Enkeltochter freuen würde.

»Mach das.« Ulf nickte zufrieden. »Und wenn nicht, ist es auch nicht tragisch. Deine Mutter ist robuster, als du denkst.«

Miriam schwitzte nun sogar schon im Haus. Die dicken Mauern hatten es eine Zeitlang gut gegen die mörderische Hitze abgeschirmt, doch inzwischen schienen sich die Natursteine aufgeheizt zu haben wie in einem Saunaofen. Und es war erst Mittag. Bis zum erlösenden Sonnenuntergang dauerte es noch ein paar Stunden. Miriam begriff nicht, wie Ulf es draußen im Freien aushielt. Nahezu ohne Unterbrechung rieselten die virtuosen Klänge aus seiner Konzertgitarre durch die Lamellen der Fensterläden in ihr Ohr. Ab und an hörte sie auch seine tiefe Stimme ein paar Zeilen singen. Sie lächelte. Ulf war glücklich, wenn er Musik machen konnte. Dann vergaß er die Zeit und alles andere um sich herum, wohl auch das schier unerträgliche Wetter.

Vielleicht sollte sie noch einmal schwimmen gehen. Sie

schlüpfte in ihren Bikini und die Badeschuhe, setzte Sonnenbrille und Strohhut auf und ging mit dem Handtuch in der Hand nach draußen. In der Türöffnung blieb sie erschrocken stehen. Der Himmel war nicht mehr flirrend blau, sondern von dunklen, massigen Wolken verdüstert. Das verbleibende dämmrige Licht wies einen fiesen grünlichen Stich auf. Ein Unwetter lag in der Luft.

»Ulf?«, rief sie. Die Gitarrenakkorde erstarben. Augenblicklich machte sich tiefe Stille breit. Miriam war irritiert. Irgendetwas fehlte. Dann bemerkte sie, dass das sonst weithin hallende Zirpen der Zikaden verstummt war.

»Ja?« Ihr Mann bog mit der Gitarre im Arm um die Ecke und sah sie fragend an. Er trug bloß eine Shorts aus dünnem Jeansstoff und Espadrilles an den Füßen. Das lange, mit Silberfäden durchzogene Haar hatte er sich hinter die Ohren geklemmt. Sein Blick war noch ganz verschleiert; sie hatte ihn offenbar aus tiefster Konzentration gerissen.

Zärtlichkeit wallte in ihr auf. Dann besann sie sich aufs Hier und Jetzt. »Komm schnell rein«, sagte sie drängend. »Hast du nicht mitbekommen, dass es gleich gewittern wird?«

Im selben Moment zerteilte ein gezackter Blitz den Himmel, Donner grollte.

»Moment, ich muss noch die Notenblätter holen«, murmelte er und verwand wieder hinter der Hausecke.

Miriam ging ihm nach, als auf einmal ein heftiger Wind aufkam. Die Bäume, die um ihr Ferienhaus herumstanden, bogen sich unter der Bö, trockene Blätter und Sand wurden aufgewirbelt. Und nun sahen Miriam und Ulf auch etliche weiße Zettel in der Luft fliegen und wie in einer Windhose kreiseln.

»Shit!«, rief Ulf. »Meine Songs!«

Gemeinsam versuchten sie, die Notenblätter zu fangen und einzusammeln. Einige hielten sie schon fest in den Fingern, aber dann fing es an zu schütten. Das war kein normaler Regen, das war eine Sintflut.

Miriam ergriff noch das letzte nasse Blatt Papier, dessen sie habhaft werden konnte, und schrie Ulf durch den brausenden Lärm zu: »Los, wie müssen rein! Das ist zu gefährlich hier draußen!«

Durch die Wassermassen, die auf dem ausgetrockneten Boden bereits die ersten tiefen Pfützen bildeten, sprinteten sie ins Haus, verriegelten die Tür und vergewisserten sich, dass alle Fensterläden fest verschlossen waren.

Während Miriam aus einer Schublade das Feuerzeug hervorkramte und damit die Kerze auf dem runden Glastisch anzündete, wischte Ulf seine nasse Gitarre sorgsam mit einem Geschirrtuch ab und legte die feuchten Notenblätter auf der steinernen Küchenarbeitsplatte zum Trocknen aus.

Anschließend schlüpften sie aus ihrer nassen Kleidung, streiften sich trockene Sachen über und kuschelten sich auf der Rattancouch mit den beigen Polsterbezügen aneinander.

Draußen tobte ein Gewittersturm, wie sie ihn hier noch nie erlebt hatten. Der Regen rauschte, es donnerte ohrenbetäubend laut, und der Wind heulte wie ein Wolf durch den Kaminschlot des gottlob grundsolide gebauten kleinen Steinhauses, das hier schon seit einem halben Jahrhundert stand.

Miriam hatte trotzdem Angst, mochte es aber vor Ulf, der wie immer sehr gelassen wirkte, keinesfalls zugeben.

»Möchtest du auch ein Glas Weißwein?«, fragte sie ihn und stand schon auf.

»Gern.« Er lächelte sie im Kerzenschein an. »Keine Sorge, das Unwetter zieht bald vorbei.«

Er kannte sie so gut wie niemand auf der Welt. Natürlich spürte er ihre Furcht. Dass er sie blind verstand, gab ihr die Geborgenheit, die sie jetzt dringend nötig hatte.

Sie wollte gerade die angefangene Weißweinflasche aus dem Kühlschrank herausholen, als sie plötzlich von einem Gedanken durchzuckt wurde. Es gab viele Situationen, in denen sie überlegte, was ihre verschollene Schwester wohl gerade tat. Besonders bei Gelegenheiten, die nicht alltäglich waren, wurde sie an Rebecca erinnert. Dann grübelte sie darüber nach, wie es ihr wohl ging. Wurde sie geliebt wie sie, oder war sie einsam und allein? Hatte sie ihr Glück in der Ferne gesucht, oder lebte sie irgendwo in Deutschland, womöglich in Nordrhein-Westfalen, ganz in der Nähe? Derlei Überlegungen hielt sie natürlich vor ihrem Mann geheim. Heute, mitten im Sturm, sprach sie sie unbedacht aus.

»Wo wohl Rebecca gerade ist?«, fragte sie in den Lärm des Unwetters hinein. »Das möchte ich wirklich zu gern wissen.«

»Na, in Aachen natürlich.« Ulf hatte sie gehört und klang erstaunt.

Es knallte und zischte, als in der Nähe ein Blitz einschlug.

Miriam zuckte zusammen, griff nach den beiden Weingläsern, die sie heute Morgen noch mit der Hand abgewaschen und umgedreht auf die Abtropffläche der Spüle gestellt hatte, und antwortete wie in Trance: »Ich meinte nicht unsere Tochter.«

Unvermittelt ließ der Sturm etwas nach, es entstand ein unheimlicher Moment der Stille.

Miriam schluckte und ging zu Ulf, der ihr stumm die Gläser abnahm und hinhielt, damit sie sie füllen konnte. Jeder ihrer Handgriffe war perfekt auf einander abgestimmt. Ihre Bewegungen ergänzten sich wie in einem lange eingeübten Tanz, dessen Choreographie sie in- und auswendig kannten. Miriam war sich Ulfs und ihrer engen Verbundenheit nie zuvor so sicher gewesen. Die Erinnerung an Rebecca bedrohte ihre Ehe schon lange nicht mehr. Trotzdem fürchtete sie sich vor seiner Antwort.

Sie stießen miteinander an und nahmen gleichzeitig einen Schluck. Das Licht der Kerze flackerte und ließ die Gläser funkeln.

»Du bist davon überzeugt, dass sie noch lebt«, stellte Ulf fest.

»Schon immer, stimmt's?«

Ein Schauer rieselte ihr den Rücken hinunter. Sie biss sich auf die Lippe. Zögernd nickte sie. Dann erzählte sie ihm von Ruths merkwürdiger Bemerkung am Grab ihres Vaters am Tag seiner Beerdigung. Als Ulf sie danach weiterhin abwartend ansah, holte sie noch weiter aus.

Endlich, endlich gestand sie ihm, dass Rebecca damals keine Fehlgeburt erlitten hatte, wie sie ihm in ihrem Brief weisgemacht hatte, und sie schilderte ihm die Pläne ihrer Eltern.

»Rebecca wollte das nicht. Sie wollte abtreiben«, sagte sie und hielt sich am Stiel ihres Glases fest. »Sie war verzweifelt und stand unter einem mächtigen Druck. Am Tag darauf wäre ihre allererste Untersuchung bei einem Frauenarzt gewesen. Die hätte ihre Schwangerschaft offiziell gemacht.« Sie holte tief Luft. »Und ich glaube, dass sie deshalb von zu Hause abgehauen ist.«

Das musste Ulf erst einmal verdauen. Sie erwartete, dass er entsetzt oder zumindest erschüttert reagieren und dass er ihr jede Menge Fragen stellen würde. Ulf und Rebecca waren ein Liebespaar gewesen. Warum hatte sie sich in ihrer Not nicht an ihn gewandt?

Stattdessen ließ er den Wein bedächtig in seinem Glas kreisen, und während der Sturm draußen langsam erstarb und der Regen nur noch tröpfelnd auf dem Dach aufkam, formulierte er ruhig einen einzigen Gedanken: »Aber dann ist sie dafür doch sicher nach Holland gefahren.«

Ihr ging auf, dass er über diese Möglichkeit schon einmal nachgedacht hatte.

»Und ihre Leiche wurde dort ja auch drei Jahre später gefunden«, fuhr er fort. »Wieso bist du dir sicher, dass sie gar nicht die junge Frau war, die bei der Gasexplosion umgekommen ist? Die, die mit ihrem … Freund … da gehaust hat?«

Miriam schluckte, weil die Erklärung, die er nun von ihr hören würde, nicht wirklich geeignet war, seine Zweifel zu zerstreuen. Sie hoffte dennoch, dass er ihr glaubte.

»Ich habe es im Gefühl«, erklärte sie, legte möglichst viel Gewicht in ihre Worte und berührte die Stelle an ihrer Brust, wo ihr Herz schlug. »Hier drin spüre ich es. Rebecca lebt. Und ich würde sie so gern endlich wiedersehen.«

Rosi, 2017

Es fiel Rosi schwer, die Kränkung zu verarbeiten, die Sven ihr zugefügt hatte. Die Wunde war tief und wollte lange nicht heilen. Oft fühlte sie sich müde und kraftlos. In solchen Phasen der Schwermut war sie plötzlich überzeugt davon, dass Gott existierte und dass er sie Zeit ihres Lebens für die Entscheidung bestrafte, die sie als Sechzehnjährige getroffen hatte.

Denn es war doch unerheblich, ob sie wirklich schwanger gewesen war. Dass sie das Kind hatte abtreiben wollen, war ein Fakt. Dass sie eigenhändig versucht hatte, es loszuwerden, auch.

Dann gingen ihr Manus Worte durch den Kopf: »Dein Bauch gehört dir!«

Dafür hatte die Frauenbewegung vehement gekämpft, und es musste, Rosis Überzeugung nach, in der heutigen Zeit für jedes Mädchen, jede Frau gelten. Wenn sie sich die Millionen Frauen vergegenwärtigte, die derselben Meinung waren, ging es ihr sofort besser.

Aber warum war ihr Leben dann so verlaufen? Unruhig und mit seinen sich mehr oder weniger zufällig ergebenden Stationen, an denen sie irgendwann immer nichts mehr hielt? Sie dachte an Toms und Manus Kommune, die Zeit mit Flocke in der Punkszene, die Phase auf dem Biohof, ihre Jahre mit Sven, Jacky und Nadine in Lübeck.

Gerade der letzte Zeitabschnitt hatte wohl am ehesten dem entsprochen, was sie sich einmal als Kind vom Leben erhofft hatte: dass sie als Erwachsene wie ihre Mutter einen Mann und eine Familie haben würde.

Doch ihre Familie war nur geliehen. Nicht von Dauer, wie alles in ihrem Leben. War das ihr Schicksal?

Warum saß sie jetzt seit bald zehn Jahren allein in einer kleinen Wohnung in Neuss, nachdem sie damals Hals über Kopf aus Lübeck abgehauen war?

Sie wusste es nicht, und vielleicht war es auch müßig, darüber nachzudenken. Was zählte, waren wohl die Menschen, die sie seit ihrer Jugend getroffen und in ihrem Herzen behalten hatte. Sie besaß eine ganze Wand voller Fotos von ihnen.

Und es ging ja weiter.

Sie hatte sich 2007 für Neuss als Wohnort entschieden, weil es nah bei Düsseldorf lag, aber eben nicht Düsseldorf war.

Sie fühlte sich wohl in der alten Stadt mit ihren römischen Wurzeln, mittelalterlichen Toren und gründerzeitlichen Straßenzügen, die sie als angenehm übersichtlich empfand. Schnell war man in einem der Parks oder Naherholungsgebiete. Ihre kleine Wohnung lag nicht weit entfernt vom grünen Band entlang des Nordkanals in einer verkehrsberuhigten Straße, war hell und gemütlich.

Um ins Stadtzentrum oder zum Hauptbahnhof zu gelangen, waren es nicht mehr als drei Haltestellen mit dem Bus. Das war wichtig, weil sie sich ein eigenes Auto nicht mehr leisten konnte.

Nach der Trennung von Sven hatte sie darauf verzichtet, auf etwaige Unterhaltszahlungen zu klagen. Zum einen war da dieser Ehevertrag, der im Falle einer von ihr ausgehenden Scheidung keine für sie vorsah. Zum anderen befürchtete sie langwierige Auseinandersetzungen der übelsten Sorte. Sven war ein gewiefter Anwalt, er würde vor Gericht sowieso das Beste für sich herausholen.

Und in ihrer Anfangszeit in Neuss sah es ja auch zunächst so aus, als würde sie hier am Niederrhein endlich wieder beruflich Fuß fassen können. Bei Büttgen, das mit der S-Bahn nur eine Station entfernt lag, gab es einen Biobauernhof, der nach einem ganz ähnlichen Konzept wie der Vossenhof arbeitete und ebenfalls einen gutsortierten Bioladen führte.

Rosi bewarb sich dort mit dem Abschlusszeugnis, das Ulla ihr ausgestellt hatte, und bekam tatsächlich einen Job im Geschäft. Keine leitende Position und auch nur in Teilzeit, aber ein Anfang war gemacht.

Sie fühlte sich sofort wohl im Team und mit ihren neuen Arbeitgebern, und es machte ihr nichts aus, schon um halb sechs aufstehen und um halb sieben bei der Arbeit sein zu müssen.

Doch dann knickte sie eines Morgens am Neusser Hauptbahnhof mit dem Fuß um, als sie in zu großer Eile die Treppe zum Gleis nahm, und brach sich den Knöchel. Der komplizierte Bruch musste operiert werden und brauchte lange, um zu heilen. Anschließend bedurfte es mehrerer Monate intensiver Krankengymnastik, um die erschlaffte Muskulatur wieder aufzubauen. Aber auch danach war der Fuß nicht wieder so wie vor dem Sturz. Rosi fühlte sich wacklig auf den Beinen; schnelles Gehen strengte sie an und führte zur schmerzhaften Überlastung des Fußes. Sie war frustriert und hätte heulen können. Zähneknirschend kündigte sie ihre Stelle, da überhaupt nicht abzusehen war, wann sie sich wieder zutrauen würde zu arbeiten.

Sie durchlebte eine schwierige Phase, hatte wenig Geld und noch weniger Mut.

Schließlich lernte sie im Wartezimmer einer physiotherapeutischen Praxis Elke kennen, die sich mit einem ambulanten Pflegedienst selbständig gemacht hatte, unter Schulterverspannungen litt und oft zur gleichen Zeit wie Rosi auf ihre Behandlung wartete. Sie beide verstanden sich auf Anhieb, gingen ab und an zusammen einen Kaffee trinken, und Elke fragte sie bei einer dieser Gelegenheiten, ob Rosi sich vorstellen könnte, ihr bei der Betreuung alter Menschen, die bei eingeschränkter Mobilität noch zu Hause lebten, zur Hand zu gehen.

»Nichts Pflegerisches«, stellte sie klar. »Es geht eher um kleine Besorgungen, aber vor allem um Besuche. Gegen die Einsamkeit. Deinem Fuß geht es doch schon besser, oder?«

Rosi nickte. »Viel besser!«, sagte sie schnell. »Tolle Idee, und danke für dein Vertrauen.«

Heute, 2017, lebte Rosi von mehreren kleinen Jobs und war ganz zufrieden damit. Sie half in Elkes Pflegdienst, trug Zeitungen aus und ging Gassi mit den Hunden anderer Leute. Wenn ihre Nachbarn in den Urlaub fuhren, versorgte sie deren Pflanzen, holte die Post rein und erhielt dafür meist ein Taschengeld.

Sie führte ein bescheidenes Leben, das in völligem Gegensatz zu dem in Lübeck stand. Komfort, finanzielle Sorglosigkeit und teure Urlaube gehörten schon lange der Vergangenheit an. Dafür hatte sie ihre Freiheit zurück.

Und sie holte sich eine Katze aus dem Tierheim. Das kleine grau getigerte Wesen bezauberte sie auf Anhieb mit seinen goldenen Augen, die sie an die ihres Jugendfreundes Ulf erinnerten. Es war seltsam, aber ihr gefiel der Gedanke, eine Katze zu haben, die sie aus Ulfs Augen anblickte.

Manchmal, in einsamen Nächten, stellte sie sich vor, was geschehen wäre, wenn sie damals nicht über die Grenze gefahren, sondern dageblieben wäre und ihn geheiratet hätte.

Sie glaubte nicht, dass die Beziehung lange gehalten hätte.

Er war ein so lieber, treuer Junge gewesen, viel zu weich für sie. Letztlich hatten sie überhaupt nicht zueinander gepasst. Ohne Groll und ohne Bedauern dachte sie an ihn zurück.

Gleichwohl wallte in ihr manchmal, wenn sie ihre Katze Mia ansah, eine tiefe Sehnsucht nach der heilen Welt auf, in der sie bis zum Sommer 1976 wie selbstverständlich gelebt hatte. Doch die entsprang ihrem tiefen Bedürfnis nach Wärme und Geborgenheit und hatte nichts mit Ulf persönlich zu tun. Im Gegenteil: Sie hoffte von Herzen, dass Miriam mit ihm glücklich war.

Das große Glück war ihr, Rosi, wohl nicht vergönnt. Aber kleine Glückmomente reichten doch auch.

Also gestaltete sie ihren Alltag so, dass sich darin Kleinigkeit an Kleinigkeit reihte. Sie wollte es nicht anders. Und langsam merkte sie, dass sie älter wurde und ihr Schwung nachließ. Kein Wunder, mit siebenundfünfzig, beziehungsweise offiziell sogar sechzig Jahren.

Hilde, 2023

Es war Anfang Juli. Hildes Freundin Erika war im Krankenhaus an den Folgen ihrer Krebserkrankung gestorben. Ihr Sohn hatte es Hilde vorhin am Telefon erzählt. Daraufhin hatte Hilde sich wieder an den Küchentisch gesetzt und erst einmal aufgegessen.

Sie seufzte und starrte auf den leeren Suppenteller. Tränen wollten ihr Erikas wegen nicht kommen. Das war eben der Lauf der Dinge. Ihre Generation starb weg, bald waren nur noch die Jüngeren übrig.

Hilde trug sich schon länger mit dem Gedanken, in ein Altersheim umzuziehen, schreckte aber noch vor der Endgültigkeit der Entscheidung zurück. Sie fand es bei aller Vernunft schwierig, diesen letzten Schritt zu gehen.

Sie konnte sich nur noch mühevoll durch das Haus bewegen,

längst schlief sie im Erdgeschoss. Die obere Etage war unerreichbar für sie geworden.

Und sie vergaß in letzter Zeit so viel. Die Namen ihrer Enkelkinder wollten ihr nicht mehr einfallen, und wie hieß noch mal ihr Schwiegersohn? Manchmal wunderte sie sich auch darüber, dass immer nur Miriam bei ihr anrief oder sie besuchte, Ruth oder Rebecca hingegen nie.

Außerdem kam Tag für Tag diese fremde Frau mit dem polnischen Akzent ins Haus, um sie zu waschen und ihr einen Haufen an Medikamenten zu verabreichen. Sie war zwar freundlich und patent, doch Hilde konnte sich gar nicht erinnern, ihr jemals einen Haustürschlüssel gegeben zu haben.

Hilde saß lange am Tisch, lauschte dem Ticken der Wanduhr über der Küchenzeile und dachte an Rainer. Wann er wohl endlich aus der Schreinerei rüber kam? Machte er denn heute keine Mittagspause? Gedämpft hörte sie durch die Wand das Kreischen der Stichsäge.

Sie legte den Löffel auf den leeren Teller. In dem Moment schoss ihr ein scharfer Schmerz in den Kopf. Etwas explodierte darin wie ein Feuerwerkskörper. In ihr wurde es gleißend hell, und die Außenwelt verschwand. Ihre geliebte Küche war fort, ebenso der Fußboden unter ihren Pantoffeln. Sie schwebte. Dann vernahm sie ein hohes Sirren und war weg.

Rosi, heute

Warum hatte sie sich das angetan und war zu Ruth gefahren? Wieso konnte sie nicht einfach die Vergangenheit ruhen lassen und nach ihrem über Jahrzehnte bewährten Rezept verfahren, dass sie Rosalie Meyer war, die mit Rebecca Ortmann und deren Familie nichts zu tun hatte?

Stattdessen war sie jäh damit konfrontiert worden, was aus ihrer älteren Schwester geworden war. Rosi stand immer noch unter Schock.

Wieder zu Hause angekommen, schloss sie die Wohnungstür fest hinter sich ab und setzte sich mit Mia auf die Couch. Die Katze schien zu spüren, dass es ihr schlecht ging, und schmiegte sich schnurrend an sie.

Der Abend dämmerte, lange Schatten legten sich über die Möbel. Glutrot verschwand die Sonne hinter dem Balkon. Rosis Verzweiflung blieb. Es half alles nichts. Ein Teil von ihr war eben doch noch Rebecca Ortmann, und dieser Teil fühlte sich zutiefst schuldig an dem, was mit Ruth los war.

Wie ihre Schwester ausgesehen hatte! Uralt und wie erstarrt! Sie stöhnte auf und presste Mia so fest an sich, dass diese miaute und sich ihren Armen entwand.

Rosi setzte sich mit verwuscheltem Haar auf. Sie musste dringend etwas essen.

In dem Moment fiel ihr siedend heiß ein, dass sie vergessen

hatte, heute bei Frau Jansen vorbeizuschauen, der es glücklicherweise wieder besser ging. Die alte Frau hatte vermutlich stundenlang auf sie gewartet!

»So ein Mist!«, schimpfte Rosi, sprang auf und lief ins Bad, um sich zu kämmen und kurz frisch zu machen.

Eine Viertelstunde später klingelte sie bei der ehemaligen Lehrerin.

»Es tut mir so leid«, entschuldigte sie sich, sobald diese ihr im Rollstuhl die Tür öffnete. »Ich hätte längst ... Aber ...«

»Jetzt kommen Sie erst mal rein«, beruhigte Frau Jansen sie. »Davon geht die Welt nicht unter. Sie werden Ihre Gründe gehabt haben.« Sie lächelte begütigend.

»Haben Sie denn noch genug zu essen im Kühlschrank? Oder soll ich schnell zum Supermarkt flitzen?« Rosi war schon wieder auf dem Sprung.

Frau Jansen schüttelte den Kopf »Ich habe alles. Das ist nicht nötig. Aber bitte, bleiben Sie doch noch ein bisschen.«

Sie rollte ein Stück zurück und gab den Weg in die Wohnung frei.

Rosi ging hinein und sah, dass sie auf dem Küchentisch eine Patience gelegt hatte. Neben den aneinandergereihten Karten stand ein halbvolles Gläschen Eierlikör.

»Möchten Sie auch einen?« Frau Jansen war ihrem Blick gefolgt.

Rosi überlegte kurz. »Okay, gern.«

»Moment, ich räume kurz die Sachen weg.«

Rosi kam ihr zuvor. »Das kann ich doch machen«, bot sie an und schob die Karten zu einem Stapel zusammen. Schnell war alles in der dazugehörigen Schachtel verstaut.

»Und nun erzählen Sie mal, wo der Schuh drückt«, forderte Frau Jansen sie auf und nahm ein Schlückchen von ihrem Likör. Ihre Wangen waren leicht gerötet, ihre Augen glänzten; plötzlich konnte Rosi sich vorstellen, wie sie als junge Frau ausgesehen hatte. »Natürlich nur, wenn Sie möchten.«

Um Zeit zu gewinnen, nippte Rosi auch erst einmal an ihrem Getränk. Das Zeug schmeckte wie hochprozentiger Pudding. Dann gab sie sich einen Ruck. Vielleicht half es ihr, mit der Frau zu sprechen, die ihr vor kurzem noch dazu geraten hatte, ihr Leben aufzuräumen.

Sie begann stockend, zunächst unsicher, was sie verraten durfte und was nicht, doch schließlich rückte sie mit der ganzen Wahrheit heraus und endete mit ihrem heutigen Besuch bei ihrer Schwester Ruth.

»Sie lebt in einem Wohnheim für psychisch Kranke. Was sie hat, weiß ich nicht, vielleicht Depressionen? Sie wirkte jedenfalls sehr behäbig und sah so alt aus. Ihr Anblick hat mich total erschreckt. Bestimmt ist sie krank geworden, weil ich damals ...« Rosis Augen füllten sich mit Tränen. »Ich hätte niemals, niemals dorthin fahren dürfen! Das Bild in meinem Kopf werde ich wohl nie mehr los. Meine arme Schwester!«

Frau Jansen sah Rosi nur unverwandt an.

»Was für ein Geheimnis!«, stieß sie endlich staunend aus. »Ich habe ja schon immer geahnt, dass Sie etwas Besonderes sind. Aber so etwas?« Sie schüttelte verwundert den Kopf. Dann schloss sie kurz die Augen, schien angestrengt nachzudenken.

Rosi schwieg nervös.

»Ich bewundere Ihren Mut«, fuhr die Ältere nun fort, ihre Finger spielten mit ihrem Glas. »Den damals und den heute! Was haben Sie geleistet in Ihrem Leben nach dem schrecklichen Erlebnis in Ihrer Jugend! Unglaublich! Ich kann nur den Hut davor ziehen.«

Rosi runzelte die Stirn. »Aber ich bin doch schuld daran, dass meine Familie ...«

»Papperlapapp!« Frau Jansen unterbrach sie rigoros. Sie

machte eine abwehrende Handbewegung. »Es geht nicht immer nur um Schuld im Leben. Vergessen Sie die Schuld! Sie waren noch ein Kind, ein verschrecktes Kind noch dazu! Alleingelassen.« Sie atmete tief durch. »Ja, Sie haben Ihre Familie glauben lassen, dass Sie tot sind. Ja, das war nicht fair und hatte Folgen für alle Beteiligten. Aber für Sie doch am allermeisten! Sie mussten Ihre Identität leugnen und sich eine neue zulegen. Sie hatten niemanden mehr! Und Sie sind darüber nicht psychisch krank geworden wie Ihre Schwester, sondern haben Ihr Leben mit Mut und Energie ganz allein gemeistert. Meine Liebe, vergessen Sie bitte sich selbst nicht!«

»Ich mich selbst ...« Rosi wiederholte verdutzt Frau Jansens Worte. So hatte sie es noch nie gesehen.

»Ja.« Frau Jansen setzte ihr Gläschen an die Lippen und trank den letzten Rest des zähflüssigen Getränks. Dann konzentrierte sie sich wieder auf Rosi. »Sehen Sie, ich bin zwar nur eine alte Frau, aber ich merke doch, wie sehr Sie sich quälen. Finden Sie endlich heraus, wer Sie wirklich sind. Rosi oder Rebecca oder wahrscheinlich eine Mischung aus beiden. Machen Sie einen Abstecher in die Vergangenheit. In Ruhe und ohne Ihren Verwandten zu begegnen. Begegnen Sie sich selbst. Ich denke, das wird helfen.«

Nach den eindringlichen Worten lehnte sie sich, schwer atmend, in ihrem Rollstuhl zurück.

Rosi lief ein Schauer über den Rücken. »Sie meinen, ich soll in mein Heimatdorf fahren?«

»Zum Beispiel.«

»Aber ... aber das ist ganz schön weit von hier, zumal ich kein Auto habe ... Nein, das geht nicht.« Rosi wehrte sich mit Händen und Füßen gegen die Idee. Mit unguten Gefühlen erinnerte sie sich an ihren missglückten Besuch auf dem Niederbroicher Friedhof. Ihre Handflächen wurden feucht.

»Aber ich habe eins«, antwortete Frau Jansen wie aus der Pistole geschossen. »Es steht seit Jahren ungenutzt in einem Garagenhof herum. Ich habe immer wieder aufgeschoben, es abzumelden. Bitte, nehmen Sie meinen Kleinwagen, und fahren Sie damit zu Ihrem Elternhaus. Vielleicht reicht es schon, das Gebäude von außen zu sehen ...«

»Es steht vermutlich sowieso leer«, überlegte Rosi laut. »Meine Mutter ist ja vor ein paar Monaten verstorben.«

»Na also, dann wird es ja nicht so schlimm werden.«

Miriam, heute

Miriam war mit dem Auto auf dem Weg zu ihrer Tochter, um Ariane und ihr in der Endphase der Renovierung zu helfen. Die beiden jungen Frauen hatten in den letzten Wochen unglaublich viel geschafft. Miriam hatte einige Male ihre Hilfe angeboten, aber die gröberen Arbeiten hatten sie unbedingt allein durchführen wollen. Erst jetzt konnten sie ein bisschen Unterstützung gebrauchen.

Miriam war sehr stolz auf ihre kluge Tochter, die hauptsächlich von zu Hause aus am PC arbeiten konnte. Sie war als wissenschaftliche Beraterin für mehrere Universitäten tätig; fast alle Besprechungen fanden online statt. Miriam konnte sich überhaupt nicht vorstellen, auf die Art ihren Lebensunterhalt zu verdienen. Es kam ihr vor, als würde Becky sich in einer Parallelwelt bewegen.

Ihre Frau Ariane brauchte ebenfalls die meiste Zeit über nicht irgendwo hinzufahren, um ihrer beruflichen Tätigkeit nachzugehen. Sie gestaltete Websites und Profile für Firmen im Nachhaltigkeitssektor. Was für eine verrückte Zeit, dachte Miriam. Man musste nicht mal aus dem Haus gehen und war trotzdem mit aller Welt verbunden.

Auf der Autobahn wurde Miriams Wagen von Windböen durchgerüttelt und von Regengüssen gepeitscht. Der Herbst zeigte sich heute von seiner rauen und ungemütlichen Seite. Sie war froh, im warmen Auto zu sitzen und dabei Musik aus dem Radio zu hören.

In einer halben Stunde würde sie laut Navi ankommen, dann wäre es 15 Uhr. Zeit für Kaffee und Kuchen. Miriam lächelte zufrieden. Sie hatte heute Morgen noch nach dem Rezept ihrer Mutter einen Apfelkuchen gebacken und ihn, gut verpackt, auf der Rückbank platziert. Der Duft zog verführerisch durchs Wageninnere.

Im Radio kamen jetzt die Nachrichten, aber Miriam hörte nur beiläufig zu. Als von einem Polizeieinsatz bei einem Fußballspiel die Rede war, wanderten ihre Gedanken zu den Erfahrungen, die sie in letzter Zeit mit der Staatsgewalt gemacht hatte.

Es war so frustrierend, dass die Behörden in Rebeccas altem Vermisstenfall nichts Neues herausbekamen. Miriam hatte den Verdacht, dass sie sich nach dem unerhörten Ergebnis des Gentests bloß dafür interessierten, die Identität der unbekannten Toten herauszufinden, statt endlich vernünftig nach Rebecca zu suchen.

Im Grunde konnte sie das sogar nachvollziehen. Die Polizei hatte 1979 einen Riesenfehler gemacht, indem sie die tote Rothaarige für Rebecca Ortmann hielt. Den wollte sie nun natürlich ausbügeln. Als ob das möglich wäre!

Die Angehörigen der im Bauwagen verbrannten Frau hatten fast fünf Jahrzehnte lang nicht gewusst, dass und wie ihre Verwandte gestorben war. Falls sie selbst noch am Leben waren, sorgten sie sich womöglich unverändert um die Vermisste, grämten sich und hofften vielleicht sogar immer noch auf ein Lebenszeichen von ihr. Ihr eigenes Leben war vermutlich von der Tragödie überschattet oder gar ruiniert worden.

Miriam wusste genau, wie sich das anfühlte, und wünschte sich nur eines inbrünstig: dass die Polizei eine neue Suchaktion nach Rebecca startete und sie endlich, endlich gefunden wurde. Andererseits konnte es natürlich sein, dass Rebecca inzwischen verstorben war. Dass sie unlängst im Zuge der Pandemie, infolge irgendeiner anderen schweren Krankheit, eines Unfalls oder einer sonstigen Katastrophe verschieden war. Oder man hatte ihr bereits 1976 etwas Schreckliches angetan.

Miriam glaubte aber im Grunde nichts von alledem. Sie spürte, dass ihre Schwester noch lebte, hatte es immer gespürt.

Miriam hätte am liebsten einen Aufruf im Fernsehen gestartet mit der Botschaft: Bitte melde dich, Rebecca! Vielleicht würden ja sogar die Macher von Aktenzeichen XY Interesse an dem Fall zeigen. Aber Miriam schreckte davor zurück, die Angelegenheit noch öffentlicher zu machen, als sie sowieso schon war, denn sie erinnerte sich noch zu gut an die Radiosendung damals, für die ihre Mutter interviewt worden war. Welch eine Lawine das losgetreten hatte. Grauenhaft!

Außerdem, und das bereitete ihr so manche schlaflose Nacht, schien es, dass ihre Schwester überhaupt nicht gefunden werden wollte. Vielleicht hatte Miriam das einfach zu akzeptieren.

Endlich waren die Nachrichten vorbei, und es lief wieder Musik: »Shivers« von Ed Sheeran, den Miriam sehr mochte. Die eingängige Melodie und Eds unverwechselbare Stimme ließen sie ihre Grübeleien vergessen.

Kurz darauf hörte es auf zu regnen, und es nahte die Autobahnausfahrt, die sie nehmen musste. Sie freute sich unbändig darauf, ihre Tochter zu sehen.

Rosi, heute

Die Dorfstraße, gesäumt von Backsteinhäusern, lag verschlafen im grauen Herbstlicht, der Wind ließ gelbes Laub um einen Gullydeckel wirbeln, und einen Moment lang konnte man den Eindruck gewinnen, dass hier seit fünfzig Jahren die Zeit stehengeblieben war. Als Rosi genauer hinsah, bemerkte sie jedoch die Asphaltierung, die das alte Kopfsteinpflaster ersetzt hatte, und den großen weißen Kasten an der Straßenecke, der davon kündete, dass hier schnelles Internet verfügbar war. Und wer sich auskannte im Ort, kam nicht umhin zu bemerken, dass der Kaugummiautomat an der Fassade von Nr. 17 fehlte und das große Schild an der Hauswand von Nr. 19, neben dem Rolltor, den Schriftzug »Schreinerei Meermeyer« trug statt »Schreinerei Ortmann«.

Rosi, die in Jeans und Wollmantel auf der gegenüberliegenden Straßenseite auf dem handtuchbreiten Bürgersteig stand, erinnerte sich genau, wie es hier früher einmal ausgesehen hatte. Sie steckte die kalten Hände tief in die Manteltaschen und ließ ihren Blick über das einundhalbgeschossige Haus direkt neben der Schreinerei schweifen, über die hübschen Sprossenfenster und die grünen Holzläden im Erdgeschoss, die beiden Dachgauben. Sie registrierte, dass an den Fenstern weder Gardinen hingen, noch drückten – anders als früher – die Blätter von Topfpflanzen gegen die Scheiben. Stattdessen hatte man im oberen Stockwerk Rollos angebracht, die halb heruntergelassen waren. Die hatte es damals nicht gegeben.

Damals. Sie schluckte. Hier zu stehen fühlte sich nicht an, wie nach Hause zu kommen, aber auch nicht fremd. Es war ein ganz und gar verworrenes Gefühl, das sie bislang nicht gekannt hatte. Am liebsten hätte sie sofort den Rückzug angetreten.

Dann dachte sie an Frau Jansens Worte. Sie gab sich einen Ruck und überquerte langsam die Straße. Wind zauste ihr graues Haar. Sie strich es sich fahrig aus der Stirn und sagte sich, dass sie keine Angst zu haben brauchte. Niemand würde sie erkennen, und von ihrer Familie lebte keiner mehr hier.

Ihr Elternhaus stand offenbar unbewohnt da. Kein Wunder, es war ja auch erst zwei Monate her, dass ihre Mutter verstorben war. Unvermittelt wurde sie von Traurigkeit überschwemmt. Mama, dachte sie. Ich werde dich nie wiedersehen.

Sie betrachtete die glänzenden und doch wie tot erscheinenden Fensterscheiben ihres Elternhauses. Ihre Eltern hatten das alte Haus ab Mitte der fünfziger Jahre mit Leben gefüllt, ihre drei Töchter waren darin herangewachsen. Es hatte immer Trubel zwischen diesen Wänden geherrscht, daran erinnerte sich Rosi plötzlich, mit Gepolter, Geschirrklappern, Radio- und Fernsehgeräuschen und Musik vom Plattenspieler.

Und nun war das alles ausgelöscht. Ihre Eltern lebten nicht mehr, das Echo aller Geräusche hatte sich längst verflüchtigt. Unwiederbringlich.

Rosis Kehle verengte sich, ihr Herz tat weh. Und während sie die nächsten Schritte machte, brachen die mühsam unterdrückten Erinnerungen an ihre Kindheit und Jugend mit aller Macht über sie herein. Sie hörte Miriams fröhliches Lachen und die tiefdröhnende Stimme ihres Vaters, sah Ruths beleidigte Miene vor sich, wenn sie sich wieder mal zurückgesetzt fühlte, und spürte die Hand ihrer Mutter, die ihr warm über den Rücken strich. Sie fühlte, wie die Kälte des Fliesenbodens im Flur von unten in ihre Füße drang, weil sie mal wieder vergessen hatte, Hausschuhe zu tragen, hatte den typischen, etwas muffigen Geruch des alten Gemäuers in der Nase und vernahm das Ticken der Standuhr im Wohnzimmer.

Aus ihrem Mund drang ein Stöhnen. Ihr war so elend zumute wie schon lange nicht mehr. Ein Zittern ging durch ihren Körper. Sie war wieder Rebecca. Es war schrecklich und fühlte sich doch verführerisch nach Geborgenheit an, einer Geborgenheit, wie man sie nur in der Kindheit erleben kann.

Auf einmal hörte sie die Stimmen derer in ihrem Kopf, die sie nie vernommen hätte, wenn sie hier in Niederbroich geblieben wäre: Manus, Toms und Willis und die der anderen aus der Kommune. Sie hörte Karins helle Stimme und Flockes dunkle, immer ein wenig ironische. Darunter mischten sich die Stimmen seiner Freunde, die bei ihnen damals ein und aus gegangen waren. Auch Ullas, Bernds, Ninas, Jakobs, Lottas und Theas sowie die der Kolleginnen und Kollegen auf dem Vossenhof erklangen in ihrem Kopf, ebenso Svens, Jackys und Nadines. Dann vernahm sie die Stimmen ihrer Freundinnen aus Lübeck, Elkes, die ihrer Nachbarn Kläre und Klaus und ganz am Schluss Frau Jansens freundliche Stimme. Alle Tonlagen von Sopran, Alt, Tenor bis hin zum Bass vereinten sich in ihrem Kopf zu einem vielstimmigen Chor, der ihr die Kraft gab, weiterzugehen.

Sie war nicht nur Rebecca, sie war auch Rosi. Das schützte sie. Sie zitterte und blieb vor ihrem Elternhaus stehen.

Irritiert bemerkte sie, dass vor der Haustür eine Kokosfußmatte lag. Sie wunderte sich noch darüber, als auf einmal im Flur das Licht anging. Der Strahl schien durch die Milchglasscheibe direkt in ihr Gesicht.

Miriam, heute

»Mensch, jetzt habe ich doch glatt den Kuchen im Auto stehen lassen!«, rief Miriam ihrer Tochter zu. Sie ärgerte sich über ihre eigene Nachlässigkeit. Seit geraumer Zeit war das Parken auf der engen Dorfstraße verboten. Deshalb stand ihr Wagen in einer Nebenstraße. Es waren mindestens zweihundert Meter, die sie jetzt zurücklaufen musste, und das bei dem ungemütlichen Wetter da draußen. Gut, dass es wenigstens nicht mehr regnete.

Sie streifte sich ungeduldig die Jacke über, vergewisserte sich mit einem schnellen Griff in die Jackentasche, dass sie ihren Autoschlüssel hatte, und riss die Haustür auf.

Sie wäre fast in die ältere Frau hineingerannt, die direkt vor dem Gebäude stand.

»Entschuldigung«, stieß Miriam aus und ärgerte sich, weil die Fremde keinerlei Anstalten machte, zur Seite zu treten. »Kann ich Ihnen helfen?«

Dann sah sie genauer hin. Die Frau kam ihr bekannt vor, zumindest ihre Gesichtszüge. Sie erinnerten entfernt an die ihrer Schwester Ruth. Nur war diese Person schlanker und wirkte lebendiger. Auch ihre Augen ... Und plötzlich dämmerte es ihr. Sie bekam eine Gänsehaut am ganzen Körper. Fassungslos und mit hängenden Armen stand sie da, unfähig, sich zu rühren.

»Miriam«, sagte die andere plötzlich mit belegter Stimme. »Ich bin es, Rebecca.«

Rosi, heute

Kann ein Mensch drei Leben führen?

Rosi stellte sich diese Frage seit jenem Nachmittag vor einer Woche in ihrem Heimatdorf häufig. Zwei Leben, ja, das funktionierte für Rosi seit beinahe einem halben Jahrhundert. Wenn man beide Existenzen streng voneinander trennte, klappte es ganz gut. Manchmal zwar nur unter großer Kraftanstrengung, doch irgendwie hatte sie es hingekriegt.

Aber wie ging das mit einem dritten Dasein?

Rosi fragte Frau Jansen um Rat. Bei einer guten Tasse Kaffee an ihrem Küchentisch kam sie darauf zu sprechen.

»Es fällt mir nicht leicht, mit der neuen Situation umzugehen«, versuchte sie zu erklären. »Die Liebe zu Miriam und auch zu Ruth überwältigt mich manchmal geradezu. Dann wieder empfinde ich gar nichts für meine beiden Schwestern, so als wäre ich gefühlskalt. Dabei sind sie so lieb und tragen mir überhaupt nichts nach. Sie sind einfach glücklich darüber, dass ihre verlorene Schwester endlich heimgekommen ist.« Sie fuhr sich mit der Zunge über die Unterlippe und überlegte. »Für mich ist es viel komplizierter. Ich bin eben schon lange nicht mehr Rebecca. Manchmal wäre ich am liebsten einfach wieder weg. Aber das geht auch nicht.« Ihr traten schon wieder Tränen in die Augen.

Seit der Begegnung mit Miriam, ihrer Nichte Becky und deren Lebenspartnerin war sie so nah am Wasser gebaut wie nie. »Denn ich bin auch nicht mehr Rosi, sondern plötzlich eine ganz andere Frau. Eine, die ich nicht kenne.« Den letzten Satz hatte sie fast geschrien, und Frau Jansen ergriff vorsichtig ihre Hand.

»Geben Sie sich ein wenig Zeit, meine Liebe«, riet sie mitfühlend. »Und weinen Sie ruhig, wenn Ihnen danach ist. Es hilft meistens, die Dinge klarer zu sehen. Weinen spült die Seele durch.«

Wie auf Kommando brachen bei Rosi alle Dämme. Sie hatte gar nicht geglaubt, noch so viele Tränen übrig zu haben.

Als der Schmerz nachließ, sich ihre innerliche Verkrampfung löste und es ihr langsam besser ging, dachte sie an die turbulenten letzten Tage zurück.

Miriam hatte sie bei ihrer überraschenden Begegnung vor der Haustür ihres gemeinsamen Elternhauses fest in die Arme geschlossen und sich gar nicht wieder eingekriegt.

Dann zog sie Rosi an der Hand in den Flur. Aufgeregt rief sie die Treppe hinauf: »Becky, kommst du bitte mal runter?«

Für Rosi war das der nächste Schockmoment, denn Miriam hatte sie selbst doch früher immer Becky genannt. Dann polterte jemand die Treppe herunter.

Rosi starrte die junge Frau zunächst völlig entgeistert an. Sie war groß und schlank und trug ihr dickes rotes Haar zu einem Pferdeschwanz gebunden. Für den Bruchteil einer Sekunde hatte Rosi den Eindruck, ihrem eigenen Gespenst aus der Vergangenheit zu begegnen.

Doch dann gewann ihre Vernunft die Oberhand, und sie erinnerte sich wieder daran, dass Miriams Tochter Rebecca hieß, wie sie.

Die hübsche Frau um die dreißig ähnelte ihrem einstigen

Selbst außerdem gar nicht so sehr, wie sie zuerst angenommen hatte. Das Gesicht war herzförmig wie Miriams, die Haut dunkler, die Brauen geschwungener und schmaler, und ihre Augen waren von einem bernsteinfarbenen Braun, das wunderbar mit ihrer Haarfarbe harmonierte.

Rosi wurde schwindlig. Sie kannte diese Augen nur zu gut, und doch waren sie ihr völlig unbekannt.

Miriam schien in ihrer Aufregung gar nicht zu bemerken, welch heilloses Chaos sie im Inneren ihrer wiedergefundenen Schwester angerichtet hatte.

»Darf ich vorstellen?«, sagte sie. »Das ist Becky, also ... äh ... Rebecca, meine ... ich meine ... Ul... unsere Tochter.« Sie wurde knallrot im Gesicht, und Rosi half ihr.

»Ich weiß aus Papas Todesanzeige in der Zeitung, dass Ulf dein Mann ist«, sagte sie leise. »Ist völlig okay für mich.«

Sie kam sich total vermessen vor und empfand ihre Worte als zutiefst deplatziert. Wer war sie denn, dass sie Miriam Absolution erteilte? Gerade sie!

Doch ihre Schwester atmete erleichtert auf und lächelte wie befreit.

Währenddessen stieg ihre Tochter mit einem dicken Pinsel in der Hand die letzten Stufen herunter. Erst jetzt bemerkte Rosi die weißen Flecken auf ihrer Kleidung und dass die Treppe mit Malerkrepp ausgelegt war. Auch roch es nach frischer Farbe. Im Obergeschoss wurde wohl kräftig renoviert.

»Becky ...« Miriam wandte sich an ihre Tochter, deren Miene ein einziges Fragezeichen war. »Das ...« Sie wankte leicht, hielt sich am gedrechselten Knauf des Treppengeländers fest. »Das ist deine Tante Rebecca.«

Der jungen Frau fielen nun fast die Augen aus dem Kopf. Sie begrüßte Rosi. Dann drehte sie sich um und rief die Treppe hinauf: »Ariane, komm mal schnell!«

Nachdem Rosi auch Beckys Frau begrüßt hatte, entstand auf einmal ein peinliches Schweigen zwischen den vieren. Rosi fühlte sich äußerst unwohl. Auch Miriam hielt die Stille offenbar nicht gut aus, denn sie klatschte in die Hände.

»Bestimmt ist der Kaffee längst durchgelaufen«, rief sie mit aufgesetzter Munterkeit. »Und immer noch sind der Kuchen und der Topf mit Sahne im Auto. Becky ...« Sie wandte sich an ihre Tochter. »Würdest du netterweise die Sachen reinholen? Du weißt ja, wo ich immer parke. Hier ist der Schlüssel.«

Es war offensichtlich, dass sie Rosi nicht eine Sekunde aus den Augen lassen wollte, aus Angst, sie könne sich gleich wieder aus dem Staub machen.

»Klar!« Becky nickte ihrer Mutter und Rosi mit immer noch weit aufgerissenen Augen zu und nahm den Schlüssel an sich. »Bin sofort zurück.«

Es war eine völlig verrückte Situation, mit Miriam, ihrer Nichte und deren Frau scheinbar in aller Seelenruhe in der Küche ihres Elternhauses am Tisch zu sitzen, Kaffee zu trinken und Apfelkuchen mit Sahne zu essen.

Letzterer schmeckte genauso, wie sie ihn aus ihrer Kindheit kannte, süß und fruchtig, und er zerging auf der Zunge. Weitere Erinnerungen überrollten sie.

Rosi war bloß froh darüber, dass die Küche komplett anders eingerichtet war als früher. Mattweiße Fronten ohne Griffe, eine Arbeitsplatte aus grauem Granit und ein futuristisch anmutender Herd mit sechs Platten bildeten ein edles, sehr reduziertes Ganzes und verorteten Rosi in der Gegenwart. Der Tisch, an dem sie saßen, war aber noch der alte. Statt in der Rundsitzecke und auf den Stühlen aus Kiefernholz saß man jetzt jedoch auf schlichten Metallstühlen mit hellen Lederpolstern.

Vieles sah neu aus, doch da Rosi nicht wusste, was ihre Mutter in der Küche in den letzten Jahrzehnten geändert hatte, traute sie sich nicht, etwas zur Möblierung zu sagen. Die Gefahr, in ein Fettnäpfchen zu treten, war einfach zu groß.

Alles in allem wirkte die Küche etwas kahl und unbewohnt. Nur die bunten Henkelbecher in Türkis, Blau, Pink und Lila, die in einem offenen Regal standen, milderten den Eindruck ab.

Aus einem ebensolchen genoss Rosi jetzt ihren Kaffee. Sie hatte die Hände um die Keramik gelegt. Die Wärme tat ihr gut und half ihr, die vielen Fragen zu beantworten, die auf sie niederprasselten.

Miriam und die beiden jungen Frauen waren ganz aufgewühlt von Rosis Lebensgeschichte.

»Ich hab es doch immer gewusst«, murmelte Miriam zwischendurch oder: »Mein Gott, das ist ja unglaublich!«

Für Rosi war das Gespräch äußerst anstrengend. Sie fand es schwierig, den richtigen Ton zu finden. Sie wollte sich erklären, aber nicht rechtfertigen. Es ging ihr darum, ihre Motive darzulegen, ohne in Selbstmitleid zu zerfließen oder gar Schuldzuweisungen auszusprechen. Sie strengte sich an, auch die schönen Phasen ihres Lebens zu schildern. Doch keineswegs sollte es sich so anhören, als sei sie ohne ihre Familie besser dran gewesen.

Es war ein Drahtseilakt, und sie fragte sich die ganze Zeit über, ob sie es richtig anstellte.

Auch Miriam schilderte, wie ihr Leben und das der Familie seit 1976 verlaufen war. An manchen Stellen wollte Rosi im Boden versinken vor Scham. An anderen keimte die alte Enttäuschung in ihr auf.

Als Miriam darauf zu sprechen kam, wie sich Ruths psychische Erkrankung zunächst nur in Ansätzen gezeigt und dann manifestiert hatte, sagte Rosi aufgeregt: »Sie hat mir damals verraten, wo ich die Abtreibungsklinik finden konnte. Sie wusste, dass ich das Kind wegmachen lassen wollte! Dieses Geheimnis wird sie über all die Jahre schwer belastet haben. Bestimmt hat sie das krank gemacht!«

Ihre Schwester zuckte bei der Neuigkeit zusammen, fing sich jedoch schnell wieder. »Die Ärzte sind inzwischen davon überzeugt, dass ihre Depressionen genetisch bedingt sind«, erläuterte sie ruhig. »Die Anfälligkeit dafür bekommt man in die Wiege gelegt. Unsere Tante Grete, Papas Schwester, war ähnlich labil. Sie ist übrigens vor ein paar Jahren gestorben.« Sie holte Luft und fuhr so nüchtern fort, als zitiere sie aus einem medizinischen Fachbuch: »In Lebensphasen, in denen tiefgreifende Veränderungen anstehen, wie zum Beispiel der Auszug von zu Hause, um ein Studium anzutreten, wie es bei Ruth war, kann die Krankheit plötzlich auftreten. Und wenn sie einmal ausgebrochen ist, geht sie nicht mehr weg. Ruth kann nur mit Hilfe ihrer Medikamente, unterstützenden Therapien und in einer geschützten Umgebung nahezu ohne Symptome leben. Deshalb fühlt sie sich in ihrem Wohnheim in Mönchengladbach auch so wohl.«

Rosi nickte beklommen. »Ich habe sie dort gesehen«, gab sie zu und erzählte von der kurzen Begegnung. »Ich war total schockiert, wie sehr sie sich verändert hatte.« Sie nahm einen Schluck von ihrem Kaffee, um Zeit zu gewinnen und sich etwas zu beruhigen.

»Ja, sie ist sehr verlangsamt und von den Tabletten, die sie nun schon über Jahrzehnte nimmt, ziemlich aufgedunsen. Aber es geht ihr im Rahmen des Möglichen echt gut.«

»Ich bin sicher, dass der Ausbruch ihrer Depressionen auch etwas mit meinem Verschwinden zu tun hatte«, wandte Rosi bitter ein und fühlte sich schon wieder schuldig. »Wenn das für euch keine Lebensphase mit tiefgreifender Veränderung war, dann weiß ich es nicht!«

Jetzt war es ihre Nichte Becky, die sich in das Gespräch einschaltete. »Na klar wird das auch ein Grund gewesen sein.« In Rosis Ohren hörte es sich wie eine Anklage an. »Tim und ich sind jedenfalls mit der Geschichte groß geworden. Die war ständig irgendwie präsent. Ein Familientrauma, das wie ein Damoklesschwert über uns schwebte.« Sie lachte trocken auf und warf ihrer Frau einen vielsagenden Seitenblick zu. »Tim und ich standen früher unter ständiger Beobachtung. Mama ist schon ausgetickt, wenn ich nur mal eine halbe Stunde zu spät nach Hause kam, weil wir nach einem Fußballspiel mit den Mädels noch ein bisschen gefeiert haben.«

Miriam runzelte die Stirn und wollte etwas erwidern, doch ihre Tochter schnitt ihr das Wort ab. »Ich kann mir deshalb gut vorstellen, dass Tante Ruths Krankheit auch damit in Zusammenhang steht. Trotzdem«, fügte sie hinzu und blickte Rosi mit Ulfs Augen an, »kann ich voll verstehen, dass du damals abgehauen bist. Du wolltest das Baby nicht, na und? Du warst selbst noch ein halbes Kind!« Sie ereiferte sich zusehends. »Und keiner hat dir zugehört! Abzutreiben ist garantiert nie schön, aber jedes Mädchen und jede Frau sollte darüber selbst entscheiden dürfen. Du warst total in der Klemme, und Papa war wohl ein richtiger romantischer Trottel damals. Heiraten! Phhh! In dem Alter!« Plötzlich grinste sie spitzbübisch. »Wie gut, dass es anders gekommen ist. Sonst gäbe es Tim und mich gar nicht, und Mama hätte nicht die Liebe ihres Lebens gefunden!«

Jetzt, in Frau Jansens Wohnung, sortierte Rosi ihre Gedanken neu. »Ich bin inzwischen auch bei Miriam und Ulf in Hagen gewesen. Es war viel leichter als gedacht. Die zwei passen so gut zusammen. Und es kamen auch keine alten Gefühle für Ulf in mir hoch. Stattdessen habe ich plötzlich wieder an Flocke gedacht. Das war der Punk, mit dem ich mal zusammen war.

Spannende Zeit, damals! Ich frage mich echt, was aus ihm geworden ist.«

Sie räusperte sich verlegen, sammelte sich und hob neu an: »Und bei Ruth war ich auch schon. Stellen Sie sich vor, sie hatte mich erkannt, als ich sie das erste Mal rein zufällig auf der Straße vor dem Wohnheim traf. Nur hat sie ihren eigenen Augen nicht getraut und deshalb niemandem was erzählt.«

Rosi sah aus dem Fenster. Eine Wolkenlücke hatte sich im dichten Grau aufgetan, und ein Stück blauer Himmel war zu erkennen. »Ich fahre gleich noch einmal zu ihr. Das geht ganz fix mit den Öffis.«

»Na, das hört sich doch alles ganz gut an«, fasste Frau Jansen leise zusammen. Rosi warf ihr einen Blick zu und registrierte, dass sie blass um die Nase war. Das Gespräch schien sie zu ermüden.

»Ich denke, Sie sollten sich ein wenig ausruhen. Ich wollte Sie nicht so mit meinen Sorgen überfallen«, entschuldigte sie sich eilig.

»Papperlapapp!«, antwortete Frau Jansen ungewohnt heftig. »Ihre Geschichte ist die spannendste, die ich seit vielen Jahren gehört habe. Und es ehrt mich, dass Sie mich daran teilhaben lassen und mich alte Frau sogar um Rat bitten.« Dann holte sie mühsam Luft. »Ich frage mich nur die ganze Zeit, ob Sie meine Hilfe wirklich brauchen.«

Gerade wollte Rosi widersprechen, als Frau Jansen ihre Hand hob und weitersprach. »Nur eines vielleicht. Warum in aller Welt wollen Sie jetzt schon herausfinden, wer Sie wirklich sind? Rosalie, Rebecca oder wer auch immer? Sehen Sie, wir alle ändern uns ständig, jeden Tag. Nichts bleibt je, wie es war. Niemand bleibt gleich. Unser Körper nicht und unser Geist erst recht nicht.« Sie tippte sich vielsagend gegen sie Stirn. »Die große Agatha Christie hat mal gesagt, dass das Wesentliche im Leben sei, vorwärtszugehen, und dass das Leben in Wirklichkeit eine Einbahnstraße ist.« Sie lachte. »Keine schöne Vorstellung erst mal, nie wirklich zurückgehen zu können, aber genauso ist es doch. Wir gehen immer weiter, und erst wenn uns der Herrgott zu sich holt – sofern es ihn gibt –, werden wir erkennen, wer wir wirklich waren.«

Epilog

Ruth hatte eine kleine Kochstelle in ihrem Zimmer im Wohnheim. Dort kochte Rosi für sie beide einen Kaffee, so wie sie es von Tom gelernt hatte. Ruth saß still in ihrem Sessel am Couchtisch, der einmal in ihrem Elternhaus in Niederbroich gestanden hatte.

Rosi freute sich inzwischen richtiggehend auf die Besuche bei ihrer älteren Schwester. Sie hatten einander wiedergefunden, waren sich auch ohne viele Worte so nah wie in ihrer Kindheit. Rosi konnte ihr Glück manchmal gar nicht fassen.

Ruth trug ihr nichts nach, und auch Rosi hatte ihrer Schwester längst vergeben, dass diese sie damals wegen der mutmaßlichen Schwangerschaft bei ihrer Mutter verpfiffen hatte. Sie beide waren noch Teenager gewesen, in dem Alter tat und sagte man eben manchmal Dinge, die man später bereute.

Rosi erinnerte sich an den Tag vor einer Woche, an dem Ruth sie gefragt hatte, ob sie ihren alten Personalausweis noch besäße.

Rosi war zusammengezuckt. »Ja, ich glaube schon«, sagte sie leise. In Wirklichkeit wusste sie genau, wo der Ausweis sich befand: in einer Klarsichthülle, sauber abgeheftet in einem ihrer Ordner. Sie hatte es nie über sich gebracht, ihn wegzuwerfen.

»Es war gemein von mir, ihn dir zu klauen. Möchtest du ihn wiederhaben?«

»Nein.« Ein feines Lächeln zog über Ruths Gesicht wie ein

Sonnenstrahl, der durch die Wolken dringt und übers Land streicht. »Weißt du, am Anfang, als du weg warst, habe ich mich nicht getraut, Mama und Papa zu erzählen, was ich vermutete: dass du ihn genommen hast, um dich volljährig zu machen. Wegen der Abtreibung.« Sie rieb sich mit den Handflächen über die Oberschenkel. »Ich dachte ja auch, dass du schnell zurück bist. Aber du kamst nicht … und dann war es zu spät für die Wahrheit.«

Rosi senkte schuldbewusst ihren Blick und wartete ab.

Und richtig, Ruth war noch nicht fertig. »Nach ein paar Jahren hieß es, du seist drüben in Holland gestorben. Natürlich ging ich davon aus, dass es stimmte. Du wolltest dort ja in die Klinik. Es war schlimm, das irgendwie zu verdauen! Und trotzdem …« Wieder hoben sich ihre Mundwinkel. »… habe ich mir oft vorgestellt, dass du gar nicht tot bist, sondern dass du mit meinem Ausweis an meiner Stelle das Leben führst, das ich nicht hingekriegt habe. Mutig und frei.« Sie atmete laut. Für Ruths Verhältnisse war es eine sehr lange Rede, die ihr einiges abverlangte. »Darum möchte ich, dass du ihn behältst«, schloss sie und legte Rosi eine Hand auf die Schulter.

Aber heute, an diesem Tag im November, war Ruth total in sich gekehrt und redete kaum ein Wort. Rosi hatte das Gefühl, gar nicht zu ihr durchdringen zu können. Während sie die Hafermilch im Kochtopf mit dem Schneebesen schaumig schlug und sie anschließend behutsam in die Becher goss, fragte sie sich, ob Ruth heute ihre Tabletten nicht genommen hatte.

Sie trug die heißen Becher zum Couchtisch, zog sich einen Stuhl heran.

Ruth nahm ihren Becher und trank vorsichtig. »Mm, lecker«, sagte sie. Sie sah Rosi schüchtern an. »Hast du heute schon Zeitung gelesen?«, fragte sie dann.

»Nein.« Rosi war verblüfft über ihre Nachlässigkeit in letzter Zeit. Sie vergaß häufig, die Zeitung unten im Hausflur aus dem Briefkasten zu ziehen. Auch heute hatte sie nicht daran gedacht.

Ruth setzte ihren Becher ab, bückte sich unter Anstrengung, um in das Ablagefach unter der Tischplatte zu greifen und einen sauber ausgeschnittenen Zeitungsartikel zu Tage zu fördern.
»Lies«, forderte sie ihre Schwester auf und schob ihr das Blatt hin. »*Die Tote im falschen Grab hat endlich ein Gesicht*«, las Rosi die Überschrift. »*Angehörige leben in Frankfurt.*« Ihr wurde heiß und kalt zugleich. Am liebsten hätte sie den Artikel zerknüllt und in den Papierkorb geworfen, doch stattdessen las sie wie gebannt weiter:

»*Meine Tochter war mit achtzehn Jahren nach Indien gegangen*«, *erzählte die Mutter von Sabine R. mit Tränen in den Augen, als Hauptkommissarin B. ihr die Nachricht überbrachte.* »*Wir konnten sie nicht davon abhalten. Sie hatte Drogenprobleme.*«

In dem Artikel war weiter die Rede davon, dass die Eltern von Sabine R. lange Zeit gehofft hatten, dass es ihrer Tochter gut ging und sie von den Drogen losgekommen war. Weil sie aber auch nach dreißig Jahren immer noch kein Lebenszeichen von ihr erhalten hatten, brachte Frau R. im Februar 2005 Sabines alte geflochtenen Zöpfe, die sie sich als Jugendliche selbst abgeschnitten hatte, zur Polizei und meldeten ihre Tochter schweren Herzens als vermisst.
Ganz unten im Text wurde Frau R. noch einmal zitiert:

»*Wir hatten gehört, welche Fortschritte die Forensik gemacht hatte, und hofften darauf, dass man unser Kind identifizieren könnte. Sabine hatte doch so wunderschönes rotes Haar. Nun haben wir Gewissheit und können vielleicht unseren Frieden finden.«*

Rosi legte den Zeitungsausschnitt benommen weg. Sie wusste nicht, was sie denken sollte. Nur, dass es endlich vorbei war.

Ruth legte ihr die Hand aufs Knie. »Ich bin so froh, dass du lebst«, sagte sie leise.

»Ich auch«, antwortete Rosi, und ein warmes Gefühl breitete sich in ihrem Inneren aus.

Nachwort

Als ich mit meiner Tochter im letzten Sommer im Wohnmobil durch Schweden tourte, hörten wir während der Fahrt unzählige Folgen des Podcasts ZEIT *Verbrechen*. Auch Vermisstenfälle waren dabei. Die Geschichte einer Frau, die viele Jahrzehnte unter falschem Namen ihr Leben lebte, während ihre Familie glaubte, sie sei tot, faszinierte mich besonders.

Sie haben bestimmt längst herausgefunden, dass ich ein Familienmensch bin, eng verbunden mit meinen vielen Verwandten. Sie alle bilden neben Freundinnen und Freunden nicht nur mein großes, dichtes Netzwerk, sondern vor allem die Basis meines Lebens. Meine Familie für immer zu verlassen, wäre für mich undenkbar.

Doch was könnte sogar einen familiär eingebetteten Menschen wie mich veranlassen, heimlich zu verschwinden und womöglich dauerhaft unterzutauchen? Den Ängsten und der Verzweiflung der Angehörigen zum Trotz?

Ich fing an, mich mit möglichen Motiven zu beschäftigen.

Dass traumatische Erlebnisse im Leben alles auf den Kopf stellen können, weiß ich aus meiner Arbeit im sozialen Bereich und aus eigener Erfahrung. Was einmal sicher und selbstverständlich erschien, zerbricht oder verkehrt sich ins Gegenteil – zumindest im subjektiven Empfinden. Insbesondere Kinder und

Jugendliche, für die Halt und Orientierung existenziell sind, um eine stabile Persönlichkeit und Selbstvertrauen zu entwickeln, sind gefährdet, sich zu verlieren.

In meiner Geschichte, die 1976 beginnt, ist es die frühe, ungewollte Schwangerschaft, die die sechzehnjährige Rosi an sich selbst und allem anderen zweifeln lässt. Abzutreiben ist zu der Zeit gesetzlich verboten (auch mit der 1976 beschlossenen »Indikationslösung« blieb ein Schwangerschaftsabbruch grundsätzlich strafbar) und gesellschaftlich verfemt, der Druck, der auf Rosi lastet, unermesslich hoch. Das Verhalten der Familie verstärkt ihn noch. Sie reißt aus.

Wird Rosi gesunden und sich selbst wiederfinden? Schafft sie es, sich ein Netzwerk fernab ihrer Familie aufzubauen? Bleibt sie eine Getriebene, oder findet sie mit Hilfe ihrer »Wahlverwandten« ihren Platz im Leben?

Und wie lebt ihre Familie ohne die Tochter und Schwester weiter? Zunächst mit Ängsten, Schuldgefühlen und Unsicherheit, dann mit der vermeintlichen schrecklichen Gewissheit? Wie verarbeiten die Familienmitglieder dieses Trauma? Welche Konflikte, welche Gräben entstehen? Ist Versöhnung möglich?

Das alles trieb mich bei der Recherche und beim Schreiben des Romans um.

Dabei ist mir wichtig zu betonen, dass alle Personen und ihre Erlebnisse frei erfunden sind. Lediglich die zeitliche Einbettung der Handlung, die Rolle, die ein Personalausweis spielt, und dass eine andere junge Frau an Rosis Stelle beerdigt wird, orientieren sich an der wahren Geschichte, die ich im Podcast hörte.

Im Buch stellt Rosi die These auf, dass ihr Freund Willi »zwar gut im Verschwinden, aber verdammt schlecht im Auftauchen« gewesen sei.

Und genauso geht es Rosi selbst. Ihr Trauma, ihr schlechtes Gewissen, ihre Wut, Enttäuschung und ein immer größer werdendes Lügengebilde verhindern für lange Zeit, dass sie sich zu erkennen gibt. Im Roman bewegen sich die Verschwundene und ihre Familie letztendlich aufeinander zu. Doch was in der Fiktion möglich ist, funktioniert in der Realität leider nicht immer. Der Weg in ein »drittes Leben« wie bei Rosi ist dann aus vielerlei Gründen unmöglich.

In Deutschland werden jährlich zwischen 60 000 und 75 000 Kinder und Jugendliche als vermisst gemeldet. 97 Prozent der Fälle können aufgeklärt werden, die Vermissten kehren von allein zurück oder werden gefunden. Es existieren in den Akten jedoch auch rund 1700 ungeklärte Fälle; der »älteste« ungeklärte Fall eines vermissten Kindes stammt aus dem Jahr 1957. (Quelle: BKA)

Liebe Leserinnen und Leser, über Schwangerschaftsabbruch und den Verlust eines Kindes zu lesen kann belastend sein, wenn es an eigene Erfahrungen anknüpft. Ich hoffe, bei Ihnen mit meiner Geschichte nicht alte Wunden aufgerissen zu haben. Nichts läge mir ferner, und es täte mir unendlich leid!

Falls Sie jedoch nach der Lektüre plötzlich von schmerzhaften Erinnerungen gequält werden, möchte ich Ihnen sehr ans Herz legen, darüber nachzudenken, sich Hilfe zu holen. Gespräche mit Vertrauenspersonen, Beratung, Coaching oder eine Therapie tun der Seele gut und können Leid lindern.

Danksagung

Ein Roman, wie Sie ihn gerade in Händen halten, entsteht nicht nur einsam am Schreibtisch, sondern ist letztendlich immer das Ergebnis intensiver Teamarbeit.

Deshalb gilt mein besonderer Dank dem gesamten Team des großartigen S. Fischer Verlags: Tanja Seelbach, Carla Grosch, Verena Wälscher, Milena Kahlcke und allen anderen.

Bei Dr. Uta Dahnke bedanke ich mich besonders herzlich für die präzise, leidenschaftliche Arbeit am Text und die tolle Zusammenarbeit, bei meiner Literaturagentin Sabine Langohr von Keil & Keil für ihr außerordentliches literarisches Gespür und die stets verlässliche Unterstützung.

Mit Hilfe all Eurer geballten Kompetenz, Eurem Einfallsreichtum und unermüdlichem Einsatz ist aus meinem Manuskript ein – wie ich finde – wunderschönes Buch geworden. Danke!

Außerdem danke ich Dir, mein lieber Michael, für Deine Geduld, Dein Verständnis und fürs Rückenfreihalten in meinen heißen Schreibphasen! Das war wieder total entlastend und einfach wunderbar!

Zu guter Letzt aber möchte ich mich bei Ihnen, liebe Leserinnen und Leser, dafür bedanken, dass Sie mein Buch gelesen und somit Rosi, Miriam, Ruth, ihren Eltern, Ulf und den anderen Figuren Leben eingehaucht haben. Ohne Sie wäre meine Geschichte lediglich eine Aneinanderreihung von Buchstaben und Wörtern; erst durch Ihr Lesen entfaltet sie ihre ganz eigene Realität. Herzlichen Dank dafür!

Sie wollen mehr über meine Bücher, mich als Autorin oder über Lesungen erfahren? Sie möchten mir ein Feedback geben?
Besuchen Sie mich doch einfach auf meiner Website www.christiane-wuensche.de, auf www.fischerverlage.de, bei Instagram (christianewuensche) oder Facebook (Christiane Wünsche). Ich freue mich auf Sie!

Wie gesagt, ich bin ein Familienmensch. Und so ist dieser Roman letztendlich zu einer Familiengeschichte geworden. Und vor allem zu einer Geschichte über Schwestern ... in einem anderen Leben. Ich bin sehr gespannt, wie sie Ihnen gefallen hat.

Herzlich,
Ihre *Christiane Wünsche*